도리언 그레이의 초상

도리언 그레이의 초상

오스카 와일드 지음 • 서민아 옮김 • 박희정 그림

위즈덤하우스

서문

예술가는 아름다운 것들의 창조자이다.

예술을 드러내고 예술가를 감추는 것이 예술의 목적이다.
비평가는 아름다운 사물에서 받은 인상을 다른 방식으로 혹은
새로운 재료로 옮겨 쓸 줄 아는 사람이다.

비평의 가장 저급한 형태이자 가장 고급한 형태는 자서전적
인 양식이다.

아름다운 사물을 보고 추한 의미를 발견하는 사람은 매력적
인 면모가 없는 추악한 사람이다. 이것은 결함이다.

아름다운 사물을 보고 아름다운 의미를 발견하는 사람은 교
양 있는 사람이다. 이들에게는 희망이 있다.

그들은 선택받은 사람들로서, 그들에게 아름다운 사물은 오

직 아름다움만을 의미한다.

도덕적인 책이라거나 부도덕적인 책이라는 것은 없다.

책은 잘 썼거나 잘못 썼거나이다.

그 이상도 이하도 아니다.

사실주의에 대한 19세기의 혐오는 거울에 자신의 얼굴을 비춰보는 칼리반(셰익스피어의 희곡 〈템페스트〉에서 밀라노의 영주 프로스페로를 섬기는 반인반수의 노예)의 분노다.

낭만주의에 대한 19세기의 혐오는 거울에 자신의 얼굴을 비춰보지 않는 칼리반의 분노다.

인간의 도덕적인 삶이 예술가의 주제 가운데 일부를 형성하는 반면, 예술의 도덕성은 불완전한 수단을 완벽하게 사용하는 데 있다.

어떠한 예술가도 무언가를 증명하길 원하지 않는다. 진실한 것들조차 증명될 수 있다.

어떠한 예술가도 윤리적인 동정심을 갖지 않는다. 예술가에게 윤리적인 동정심은 양식에 대한 용서할 수 없는 매너리즘이다.

어떠한 예술가도 결코 병적이지 않다. 예술가는 모든 것을 표현할 수 있다.

예술가에게 생각과 언어는 예술의 도구이다.

예술가에게 악덕과 미덕은 예술을 위한 재료이다.

형식의 관점에서 보면, 모든 예술 양식은 음악가의 예술이다. 감정의 관점에서 보면, 배우의 기교가 그 양식이다.

모든 예술은 표면인 동시에 상징이다.

표면 아래로 내려가는 사람들은 위험을 무릅쓰고 그렇게 한다.

상징을 읽는 사람들은 위험을 무릅쓰고 그렇게 한다.

예술이 진정으로 반영하는 것은 관객이지 삶이 아니다.

예술 작품에 대한 다양한 의견은 그 작품이 새롭고 복합적이며 생명력이 있음을 보여준다.

비평가들이 인정하지 않을 때 예술가는 자기 자신과 조화를 이룬다.

우리는 유용한 것을 만든 이가 그것에 감탄하지 않는 한 그를 용서할 수 있다. 쓸모없는 것을 만드는 단 한 가지 이유는 사람들이 그것에 열렬히 감탄하기 때문이다.

모든 예술은 전혀 쓸모없다.

오스카 와일드

1

화실에는 짙은 장미향이 가득했고, 가벼운 여름 바람이 정원의 나무 사이를 산들산들 지나가면 라일락의 진한 향기나 섬세한 분홍색 꽃이 피는 가시나무의 더욱 섬세한 향기가 열린 문틈으로 살며시 들어왔다.

헨리 워튼 경은 페르시아산 안장주머니처럼 생긴 소파 겸 침대 가장자리에 누워 언제나처럼 끝도 없이 줄담배를 피워대면서, 꿀처럼 노란 금련화들이 꿀처럼 달콤한 향기를 내뿜으며 활짝 피어 있는 모양을, 바람에 흔들리는 금련화 가지들이 그 꽃만큼이나 격정적인 아름다움의 무게를 간신히 감당하는 듯한 모양을 어렴풋이 바라보고 있었다. 이따금 새들이 날아와 커다란 창문 앞에 드리워진 기다란 터서 실크(인도나 중국에서 생산하는 갈색의 투박한 실크) 커튼에 기이한 그림자들이 펄럭이면 잠깐 동안 일본풍의 그림이 만들어져, 부득이 고정될 수밖에 없는 예술이라는 매체로 날래고 동적인 느낌을 전달하고자 애쓰는 파리한 비춰 빛 얼굴의 도쿄 화가들을 연상시켰다. 사람의 손길이 닿지 않아 제멋대로 삐죽하게 자란 풀들을 헤치며 날아다니거나, 금박을 뿌린 듯 헝클어진 인동덩굴 꽃들 주위를 지루할 정도로 고집스럽게 빙글빙글 돌고 있는 벌들의 볼멘 듯 웅웅거리는 소리가 화실의 침묵을 더욱 숨 막히게 만드는 것 같았다. 아득한 런던의 외침이 저 멀리서 어렴풋이 울리는 오르간의 최저음처럼 들려왔다.

방 한가운데 똑바로 세워진 이젤에는 대단히 아름다운 한 젊은이의 전신 초상화가 집게로 고정되어 있고, 그 앞에서 약간 떨어진 곳에는 초상화를 그린 화가이자 몇 년 전 갑자기 종적을 감추는 바람에 당시 사람들의 호기심을 잔뜩 불러일으키며 해괴한 추측을 난무하게 만든 당사자, 바질 홀워드가 앉아 있었다.

화가는 매우 능숙한 솜씨로 그린 우아하고 잘생긴 작품 속 인물을 바라보며 얼굴에 흐뭇한 미소를 지었고, 그 미소는 좀처럼 사라지지 않을 것 같았다. 그러다 별안간 놀라서 벌떡 일어서더니, 깨어날까 두려운 어떤 기묘한 꿈을 뇌리 속에 가두기라도 하듯 눈꺼풀에 지그시 손가락을 올려놓았다.

"자네가 그린 최고의 작품이군. 바질, 자네 일생의 최고의 작품이야." 헨리 경이 심드렁한 투로 말했다. "내년에는 반드시 그로스브너에 출품해야 해. 왕립 미술원 전시회는 너무 크고 너무 천박해. 그곳에 갈 때마다 사람이 어찌나 많던지 도대체가 그림을 볼 수가 없을 정도였지, 정말이지 끔찍하더군. 하긴, 그렇지 않으면 또 그림 천지라서 사람 구경을 할 수가 없어, 그건 더 재미가 없지. 자네 그림을 출품할 곳은 그로스브너뿐이야(당시 그로스브너는 인상주의 작품과 같이 형식과 소재에서 실험적인 작품들을 전시한 반면 영국 왕립 미술원은 보다 보수적이었다)."

"어디에도 보내고 싶지 않아." 화가는 옥스퍼드 시절 친구들의 비웃음을 사곤 했던 이상한 방식으로 고개를 뒤로 젖히며 대답했다. "그래. 아무 데도 보내지 않을 거야."

헨리 경은 눈썹을 치켜뜨고 놀란 표정을 지으며, 아편이 짙게 섞인 담배에서 대단히 비현실적인 모양으로 소용돌이치며 올라가는 엷고 푸른 연기 사이로 바질을 바라보았다. "아무 데도 보내지 않겠다니? 이봐, 대체 왜 그래? 무슨 이유라도 있나? 자네 같은 화가들이란 정말이지 알다가도 모를 인간들이라니까! 자네들은 명성을 얻으려고 별별 짓을 다 하지. 그러다 막상 명성을 얻고 나면 당장에 그걸 내다버리지 못해 안달 난 것처럼 굴더군. 그건 정말 어리석은 짓인데, 세상에는 사람들 입에 오르내리는 것보다 더 나쁜 일이 딱 한 가지 있으니, 바로 누구의 입에도 오르내리지 않는 것이라네. 이 정도 초상화라면 영국의 모든 젊은이들보다 단연 뛰어날 테고, 노인네들은 꽤나 시샘을 부릴 거야. 물론 노인네들이 무슨 감정이라도 드러낼 줄 안다면 말이지."

"자네가 날 비웃을 줄 알았어." 바질이 대꾸했다. "하지만 난 절대로 이 그림을 전시할 수 없네. 이 그림에는 나 자신이 너무 많이 반영되어 있거든."

헨리 경은 소파 겸 침대에 길게 누워 껄껄 소리 내어 웃었다.

"그래, 자네가 그렇게 비웃을 줄 알았지. 하지만 아무리 그래도 내 결심에는 변함이 없어."

"그림 속에 자신이 너무 많이 반영되어 있다고! 이런 세상에, 바질, 자네가 그렇게 자만심이 강한 사람인지 미처 몰랐네. 무뚝뚝하고 억센 얼굴에 새까만 머리카락을 지닌 자네와 상아와 장미 꽃잎으로 만든 것처럼 잘생긴 이 젊은 아도니스 사이에 어디 닮은 구석이 있는지 나는 도통 모르겠는걸. 이보게, 바질, 자네 초상화 속 인물은 나르키소스이고, 자네는……아, 물론 자네한테는 지적인 표현력이나 뭐 그런 것들이 있지. 하지만 아름다움, 그러니까 진정한 미는 지적인 표현력이 시작될 때 끝나버린다네. 지성은 그 자체가 과장된 양식이라서,

어떤 얼굴이든 조화를 파괴해버리지. 생각을 하기 위해 자리에 앉는 순간, 사람은 오로지 코나 이마만 남거나 끔찍한 무언가가 되어버린다네. 학식이 필요한 전문직에서 성공한 사람들을 보게나. 하나같이 어찌나 그렇게들 흉측하게 생겼는지! 물론 교회에 종사하는 사람들은 예외지만 말이야. 하지만 그래도 그렇지 교회에서는 너무들 생각을 안 해. 주교는 여든 살이 되어도 열여덟 살 소년 시절에 가르침을 받은 그대로 말하고 있으니, 언제나 대단히 유쾌한 표정을 짓는 건 아주 당연한 일이지. 자네가 그린 저 신비로운 젊은 친구는 말이야, 아직 내게 이름을 알려주지 않았으니 뭐라고 불러야 할지 모르겠지만, 아무튼 이 친구의 초상이 내 혼을 쏙 빼놓는 게, 보나마나 이 친구는 생각이라는 걸 전혀 하지 않을 거야. 내 자신 있게 말할 수 있네. 이 친구는 딱히 볼 만한 꽃이 없는 겨울에 반드시 이 자리에 있어주어야 하고, 머리 식힐 무언가가 필요한 여름에도 언제나 이곳에 있어주어야 하는, 머리가 빈 아름다운 피조물일세. 착각하지 말게, 바질. 자네와 저 그림은 조금도 닮지 않았어."

"내 말을 이해하지 못하는군, 해리." 화가가 대꾸했다. "물론 난 이 친구와 닮지 않았어. 그건 나도 아주 잘 알고 있네. 사실 내가 이 친구를 닮았다면 그것 또한 무척 유감스러운 일일 거야. 믿지 못하겠다고? 하지만 난 사실을 말하는 걸세. 육체적으로든 지적으로든 모든 탁월한 면모를 지닌 사람들에게는 어떤 숙명이, 역사를 통틀어 몰락해가는 왕들 곁에 끈질기게 붙어 다니는 숙명과도 유사한 비운의 숙명이 깃들어 있어. 그러니 차라리 주변 사람들과 다르지 않게 생기는 편이 훨씬 좋은 법이지. 추하고 어리석은 자들이 언제나 이득을 보기 마련이야. 그들은 입을 헤벌리고 만사태평하게 앉아 연극을 구경할수 있거든. 승리가 뭔지 알지 못하지만, 어쨌든 패배가 뭔지 모르고도 잘 살아갈 수 있으니까. 그들은 우리 모두가 살고 싶어하는 삶, 마음 편히, 아무런 걱정 없이, 이래도 좋고 저래도 좋은 삶을 살고 있는 거라고. 다른 사람을 몰락하게 하지도 않고, 모르는 사람 때문에 몰락하는 일도 없어. 해리, 자네에게는 지위와 부가 있고, 나에게는 변변치 않지만 두뇌가 있으며 그 가치야 어떻든 나만의 예술 작품이 있네. 그리고 도리언 그레이에게는 아름다운 외모가 있지. 우리 세 사람은 모두 신들이 우리에게 준 것들 때문에 고통을 치르게 될 거야. 아주 혹독한 고통을 말이야."

"도리언 그레이라고? 그게 이 젊은이 이름인가?" 헨리 경이 화실을 가로질러 바질 홀워드를 향해 다가가며 물었다.

"그렇다네, 그것이 이 젊은이의 이름이야. 이름을 말할 생각은 없었는데."

"왜 이름을 말하지 않으려는 건가?"

"글쎄, 뭐라고 설명하기는 어려워. 난 굉장히 좋아하는 사람이 있으면 아무에게도 그 이름을 말하지 않지. 이름을 말해버리면 그 사람의 일부를 내주는 것 같거든. 난 점점 비밀을 좋아하게 됐다네. 오직 그것만이 현대의 삶을 신비하게 혹은 경이롭게 만들어줄 수 있는 것 같아. 아무리 흔한 것이라 할지라도 비밀로 감추고 나면 아주 매력적인 것이 되니까 말이야. 만일 내가 지금 이 도시를 떠난다면, 어디로 갈지 주변 사람들에게 절대 말하지 않을 거야. 말을 해버리고 나면, 나만의 즐거움을 온통 빼앗기게 될 테니까. 어쩌면 어리석은 습관일지 모르지만, 어쨌든 이 습관이 인생에 어마어마한 로맨스를 가져다줄 것 같거든. 이런 나를 지독하게 어리석은 놈이라고 생각하겠지?"

"천만에." 헨리 경이 대답했다. "이보게, 바질, 그럴 리가 있나. 자네는 내가 결혼했다는 사실을 잊어버린 것 같은데, 결혼의 매력이라면 한 가지, 부부 두 사람 모두를 위해 반드시, 기필코, 기만적인 생활을 꾸려가야 한다는 것이지. 나는 아내가 무슨 생각을 하는지 전혀 알지 못하고, 아내 역시 내가 뭘 하고 있는지 전혀 몰라. 우리가 만나면―아, 물론 가끔은 만나기도 한다네, 가령 같이 외식을 한다든지, 공작의 집에 초대되어 간다든지 할 때 말이야―무척 진지한 표정으로 아주 터무니없는 이야기를 하지. 아내는 그런 일에 아주 능숙해―실제로 나보다 훨씬 뛰어나다네. 아내는 다른 남자와 만날 약속을 헛갈리는 일이 결코 없지만 나는 매번 헛갈리거든. 하지만 설사 내가 하는 짓을 들킨다 하더라도 아내는 절대로 소란을 피우는 법이 없네. 가끔은 아내가 좀 그래주었으면 하고 바라기도 하지만, 그저 나를 비웃을 뿐이지."

"자신의 결혼 생활을 그런 식으로 말하다니, 듣기 좀 거북하군, 헨리 경." 바질 홀워드가 정원으로 이어지는 문을 향해 천천히 걸어가며 말했다. "자넨 실제로는 아주 좋은 남편이면서 자신의 미덕을 굉장히 부끄러워하는 것 같군. 자네는 아주 훌륭한 사람이야. 도덕이니 뭐니 하는 말을 한 번도 입에 올린 적은 없지만, 그렇다고 해서 잘못된 행동을 한 적도 없지. 냉소적인 태도를 취하지만 자네는 그저 겉으로만 그런 척하는 것뿐이라고."

"자연스럽게 보이는 것이야말로 진짜 겉으로만 그런 척하는 것이지. 세상에 그것처럼 짜증나는 가식도 없을걸." 헨리 경은 소리 내어 웃으면서 크게 외쳤다.

곧이어 헨리 경과 화가는 함께 정원으로 나가 커다란 월계수 그늘에 놓인 기다란 대나무 의자에 편안하게 기대앉았다. 반짝이는 나뭇잎 위로 햇살이 미끄러져 내렸다. 풀밭 속에 핀 하얀 데이지 꽃들이 바람에 살랑거렸다.

한동안 침묵이 흐른 뒤, 헨리 경이 시계를 꺼내들었다. "이만 가봐야겠군, 바질." 그가 낮은 목소리로 말했다. "가기 전에 조금 전 자네에게 했던 질문에 대한 답을 들어야겠는데."

"무슨 질문 말인가?" 화가는 줄곧 땅에 시선을 고정한 채 물었다.

"자네도 잘 알잖아."

"모르겠는데, 해리."

"그렇다면 다시 말하지. 왜 도리언 그레이의 초상화를 전시하려 하지 않는지 설명해주었으면 해. 난 진짜 이유를 알고 싶네."

"진짜 이유에 대해 이미 말했을 텐데."

"아니, 자네는 아직 말하지 않았어. 그림 속에 자신이 너무 많이 반영되었기 때문이라고 말하긴 했지. 한데 그건 너무 유치한 이유 아닌가."

"해리." 바질 홀워드가 헨리 경의 얼굴을 똑바로 쳐다보며 말했다. "어떤 초상화든 화가가 자신의 감정을 담아 그린 그림이라면 모델이 아닌 바로 화가 자신의 초상화라고 할 수 있어. 모델은 그저 우연히, 필요에 의해 그 자리에 앉게 된 인물에 불과하지. 화가의 손에 의해 드러난 인물은 모델이 아니라네. 채색된 캔버스 위에 나타난 인물은 모델이라기보다는 오히려 화가 자신이라고 할 수 있어. 내가 이 초상화를 전시하지 않는 이유는 그 안에 깃든 내 영혼의 은밀한 부분을 보여주기가 꺼려져서라네."

헨리 경이 크게 소리 내어 웃었다. "그렇다면 그 은밀한 부분이란 게 뭔가?" 그가 물었다.

"말해주지." 홀워드가 말했다. 하지만 그의 얼굴에 당황스러운 기색이 역력했다.

"이거 정말 기대되는걸, 바질." 친구가 화가를 응시하며 말했다.

"아, 실은 별로 이야기할 만한 거리도 못 된다네, 해리." 화가가 대꾸했다. "그리고 자네가 내 말을 좀처럼 이해하지 못할까 봐 걱정되기도 하고. 그래, 아마 자넨 좀처럼 믿지 못할 거야." 헨리 경은 미소를 지으며 몸을 앞으로 구부리더니 풀밭에서 분홍색 꽃잎이 달린 데이지 꽃 한 송이를 꺾어 자세히 들여다보았다. "자네 말을 아주 잘 이해할 수 있을 거라고 확신하네." 그가 동그란 원 주위로 황금빛이 감도는 하얀 털이 달린 데이지 꽃을 유심히 바라보며 대답했다. "그리고 무얼 믿는 일에 대해서라면, 난 도저히 믿기지 않는 일이라 할지라도 무조건 믿을 수 있는 사람이지."

바람이 나무의 꽃들을 흔들어대자, 별모양의 꽃잎들이 송골송골 맺혀 무겁게 드리워진 라일락 꽃들이 나른한 공기 속에서 이리저리 흔들렸다. 메뚜기 한 마리가 담벼락 아래에서 츠츠츠 울어대기 시작했고, 푸른색 실처럼 길고 가녀린 잠자리는 갈색 거즈 같은 날개를 펴고 허공을 날아다녔다. 헨리 경은 바질 홀워드의 심장 뛰는 소리까지 들리는 것 같았고, 그의 입에서 무슨 말이 나올지 몹시 궁금했다.

"별 이야기는 아니야." 얼마 후 화가가 입을 열었다. "두 달 전, 브랜든 부인 댁에서 열린 연회에 갔었지. 알다시피 우리처럼 가난한 예술가들은 이따금씩 사교계에 모습을 드러내야 해. 우리가 무례한 족속들이 아니라는 걸 사람들에게 일러두기 위해서라도 말이야. 언젠가 자네가 내게 말했듯이, 연미복에 흰색 타이를 매면 누구라도, 심지어 주식 중개인조차도 교양이 높다는 평판을 얻을 수 있으니까. 과하게 몸치장을 한 미망인들과 따분한 왕립 미술원 회원들과 이야기를 나누며 십 분쯤 방 안을 돌아다니다가, 문득 누군가 나를 보고 있다는 걸 알아챘지. 나는 반쯤 몸을 돌리다가 도리언 그레이를 처음 보았다네. 서로 시선이 마주쳤을 때 내 안색이 차츰 창백해지고 있다는 걸 느꼈어. 묘하게 두려운 감정이 엄습하더군. 그 존재만으로도 너무나 매력적이라, 내 본성 전체와 내 영혼 모두와 내 예술 자체를 송두리째 흡수해버릴 것 같은 누군가와 얼굴을 마주하고 있다는 사실을 깨닫게 된 거지. 지금까지 난 인생에서 외부의 어떠한 영향도 받고 싶지 않았어. 해리, 자네도 잘 알다시피, 내가 천성적으로 얼마나 독립적인 사람인가. 난 살면서 단 한 번도 다른 사람의 속박을 받은 적이 없네. 최소한 지금까지는 그래 왔지. 도리언 그레이를 만나기 전까지는 말이야. 그런데…… 이 일을 어떻게 설명해야 좋을지 모르겠군. 무언가가 내게 말하는 것 같았어. 이제 곧 내 인생에서 아주 끔찍한 위기가 닥치게 될 거라고 말이야. 운명이 나를 위해 더할 수 없는 기쁨과 감당할 수 없는 슬픔을 준비해두었구나, 하는 묘한 기분이 들었네. 나는 점점 두려워져서 방을 나오려고 얼른 몸을 돌렸다네. 양심 때문에 그랬던 건 아니야. 뭐랄까, 겁이 났다고나 할까. 어쨌든 도망치려고 했으니 잘한 짓이라고 볼 수는 없지."

"사실상 양심과 비겁함은 같은 것일세, 바질. 양심은 고집 센 사람들이 갖다 붙인 이름일 뿐이야. 그게 전부라고."

"난 그렇게 생각하지 않아, 해리. 그리고 자네 역시 그렇게 생각하지 않는다는 걸 알고 있네. 그렇지만 내 동기가 무엇이 됐든 ─ 그래, 난 자존심이 아주 강한 사람이니까 어쩌면 자존심이 동기가 됐을지도 모르겠군 ─ 분명히 문을 열고 나가려고 했어. 그런데 아니나 다를까, 문 앞에서 브랜든 부인과 마주쳤지 뭔가. '설마, 벌써 달아나려는 건 아니시죠, 홀워드 씨?' 브랜든 부인이 큰소리로 외치더군. 그녀의 찢어질 듯 날카로운 그 희한한 목소리, 자네도 알지?"

"알다마다. 그 부인은 모든 면에서 공작새 같은 여자야. 미모를 내세울 수 없다는 걸 제외하면 말이야." 헨리 경이 길고 신경질적으로 보이는 손가락으로 데이지 꽃잎을 조각조각 뜯으며 말했다.

"도무지 브랜든 부인을 떼어낼 재간이 없더군. 그녀는 왕족
들에게 나를 소개시켰고, 스타 훈장과 가터 훈장을 주렁주렁
달고 있는 사람들을 비롯해, 보석이 박힌 거대한 티아라로 머
리를 꾸미고 코는 앵무새 부리처럼 생긴 중년 부인들에게도
데리고 갔지. 나를 가장 소중한 친구라고 소개하면서 말이야.
연회 전에 그녀를 본 건 딱 한 번뿐인데, 고작 그 정도 가지고
나와 각별한 사이라도 된 것처럼 생각하지 뭔가. 물론 당시 내
그림 몇 점이 제법 성공을 거두어 어쨌든 여러 일간지에서 화
제로 떠오르긴 했지. 불후의 명성에 대한 19세기식 기준이 그
런 거 아니겠나. 그런데 문득 정신을 차리고 보니 조금 전 강
렬한 매력으로 나를 걷잡을 수 없이 동요하게 만들었던 그 젊
은이와 정면으로 딱 마주 보고 서 있지 않겠나. 서로 어찌나
가까이 서 있었는지 거의 몸이 닿을 정도였다네. 다시 우리의
눈빛이 마주쳤어. 나로서는 무모한 일이었지만, 젊은이에게
나를 소개해주십사 하고 브랜든 부인에게 청했지. 하긴 어쩌
면 그다지 무모한 짓이 아니었을지도 몰라. 우리 만남은 그야
말로 필연적이었으니까. 소개가 없었더라도 우리는 서로에게
말을 걸었을 거야. 난 그렇게 확신해. 도리언도 나중에 그렇게
말하더군. 우리가 운명적으로 만나게 되어 있었다는 걸 그도
알았던 거지."

"그렇다면 브랜든 부인은 이 굉장한 젊은이에 대해 뭐라고 설명하던가?" 화가의 친구가 물었다. "내가 알기로 그 부인은 자기 손님들에 대해 신속하고도 간단하게 설명하는 걸 무척 좋아하는 것 같더군. 한번은 온몸에 훈장이며 리본을 주렁주렁 단 호전적이고 얼굴이 붉은 노신사에게 나를 데리고 가더니만, 내 귀에다 대고 쉬쉬 하면서 비통한 목소리로 노신사의 사소한 일상을 놀랄 만큼 자세하게 들려주었는데, 방 안에 있던 사람 모두가 부인이 말하는 소리를 똑똑히 듣고도 남았을 걸세. 물론 난 얼른 그 자리에서 빠져나왔지. 난 직접 사람을 찾아나서는 걸 좋아하거든. 하지만 브랜든 부인은 마치 경매인이 경매 물건 대하듯 자기 손님들을 대한단 말이지. 손님들 한 명 한 명에 대해 시시콜콜 죄다 설명하거나, 아니면 알고 싶어 하는 부분은 쏙 빼고 그 나머지만 주야장천 이야기하지."

"불쌍한 브랜든 부인! 너무 가혹하게 말하는군, 해리!" 홀워드가 심드렁하게 말했다.

"이봐, 그녀는 상류사회 명사들의 모임을 만들려 했지만 기껏해야 음식점을 여는 데 그쳤을 뿐이야. 그런 여자를 내가 무슨 수로 칭찬하겠나? 그건 그렇고, 이제 말해보게, 브랜든 부인이 도리언 그레이 군에 대해 뭐라고 말했나?"

"아, 대략 이런 식이었지. '정말 매력적인 젊은이예요…… 불쌍한 그 어머니와 난 떼려야 뗄 수 없을 만큼 가까운 사이랍니다. 아, 그런데 무슨 일을 하시는지 깜박했네. 그래…… 안됐지만…… 특별히 하는 일이 없다고 하셨던가…… 아, 그래요, 피아노를 친다고 했지…… 아닌가, 바이올린이었나요, 우리 그레이 씨? 그러다 보니 둘 다 웃음을 참을 수가 없었고, 그렇게 금세 친구가 되었네."

"웃음은 우정을 시작하기에 결코 나쁘지 않은 방법이며, 우정을 끝내기에도 더할 나위 없이 좋은 방법이지." 젊은 귀족이 데이지 꽃 한 송이를 더 뜯으며 말했다.

홀워드는 고개를 저었다. "우정이 뭔지 잘 모르는군, 해리." 그가 웅얼거리며 말했다. "아니, 정확하게 말하면 자넨 적개심이 뭔지 잘 모르는 것 같아. 자네는 모든 사람을 좋아하니까 말이야. 다시 말해 그건 모든 사람에게 무관심하다는 뜻이기도 하지."

"말도 안 되는 말씀!" 헨리 경이 모자를 뒤로 젖히고, 희미한 청록빛 여름 하늘 위를 떠다니는 흰색의 매끄러운 비단 실타래 같은 작은 구름들을 바라보며 큰소리로 외쳤다. "아무렴, 말도 안 되는 말이고말고. 내가 사람을 얼마나 가리는데. 나는 외모가 잘생긴 사람은 친구로, 성격이 좋은 사람은 그냥 아는 사람으로, 머리가 좋은 사람은 적으로 삼는다네. 모름지기 적을 선택할 땐 아무리 주의를 기울여도 지나치지 않지. 아, 물론 멍청한 사람은 어느 쪽에도 가까이 두지 않는다네. 그들 모두가 어느 정도는 지적인 능력이 있기 때문에, 결국엔 모두들 나를 높이 평가해. 내가 허영심이 너무 큰가? 하긴, 내가 생각해도 난 허영이 다소 과한 편이지.”

“그렇고말고, 해리. 한데 자네 범주대로 따르자면 난 그저 아는 사람에 불과하겠군.”

“이봐, 바질, 자네는 그냥 아는 사람보다 훨씬 소중한 존재야.”

“그렇다면 친구보다는 훨씬 덜 중요하겠군. 형제쯤 되나?”

“오, 형제라! 난 형제들을 좋아하지 않는걸. 내 형은 도통 죽을 것 같지 않고, 밑으로 동생들은 다른 일에는 손가락 하나 까딱하지 않기 때문이지.”

“해리!” 홀워드가 눈살을 찌푸리며 소리쳤다.

“이봐, 진담은 아니야. 하지만 난 내 피붙이들을 혐오하지 않을 수 없네. 그건 아마 다른 사람이 자신과 똑같은 잘못을 저지르는 걸 도저히 참지 못하는 것과 같은 이치일 거야. 나는 소위 상류층의 악덕에 반대하는 영국 서민들의 분노에 깊이 동감하는 바네. 서민들은 술주정이라든지 어리석은 행동, 부도덕한 행동이 자기들만의 특별한 소유물이어야 한다고 생각하는지, 우리 같은 상류층 사람들 가운데 누가 그런 바보짓을 하면 마치 자기 영역을 침범당한 것처럼 여기더군. 가난한 동네 서더크에 이혼 법정이 들어섰을 때 서민들의 분노는 말도 못할 정도였잖은가. 그렇지만 최하층민 가운데 똑바로 사는 사람은 십 퍼센트도 되지 않을걸."

"난 자네가 하는 말에 한마디도 동의할 수 없고, 해리 자네 역시 자신의 말에 동의하지 않을 거라고 확신하네."

헨리 경은 뾰족한 갈색 턱수염을 쓰다듬더니, 술이 달린 흑단 지팡이로 자신의 에나멜가죽 부츠의 발끝을 톡톡 두드렸다. "자넨 정말 영국 사람 같은 말만 하는군, 바질! 자네가 이런 발언을 한 게 벌써 두 번째야. 누군가 전형적인 영국 사람에게 어떤 생각을 제시하면 – 이런 행동은 언제나 경솔한 짓이지 – 그 사람은 그 생각이 옳은지 그른지는 조금도 관심이 없네. 그가 조금이라도 중요하게 생각하는 부분은 오로지 사람들이 그 생각을 믿느냐 아니냐 하는 것뿐이지. 한데 이 생각의 가치라는 게 그것을 표현하는 사람의 진실성과는 아무런 관련이 없다네. 솔직히 말하면 그 사람이 진실하지 않을수록 생각은 순수하게 지적인 것이 될 가능성이 큰데, 왜냐하면 그 경우 생각이 말하는 사람의 바람이나 욕망 혹은 편견에 물들지 않기 때문이야. 하지만 나는 자네와 정치학이나 사회학, 형이상학 따위를 논하자는 게 아닐세. 나는 원칙보다는 사람이 좋고, 세상 그 무엇보다 원칙 없는 사람을 좋아해. 그나저나, 도리언 그레이 군에 대해 좀 더 말해보게. 그와 얼마나 자주 만나나?"

"매일 만나. 하루라도 그를 보지 않으면 도무지 마음이 놓이지 않거든. 그는 나에게 꼭 필요한 사람이야."

"정말 의외군! 자네는 자네의 예술 말고는 어떤 것에도 관심이 없는 줄 알았는데."

"이제는 그가 내 예술 자체라네." 화가가 근엄한 목소리로 말했다. "해리, 난 가끔 이런 생각을 해. 세계 역사에 중요한 시기는 단 두 번뿐이라고 말이야. 첫 번째는 새로운 예술 매체가 등장했을 때고, 두 번째는 역시 새로운 예술의 성격이 등장했을 때지. 베네치아 사람들에게 유화의 발명이 그랬듯이, 후기 그리스 조각에서 안티노오스(로마 황제 하이드리아누스가 총애하던 미소년)의 얼굴이 그랬듯이, 머지않아 내게 도리언 그레이의 얼굴이 중요한 의미가 될 거야. 나는 단순히 그를 그리고 색칠하고 스케치하는 것으로 끝내지 않을 거라네. 당연히 그런 작업들도 모두 이루어지지. 하지만 그는 내게 단순히 모델이나 초상화의 대상 이상의 존재야. 그를 그리는 작업이 만족스럽지 않다거나 그의 미모가 예술로 표현할 수 없을 만큼 대단하다는 말은 하지 않겠어. 예술이 표현하지 못할 것은 없으며, 내 작업은, 정확히 말해 도리언 그레이를 만난 후 내 작업은 아주 순조롭게 진행되었고, 사실상 내 인생 최고의 작업이라고 할 수 있으니까. 하지만 그의 존재는 내게 좀 묘한 방식으로 – 글쎄, 자네가 내 말을 이해할지 모르겠지만 – 완전히 새로운 예술 방식을, 예술 양식에 있어서 전혀 새로운 방식을 제시해주었지. 나는 이제 사물을 다르게 보고, 다르게 생각하게 됐네. 이제는 지난날 내 속에 감춰졌던 방식으로 삶을 재창조할 수 있을 것 같아. '사색의 시대에 외형의 꿈을(오스틴 돕슨의 시 '그리스 소녀에게To a Greek Girl'의 한 구절. 이 시에서 시인은 상상 속에서 '꿈'으로 존재하는 '님프를 닮은' 처녀 아우토노에의 이상적인 이미지를 묘사했다)'이라는 시구가 있지─이 시에서 가리키는 사람이 누구더라? 누군지 잊어버렸지만, 아무튼 내게는 이 시에서 가리키는 대상이 바로 도리언 그레이라네. 이 소년─사실상 스무 살이 넘었지만 내게는 소년이나 마찬가지니까─의 존재는 한눈에 알아볼 수 있어. 그저 보기만 해도 그의 존재를 알 수 있단 말이지…… 아! 내가 하는 말이 무슨 뜻인지 이해할 수 있겠나? 그는 부지불식간에 내게 새로운 화풍의 경향을, 낭만주의 정신의 온갖 열정과 그리스 시대의 온갖 완전한 정신이 담긴 화풍을 명백하게 보여준다네. 영혼과 육체의 조화─아, 그것은 얼마나 값진 것인지! 우리는 광기 속에서 그 둘을 분리시키고는, 천박한 리얼리즘, 그 허영뿐인 관념을 발명했던 거야. 해리! 도리언 그레이가 내게 어떤 의미인지 자네가 알 수 있다면 좋으련만! 내가 그린 풍경화 기억하나? 왜 애그뉴가 엄청난 액수를 제안했지만 내가 한사코 내놓지 않으려 했던 그림 말이야. 지금까지 내가 그린 작품 가운데 최고라고 할 수 있지. 왠지 아나? 그 그림을 그리는 동안 도리언 그레이가 내 곁에 앉아 있었기 때문이야. 어떤 미묘한 기운이 그에게서 내게로 전해져, 내가 늘 찾아 헤맸지만 번번이 놓쳐버린 경이로움을 생전 처음 그 평범한 숲에서 보았다네."

"바질, 이건 정말 놀라운 일인걸! 나도 도리언 그레이를 꼭 좀 봐야겠네."

홀워드가 자리에서 일어나 정원을 이리저리 거닐었다. 얼마간 시간이 흐른 뒤 그가 다시 제자리로 돌아왔다. "해리." 그가 입을 열었다. "도리언 그레이는 내게 예술의 모티브일 뿐이야. 자네는 그에게서 아무것도 볼 수 없을지 몰라. 하지만 나는 그에게서 모든 것을 본다네. 내 작품에서 그의 이미지를 볼 수 없다면, 내 작품을 아무리 들여다봐도 그 속에는 그가 존재하지 않아. 아까도 말했다시피, 그는 새로운 화풍에 대한 암시야. 나는 특정한 곡선들 안에서, 특정한 색들의 감미로움과 미묘함 안에서 그를 발견하지. 그게 전부라네."

"그렇다면 왜 그의 초상화를 전시하려 하지 않는 건가?" 헨리 경이 물었다.

"왜냐하면, 그럴 의도는 없었지만, 온갖 미묘한 예술적 숭배의 표현 가운데 일부를 그 초상화에 쏟아부었기 때문이야. 아, 물론 그 사실을 그에게는 절대로 말하고 싶은 생각이 없어. 그는 그런 사실에 대해 아무것도 몰라. 앞으로도 결코 알 리 없을 테고. 하지만 세상 사람들은 대충 짐작할지도 모르지. 바로 그렇기 때문에 그들의 천박하고 호기심 어린 시선에 내 영혼

28

을 송두리째 드러내지 않으려는 걸세. 그들의 현미경 아래에 내 영혼을 내려놓는 일은 결코 없을 거야. 해리, 그 작품에는 나 자신이 너무나 많이 반영되었어. 내가 너무나 많이 들어 있단 말일세!"

"시인들도 자네만큼 까다롭게 굴지는 않을 거야. 그들은 시집 한 권을 출판하기 위해 열정이 얼마나 유용한지 잘 알지. 요즘엔 실연 한 번 한 걸로도 시집 몇 판은 찍어낼걸."

"난 그래서 시인들이 싫어." 홀워드가 소리쳤다. "모름지기 예술가는 아름다운 것을 창조해야 하지만, 자기 삶의 그 어떤 것도 작품 속에 담아내서는 안 된다네. 우리는 마치 자전적인 형태가 아니면 안 될 것처럼 예술을 대하는 시대에 살고 있어. 아름다움에 대한 추상적인 감각은 잃어버린 채 말이야. 하지만 난 언젠가 아름다움이 무엇인지 세상에 보여줄 거야. 내가 그린 도리언 그레이의 초상화를 세상 사람들이 절대로 보아서는 안 되는 이유도 바로 그 때문이라네."

"자네 생각이 옳은 것 같지는 않지만, 바질 자네하고 논쟁을 벌이고 싶지는 않네. 지적인 문제에 푹 빠진 사람이나 논쟁을 즐기는 법이지. 그저 이 질문에나 답해주게. 도리언 그레이도 자네를 그렇게 좋아하나?"

화가는 잠시 생각에 잠겼다가 마침내 입을 열었다. "그도 날 좋아해." 잠시 침묵이 흐른 뒤 그가 다시 말을 이었다. "그가 날 좋아한다는 걸 알아. 물론 내가 그에게 너무하다 싶을 정도로 칭찬을 하긴 해. 입 밖에 꺼내놓고 후회할 거라는 걸 알면서도 그에게 그런 말을 하면서 묘한 쾌감을 느끼거든. 우리는 화실에 앉아 오만 가지 이야기를 나누는데, 대체로 그는 나를 매료시킨다네. 하지만 때때로 그는 지독하게 생각이 없고, 마치 날 고통스럽게 만드는 걸 진정한 낙으로 여기는 것 같아. 그럴 때면 말이야, 해리. 마치 내 영혼을 외투에 꽂은 한 송이 꽃인 양, 자신의 허영심을 부채질할 약간의 장식물인 양, 어느 여름 한낮을 위한 장신구인 양 취급하는 누군가에게 송두리째 내줘버린 것 같은 기분이 들어."

"여름 낮은 제법 긴 편인데, 바질." 헨리 경이 중얼거리며 말했다. "어쩌면 그보다 자네가 먼저 그에게 싫증을 느끼게 될지도 몰라. 생각하면 서글픈 일이긴 하지만, 천재성이 아름다움보다 오래 지속된다는 건 의심할 바 없는 사실이거든. 우리 모두가 교육을 받기 위해 지나치다 싶을 만큼 몹시도 애를 쓴다는 사실만 보더라도 알 수 있지 않은가. 존재를 향한 거친 투쟁에서 우리는 스스로를 지탱할 수 있는 무언가를 갖고 싶어 하는데, 그러다 보니 자신의 자리를 지키고자 하는 어리석은 희망 속에서 쓰레기와 사실들을 정신에 가득 채워넣는 거지. 지식으로 완벽하게 똘똘 뭉친 사람ー이것이야말로 현대의 이상이야. 한데 지식으로 완벽하게 똘똘 뭉친 사람의 정신은 얼마나 끔찍하겠나. 그건 마치 온갖 잡동사니와 먼지로 가득 찬 데다, 모든 물건에 적정한 가치 이상의 가격이 매겨진 골동품 상점과 같네. 그래도 내 생각에는 자네가 먼저 싫증을 낼 것 같은걸. 어느 날 자네는 자네 친구를 보고 어쩐지 그가 잠시 그림 밖으로 나온 것 같다는 생각을 하게 되거나, 혹은 그의 얼굴에 드리워진 빛이라든가 기타 등등이 마음에 들지 않게 되겠지. 그러면 속으로 그에 대해 신랄하게 비난을 가할 테고, 지금까지 그가 자네에게 상당히 막되게 굴었다고 비로소 진지하게 생각하게 될 거야. 그리고 다음에 그가 자네를 방문할 때는 아주 냉정하고 무관심해지는 거지. 정말 안타까운 노릇이군. 이 일로 자네가 달라질 테니 말이야. 자네가 내게 했던 말은 굉장한 로맨스야. 사람들은 아마 이 일을 예술의 로맨스라고 부를지도 모르지. 그런데 말이야, 어떤 종류의 로맨스든 가장 큰 단점은, 바로 로맨스에 빠진 사람을 전혀 로맨틱하지 않게 만든다는 사실이라네."

"해리, 그런 말은 하지 말게. 내가 살아 있는 한, 도리언 그레이의 매력은 언제까지나 날 지배할 거야. 내가 느끼는 것을 자네는 느끼지 못해. 자네는 너무 자주 변하니까 말이야."

"오, 이보게, 바질, 바로 그렇기 때문에 내가 그 사실을 느낄 수 있는 것이라네. 사랑에 헌신적인 사람들은 사랑의 사소한 부분밖에 몰라. 하지만 성실하지 않은 사람들이 사랑의 비극도 아는 법이지."

헨리 경은 말을 마친 후 섬세한 문양의 은상자에 성냥을 그어 불을 붙인 다음, 마치 한마디 말로 온 세상을 요약하기라도 한 것처럼 겸연쩍으면서도 만족스러운 태도로 담배를 피우기 시작했다. 반짝이는 녹색 담쟁이 잎들 사이로 참새들이 분주히 돌아다니며 짹짹 지저귀고, 풀밭 위에는 제비들처럼 서로 쫓고 쫓기는 구름의 푸른 그림자가 드리워졌다. 아, 정원의 공기는 얼마나 상쾌한지! 다른 이들의 감정은 얼마나 흥미로운지! 그에게는 사람들의 생각보다 그들의 감정을 들여다보는 일이 훨씬 더 유쾌한 일 같았다. 한 사람의 영혼, 그리고 그 친구들의 열정 - 그러한 것들이야말로 인생을 황홀하게 만드는 요소들이 아니던가. 헨리 경은 바질 홀워드와 오랜 시간을 함께하느라 놓쳐버린 지루한 오찬 모임을 조용히 떠올리며 지금쯤 오찬 모임에서는 어떤 대화가 오갈지 상상해보았다. 숙모의 오찬 모임에 갔더라면 틀림없이 굿보디 경을 만났을 테고, 빈민자들에게 음식을 제공하기 위한 방안이라든가 모범적인 주거 개선안에 대해 그와 줄곧 이야기해야 했을 게 뻔했다. 각 계급마다 정작 자기들의 삶에서는 실천할 필요도 없는 저마다의 미덕에 대해 중요성을 역설하고 있겠지. 부유한 인간들은 절약의 가치에 대해 토로하고, 게으른 인간들은 노동의 존엄성에 대해 웅변하면서. 그런 자리에서 벗어났으니 얼마나 다행인지! 숙모에 대해 생각하다가 그에게 문득 어떤 기억 하나가 떠올랐다. 그는 곧이어 홀워드를 향해 돌아서서 말했다.

"이봐, 방금 기억이 났어."

"기억이 나다니, 뭐가 말인가, 해리?"

"도리언 그레이라는 이름을 어디에서 들었는지 말이야."

"어디에서 들었는데?" 홀워드가 살짝 눈살을 찌푸리며 물었다.

"그렇게 화난 표정 짓지 마, 바질. 우리 애거사 숙모의 저택에서였네. 숙모가 이스트엔드(런던 시의 동부에 위치한 빈민가) 일을 도와줄 아주 근사한 젊은이를 찾았는데, 그 젊은이 이름이 도리언 그레이라고 했거든. 하지만 숙모가 그에 대해 외모가 잘생겼다는 말은 한 번도 한 적이 없다는 걸 짚고 넘어가야겠군. 본래 여자들이란 잘생긴 외모를 식별하는 눈이 없잖은가. 적어도 품행이 단정한 여자들은 말이야. 하지만 어쨌든 숙모는 그가 아주 성실하고, 아름다운 성품을 지녔다고는 하더군. 나는 그 말을 듣자마자 안경 낀 얼굴에 주근깨가 덕지덕지 붙고, 커다란 발로 쿵쿵대며 걸어 다니는 가늘고 긴 머리칼의 한 사내를 상상했었지. 그가 자네 친구라는 걸 진작 알았더라면 좋았을걸."

"오히려 자네가 몰라서 아주 다행이야, 해리."

"왜지?"

"자네가 그를 만나길 원치 않거든."

"내가 그를 만나는 걸 원치 않는다고?"

"그래."

"도리언 그레이 씨가 화실에 와 계십니다, 나리." 그때 집사가 정원 안으로 들어와 말했다.

"이런, 이제 그에게 나를 소개하지 않을 수 없겠는걸." 헨리 경이 껄껄 웃으며 큰소리로 말했다.

화가는 햇빛을 받아 눈을 깜박이며 서 있는 하인을 돌아보며 말했다. "그레이 씨에게 잠시 기다려달라고 전해줘, 파커. 몇 분 후에 화실로 갈 테니까." 하인은 꾸벅 절을 하고 길을 따라 올라갔다.

곧이어 화가가 헨리 경을 바라보았다. "도리언 그레이는 내가 가장 소중하게 여기는 친구야." 그가 말했다. "본성이 단순하고 아름다운 사람이지. 자네 숙모께서 그에 대해 하신 말씀은 정확했네. 그를 망가뜨려서는 안 돼. 그에게 어떤 영향도 끼치지 말아줘. 자네에게 영향을 받으면 그는 망가지고 말 거야. 세상은 넓어서 근사한 사람들이 많고도 많잖아. 그러니 어떤 형태의 매력이든 내 예술이 담고 있는 매력을 전해줄 단 한 사람을 내게서 빼앗아가지 말아줘. 예술가로서 내 인생이 그에게 달려 있으니 말이야. 아무쪼록 부탁할게, 해리. 자네를 믿겠네." 그는 아주 천천히 말했는데, 말 한 마디 한 마디를 힘

34

들게 쥐어짜듯 입 밖으로 내보내는 것 같았다.

"말도 안 되는 소리!" 헨리 경은 빙그레 미소를 지으며 말한 다음, 홀워드의 팔을 잡고 거의 끌다시피 해서 집 안으로 데리고 들어갔다.

2

그들은 화실 안으로 들어가 도리언 그레이를 보았다. 도리언은 그들을 등지고 피아노 앞에 앉아 슈만의 '숲의 정경' 악보를 넘기고 있었다.

"이 악보를 빌려주세요, 바질." 그가 큰소리로 말했다. "이 곡을 배우고 싶어요. 더할 나위 없이 아름다운 곡이에요."

"그건 순전히 자네가 오늘 모델 역할을 얼마나 잘하느냐에 달려 있네, 도리언."

"오, 모델 일이라면 지긋지긋해요. 더구나 난 내 실물 크기의 초상화를 원하지 않아요." 젊은이는 뾰로퉁한 표정을 지으며 고집스러운 태도로 피아노 의자에서 몸을 돌리며 대꾸했다. 그러다 헨리 경을 보고 두 뺨이 발그레해져서는 이내 자리에서 벌떡 일어섰다. "죄송해요, 바질, 손님이 계신 줄 몰랐어요."

"헨리 워튼 경이야, 도리언. 옥스퍼드 시절부터 알고 지낸 오랜 친구지. 방금 이 친구에게 자네가 얼마나 훌륭한 모델인지 칭찬해놨는데, 내 찬사를 엉망으로 망쳐놓았군그래."

"자네를 만난 기쁨은 조금도 망가지지 않았네, 그레이 군." 헨리 경이 앞으로 다가가 손을 내밀면서 말했다. "우리 애거사 숙모께서 자주 자네 이야기를 했지. 숙모가 무척 총애하던데, 그렇게 되면 유감스럽지만 괴롭힘도 많이 당할걸."

"지금 전 애거사 부인에게 미움을 받고 있는걸요." 도리언이 뉘우치는 듯한 우스꽝스러운 표정을 지으며 대답했다. "지난 화요일에 함께 화이트채플의 클럽에 가기로 약속해놓고 그만 까맣게 잊어버렸지 뭐예요. 함께 이중주를 연주하기로 했거든요. 아마 세 곡 정도 연주할 예정이었을 거예요. 부인께서 절 보면 뭐라고 말씀하실지 모르겠어요. 찾아뵈어야 하는데 너무 너무 두려워요."

"오, 그럼 내가 자네와 숙모를 화해시켜주지. 숙모는 자네에게 푹 빠졌는걸. 자네가 거기에 가지 않은 건 별로 문제되지 않을 거야. 어차피 청중들은 숙모의 연주를 이중주라고 생각했을지도 모르니까. 애거사 숙모가 피아노 앞에 앉으면 두 사람이 내고도 남을 소음을 내거든."

"그 말씀은 부인께 너무 가혹하군요. 제게도 썩 좋은 말씀은 아닌 것 같고요." 도리언이 웃으며 대답했다.

헨리 경은 그를 유심히 바라보았다. 섬세하게 굴곡진 진홍 빛 입술, 맑고 푸른 눈동자, 곱슬곱슬한 황금빛 머리카락, 과연 그는 놀랄 만큼 잘생긴 청년임에 틀림없었다. 그의 얼굴에는 즉시 그를 신뢰하게 만드는 어떤 분위기가 감돌았다. 거기에는 젊은이 특유의 열정적인 순수함은 말할 것도 없고 젊은이만이 간직할 수 있는 순결함이 있었다. 그를 보는 사람들은 그가 세상사에 물들지 않고 살아왔음을 느낄 수 있었다. 바질 홀워드가 그를 숭배하는 것은 조금도 놀랄 일이 아니었다.

"자선단체에 참석하기에는 너무 매력적으로 생겼는걸, 그레이 군…… 지나치게 매력이 넘쳐." 헨리 경은 이렇게 말하며 소파 겸 침대 위에 털썩 앉아 담배 상자를 열었다.

화가는 물감을 섞고 붓을 준비하며 분주히 움직였다. 그는 줄곧 걱정스러운 표정을 짓더니, 헨리 경의 마지막 말을 듣고는 그를 흘끔 본 후, 잠시 망설이다가 이내 입을 열었다. "해리, 난 오늘 이 그림을 완성하고 싶어. 혹시 내가 그만 가달라고 청하더라도 나를 몹시 예의 없는 인간이라고 생각하지는 않겠지?"

헨리 경은 미소를 지으며 도리언 그레이를 바라보았다. "자네도 내가 가길 바라나, 그레이 군?" 그가 물었다.

"오, 제발 가지 마세요, 헨리 경. 바질이 지금 무척 골이 나 있는 것 같아요. 바질이 기분이 언짢을 땐 제가 어떻게 해야 할지 모르겠어요. 그리고 제가 왜 자선단체에 참석하면 안 되는지 이유도 듣고 싶고요."

"그 이야기를 해야 할지 말아야 할지 모르겠네, 그레이 군. 너무 지루한 주제라서 그 이야기를 하려면 아주 진지해져야 하거든. 하지만 자네가 내게 가지 말라고 부탁하는 마당에 굳이 마다하지는 않겠네. 그런데 괜찮겠나, 바질, 내가 여기에 있어도 정말 괜찮겠어? 안 그래도 전부터 자넨 모델들 곁에서 같이 수다를 떨 사람이 있으면 좋겠다고 누누이 말하지 않았나."

홀워드는 입술을 지그시 깨물었다. "도리언이 정 그렇게 원한다면 당연히 여기 있어야지. 도리언의 변덕은 본인을 제외한 모든 사람에게 법이니까."

헨리 경은 모자와 장갑을 집어 들었다. "자네가 이렇게 간청하다니, 바질. 하지만 유감스럽게도 난 이만 가봐야겠네. 오를레앙에서 누굴 만나기로 약속했거든. 잘 있게, 그레이 군. 언제고 오후에 커즌 가에 한번 찾아오게. 다섯 시에는 거의 집에 있으니까. 그렇지만 오기 전에 꼭 쪽지를 보내게. 그래야 자네를 못 만나는 안타까운 일이 생기지 않을 테니 말이야."

"바질!" 도리언 그레이가 소리쳤다. "헨리 워튼 경이 가시면 저도 가겠어요. 당신은 그림을 그리는 동안 절대로 입을 열지 않을 거잖아요. 이 연단 위에 서서 즐거운 표정을 짓느라 애쓰는 일은 끔찍하게 지루하단 말이에요. 헨리 경에게 가지 말라고 말씀해주세요. 난 정말 헨리 경이 여기 계시면 좋겠어요."

"가지 말게, 해리. 도리언의 청을 들어주고, 내 청도 들어주게." 홀워드가 자신의 그림을 골똘히 들여다보며 말했다. "맞는 말이야. 난 작업을 할 땐 절대로 이야기를 하지 않지, 이야기를 듣는 일도 없고. 그러니 내 딱한 모델들은 지독하게 따분할 수밖에 없을 거야. 부탁이니 좀 더 있다 가게."

"하지만 오를레앙에서 사람을 만나기로 했다니까."

화가가 소리 내어 웃었다. "자네가 가지 않는 게 그리 큰일도 아닐 것 같은데. 그러니 다시 자리에 앉아, 해리. 그리고 자, 도리언, 자네는 연단 위에 서게. 너무 많이 움직이지 말고, 헨리 경이 하는 말에 조금도 귀를 기울이지 말고, 알았지? 헨리 경은 단 한 사람 나를 제외하고 주변의 모든 친구들에게 아주 나쁜 영향만 주는 사람이니까."

도리언 그레이는 젊은 그리스 순교자 같은 태도로 연단 위에 올라가, 실은 진작부터 헨리 경이 마음에 들었으면서 짐짓 불만스러운 듯 살짝 부루퉁한 표정을 지어 보였다. 헨리 경은 바질과 닮은 데가 전혀 없었다. 서로 대조적인 두 사람을 보는 건 몹시 유쾌한 일이었다. 더구나 헨리 경의 목소리는 대단히 아름다웠다. 잠시 후 도리언이 헨리 경에게 물었다. "정말로 아주 나쁜 영향을 미치시나요, 헨리 경? 바질이 말한 것처럼 그렇게요?"

"좋은 영향 같은 건 세상에 없네, 그레이 군. 영향력은 전부 부도덕하지…… 아, 그러니까 과학적인 관점에서 부도덕하다는 말일세."

"왜요?"

"왜냐하면, 누군가에게 영향을 미친다는 건 상대방에게 자신의 영혼을 내주는 것이니까. 그렇게 되면 그 사람은 더 이상 자기만의 자연스러운 생각을 하지 않게 되거나, 자기만의 자연스러운 열정에 불타오를 수가 없네. 미덕도 진정으로 우러나온 것이 아니지. 죄악조차 다른 데서 빌려온 것이 돼. 아, 혹시 죄라든가 하는 것이 있다면 말이야. 한마디로 그는 누군가 다른 사람들이 연주하는 음악의 메아리이며, 대본을 가지고 연기하는 연극 속의 배우에 불과하게 된다네. 인생의 목적은 자기 발전이야. 자신의 본성을 완벽하게 실현하는 것 ─ 이것이야말로 우리 각자가 지상에 존재하는 이유지. 하지만 요즘 사람들은 자기 자신을 너무 두려워해. 그래서 모든 의무 가운데 가장 큰 의무, 다시 말해 자기 자신에게 진 의무를 잊고 말았지. 물론 관대해지긴 했어. 배고픈 사람들에게는 먹을 것을 주고 걸인들에게는 옷도 주고 말이야. 하지만 정작 자신의 영혼은 굶주리고 헐벗었다네. 인류에게서 용기가 빠져나가버린 거지. 아니 어쩌면 인류는 아예 처음부터 용기란 걸 가져본 적도 없는지 몰라. 사회가 가하는 공포심, 그것이 도덕의 기초를 이루고, 신이 주는 두려움, 그것이 종교를 지탱하는 비결인 거지 - 그리고 이 두 가지 요소가 우리를 지배해. 그렇지만……."

"고개를 오른쪽으로 약간만 돌려, 도리언, 착한 소년처럼." 화가는 자신의 일에 깊이 몰두하며, 젊은이의 얼굴에 그가 지금까지 한 번도 보지 못한 표정이 드리워졌다는 사실만을 의식하면서 말했다.

"그렇지만……." 헨리 경이 이튼칼리지 시절부터 지금까지 계속되어온 그 특유의 우아한 손짓을 하며 나지막하고 아름다운 음성으로 말을 이었다. "그렇지만 누군가 자신의 삶을 충실하고 완벽하게 살아간다면, 모든 감정에 형식을, 모든 생각에 표현을, 모든 꿈에 실체를 부여한다면…… 세상은 즐거움이라는 대단히 신선한 충동을 회복하여, 우리는 중세적 관습으로 인해 빚어진 온갖 병폐를 잊고 고대 그리스의 이상으로, 아니 어쩌면 고대 그리스의 이상보다 더욱 섬세하고 풍요로운 무언가로 회귀하게 되리라 믿네. 하지만 우리들 가운데 가장 용감한 사람조차 자기 자신을 두려워하지. 그러는 동안 불구가 된 야만성은 우리의 삶을 망치는 자기부정 속에서 비참하게 목숨을 연명해왔다네. 그 바람에 우리는 자신이 행한 온갖

43

자기부정으로 인해 벌을 받고 있어. 그토록 애써서 억압해온 그 모든 충동들이 우리의 정신 속에 알을 품고 부화해 우리를 독살시키고 있는 거지. 육체는 단 한 번 죄를 지음으로써 그 죄와 관계를 끊는다네. 행동이 정화의 한 형태가 되어주거든. 그러고 나면 남는 것은 쾌락에 대한 기억 아니면 사치스러운 회한뿐이지. 유혹을 없애는 유일한 방법은 유혹에 굴복하는 것뿐. 유혹에 저항하라. 그리하면 우리의 영혼은 스스로 금지한 것들을 향한 갈망으로, 괴물 같은 법들이 극악무도하고 비합법적으로 만들어놓은 것들을 향한 욕망으로 차츰 병들어갈 테니. 세상의 위대한 사건들은 인간의 머릿속에서 일어난다고들 하지. 하지만 세상의 엄청난 죄악들이 일어나는 곳 역시 인간의 머릿속, 오직 인간의 머릿속이라네. 그레이 군, 붉은 장미와도 같은 젊음과 흰 장미처럼 순결한 소년 시절을 보내는 자네 역시 스스로를 두렵게 만드는 열정을 가져봤을 테고, 떠올리는 것만으로도 부끄러워 뺨을 얼룩지게 할 공포와 백일몽과 한밤의 꿈에 온통 정신을 빼앗긴 적이 있을 걸세……."

"그만!" 도리언 그레이가 머뭇거리며 말했다. "그만하세요. 너무나 당혹스럽군요. 무슨 말을 해야 할지 모르겠네요. 뭔가 대꾸하고 싶은데, 마땅한 말을 찾을 수가 없어요. 더 이상 아무 말씀하지 마세요. 생각을 좀 해야겠어요. 아니, 차라리 아무 생각도 하지 않는 게 낫겠어요."

도리언은 입을 벌린 채 묘한 눈빛을 빛내며 거의 십 분이 지나도록 그 자리에 꼼짝 않고 서 있었다. 자신의 내부에서 아주 새로운 기운이 꿈틀거리고 있다는 걸 어렴풋이 깨달았던 것이다. 하지만 한편으로는 이 기운이 사실상 이미 예전부터 자신의 내면에 잠재되어 있었던 게 아닌가 하는 생각도 들었다. 바질의 친구가 자신에게 한 몇 마디 말 – 우연히 내뱉은 것일 테지만 그 안에 고의적인 역설이 내재된 몇 마디 말 – 이 이제까지 한 번도 손 댄 적 없는 어떤 비밀스러운 감정을 건드려, 지금 기이한 파동으로 떨리고 고동치고 있는 걸 느낄 수 있었다. 음악이 이처럼 그를 자극한 적이 있었다. 음악은 여러 차례 그의 마음을 어지럽혔다. 하지만 음악은 생각을 또렷하게 표현하지 않았다. 음악이 우리 내면에서 창조한 것은 새로운 세상이 아니라, 오히려 또 다른 혼란이었다. 말! 한낱 말에 지나지 않는 것! 하지만 말은 얼마나 무서운 것인지! 얼마나 명백하고, 생생하며, 잔인한 것인지! 세상의 그 누가 말로부터 벗어날 수 있을까? 그러면서도 그 안에는 얼마나 미묘한 마법이 들어 있는가! 말은 형태 없는 것들에 인공적인 형태를 부여할 수 있는 것 같았고, 비올이나 류트 소리만큼이나 감미로운 자기만의 아름다운 소리를 간직하고 있는 것 같았다. 단순히 말에 지나지 않으면서! 하지만 말처럼 실질적인 것이 또 있을까?

그렇다, 소년 시절에는 이해하지 못한 것들이 있었다. 도리언은 이제 그것들을 이해할 수 있을 것 같았다. 별안간 삶이 타는 듯 강렬하게 채색된 것처럼 보였다. 자신이 불길 속을 걸어온 것만 같았다. 왜 진작 이 사실을 알지 못했을까?

헨리 경은 의미를 알 수 없는 야릇한 미소를 지으며 도리언을 바라보았다. 그는 말을 멈추어야 할 심리적인 순간을 정확하게 알고 있었다. 강렬하게 흥미가 일었다. 자신이 한 말이 뜻밖의 인상을 주었다고 생각하니 적잖이 놀라웠고, 자신이 열여섯 살 때 읽은 책, 이전에는 알지 못했던 많은 것들을 가르쳐준 그 책을 떠올리면서 혹시 도리언 그레이도 자신과 비슷한 경험을 하고 있는 것은 아닌지 궁금해졌다. 그는 단지 허공에 화살을 쏘았을 뿐이었다. 그것이 과녁에 맞은 걸까? 세상에, 이 젊은이는 얼마나 매혹적인가!

홀워드는 특유의 놀랍도록 대담한 붓놀림으로 그림을 그리며, 예술의 경우 어쨌든 강한 표현력을 통해서만 가능한 진정한 섬세함과 완벽한 정교함을 드러냈다. 그는 주변의 침묵을 의식하지 못했다.

"바질, 서 있는 거 정말 지겨워요." 그때 문득 도리언 그레이가 큰소리로 말했다. "난 이제 그만 나가서 정원에 좀 앉아 있어야겠어요. 방 안의 공기가 답답해 죽겠단 말이에요."

"이런, 미안 미안. 그림을 그릴 땐 다른 건 아무것도 생각이 안 난다니까. 하지만 자넨 아주 훌륭하게 자세를 잡아줬어. 손가락 하나 움직이지 않고 그대로 정지해 있었으니까. 덕분에 내가 원했던 효과를 포착할 수 있었네. 반쯤 벌린 입과 반짝반짝 빛나는 눈빛을 말이야. 해리가 자네에게 뭐라고 말했는지 모르겠지만, 더할 나위 없이 근사한 표정을 짓게 해준 것만은 틀림없는 것 같군. 아마도 자네를 칭찬했겠지. 하지만 저 친구가 하는 말을 곧이 믿으면 안 돼."

"저분은 제게 아무런 칭찬도 안 해주시던걸요. 아마 그래서 저는 저분이 하는 말을 한마디도 믿지 않나봐요."

"내 말을 모두 믿고 있다는 걸 자신이 잘 알면서 그러는군." 헨리 경이 꿈을 꾸듯 나른한 눈빛으로 그를 바라보며 말했다. "나도 자네와 함께 정원으로 나가겠어. 화실 안은 지독하게 덥군그래. 바질, 우리 뭐 시원한 음료 좀 마시세. 안에 딸기도 넣어서 말이야."

"물론이지, 해리. 종을 치게. 파커가 오면 자네가 원하는 대로 가지고 오라고 하겠네. 난 그림의 배경을 마저 작업해야 하니, 잠시 후에 정원으로 가도록 하지. 도리언을 너무 오래 잡아두지는 말게나. 오늘처럼 그림이 잘 그려진 날이 없으니까. 이 그림은 내 대표작이 될 거야. 지금 이대로도 걸작이지만 말이야."

헨리 경은 정원으로 나가, 도리언 그레이가 차가운 라일락 꽃잎에 얼굴을 묻고는 잔뜩 들떠서 마치 포도주라도 마시는 것처럼 꽃향기를 들이마시는 모습을 바라보았다. 그는 도리언에게 다가가 어깨에 손을 얹었다.

"그래, 이거야말로 자네에게 세상 무엇보다 도움이 되는 것이네." 헨리 경이 중얼거리며 말했다. "영혼만이 감각을 치유할 수 있듯이 감각만이 영혼을 치유할 수 있지."

젊은이는 깜짝 놀라 뒤로 물러섰다. 머리에 모자를 쓰지 않아, 황금빛으로 물든 물결치듯 곱슬거리는 그의 머리카락이 나뭇잎에 닿아 흐트러지고 헝클어졌다. 문득 잠에서 깬 사람처럼 두 눈에는 두려움이 어렸다. 정교하게 조각한 것 같은 콧구멍은 가늘게 떨리고 있었고, 숨어 있던 신경이 진홍빛 입술을 흔들어 파르르 떨리게 했다.

"그래." 헨리 경이 말을 이었다. "이것이 바로 인생의 가장 큰 비밀 가운데 하나야 – 감각으로 영혼을 치유하고, 영혼으로 감각을 치유하는 것. 자넨 놀라운 피조물이야. 자넨 자신이 알고 싶어하는 것만큼 충분히 알지 못하듯이, 안다고 생각하는 것보다 더 많이 알고 있어."

도리언 그레이는 얼굴을 찡그리며 고개를 돌렸다. 그는 곁에 서 있는 이 건장하고 우아한 젊은 남자를 좋아하지 않을 수 없었다. 그의 로맨틱한 황갈색 얼굴과 지친 듯한 표정이 도리언의 관심을 끌었다. 저음의 나른한 목소리에는 빠져들지 않을 수 없는 무언가가 있었다. 서늘하고 하얀, 꽃잎 같은 손에서는 묘한 매력까지 느껴졌다. 그가 입을 열면 그의 두 손은 음악에 맞춰 춤을 추듯 움직였으며, 그 모양이 마치 손의 세계에서 사용하는 언어가 따로 있는 듯 보였다. 하지만 도리언은 헨리 경이 두려웠고, 그를 두려워하는 마음이 부끄러웠다. 어쩌다가 자신도 모르던 자기 모습을 생판 처음 보는 사람에게 들키게 되었을까? 바질 홀워드와 몇 달이나 알고 지냈건만, 그와의 우정은 자신을 조금도 변화시키지 않았다. 그런데 인생의 수수께끼를 폭로해버릴 것만 같은 누군가가 갑작스레 삶속에 뛰어 들어왔다. 그래, 그건 그렇다 치더라도, 이렇게 겁을 먹을 건 뭐란 말인가? 어린 학생도 아니고 계집애도 아니면서. 잔뜩 겁을 먹고 벌벌 떨다니 우스꽝스럽지 않은가.

"그늘에 가서 앉지." 헨리 경이 말했다. "파커가 마실 걸 가져다주었어. 그리고 이렇게 햇빛이 눈부신 곳에 더 오래 있다간 피부가 다 망가져서, 바질이 다시는 자네를 그리려고 하지 않을 걸세. 햇빛에 그을려서는 안 돼. 검게 탄 모습은 자네하고 어울리지 않아."

"그게 뭐 어때서요?" 도리언이 정원 끝에 놓인 의자에 앉으며 웃으면서 큰소리로 말했다.

"그건 자네에게 모든 것이라고 할 만큼 아주 중요하네, 그레이 군."

"왜죠?"

"왜냐하면 자네는 말로 표현할 수 없을 만큼 눈부신 젊음을 지녔고, 젊음은 간직할 만한 가치가 있는 것이니까."

"전 그렇게 생각하지 않아요, 헨리 경."

"그래. 지금은 그렇게 생각하지 않지. 하지만 언젠가 자네가 늙고, 주름지고, 추해질 때, 생각이 한 줄 한 줄 주름을 패어놓아 이마에서 생기가 사라질 때, 열정이 그 끔찍한 불길로 입술에 낙인을 찍을 때, 그때 비로소 알게 될 걸세. 젊음이 얼마나 소중했는지 몸서리치게 느끼게 될 거야. 지금이야 어디를 가든 세상 사람들 모두가 자네에게 한눈에 반하겠지. 하지만 언제까지 그럴 수 있을까? 자네의 외모는 놀랍도록 아름답네, 그레이 군. 얼굴 찡그리지 말게. 사실이 그러니까. 그리고 미모는 천재성의 한 형태라네…… 아니, 사실상 천재성보다 훨씬 우월하지. 따로 설명할 필요가 없으니까 말이야. 햇빛처럼, 봄날처럼, 검은 물속에 비친 우리가 달이라고 부르는 저 은빛 조가비의 그림자처럼, 아름다움은 세상을 구성하는 가장 위대한 요소 가운데 하나야. 그건 의문의 여지가 있을 수 없네. 아름다움은 그 자체로 신성한 주권을 지니고 있지. 그래서 아름다움은 그것을 간직한 사람들을 일인자로 만든다네. 자네 지금 웃고 있나? 아! 하지만 자네가 미모를 모두 잃었을 땐, 미소 지을 일도 없을 걸세…… 사람들은 때때로 이렇게들 말하지. 아름다움은 한낱 껍데기에 불과할 뿐이라고. 그럴지도 몰라. 하지만 적어도 사람들이 생각하는 것만큼 피상적인 것은 아니라네. 내게 아름다움은 그 모든 경이로움 가운데에서도 경이로운 것이지. 사물을 외양으로 판단하지 않는 사람은 생각이 얕은 사람들뿐이라네. 세상의 진정한 신비는 명명백백 눈에 보이는 것에 있지, 눈으로 봐서 알 수 없는 것이 아니라……. 그래, 그레이 군. 신은 자네에게 가장 완전한 모습을 부여해주었어. 하지만 신이 준 것은 신이 냉큼 앗아가버리고 말지. 자네가 진정으로, 완벽하게, 그리고 충만하게 살 수 있는 날도 몇 년 남지 않았다네. 자네의 젊음이 가고 나면 미모도 함께 사라지고, 그렇게 세월이 흐르다 어느 날 문득 더 이상 승리의 기쁨이 남아 있지 않다는 것을 깨닫거나, 아니면 과거의 기억 때문에 패배보다 더 쓰라릴 변변찮은 승리감에 만족해야 할 걸세. 달이 가면 갈수록 자네는 점점 끔찍한 모습이 되어가겠지. 시간은 자네를 시기한 나머지 백합 같고 장미 같은 미모에 전쟁을 선포할 걸세. 혈색은 누렇게 변하고, 뺨은 헬쑥해지며, 눈에는 총기가 사라질 거야. 그렇게 무시무시한 고통을 느끼게 되는 거지……. 아! 그러니 아직 젊을 때 자신이 젊다는 사실을 깨닫도록 하게. 따분한 이야기를 듣는다든지, 희망도 없이 실패를 개선하려 애쓴다든지, 무지하고 평범하고 천박한 이들에게 자네의 인생을 내맡겨 황금 같은 젊은 날을 낭비하지 말란 말일세. 이런 것들은 우리 시대의 병약한 목표요, 그릇된 이상이야. 살게! 자네 안에 간직한 놀라운 생명력을 마음껏 발산하며 살게! 세상 모든 것의 기운을 빨아들이게. 항상 새로운 감각을 찾아 나서게. 세상 그 무엇도 두려워하지 말게……. 새로운 쾌락주의―이것이야말로 지금의 세기가 원하는 것이라네. 자네는 눈으로 볼 수 있는 쾌락주의의 상징이 될지도 몰라. 자네 매력 정도면 할 수 없는 일은 아무것도 없을 걸세. 세상은 잠시 자네의 것이 될 거야……. 자네를 처음 본 순간, 자신이 실제로 얼마나 대단한 존재인지, 얼마나 대단한 존재일 수 있는지 전혀 깨닫지 못하고 있다는 걸 알았네. 자네에게는 나를 황홀하게 만드는 요소가 무궁무진해서, 자네에 대해 뭔가 말을 하지 않으면 안 될 것 같다는 생각이 들었네. 자네가 이대로 버려진다면 얼마나 비극적인 일일까 하는 생각도 했다네. 그도 그럴 것이, 자네의 젊음이 지속되는 시간은 아주 잠깐이니까……. 젊음은 정말이지 아주 순식간에 지나가니까 말일세. 평범하기 그지없는 언덕의 꽃들은 어느새 시들다가도 때가 되면 다시 피어나지. 금련화 역시 내년 유월이면 지금처럼 노랗게 다시 꽃을 피울 거야. 한 달 후면 클레마티스에 자줏빛 별과 같은 꽃이 필 테고, 푸른 밤과 같은 그 잎들은 해마다 자줏빛 별 무리들을 감싸 안겠지. 하지만 우리 인간의 젊음은 다시는 돌아오지 않는다네. 스무 살에 펄떡펄떡 고동치던 기쁨의 맥박도 차츰 그 기능이 둔해지지.

팔다리는 약해지고, 감각은 못쓰게 돼. 그토록 두려워하던 열정과 도저히 굴복할 용기가 없었던 격렬한 유혹의 기억에 사로잡혀 우리는 차츰 흉측한 꼭두각시로 퇴화되고 말지. 오, 청춘! 청춘! 세상에 청춘만한 것은 결코 없다네!"

도리언 그레이는 두 눈이 휘둥그레져서 경이로운 표정으로 그의 말을 듣고 있었다. 그의 손에 들려 있던 라일락 가지 하나가 자갈 위로 툭 하고 떨어졌다. 보드라운 털로 뒤덮인 벌한 마리가 다가와 윙윙 소리를 내며 라일락 가지 주위를 맴돌았다. 그러고는 이내 별처럼 생긴 작은 꽃송이들이 몽글몽글 모여 타원형의 공 모양을 이룬 라일락 위를 기어 올라가기 시작했다. 숭고한 의미를 지닌 무언가가 우리를 두렵게 할 때, 무어라 표현할 말을 찾을 수 없을 만큼 생경한 감정에 마음이 흔들릴 때, 혹은 우리를 위협하는 어떤 생각이 불현듯 머릿속을 파고들어 이제 그만 항복하라고 요구할 때, 그럴 때 우리가 사소한 것에 유독 별스러운 관심을 보이는 것과 마찬가지로 도리언은 벌 한 마리가 하는 짓을 유심히 들여다보고 있었다. 잠시 후 벌이 날아갔다. 도리언은 벌이 자줏빛 메꽃의 알록달록한 나팔 모양 꽃잎 속으로 기어 들어가는 모양을 보았다. 꽃은 잠시 떨리는 것 같더니 이내 살포시 이리저리 흔들렸다.

그때 문득 화가가 화실 문 앞에 나타나, 스타카토로 소리를 내며 그들에게 들어오라는 신호를 보냈다. 두 사람은 서로를 향해 고개를 돌린 후 빙그레 미소를 지었다.

"기다리고 있네." 화가가 큰소리로 외쳤다. "어서 들어오게. 빛이 아주 완벽해. 마시던 음료를 가지고 들어와도 좋아."

두 사람은 자리에서 일어나 함께 천천히 길을 걸어 내려갔다. 푸른색과 흰색이 어우러진 나비 두 마리가 날개를 팔랑거리며 그들 곁을 지나갔고, 정원 한 귀퉁이에 서 있는 배나무에서는 개똥지빠귀 한 마리가 노래를 부르기 시작했다.

"나를 만나 기분이 좋은가보군, 그레이 군." 헨리 경이 그를 바라보며 말했다.

"네, 지금 아주 즐거워요. 이렇게 언제까지나 즐거울 수 있을까요?"

"언제까지나라니! 그건 정말 끔찍한 단어야. 난 그 말을 들을 때면 몸서리가 쳐진다네. 여자들이 그 단어를 상당히 즐겨 사용하지. 여자들은 로맨스를 영원토록 지속시키려 발버둥 치는 바람에 모든 로맨스를 망쳐버린다네. 더구나 언제까지나라는 말은 의미 없는 단어이기도 하지. 변덕과 인생의 열정 사이에는 딱 한 가지 차이가 있는데, 그건 바로 변덕이 좀 더 오래 지속된다는 거라네."

두 사람이 화실에 들어섰을 때, 도리언 그레이는 헨리 경의 팔에 손을 올려놓았다. "그럼 우리의 우정이 변덕이 되도록 해요." 그는 자신의 대담함에 얼굴을 붉히며 낮게 중얼거린 후 곧이어 단 위에 올라 다시 자세를 취했다.

헨리 경은 고리버들로 만든 커다란 안락의자에 털썩 앉아 도리언을 관찰했다. 홀워드가 멀찌감치 떨어져 자기 작품을 감상하느라 이따금 뒷걸음질 칠 때를 제외하면, 화실 안의 정적을 깨는 것은 화폭 위에 재빠른 속도로 휙휙 붓이 지나가는 소리뿐이었다. 열린 출입문을 통해 비스듬히 쏟아지는 햇살 속에서 먼지가 황금빛을 발하며 춤을 추고 있었다. 방 안 구석 구석까지 짙은 장미 향기가 배어 있는 것 같았다.

십오 분쯤 지난 후, 홀워드는 붓질을 멈추고 도리언 그레이를 한참 동안 바라보다가 곧이어 또 한참 동안 그림을 바라보더니, 커다란 붓 하나를 집어 들어 그 끝을 깨물고는 얼굴을 찡그렸다.

"드디어 완성했어." 마침내 그는 큰소리로 외친 다음, 몸을 구부려 화폭의 왼쪽 구석에 주홍색으로 자신의 이름을 길게 그려 내려갔다.

헨리 경이 가까이 다가와 그림을 자세히 들여다보았다. 정말이지 훌륭한 예술 작품이었고, 게다가 놀라울 만큼 도리언과 흡사했다.

"이보게, 진심으로 축하하네." 그가 말했다. "금세기에 가장 훌륭한 초상화가 틀림없어. 그레이 군, 이리 와서 자네 모습을 보게."

젊은이는 마치 이제 막 꿈결에서 깨어난 듯 깜짝 놀랐다. "정말 완성이 된 거예요?" 그가 단에서 내려오며 중얼거리듯 말했다.

"그럼, 완성됐고말고." 화가가 말했다. "오늘 자넨 아주 훌륭하게 자세를 취해주었어. 정말 고마워."

"전적으로 내 덕이야." 헨리 경이 말을 가로막았다. "안 그런가, 그레이 군?"

도리언은 아무런 대꾸도 하지 않았지만, 자신의 초상화 앞을 무심히 지나 그것을 향해 몸을 돌렸다. 그리고 마침내 초상화를 보고 뒤로 물러섰을 때, 그의 두 뺨은 기쁨으로 붉게 물들었다. 생전 처음 자신의 모습을 알아본 듯 두 눈은 환희로 빛났다. 어안이 벙벙한 표정으로 그 자리에 꼼짝 않고 선 그는, 홀워드가 자신을 향해 뭐라고 말하고 있다는 걸 어렴풋이 느꼈지만 무슨 뜻인지 전혀 알아들을 수가 없었다. 자신의 아름다움에 대한 자각이 계시처럼 다가왔다. 지금껏 단 한 번도 자신이 아름답다고 느껴본 적이 없었다. 바질 홀워드가 찬사를 보낸 적이 있지만, 그저 친구로서 듣기 좋으라고 과장을 한 것이려니 생각했다. 따라서 그런 찬사를 들으면 그냥 웃어넘기고 이내 잊어버렸다. 숱한 찬사를 들었어도 그의 천성에는 아무런 영향을 미치지 않았던 것이다. 그런데 헨리 워튼 경이 다가와 자신의 아름다움에 대한 뜻밖의 격찬과, 아름다움은 눈 깜짝할 사이에 사라지고 만다는 무시무시한 경고를 들려주었다. 그 순간 헨리 경의 말 한 마디 한 마디가 그의 마음을 온통 뒤흔들었고, 이제 화폭에 그려진 자신의 사랑스러운 모습을 응시하며 서 있노라니, 헨리 경의 말이 현실로 충분히 나타날 수 있으리라는 생각이 뇌리를 스쳤다. 그렇다, 언젠가 얼굴에 쭈글쭈글 주름이 지고, 눈은 침침해 생기를 잃고, 우아한 몸매는 볼품없이 쇠약해지는 날이 올 것이다. 입술의 진홍빛은 바래고, 매끄러운 황금빛 머리카락은 하얗게 셀 것이다. 정신을 고양시켜야 할 세월은 육신을 망가뜨리고, 그렇게 외모는 쳐다보기 두려울 만큼 흉측하고 추하고 투박해질 것이다.

그런 생각을 하고 있으려니 온몸을 칼로 도려내는 것만 같은 극심한 고통이 일었고, 그의 본성을 이루는 섬세한 기질 하나하나가 예민하게 떨리기 시작했다. 그의 눈빛이 자수정처럼 깊어지더니 어느덧 희미하게 눈물이 맺혔다. 마치 얼음처럼 차가운 손 하나가 자신의 심장을 내리누르는 것만 같았다.

"마음에 안 드나?" 홀워드는 이 젊은이가 왜 이토록 침묵을 지키는지 이해하지 못한 채, 그의 침묵에 약간 기분이 상해서 마침내 큰소리로 물었다.

"당연히 마음에 들겠지." 헨리 경이 말했다. "어느 누가 이 그림을 좋아하지 않을 수 있겠나? 이 그림은 현대 예술에서 가장 위대한 작품 가운데 하나인걸. 나는 자네가 요구하는 대로 얼마든지 지불할 용의가 있네. 얼마를 주고서라도 이 그림은 꼭 내가 가져야겠어."

"이건 내 소유가 아니야, 해리."

"그럼 누구 소유란 말인가?"

"당연히 도리언의 것이지." 화가가 대답했다.

"아주 운이 좋은 젊은이로군."

"얼마나 서글픈 일일까요!" 도리언 그레이는 여전히 자신의 초상화에서 눈을 떼지 못한 채 이렇게 중얼거렸다. "얼마나 서글픈 일일까요! 나는 점점 늙고, 추하고, 끔찍해지겠지요. 하지만 이 그림은 언제까지나 젊음을 간직하고 있을 거예요. 아무리 세월이 흘러도 유월의 오늘 모습 그대로 남아 있을 거예요……. 아, 그와 정반대가 될 수만 있다면 얼마나 좋을까요! 나는 언제까지나 젊은 모습 그대로 남아 있고, 그림이 나 대신 점점 나이를 먹는다면 얼마나 좋을까요! 그렇게만 된다면, 그렇게만 된다면, 난 무슨 짓이든 할 거예요! 그래요, 그럴 수만 있다면 온 세상을 다 뒤져서라도 무엇이든 가져다 바치겠어요! 그렇게만 할 수 있다면 내 영혼이라도 바칠 거예요!"

"이런, 자네는 이런 식의 협의는 별로 좋아하지 않을 것 같은데, 바질." 헨리 경이 웃으며 큰소리로 말했다. "그렇게 되면 자네 작품이 꽤나 고역을 치러야 할 테니 말이야."

"당연히 난 결단코 반대할 수밖에 없지, 해리." 홀워드가 말했다.

그러자 도리언 그레이가 고개를 돌려 홀워드를 바라보았다. "당신이 그러실 줄 알았어요, 바질. 당신은 친구보다 예술을 더 좋아하니까요. 난 당신에게 그저 푸른색 청동 조각상에 지나지 않지요. 아니, 아마 그보다 못할지도 몰라요."

화가는 깜짝 놀라 눈을 동그랗게 뜨고 그를 바라보았다. 이런 식으로 말하다니, 평소 도리언답지 않았다. 대체 무슨 일이 있었던 거지? 도리언은 몹시 화가 난 듯 보였다. 그의 얼굴이 발갛게 달아올랐고 두 뺨은 상기되어 있었다.

"그래요." 도리언이 말을 이었다. "난 당신이 상아로 만든 헤르메스나 은으로 만든 파우누스보다 못해요. 당신은 영원히 그들을 좋아하겠지요. 하지만 날 언제까지 좋아할까요? 아마 내 얼굴에 주름 하나가 생기자마자 바로 나를 외면하겠지요. 이제 알겠어요. 미모가 뭔지는 모르겠지만 사람이 그것을 잃으면 전부를 잃는 거라는 걸 말이에요. 당신의 그림이 제게 가르쳐주었어요. 헨리 워튼 경이 전적으로 옳아요. 간직할 가치가 있는 단 한 가지는 젊음뿐이지요. 내가 늙어간다는 걸 깨닫는 순간, 난 스스로 목숨을 끊을 거예요."

홀워드는 얼굴이 하얗게 질려 도리언의 손을 잡았다. "도리언! 도리언!" 그가 소리쳤다. "그렇게 말하지 말게. 자네만큼 소중한 친구는 지금까지 단 한 명도 없었고 앞으로도 다시없을 거야. 자네 설마 물질 따위를 시샘하는 건 아니겠지, 그렇지? 자네는 그 어떤 물질과도 비교할 수 없을 만큼 근사한 사람이야!"

"난 영원히 시들지 않는 아름다움을 간직한 모든 것을 질투해요. 당신이 그린 내 초상화에도 질투를 느껴요. 나는 잃어버릴 수밖에 없는 걸 어떻게 이 초상화는 영원히 간직할 수 있는 거지요? 순간순간 시간이 흐를 때마다 내게서는 무언가가 사라지고, 이 그림에는 무언가가 더해지겠지요. 오, 정반대가 될 수만 있다면 얼마나 좋을까요! 그림은 시들어가고, 나는 언제까지나 지금 모습 이대로 살아갈 수만 있다면 얼마나 좋을까요! 왜 초상화를 그리셨나요? 언젠가 이 초상화가 나를 비웃을 거예요…… 끔찍하게 나를 비웃을 거란 말이에요!" 그의 두 눈에서 뜨거운 눈물이 흘렀다. 그는 손으로 눈물을 닦고 소파 위에 몸을 던져 마치 기도라도 하는 것처럼 쿠션에 얼굴을 묻었다. "자네가 이렇게 만들었지, 해리." 화가가 비통하게 말했다.

헨리 경은 어깨를 으쓱해 보였다. "이것이 도리언 그레이의 진정한 모습이야…… 그뿐이라고."

"그렇지 않아."

"그렇지 않다면 난 이 일과 아무 상관없지 않은가?"

"내가 부탁했을 때 자넨 갔어야 했어." 화가가 나지막이 중얼거렸다.

"자네가 부탁해서 남아 있지 않았나." 헨리 경이 대답했다.

"해리, 난 가장 소중한 두 친구와 동시에 싸울 수는 없네. 하지만 자네 두 사람은 내가 지금까지 만든 작품 가운데 가장 훌륭한 작품을 증오하게 만들었어. 그러니 하는 수 없이 이 작품을 없애버려야 하겠네. 그래봤자 기껏 화폭과 물감일 뿐이지 않나? 이 그림이 우리 세 사람 인생에 끼어들게 놔두지는 않을 걸세."

홀워드가 기다란 커튼이 드리워진 창문 아래에 설치된 전나무 화구 탁자를 향해 다가가자, 도리언 그레이는 쿠션에서 황금빛 머리를 들어 올리며 창백한 얼굴에 눈물이 얼룩진 눈으로 그를 바라보았다. 그가 저기에서 무얼 하고 있는 걸까? 홀워드의 손가락이 어지럽게 흐트러진 주석 튜브들과 말린 붓들 사이를 더듬거리며 무언가를 찾고 있었다. 그렇다, 그가 찾는 것은 얇고 유연한 강철 칼날이 달린 긴 팔레트나이프였다. 마침내 홀워드는 그것을 찾았다. 그리고 이제 막 화폭을 찢으려는 참이었다.

그때 숨이 막힐 듯 흐느껴 울던 젊은이가 소파에서 벌떡 일어나 홀워드를 향해 돌진하더니, 그의 손에서 나이프를 낚아채 화실 구석으로 내던졌다. "안 돼요, 바질, 그러지 마세요!" 그가 소리쳤다. "그건 살인이에요!"

"자네가 마침내 내 작품의 진가를 알아주어 기쁘군, 도리언." 뜻밖의 상황에 놀란 화가는 정신을 차린 후 냉정하게 말했다. "자네가 내 작품을 알아볼 거라고는 꿈에도 생각하지 못했어."

"알아보다니요? 전 이 그림에 반했는걸요, 바질. 이 그림은 제 일부예요. 그걸 느낄 수 있어요."

"그래. 내 자네가 마르자마자 니스 칠을 해서 액자에 끼워 집에 보내주겠네. 그러면 자네 자신을 가지고 마음대로 해도 좋아." 화가는 이렇게 말한 후 방을 가로질러 가 종을 울려 차를 가져오도록 했다. "당연히 차 한 잔 할 거지, 도리언? 자네도 마실 거지, 해리? 아니, 자네에게는 이처럼 단순한 즐거움은 마땅치 않으려나?"

"내가 단순한 즐거움을 얼마나 흠모하는데 그러나." 헨리 경이 말했다. "단순한 즐거움이야말로 복잡함을 피할 수 있는 마지막 도피처인걸. 하지만 무대 위가 아닌 곳에서 소동을 일으키는 건 질색이야. 자네 둘 다 어쩌면 그렇게 어리석은 사람들인지! 인간을 두고 이성적인 동물이라고 정의한 사람이 누군지 궁금하군그래. 아마도 인간에 대한 정의 가운데 가장 성급한 정의였을 거야. 인간에게는 많은 특징이 있지만 아무리 봐도 이성적이지는 않거든. 어쨌든 인간이 이성적이 아니라서 난 다행이라고 생각하네. 물론 자네들이 그림을 두고 싸우는 건 바라지 않지만. 아무래도 이 그림은 나한테 넘기는 게 훨씬 좋을 것 같은데, 바질. 이 철없는 젊은이는 진심으로 그림을 원하는 게 아니지만, 난 정말로 그림을 원하거든."

"제가 아닌 다른 사람에게 그림을 준다면, 바질, 난 절대로 당신을 용서하지 않을 거예요!" 도리언 그레이가 소리쳤다. "그리고 누구든 저를 철없는 젊은이라고 함부로 부르도록 허락하지도 않을 거고요."

"그림이 자네 거라는 거 알잖아, 도리언. 난 그림이 완성되기 전부터 이미 자네에게 주었어."

"그리고 자네가 아직 철이 없다는 것도 알고 있을 테고, 도리언 군. 자신이 굉장히 젊다는 걸 상기하는 게 아주 싫지 않다는 것도 말이야."

"오늘 아침 그 사실을 생각하고 싶지 않다고 강력하게 거부할 걸 그랬어요, 헨리 경."

"오! 오늘 아침! 그렇다면 자네는 그 이후부터 제대로 살기 시작했겠군."

그때 문 두드리는 소리가 들렸고, 곧이어 집사가 찻잔이 담긴 쟁반을 들고 들어와 작은 일본식 탁자 위에 내려놓았다. 찻잔과 받침이 달그락거리는 소리, 조지 왕조풍의 가늘고 긴 찻주전자에서 쉿쉿 김빠지는 소리가 났다. 곧이어 심부름하는 소년이 공 모양의 도자기 두 개를 가지고 들어왔다. 도리언 그레이가 탁자로 다가가 차를 따랐다. 두 남자도 내키지 않는 듯 어슬렁거리며 탁자를 향해 다가가 뚜껑 아래에 담겨 있는 것을 자세히 들여다보았다.

"오늘 밤 극장에 가세나." 헨리 경이 말했다. "분명 어딘가에 볼 만한 공연이 있을 거야. 사실 화이트 씨 댁에서 만찬 약속이 있긴 하지만, 오랜 친구 사이니까 어디가 아프다거나 혹은 계속 용무가 이어져 못 가게 됐다고 서신 한 통 보내면 될 거야. 변명거리로는 이편이 훨씬 그럴듯하겠는걸. 솔직함으로 아예 허를 찔러버리는 거지."

"복장을 갖춰 입어야 하는 것만큼 따분한 일도 없지." 홀워드가 투덜대며 말했다. "더구나 사람들이 복장을 갖춰 입은 모습은 얼마나 꼴사나운지."

"그러게 말이야." 헨리 경이 꿈을 꾸듯 말했다. "19세기식 복장은 정말 혐오스러워. 어찌나 칙칙한지 기분까지 우울해진다니까. 현대 생활에 진정으로 색채가 있다고 할 수 있는 건 오직 죄악뿐이야."

"제발 부탁이니 도리언 앞에서는 그런 말 좀 하지 말게, 해리."

"어떤 도리언 말인가? 우리에게 차를 따라주는 도리언 말인가, 아니면 저 그림 속의 도리언 말인가?"

"어느 쪽이든."

"저도 같이 극장에 가고 싶어요, 헨리 경." 젊은이가 말했다.

"그렇다면 같이 가세. 자네도 같이 갈 거지, 바질, 그렇지?"

"난 못 가겠군. 지금 당장은 갈 수가 없어. 할 일이 많거든."

"이런, 그렇다면 자네하고 나, 단둘이 가야겠군, 그레이 군."

"단둘이라도 꼭 가고 싶어요."

화가는 지그시 입술을 깨물면서 한 손에 찻잔을 들고 그림 곁으로 다가갔다. "난 진짜 도리언과 함께 있을 거야." 그가 서글픈 목소리로 말했다.

"이 그림이 진짜 도리언인가요?" 초상화의 모델이 화가를 향해 천천히 다가가며 외쳤다. "제가 정말 저렇게 생겼나요?"

"그래. 자네하고 아주 똑같아."

"세상에, 정말 근사해요, 바질!"

"적어도 겉보기에는 자네와 그림이 아주 많이 닮았어. 하지만 그림은 결코 변하지 않지." 홀워드가 한숨을 쉬었다. "그거야말로 근사한 일 아닌가."

"실물과 똑같다는 것, 무언가에 충실하다는 것에 사람들은 지나치게 법석을 떤다니까!" 헨리 경이 탄식했다. "이보게, 사랑마저도 순전히 생리적인 욕구에 달린 문제라네. 자신의 의지와는 아무런 상관이 없단 말이지. 젊은 남자들은 정절을 지키고 싶어도 그렇게 안 되고, 나이 든 남자들은 부정을 저지르고 싶어도 그럴 수가 없거든. 우리가 할 수 있는 말은 그것뿐이네."

"오늘 밤에 극장에 가지 말게, 도리언." 홀워드가 말했다. "가지 말고 나하고 같이 저녁을 먹지."

"그럴 수 없어요, 바질."

"왜지?"

"벌써 헨리 워튼 경과 같이 극장에 가기로 약속했잖아요."

"약속을 지킨다고 해서 헨리 경이 자네를 더 좋아하지는 않을 거야. 헨리 경은 자신이 한 약속도 매번 어기는 사람이니까. 부탁이니 극장에 가지 말게."

도리언 그레이는 웃으며 고개를 저었다.

"이렇게 부탁할게."

젊은이는 잠시 망설이면서 헨리 경을 바라보았고, 헨리 경은 차 탁자 앞에 서서 재미있다는 듯 미소를 지으며 그들을 지켜보았다.

"난 가야 해요, 바질." 그가 대답했다.

"그래, 좋아." 홀워드가 대답했다. 그는 걸음을 옮겨 쟁반 위에 찻잔을 내려놓았다. "좀 늦었는걸. 옷도 갈아입어야 하니 서두르는 게 좋겠어. 잘 가게, 해리. 잘 가, 도리언. 조만간 날 만나러 와야 하네. 그래, 내일 오는 게 좋겠군."

"물론이지요."

"잊지 말고."

"그럼요, 절대로 잊지 않을게요." 도리언이 큰소리로 말했다.

"저, 그리고…… 해리!"

"왜 그러나, 바질?"

"오늘 아침 정원에서 내가 부탁한 말, 꼭 기억해주게."

"이런, 자네가 무슨 말을 했는지 벌써 잊어버렸는걸."

"자네를 믿겠네."

"나도 나를 믿을 수 있으면 좋겠군."

헨리 경이 웃으며 말했다. "이리 오게, 그레이 군. 내 이륜마차가 밖에서 대기하고 있으니 자네 집까지 데려다줄 수 있을 거야. 잘 있게, 바질. 정말 즐거운 오후였어."

그들이 가고 문이 닫히자 화가는 소파에 털썩 주저앉았다. 그 순간 그의 얼굴에 고통스러운 표정이 드리워졌다.

3

다음 날 열두 시 삼십 분, 헨리 워튼 경은 커즌 가에서부터 올 버니까지 천천히 걸어 숙부 퍼머 경을 방문했다. 퍼머 경은 행동은 다소 거칠는지 몰라도 성격은 다정한 늙은 독신남이 었었다. 그는 자신이 딱히 이익을 얻지 못하는 바깥세상에서는 이기적인 인간으로 불리는 반면, 자신을 즐겁게 해주는 사람들에게는 뭐든 풍족하게 제공해 사교계에서는 아량이 넓은 사람으로 알려져 있었다. 그의 부친은 이사벨라 여왕이 어린 시절, 프림이 아직 중요한 인물로 떠오르기 전에 스페인 마드리드의 대사직을 지내다가, 태생으로 보나, 나태한 성품으로 보나, 급송 공문서를 작성하는 뛰어난 문장력으로 보나, 쾌락을 즐길 줄 아는 넘쳐흐르는 열정으로 보나, 파리 주재 대사관으로 자기만한 인물이 없을 거라 믿고 있었지만, 임명되지 못하자 욱하는 성격에 충동적으로 외교관직을 사임했다. 아버지의 사무관으로 일하던 아들은 그의 상관과 함께 사무관직을 은퇴했는데, 당시 이 일은 다소 어리석은 행동으로 여겨졌지만, 몇 달 후 귀족의 직위를 이어받아 그야말로 손가락 하나 까딱하지 않는 위대한 귀족의 기술을 연마하기에 힘썼다. 그는 도시에 대저택을 소유하고 있었으나 덜 거추장스럽다는 이유로 하숙집에서 생활하는 걸 더 좋아했으며, 식사는 회원으로 있는 클럽에서 주로 해결했다. 한편 그는 중부의 몇몇 주에 있는 탄광 경영에도 상당한 관심을 보였는데, 이처럼 오명이 될지도 모를 사업에 손을 대려는 이유인즉슨, 신사가 석탄을 소유하면 자기 집 난로에 남부럽지 않을 만큼 풍족한 연료를 땔 수 있다는 이점이 있기 때문이었다. 정치적으로는 토리당을 지지했는데, 정작 토리당이 집권하던 시기에는 급진주의자들의 무리라며 호되게 비판을 가하며 지지하지 않았다. 그를 긇리는 하인에게는 영웅이었으며, 반대로 그가 괴롭히는 대부분의 친척들에게는 공포의 대상이었다. 이처럼 그는 영국에서나 나올 법한 인물이었지만, 정작 본인은 영국이 망해가고 있다고 입버릇처럼 말하곤 했다. 그의 원칙들은 다분히 시대에 뒤떨어진 것이었다. 그러나 그가 그런 편견을 갖는 데에는 그럴 만한 이유가 충분했다.

숙부의 방에 들어선 헨리 경은 털이 북슬북슬하게 난 투박한 사냥 외투를 입고 의자에 앉아 엽궐련을 피우면서 '타임스'를 읽으며 뭐라고 구시렁거리는 숙부의 모습을 발견했다. "오, 헨리." 노신사가 말했다. "어떻게 이렇게 일찍 왔냐? 너 같은 댄디들은 두 시나 돼야 일어나서 다섯 시 전까지는 코빼기도 보이지 않는 줄 알았는데."

"친척간의 순수한 애정의 힘이지요. 정말이에요, 조지 숙부님. 숙부님께 뭐 부탁드릴 것도 있고요."

"보나마나 돈 문제겠지." 퍼머 경이 얼굴을 찡그리며 말했다. "그래, 어쨌든 앉아서 이야기나 해봐라. 요즘 젊은 사람들은 돈이면 다 되는 줄 안다니까."

"그러게 말이에요." 헨리 경이 코트 단추 구멍에 꽂는 장식꽃을 고정시키며 중얼거렸다. "그리고 젊은 사람들은 나이를 먹을수록 그 사실을 확실하게 깨닫게 되지요. 하지만 전 돈 때문에 온 게 아니에요. 청구서를 지불해야 하는 사람이나 돈이 필요한 것이지요. 조지 숙부, 전 한 번도 돈을 지불해본 적이 없는 걸요. 신용이야말로 젊은이의 자산이며, 젊은 사람은 신용만으로도 얼마든지 즐겁게 지낼 수 있답니다. 더구나 전 언제나 다트무어의 상인들과 거래를 하기 때문에 성가실 일이 전혀 없어요. 제가 원하는 건 정보입니다. 당연히 유용한 정보는 아니에요. 아무짝에도 쓸모없는 정보가 필요합니다."

"정보라, 영국 사교계 명단에 기록된 내용이라면 무엇이든 말해주마, 해리. 요즘엔 그 안에 별 쓸데없는 소리들까지 죄다 기록되어 있지만 말이야. 내가 외교부에 있을 땐 지금보다 훨씬 괜찮았다. 한데 듣자하니 요즘엔 시험을 봐서 사람을 뽑는다고 하더구나. 그러니 뭐 기대할 만한 정보가 있겠냐? 시험이란 처음부터 끝까지 순 엉터리인걸. 신분이 높은 사람이라면 알 만한 내용은 충분히 알고 있고, 신분이 높은 사람이 아니라면 기껏 뭘 안다 해도 쓸데없는 것들뿐이니 말이다."

"도리언 그레이 군은 영국 사교계 명단에 들어 있지 않겠지요, 조지 숙부." 헨리 경이 무심한 듯 말했다.

"도리언 그레이라고? 그게 누구냐?" 퍼머 경이 숱 많은 흰 눈썹을 찌푸리며 물었다.

"그걸 알고 싶어서 온 거예요, 조지 숙부. 아니, 솔직히 말씀드리면 사실 전 도리언 그레이가 어떤 사람인지 알아요. 돌아가신 켈소 경의 외손자이지요. 그의 어머니는 데버루, 그러니까 마거릿 데버루 부인이고요. 그의 어머니에 대해 알고 싶어서 숙부님을 찾아온 거예요. 그의 어머니는 어떻게 생긴 분인가요? 누구와 결혼했지요? 숙부님은 같은 연배의 분들은 거의 모두 알고 계시니까, 그의 어머니에 대해서도 아실지 몰라서요. 전 요즘 그레이 군에게 대단히 관심이 많아요. 조금 전에도 그를 만나고 온 걸요."

"켈소의 외손자라!" 노신사가 되풀이해 말했다. "켈소의 외손자! 물론…… 그 청년의 모친을 아주 잘 알고 있지. 아마 그녀의 세례식에도 참석했을걸. 마거릿 데버루, 맞아, 아주 아름다운 처녀였는데, 이름도 없는 어느 보병 연대 소위던가 뭐 그 비슷한 지위에 있던, 찢어지게 가난하고 별 볼일 없는 젊은 녀석과 달아나는 바람에 마을 남자들이 전부 난리가 났었지. 암, 그랬고말고. 마치 어제 일처럼 생생하게 기억이 나는구나. 그 불쌍한 젊은 녀석은 결혼한 지 몇 달 후 벨기에의 휴양지 스파에서 결투를 벌이다 목숨을 잃었지. 한동안 그 일에 대해 끔찍한 이야기가 떠돌았단다. 사람들 말로는 켈소가 아주 교활한 사기꾼을, 그러니까 벨기에 출신의 아주 잔인한 놈을 고용해 사람들 앞에서 자기 사위를 욕보이도록 시키고 그놈에게 돈을 지불했다는 거야. 세상에, 그런 일을 시키고 돈을 지불하고, 그래서 고용된 작자는 그의 사위를 마치 비둘기 끼우듯 꼬챙이에 끼워 죽였다는구나. 그 일은 쉬쉬하며 묻혔지만, 거참, 켈소는 그 후로 한동안 클럽에서 혼자 식사를 했단다. 듣기로는 그가 자기 딸을 데리고 왔는데, 딸이 아버지와 다시는 말을 하지 않았다는구나. 아, 정말이지, 아주 불행한 일이었어. 딸도 결국은 죽었거든, 일 년도 안 돼서 말이다. 그런데 그 딸이 아들 하나를 남겼나 보구나, 그런 거냐? 세상에, 그건 까맣게 몰랐네. 어떤 청년이냐? 제 어미를 닮았으면 틀림없이 아주 잘생긴 청년이겠구나."

"아주 잘생겼어요." 헨리 경이 인정했다.

"괜찮은 사람이 그를 돌봐주면 좋을 텐데." 노인이 말을 이었다. "켈소가 자기 외손자에 대한 의무를 다했다면 그 청년 앞으로 상당한 돈이 상속됐을 게야. 그의 어머니한테도 재산이 꽤 있었지. 그녀의 할아버지가 셀비의 시골 땅 전부를 그녀 앞으로 해놓았거든. 그녀의 할아버지는 켈소를 몹시 싫어했어. 야비한 놈이라고 생각할 정도로 말이야. 뭐 사실이 그렇기도 했고. 내가 마드리드에 있을 때 켈소가 그곳에 한 번 온 적이 있었단다. 세상에, 내가 그 사람 때문에 그때 얼마나 부끄러웠는지 모른다. 요금 때문에 항상 마부와 으르렁대는 저 영국 귀족이 누구냐고 여왕께서 수시로 내게 물으셨거든. 어딜 가나 그 이야기를 안 하는 데가 없었지. 정말이지 한 달 동안 궁정에 얼굴을 들고 다닐 수가 없었다. 그가 자기 손자를 전세마차 마부들보다는 잘 대해주면 좋으련만."

"글쎄요." 헨리 경이 대답했다. "제 생각에는 그 청년이 풍족하게 살 만한 재산을 받을 것 같은데요. 아직은 그럴 나이가 안 됐지만요. 제가 알기로는 셀비 땅이 그의 소유로 되어 있을 거예요. 그가 그렇게 말했으니까요. 그런데…… 그의 어머니가 아주 미인이었나요?"

"마거릿 데버루는 내가 본 사람들 가운데 가장 아름다운 사람이었단다, 해리. 도대체 그런 여자가 뭐가 모자라서 그렇게 처신했는지 도저히 이해가 안 되더구나. 원하기만 하면 누구하고라도 결혼할 수 있는 여자가 말이야. 칼링턴이 그녀를 미친 듯이 쫓아다녔지. 하지만 그녀는 워낙 낭만적인 성격이었단다. 그 집안 여자들이 다 그랬어. 남자들은 하나같이 별 볼일 없었지만. 암, 하나같이 시시했지! 하지만 여자들은 아주 훌륭했다. 칼링턴은 그녀에게 무릎까지 꿇고 애원했지. 그가 직접 내게 말해줬단다. 하지만 그녀는 그를 비웃었어. 그 당시 런던 시내에서 그를 좋아하지 않는 처녀가 단 한 명도 없을 정도였는데 말이야. 그나저나, 해리, 어리석은 결혼 얘기가 나와서 말인데, 네 아버지 말이 다트무어가 미국 여자와 결혼하고 싶어한다던데, 이 말도 안 되는 소리가 다 뭐냐? 영국 여자들은 만족스럽지 않다는 게냐?"

"요즘은 미국 여자하고 결혼하는 게 유행이에요, 조지 숙부."

"난 온 세상 사람이 뭐라 해도 영국 여자를 지지할 거다, 해리." 퍼머 경이 주먹으로 탁자를 탕 치면서 말했다.

"하지만 아무래도 미국 여자와 결혼하는 게 장점이 많아요."

"미국 여자들은 진득하지 못하다고 하더구나." 숙부가 중얼거리며 말했다.

"오랜 약혼 기간에 그들이 지치는 건 사실이지만, 장애물 경마 솜씨는 아주 훌륭해요. 아예 날아갈 것처럼 빠르다니까요. 그나저나 다트무어가 미국 여자와 결혼할 가능성이 있을지 모르겠어요."

"여자 쪽 부모님은 뭐 하시는 분이냐?" 노신사가 투덜대는 투로 말했다. "양친은 모두 살아 있고?"

헨리 경은 고개를 저었다. "영국 여자들이 과거를 숨기는 재주가 탁월하다면, 미국 처녀들은 자기 부모를 숨기는 데 도가 텄지요." 그가 집을 나서기 위해 일어서면서 말했다.

"아마 돼지고기 가공업이나 하겠지."

"다트무어를 위해서 그러면 좋겠어요, 조지 숙부. 미국에서는 돼지고기 가공업이 정치 다음으로 벌이가 좋은 직업이라던데요."

"그래, 여자는 예쁘냐?"

"아름다운 여자인 것처럼 행동하더군요. 미국 여자들 대부분이 그래요. 그게 그들 매력의 비결이지요."

"그런데 이 미국 여자들은 왜 자기네 나라에 안 있는 거냐? 사람들은 미국이 여자들한테 천국이라고 노상 이야기하던데 말이야."

"사람들 말이 맞아요. 미국 여자들이 미국을 벗어나려고 그렇게 안달을 하는 것도 그래서지요, 이브처럼 말이에요." 헨리 경이 말했다. "이만 가봐야겠어요, 숙부. 더 지체하다간 점심에 늦겠어요. 궁금했던 정보를 알려주셔서 감사합니다. 제가 워낙 새로운 친구들에 대해서는 시시콜콜 알고 싶어하잖아요. 오래된 친구에 대해서는 전혀 알고 싶은 게 없지만."

"점심은 어디에서 하는 거냐, 해리?"

"애거사 숙모 댁에서요. 저와 그레이 군이 같이 가겠다고 말씀드렸어요. 그레이 군은 최근 숙모의 피후견인이거든요."

"흠! 가서 네 숙모 애거사에게 전해라, 해리. 자선기금을 보태달라는 둥 더 이상 날 괴롭히지 말아달라고 말이다. 그런 호소에는 아주 신물이 난다. 도대체 왜 그 훌륭한 여자는 오래 가지도 않을 어리석은 짓거리에 내가 무조건 수표를 써줄 거라고 생각하는지 알다가도 모르겠다."

"알겠어요, 조지 숙부, 숙모님께 말씀은 드리겠지만 숙모가 제 말을 들으실 것 같지는 않은데요. 본래 남에게 잘 베푸는 사람들이 인정이라고는 없잖아요. 그게 그런 사람들의 특징적인 성격이고요."

노신사는 조카의 말에 만족스러워하며 나지막하게 구시렁거렸고, 곧이어 종을 울려 하인을 불렀다. 헨리 경은 벌링턴 가로 들어가는 지붕 낮은 상가를 지나 버클리 광장 방향으로 걸음을 옮겼다.

도리언 그레이의 태생이 그렇단 말이지. 가히 노골적이다 싶은 이야기를 들어서인지, 기이하고 거의 현대적인 로맨스를 생각하느라 그의 마음은 아직도 흥분이 가라앉지 않았다. 광기에 가까운 열정 하나로 모든 위험을 감수한 아름다운 여인. 믿을 수 없을 만큼 극악무도한 아버지의 행위로 인해 한순간에 막을 내리고 만, 몇 주 동안의 짧고 격렬했던 행복. 그 후 말없이 고통으로 보낸 몇 달, 그리고 비탄 속에서 태어난 자식. 갑작스레 죽음을 맞은 어머니. 고독과 무정한 늙은이의 횡포 속에 홀로 남은 소년. 그렇다, 이거야말로 흥미로운 성장 배경이었다. 이러한 배경으로 인해 청년은 특유의 분위기를 지니게 되었고, 이는 그를 실제 모습보다 더 완벽하게 만들어 주었다. 세상에 존재했던 더할 수 없이 아름다운 모든 것들 뒤에는 비극적인 요소가 숨어 있지 않던가. 아무리 보잘것없는 꽃이라 할지라도 활짝 피어나려면 산고의 고통을 겪어야 했으리라……. 그러고 보니 어젯밤 클럽에서 만찬을 함께했을 때 맞은편에 앉은 그의 모습은 얼마나 매력적이었던가. 놀란 듯 둥그레진 두 눈과 쾌락이 두려운 듯 벌어진 입술, 막 잠에서 깨어난 듯 어리둥절한 얼굴에 감돈 짙은 장밋빛은 촛불의 그림자마저 붉게 물들였었지. 그와 이야기하는 것은 마치 정교한 바이올린을 연주하는 것과 같았으니, 활을 켜서 진동을 일으키면 그때마다 일일이 반응을 보였어……. 누군가에게 영향을 주는 일에는 마음을 송두리째 사로잡는 무언가가 있었다. 그 어떤 활동이 이처럼 매혹적일까. 누군가의 영혼을 우아한 외형 속에 투영시켜 잠시 그 안에 머무르게 하는 것. 누군가의 지적인 견해에 열정과 젊음이 더해져 더할 수 없이 아름다운 소리로 메아리치는 걸 듣는 것. 맑은 액체처럼 혹은 알수 없는 향기처럼 누군가의 기질이 다른 사람의 기질로 전해지는 것. 그 안에 진정한 기쁨이 있었으니―어쩌면 지금의 우리 세대처럼 제한되고 천박한 세대에, 쾌락을 추구하는 데 있어서 추잡할 정도로 육욕적이며 교양이라고는 찾아볼 수 없이 모두가 들고 일어나 그 목적을 추구하려는 세대에, 이보다 더 만족스러운 기쁨이 또 있을까……. 아주 기이한 인연으로 바질의 화실에서 만난 이 젊은이는 실로 놀라울 만큼 아름다운 인물의 전형이거나, 아니면 적어도 놀라울 만큼 아름다운 인물의 전형으로 만들어질 수 있었다. 그에게는 우아한 매력이 있었고, 소년기 특유의 순백의 순수와 고대 그리스의 대리석 조각과 같은 아름다움이 우리 모두를 위해 간직되어 있었다. 누구든 그와 함께라면 못할 것이 없었다. 그는 타이탄이 될 수도 있고, 하찮은 장신구가 될 수도 있다. 아, 그토록 아름다운 미모도 언젠가는 사라져야 하다니, 이 얼마나 안타까운 노릇인가! 그리고 바질은 또 어떠한가? 심리학적인 관점에서 보았을 때 그는 얼마나 흥미로운 인간인가! 그저 눈에 보이는 존재일 뿐 예술이 뭔지 삶이 뭔지 전혀 알지 못하는 한 인물을 상대로 그토록 기이한 영감을 받을 줄 아는, 그의 예술을 대하는 새로운 자세, 삶을 바라보는 참신한 방식이라니. 어둑한 숲 속에 사는 소리 없는 정령이 사람들 눈에 띄지 않게 드넓은 들판으로 걸어와 숲의 요정 드라이어드 같은 제 모습을 불현듯 드러냈는데도 그가 전혀 놀라지 않은 건, 경이로운 것들만 모습을 드러내는 놀라운 상상력이 언제나 그녀를 찾아 헤매던 그의 영혼 속에서 마침내 눈을 떴기 때문이리라. 한낱 형태와 원형에 불과한 것들이 마치 본래는 뭔가 다른 원형이며 보다 완벽한 형태인 양, 그림자까지도 진짜로 보일 정도로 우아하게 다듬어져 이를테면 일종의 상징적인 가치를 얻게 되니, 이 모두가 얼마나 신기한 일이란 말인가! 헨리 경은 역사를 더듬어 이와 유사한 일들을 떠올려보았다. 그래, 이러한 현상을 제일 처음 분석한 이는 사고하는 예술가 플라톤이 아니었던가? 또한 이러한 현상을 소네트 연작처럼 색색의 대리석으로 조각했던 이는 미켈란젤로 부오나로티가 아니었던가? 하지만 작금의 세기에는 이러한 현상이 희한하게 나타나고 있으니……. 그렇다, 도리언 그레이가 자신의 경이로운 초상화를 그린 화가에게 아무것도 모르고 했던 행동을 이제는 그가 이 젊은이에게 시도해볼 것이다. 이제는 그가 청년에게 지배력을 발휘할 방법을 모색할 것이며―사실상 이미 절반가량은 그렇게 되었다고 봐도 좋았다. 이 불가사의한 영혼을 자신의 소유로 만들 것이다. 사랑과 죽음의 아들인 이 젊은이에게는 마음을 사로잡는 무언가가 있었다.

그는 이런 생각에 잠기다가 문득 걸음을 멈추어 주변의 저택들을 흘긋 쳐다보았다. 그러고는 숙모의 저택에서 제법 멀리 지나쳐 왔다는 걸 깨닫고, 멋쩍은 미소를 지으며 오던 길을 되돌아갔다. 다소 어둠침침한 현관에 들어서자, 다른 손님들은 모두 점심을 들기 위해 자리를 옮겼다고 집사가 전해주었다. 그는 하인 한 명에게 모자와 지팡이를 건네주고 식당으로 들어갔다.

"여느 때처럼 늦었구나, 해리." 숙모가 고개를 저으며 그에게 큰소리로 말했다.

그는 빤한 핑계를 꾸며댄 다음 숙모 옆의 빈자리에 앉으면서 누가 참석했는지 보기 위해 주위를 둘러보았다. 도리언이 식탁 맨 끝에서 고개를 숙여 그에게 수줍게 인사했는데, 꽤나 즐거운 듯 두 뺨에 살며시 홍조가 떠올랐다. 맞은편에는 성품도 기질도 놀라울 만큼 훌륭해 아는 사람들 모두가 무척이나 좋아하는 공작부인이 있었다. 그녀는 공작부인이 아닌 평범한 여자였다면 현대 역사가들이 뚱뚱하다고 묘사했을 만큼 전체적으로 풍채가 좋았다. 부인의 오른쪽 옆자리에는 의회의 급진주의자 토머스 버든 경이 앉았는데, 그는 모두에게 잘 알려진 현명한 규칙에 따라 공적인 자리에서는 자기 당 지도자의 원칙을 받들고 사적인 자리에서는 최고의 요리사들을 쫓아다녀, 보수적인 토리당원들과 함께 만찬을 즐기는가 하면 진보적인 자유주의자들과 함께 의견을 교환하는 인물이었다. 부인의 왼쪽 자리를 차지한 트레들리 출신의 노신사 어스킨 씨는 상당한 매력과 교양을 갖추었지만, 한때 그가 애거사 부인에게 직접 설명한 바 있듯이, 서른 살 이전에 이미 해야 할 말을 다 해버렸다면서 시종일관 입을 꾹 닫고 한마디도 하지 않는 나쁜 습관에 빠져 있었다. 그의 옆자리에 앉은 밴들러 부인은 숙모의 오랜 친구들 가운데 한 명으로, 여자들 사이에서는 단연 덕이 높지만 옷차림이 어찌나 촌스러운지 그녀를 보면 표지가 다 낡아 너덜너덜해진 성경책이 연상되었다. 헨리 경에게는 다행스럽게도, 대단히 지적이지만 평범하기 그지없으며 하원 의원 성명서만큼이나 심심한 중년의 포델 경이 밴들러 부인의 맞은편에 앉아 있었다. 지금 밴들러 부인은 매우 열정적이고 진지한 태도로 포델 경과 대화를 나누고 있는데, 이는 한때 헨리 경이 직접 의견을 말한 바 있지만, 그야말로 대단히 선량한 사람들이 쉽게 빠져드는, 그러면서도 그들 가운데 누구도 절대 헤어나지 못하는 도저히 용서할 수 없는 잘못이었다.

"우리는 지금 딱한 다트무어에 대해 이야기하고 있는 중이라네, 헨리 경." 공작부인이 식탁 너머로 그를 향해 상냥하게 고개를 끄덕이면서 큰소리로 말했다. "다트무어가 그 매력적인 젊은 여자와 정말로 결혼하게 될 것 같나?"

81

"전 그녀가 다트무어에게 청혼하기로 마음을 굳혔다고 믿습니다, 공작부인."

"이런 망측한 일이 다 있나!" 애거사 부인이 외쳤다. "정말이지 누가 나서서 말려야 해요."

"믿을 만한 소식통에 따르면, 그 아가씨 아버지가 미국에서 직물 상점을 한다고 합니다." 토머스 버든 경이 거만한 표정으로 말했다.

"제 숙부님께서는 돼지고기 가공업이라고 말씀하시던데요, 토머스 경."

"직물 상점이라! 미국의 직물 상점은 어떤가?" 공작부인이 깜짝 놀라 커다란 두 손을 들어 올린 채 '어떤가'에 힘을 주어 물었다.

"미국 소설 같지요." 헨리 경이 메추라기 고기를 조금 입에 넣으며 대답했다.

공작부인은 도무지 뭐가 뭔지 모르겠다는 표정을 지었다.

"헨리 경 말에 신경 쓰지 마세요, 공작부인." 애거사 부인이 속삭이며 말했다. "저 애가 하는 말은 귀담아 들을 게 하나도 없답니다."

"미국이 발견됐을 때 말입니다." 그때 급진당원인 토머스 버든 경이 입을 열어 꽤나 지루한 사실들을 나열하기 시작했다. 한 가지 주제를 끝까지 말하려 드는 사람들이 늘 그렇듯이, 그 역시 듣는 사람들을 지치게 만들었다.

　마침내 공작부인이 한숨을 쉬며 자신의 특권을 발휘해 그의 연설을 가로막았다. "미국이 아예 발견되지 않았더라면 얼마나 좋았을까요!" 그녀가 외쳤다. "정말이지, 그 바람에 오늘날 영국 처녀들은 선택받을 기회가 적어졌잖아요. 이건 매우 부당한 일이에요."

　"하지만 어쩌면 미국은 결코 발견되지 않았는지도 모릅니다." 어스킨 씨가 말했다. "나 같으면 미국이 단지 탐지 단계일 뿐이라고 말했을 거예요."

　"오! 하지만 전 실제로 거주하는 사람들을 본 적이 있는걸요." 공작부인이 멍한 표정으로 대꾸했다. "말이야 바른 말이지만, 대부분의 미국 아가씨들은 굉장히 예쁘답니다. 옷도 아주 세련되게 입고요. 그들은 모든 옷을 파리에서 지어 입지요. 아, 나도 파리에서 옷을 지어 입어보고 싶어요."

　"착한 미국인은 죽어서 파리에 간다고 하던데요." 익살이 벗어던진 옷들만 잔뜩 주워 입는 토머스 경이 껄껄 웃으며 말했다.

　"정말요! 그럼 악한 미국인은 죽어서 어디로 가나요?" 공작부인이 물었다.

　"그들은 미국으로 가지요." 헨리 경이 낮은 목소리로 말했다.

　토머스 경이 눈살을 찌푸렸다. "아무래도 조카님은 저 위대

한 나라에 대해 편견을 가지고 있는 것 같습니다." 그가 애거
사 부인에게 말했다. "저는 그 나라 관리직 사람들이 제공한
자동차를 타고 미국 전역을 여행했어요. 그 사람들은 그런 문
제에 있어서는 대단히 예의가 바르지요. 미국에 다녀오면 틀
림없이 배울 점이 많을 겁니다."

"하지만 무언가를 배우기 위해 우리가 꼭 시카고를 가봐야
겠습니까?" 어스킨 씨가 푸념하듯 말했다. "그런 여행이라면
하고 싶지 않군요."

토머스 경이 손을 저었다. "트레들리의 어스킨 씨는 본인의
책장에서 세상을 보시는군요. 하지만 우리 같은 실질적인 남
자들은 책으로 세상일을 알기보다는 직접 가서 경험하는 걸
좋아합니다. 미국인들은 무척 흥미로운 사람들이에요. 그들은
사리 분별이 아주 뛰어나지요. 제 생각에는 그런 점이 미국인
특유의 성격인 것 같습니다. 그래요, 어스킨 씨, 사리 분별이
대단히 뛰어난 사람들이에요. 분명히 말씀드리지만, 미국인들
에게 허튼짓이란 없단 말입니다."

"그거 정말 따분하겠군요!" 헨리 경이 큰소리로 말했다. "전
잔인한 폭력은 참을 수 있어도 맹목적인 이성은 도저히 견딜
수 없거든요. 그처럼 맹목적으로 이성만 추구하다니, 그건 좀
편파적이지 않나요. 그러니 지적 능력이 떨어지는 사람들이
사는 게 괴로운 거라고요."

"난 자네 말이 이해가 안 가는군." 토머스 경이 차츰 얼굴을 붉히며 말했다.

"난 이해가 되는구먼, 헨리 경." 어스킨 씨가 미소를 지으며 나지막이 말했다.

"역설이라는 그 나름의 방식은 아주 마음에 들지만⋯⋯." 준남작 토머스 경이 다시 덧붙였다.

"그 말이 역설이었나?" 어스킨 씨가 물었다. "난 그렇게 생각하지 않았네. 하지만 생각해보니 어쩌면 역설이었을지도 모르겠군. 하긴, 역설적인 방식은 사실적인 방식이기도 하니까. '진실'인지 아닌지 시험하려면 사실을 팽팽한 줄 위에 놓고 보아야 합니다. '진실'이 곡예사가 될 때, 그때 우리는 비로소 그것을 판단할 수 있는 거지요."

"원, 저런!" 애거사 부인이 말했다. "당신네 남자들은 어쩌면 이렇게도 논쟁을 좋아하는지 모르겠어요! 당신들이 무슨 말을 하는지 난 하나도 못 알아듣겠습니다. 오! 해리, 내가 너 때문에 정말 못살겠구나. 넌 왜 우리 잘생긴 도리언 그레이 씨에게 이스트엔드에서 하는 자선 행사를 그만두라고 설득하려 드는 거냐? 도리언 씨라면 아주 큰 도움이 될 텐데 말이야. 그 지역 사람들은 이분의 연주를 무척 좋아할 거다."

"전 그레이 군이 저를 위해 연주하길 바라는데요." 헨리 경이 미소를 지으며 큰소리로 말했고, 식탁을 내려다보다 자신

의 말에 응답하는 환한 눈빛을 언뜻 바라보았다.

"그렇지만 화이트채플 사람들은 얼마나 불행한 사람들인지 모른단다." 애거사 부인이 말을 이었다.

"전 무엇이든 동정할 수 있어요. 고통을 제외하면 말이에요." 헨리 경이 어깨를 으쓱하며 말했다. "하지만 고통은 도저히 동정이 안 가요. 그건 너무 추악하고, 너무 끔찍하고, 너무 비참하거든요. 고통에 공감하는 현대인의 마음에는 무언가 상당히 병적인 면이 있어요. 공감을 하려면 다채로운 색깔이나 아름다움이나 삶의 기쁨 같은 것에 공감해야 해요. 인생의 상처에 대해서는 말을 삼갈수록 좋은 법이지요."

"그렇지만, 이스트엔드는 매우 중요한 문제라네." 토머스 경이 근엄하게 고개를 저으며 말했다.

"그렇고말고요." 젊은 헨리 경이 대꾸했다. "문제는 노예제도인데, 우리는 기껏 노예들을 즐겁게 해주는 것으로 이 문제를 해결하려 하고 있습니다."

정치인이 그를 날카롭게 바라보았다. "그렇다면 자네는 어떤 방법으로 이 문제를 개선해야 한다고 생각하나?" 그가 물었다.

헨리 경이 소리 내어 웃었다. "날씨를 제외하면 전 영국에 있는 어떤 것도 개선되길 바라지 않는데요." 그가 대답했다. "철학적 사색만으로도 대만족인걸요. 하지만 19세기가 과도

한 동정심 낭비로 파산했으니, 우리 스스로를 바로잡기 위해 이제는 과학에 호소해야 한다고 말씀드리고 싶습니다. 감정의 장점은 그것이 우리를 타락시킨다는 것이며, 과학의 장점은 그것이 감정적이지 않다는 것이니까요."

"하지만 우리에게는 막중한 책임이 있잖아요." 밴들러 부인이 머뭇머뭇 한마디 던져보았다.

"그래, 굉장히 막중하지." 애거사 부인이 되풀이해 말했다. 헨리 경이 어스킨 씨 쪽을 바라보았다. "인간은 자기 자신에 대해 너무 진지하게 생각해요. 그것이 바로 세상이 지은 원죄지요. 원시 인류가 웃는 법을 알았더라면 역사는 지금 같지 않았을 텐데 말이에요."

"정말로 아주 위안이 되는군." 공작부인이 떨리는 목소리로 말했다. "난 자네 숙모를 보러 올 때면 언제나 조금은 죄책감을 느꼈지. 사실 난 이스트엔드에 전혀 관심이 없었으니까. 한데 이제 앞으로는 얼굴을 붉히지 않고도 자네 숙모를 똑바로 쳐다볼 수 있을 것 같군그래."

"부인께서는 얼굴이 발그레 달아오른 모습이 아주 잘 어울리십니다." 헨리 경이 말했다.

"그거야 젊을 때나 그렇지." 공작부인이 대답했다. "나 같은 늙은이가 얼굴이 붉어지면, 그건 아주 나쁜 조짐일세. 오! 헨리 경, 다시 젊어지는 법이 있으면 내게 말해주게."

그는 잠시 생각에 잠긴 뒤 다시 입을 열었다. "젊은 시절에 저지른 어떤 큰 잘못 가운데 기억나는 게 있으십니까, 공작부인?" 그가 식탁 건너편에 앉은 공작부인을 바라보며 물었다. "유감스럽게도 너무 많지." 공작부인이 큰소리로 대답했다. "그렇다면 그 잘못들을 다시 저지르는 겁니다." 그가 진지하게 말했다. "젊은 시절로 돌아가려면 단지 그 시절에 저지른 어리석은 짓을 반복하기만 하면 되지요."

"그거 정말 재미있는 이론이군!" 공작부인이 탄성을 질렀다. "이론대로 실행해봐야겠어."

"위험한 이론입니다!" 토머스 경이 앙다문 입술을 떼고서 말했다.

애거사 부인은 고개를 절레절레 흔들었지만 이 상황이 재미있어 어쩔 줄 모르겠다는 표정이 역력했다. 어스킨 씨는 대화를 가만히 경청하고 있었다.

"그렇습니다." 헨리 경이 말을 이었다. "그것이 바로 인생의 가장 큰 비밀 가운데 하나지요. 오늘날 대부분의 사람들은 인생에 은근슬쩍 달라붙어 기생하는 상식이라는 놈 때문에 몹시 괴로워하며 살고 있지만, 사람이 결코 후회하지 않을 단 한 가지가 자신이 저지른 실수뿐이라는 걸 깨달을 땐 이미 세월이 한참 흐른 뒤랍니다."

식탁 주위로 웃음소리가 퍼졌다.

헨리 경은 그냥 한번 그런 생각을 해봤을 뿐이고, 그 생각을 제 마음대로 부풀렸다. 그런 다음 공중으로 붕 날려 다른 모양으로 변형시킨 후 그 생각을 놔주었다가 다시 잡았고, 상상력을 이용해 무지개처럼 색색으로 변하게 만들고는 역설이라는 날개를 달아 다시 날려 보냈다. 그의 말이 계속될수록 어리석은 쾌락은 철학을 향해 높이높이 날아올랐고, 이제는 아예 철학이 미숙한 단계로 내려와 광기 어린 쾌락의 음악을 들으며, 상상력을 좀 더 발휘해보자면, 포도주로 얼룩진 기다란 예복을 입고 담쟁이덩굴 화환을 쓰고서 바캉트(술의 신 바쿠스를 추종하며 미친 듯 춤을 추는 여사제)처럼 인생의 언덕 위를 춤추며 돌아다니면서, 술에 취하지 않았다며 둔한 실레노스(바쿠스의 양부)를 조롱했다. 실제로 일어나는 사실들은 숲 속의 놀란 생물들처럼 철학적 이론 앞을 피해 달아났다. 철학의 하얀 두 발은 현자 우마르(페르시아의 수학자, 천문학자, 철학자, 작가, 시인. 시집 「루바이야트」에서 포도주만이 인생의 참된 해결사라고 노래했다)가 올라앉은 술 짜는 커다란 압축기를 밟고 또 밟아, 마침내 자줏빛 거품 속에 잠긴 맨다리 주위에는 포도즙이 부글부글 끓어올랐고, 커다란 술통의 검붉은 가장자리 너머로 뚝뚝 흘러넘칠 만큼 가득 담긴 포도즙은 붉은 거품이 되어 술통 위를 넘실넘실 춤추었다. 그 광경은 대단히 훌륭한 즉석 공연이었다. 그는 도리언 그레이의 눈빛이 자신을 향해 고정되어 있는 걸 느꼈고, 관객 가운데 매혹하고 싶은 누군가가 있다고 생각하자 기지는 더욱 예리해지고 상상력은 한결 풍부해지는 것 같았다. 그는 재기가 뛰어났고, 상상력이 풍부했으며, 터무니없이 무책임했다. 혼을 쏙 빼놓을 만큼 청중들을 매료시켰고, 청중들은 좋아라 웃으면서 그의 피리 소리를 뒤따랐다. 도리언 그레이는 그에게서 한순간도 눈길을 떼지 않은 채, 마법에 걸린 사람처럼 입가에 미소를 머금으며 음울한 눈빛에 차츰 수심을 가득 담고서 경이로운 표정으로 앉아 있었다.

마침내 '현실'이 이 시대의 제복을 입은 하인의 모습을 하고 방 안에 나타나, 공작부인에게 마차가 대기하고 있다고 전했다. 공작부인은 짐짓 어쩔 수 없다는 태도로 두 손을 쥐어짰다. "정말 귀찮아 죽겠어!" 그녀가 소리쳤다. "이제 그만 가봐야겠어요. 클럽에 가서 남편을 데리고 나와 윌리스 룸(상류 계급 사람들의 만찬, 회의, 공연, 무도회 등을 위해 이용되는 집회실)에서 열리는 우스꽝스러운 모임에 함께 가야 한답니다. 남편이 그 모임 회장을 맡게 될 예정이거든요. 제가 늦으면 남편은 불같이 화를 낼 게 뻔한데, 이 보닛을 쓴 채 추태를 부릴 수는 없지요. 보닛이 너무 약해서 말이에요. 험한 말 한마디로도 금세 바스러질 정도라니까요. 이런, 애거사 부인, 이제 정말 가야겠어요. 잘 있게, 헨리 경. 자네는 무척 유쾌하고, 또 굉장히 문란해. 글쎄, 자네의 견해에 대해 뭐라고 말해야 할지 모르겠군. 아무튼 언제 밤에 우리 집에 와서 만찬을 들도록 하게. 화요일이 좋을까? 화요일에 다른 약속 없지?"

"부인을 위해서라면 다른 사람과의 약속 따위는 전부 파기할 겁니다, 공작부인." 헨리 경이 머리를 숙여 인사하며 대답했다.

"오! 정말 친절하군, 그리고 아주 못됐어." 부인이 큰소리로 말했다. "그럼 그날 꼭 오게." 부인은 이렇게 말하고 재빨리 방을 나갔고, 애거사 부인과 나머지 부인들도 그 뒤를 따라 나갔다.

헨리 경이 다시 자리에 앉자, 어스킨 씨가 식탁을 돌아와 헨리 경의 옆자리에 앉더니 그의 팔에 손을 얹었다.

"자네는 마치 여러 권의 책을 읽듯이 쉴 새 없이 이야기하더군." 그가 말했다. "책을 써보는 게 어떤가?"

"저는 책 읽는 걸 몹시 좋아해서 쓰는 일에는 별로 흥미가 없습니다, 어스킨 씨. 소설은 꼭 써보고 싶습니다만. 페르시아 양탄자처럼 아름답고도 비현실적인 소설 말입니다. 하지만 영국에는 신문이나 기도서, 백과사전을 읽는 사람들뿐, 문학적으로 조예가 깊은 대중이 없어요. 하긴 이 세상에서 영국만큼 문학에 대한 미적 감각이 없는 나라도 없지요."

"유감스럽지만 자네 말에 동의하네." 어스킨 씨가 대꾸했다. "나 역시 한때는 문학에 야망이 있었지만, 오래전에 그 야망을 접었지. 그나저나, 자네를 이렇게 불러도 괜찮을지 모르겠지만, 이보게 젊은 친구, 실례지만 자네가 오늘 점심때 우리에게 했던 말들이 모두 완벽하게 진심이었나?"

"제가 무슨 말을 했는지 전혀 기억이 나지 않는군요." 헨리 경이 미소를 지으며 말했다. "전부 아주 몹쓸 말들이던가요?"

"아주 몹쓸 말들이다마다. 사실 난 자네가 매우 위험한 인물이라고 생각하네. 만에 하나 우리의 선량한 공작부인에게 무슨 일이라도 생긴다면 모두들 그 주된 책임이 자네에게 있다고 간주할 걸세. 하지만 그 이야기를 하자는 건 아니고, 난 자네와 인생에 대해 이야기하고 싶네. 내가 태어난 세대는 아주 따분했지. 언제든 런던에 신물이 나면 트레들리로 내려오게. 다행히도 우리 집에 훌륭한 부르고뉴 포도주가 있는데 같이 마시면서 쾌락에 대한 자네의 철학을 들어보세."

"그럴 수 있다면 정말 기쁘겠습니다. 트레들리를 방문하게 되다니, 큰 영광입니다. 완벽한 주인에, 완벽한 서재가 있을 테니까요."

"자네가 그곳을 더욱 완벽하게 해줄 걸세." 노인이 정중하게 고개를 숙여 인사하며 말했다. "이런, 이제 그만 훌륭한 자네 숙모에게 작별을 고해야겠군. 아테나움 클럽(예술 종사자들과 문학 및 과학 후원자들을 회원으로 하는 모임)에 가봐야 하거든. 지금 그곳은 취침 시간이라네."

"회원 모두가 말인가요, 어스킨 씨?"

"마흔 명 회원 모두가 마흔 개의 안락의자에서 낮잠을 잔다네. 우리는 영국 한림원을 위해 일하고 있지(1902년 영국학사원이 설립되기 전까지 영국에서 한림원이 존재하지 않았다. 영국 한림원이라는 말은 1634년에 설립된 프랑스 한림원을 본떠서 한 말)."

헨리 경은 소리 내어 웃으며 자리에서 일어났다. "저는 하이드파크에 갈까 합니다." 그가 큰소리로 말했다. 그가 문밖을 나서려는데 도리언 그레이가 그의 팔을 잡았다.

"저도 같이 갈게요." 도리언이 중얼거리며 말했다.

"하지만 난 자네가 바질 홀워드에게 가기로 약속한 줄 알았는데." 헨리 경이 대답했다.

"당신과 같이 가는 게 더 좋아요. 아니, 같이 가야겠어요. 그렇게 할게요. 그리고 제게도 앞으로 늘 언제까지나 당신의 이야기를 들려주겠다고 약속해주시겠어요? 아무도 당신처럼 멋지게 말하지 않아요."

"오! 오늘은 질리도록 말을 했는걸." 헨리 경이 미소를 지으며 말했다. "지금은 그저 삶을 바라보고 싶을 뿐이야. 괜찮다면 나하고 같이 가서 삶을 바라보도록 하지."

4

그로부터 한 달이 지난 어느 날 오후, 도리언 그레이는 메이페어에 위치한 헨리 경의 저택 작은 서재에서 호화로운 안락의자에 기대앉아 있었다. 황록색으로 착색된 참나무로 징두리판벽이 높게 둘러 있고, 크림색 프리즈와 천장은 석고로 양각세공이 되어 있으며, 바닥에 벽돌 가루가 군데군데 흩뿌려진 모양은 마치 기다란 명주 술이 달린 페르시아 융단들이 어수선하게 깔려 있는 것 같은 느낌을 주어, 이곳 분위기는 나름대로 꽤 고풍스러웠다. 새틴우드로 만든 작은 탁자 위에는 클로디옹의 조각 작품이 놓여 있고, 그 옆에는 클로비스 이브(정교하고 화려한 제본을 고안해낸 프랑스 궁정의 도서 제본가)가

마르그리트 드 발루아(프랑스의 공주. '마고'라는 별명으로 잘 알려졌으며 방탕한 사생활로 유명하다)를 위해 제본하고 여왕이 자신의 문장紋章으로 선택한 금박 데이지 꽃들로 화려하게 장식한 『백편의 새로운 단편소설Les Cent Nouvelles』(15세기 중엽, 프랑스의 왕 필리프와 그의 궁정 신하들이 만찬을 끝낸 뒤 주고받은 음담패설을 모은 책)이 놓여 있었다. 벽난로 선반에는 커다란 푸른색 도자기 항아리 몇 점과 앵무새튤립 다발이 가지런히 놓여 있고, 납으로 둘러쳐진 작은 창유리를 통해 여름 한낮 런던의 살구빛 햇살이 흘러 들어왔다.

헨리 경은 아직 오지 않았다. 시간 엄수는 곧 시간을 도둑맞는 것이라는 그의 원칙에 따라 그는 언제나 늦게 도착했다. 그 때문에 젊은이는 뾰로통한 표정을 지으며, 책꽂이에서 발견한 정교한 삽화가 실린 『마농 레스코Manon Lescaut』의 책장을 손가락으로 힘없이 넘기고 있었다. 딱딱하고 단조롭게 똑딱거리는 루이 14세풍의 시계 소리가 신경을 거슬렀다. 한두 번이지만 그냥 가버릴까 하는 생각도 들었다.

마침내 밖에서 발자국 소리가 들렸고 이내 문이 열렸다. "이렇게 늦으면 어떻게 해요, 해리!" 청년이 웅얼거리며 말했다.

"해리가 아니어서 어떻게 하지요, 그레이 씨." 새된 목소리가 대답했다.

그는 재빨리 뒤를 돌아본 뒤 얼른 자리에서 일어섰다. "죄송합니다. 저는……."

"제 남편인 줄 아셨군요. 그런데 겨우 그 사람 부인이 와서 어쩌죠. 제 소개를 드려야겠군요. 사진으로 봐서 당신에 대해서는 아주 잘 알아요. 제 남편은 당신의 사진을 열일곱 장 정도 갖고 있을걸요."

"열일곱 장은 아닙니다, 헨리 부인."

"음, 그렇다면 열여덟 장이겠군요. 지난밤에도 오페라극장에서 그이와 함께 있는 걸 봤어요." 그녀는 신경질적으로 웃으면서 이렇게 말하며 물망초 같은 흐릿한 눈빛으로 그를 관찰했다. 그녀는 묘한 분위기의 여자로, 언제나 분노로 재단해 폭풍우 속에서 걸쳐 입었을 것 같은 복장으로 다녔다. 대체로 아무하고라도 사랑에 빠졌으며, 열정이 되돌아오는 법이 없었기에 자신의 환상을 고스란히 간직할 수 있었다. 개성이 강한 사람처럼 보이려 애썼지만 그래봤자 어수선한 차림새밖에 할 줄 몰랐다. 그녀의 이름은 빅토리아였으며, 문턱이 닳도록 교회를 드나드는 광신도였다.

"아마 '로엔그린' 공연에서였지요, 헨리 부인?"

"맞아요. '로엔그린' 공연이었어요. 난 다른 작곡가들 음악보다 바그너 음악이 좋아요. 내가 하는 말이 다른 사람한테 들릴까 봐 신경 쓰지 않아도 될 만큼 음악이 시끄러워 공연 내내 이야기를 할 수 있으니까요. 그건 정말 큰 장점이랍니다. 그렇

97

게 생각하지 않으세요, 그레이 씨?"

그녀의 얇은 입술 사이로 아까처럼 신경질적으로 딱딱 끊어지는 웃음소리가 새어 나왔고, 이제 그녀는 거북이 등껍질로 만든 긴 종이칼을 손가락으로 만지작거리기 시작했다.

도리언은 미소를 지으며 고개를 저었다. "죄송하지만 전 그렇게 생각하지 않습니다, 헨리 부인. 전 음악이 연주되는 동안에는 – 적어도 좋은 음악이 연주되는 동안에는 – 절대로 말을 하지 않아요. 물론 형편없는 연주를 들어야 할 경우엔 대화로 음악 소리를 묻어버리는 것이 우리의 의무겠지만요."

"어머! 그건 해리의 견해인데, 아닌가요, 그레이 씨? 전 항상 해리의 견해를 그이 친구들한테 듣는다니까요. 꼭 이런 식으로 그이의 생각을 알게 된답니다. 하지만 제가 훌륭한 음악을 좋아하지 않는다고 생각하시면 안 돼요. 전 음악을 무척 좋아하지만 한편으로는 두려워하기도 해요. 음악은 절 무척이나 로맨틱하게 만들거든요. 전 피아니스트라면 무조건 숭배하지요 – 해리 말로는 어느 땐 제가 한꺼번에 두 명의 피아니스트를 숭배한다는군요. 도대체 무엇 때문에 그러는지 저도 모르겠어요. 아마 그들이 외국인이라서 그런가 봐요. 피아니스트들은 모두 외국인이잖아요, 그렇지요? 영국에서 태어난 사람조차 얼마 후에는 외국인이 되더라고요, 안 그런가요? 그건 아주 잘한 거예요. 예술에 대한 경의의 표시이기도 하고요. 예술을 전 세계에 알리게 되니까요, 안 그래요? 그나저나, 제 파티에 한 번도 오신 적이 없지요, 그렇지요, 그레이 씨? 다음에 꼭 한번 오세요. 난초로 장식할 여유는 없지만 외국 손님들을 모시기 위해서라면 비용을 아끼지 않는답니다. 외국 손님들은 그 모습 자체로 실내를 그림처럼 아름답게 만들어주지요. 어머, 해리가 왔군요! 해리, 물어볼 것이 있어서 당신을 찾으러 왔다가 — 이런, 뭘 물어보려고 했는지 깜박했네 — 여기에서 그레이 씨를 만났어요. 우리는 음악에 대해 아주 즐거운 대화를 나누었답니다. 어쩜 서로 생각이 똑같지 뭐예요. 아니지, 생각은 아주 다른 것 같아요. 하지만 그레이 씨가 얼마나 상냥하게 대해주었는지 몰라요. 그레이 씨를 만나게 돼서 정말 기뻐요."

"나도 기뻐, 여보, 정말 기뻐."

헨리 경이 초승달 모양의 짙은 눈썹을 위로 치켜뜨고 재미있다는 듯 미소를 지으면서 말했다. "늦어서 정말 미안해, 도리언. 옛날 문직紋織 한 필을 사기 위해 워더 가에 갔는데, 그걸 사려고 몇 시간이나 흥정을 해야 했거든. 요즘 사람들은 어떤 물건에 대해서든 가격은 훤하게 알면서 가치는 전혀 알아보지 못한다니까."

"전 이만 가봐야겠어요." 헨리 부인이 갑자기 바보처럼 웃으며 큰소리로 어색한 침묵을 깨면서 말했다. "공작부인과 마차를 타고 시내를 돌기로 약속했거든요. 나중에 봐요, 그레이 씨. 갈게요, 해리. 당신, 저녁 식사 밖에서 할 거지요? 난 그럴 건데. 어쩌면 손베리 부인 댁에서 보게 될지도 모르겠군요."

"아마 그럴 것 같군." 그녀가 밤새 밖에서 비를 맞은 극락조 같은 모습으로 엷은 인도 재스민 향기를 남기며 가볍게 걸음을 옮기면서 방을 나서자, 헨리 경이 문을 닫으면서 말했다. 곧이어 그는 담배에 불을 붙인 다음 소파에 몸을 던졌다.

"머리카락 색깔이 담황색인 여자와는 절대로 결혼하지 말게, 도리언." 그가 담배를 몇 모금 피운 뒤 말했다.

"왜요, 해리?"

"그런 여자들은 아주 감상적이거든."

"하지만 전 감상적인 사람이 좋아요."

"어쨌든 결혼은 절대로 하지 마, 도리언. 남자들은 삶에 지쳐서 결혼하지만 여자들은 호기심 때문에 결혼해. 둘 다 절망적이긴 마찬가지지."

"전 결혼을 할 것 같지는 않아요, 해리. 연애만으로도 버거운 걸요. 조금 전 그 말씀은 당신의 격언 가운데 하나지요. 당신이 한 모든 말을 그렇게 했듯이, 전 그 말도 실행에 옮길 거예요."

"자네 연애 상대가 누구지?" 잠시 침묵이 흐른 뒤 헨리 경이 물었다.

"여배우예요." 도리언 그레이가 얼굴을 붉히며 말했다.

헨리 경은 어깨를 으쓱해 보였다. "꽤나 진부한 첫 경험이군."

"그녀를 보시면 그렇게 말할 수 없을 거예요, 해리."

"누군데?"

"이름은 시빌 베인이에요."

"처음 듣는 이름이군."

"다들 그럴 거예요. 하지만 조만간 모두가 그녀의 이름을 알게 되겠죠. 재능이 남다른 여자거든요."

"이보게, 재능이 남다른 여자는 없어. 여자들은 그저 장식에 불과한 성性이지. 여자들은 제대로 된 이야깃거리라고는 하나도 없으면서, 아무 이야기나 아주 재미있게 말한다네. 남자들이 도덕을 뛰어넘은 지성의 승리를 대표한다면, 여자들은 지성을 뛰어넘는 물질의 승리를 대표하지."

"해리, 어떻게 그런 말을?"

"이보게, 도리언, 이건 명백한 사실이야. 내가 요즘 여자들을 분석하는 중이라 아주 잘 알고 있지. 주제가 생각만큼 그렇게 심오하지는 않아. 궁극적으로 여자는 딱 두 종류가 있다는 걸 발견했지. 평범한 여자와 색깔 있는 여자. 평범한 여자들은 아주 편해. 자네가 인격이 훌륭하다는 평판을 듣고 싶다면, 함께 저녁을 먹으면서 그 여자들 콧대만 살짝 꺾어주면 된다네. 색깔 있는 여자들은 아주 매력적이야. 하지만 그런 여자들은 한 가지 실수를 저지르지. 그런 여자들은 남자들 눈길을 끌기 위해, 그리고 어려 보이기 위해 화장을 하거든. 우리 할머니 세대 여자들은 남자들 눈길도 끌고 재기 발랄하게 대화에도 참여하기 위해 화장을 했는데 말이야. 그 세대 여자들에게는 입술연지와 기지가 늘 함께 붙어 다녔다네. 하지만 이제 그런 모습은 더 이상 찾아볼 수가 없어. 여자들은 그저 자기 딸보다 열 살 어려 보일 수만 있다면 더할 나위 없이 만족하니 말이야. 대화에 대해서라면, 런던에 있는 여자들 가운데 같이 대화를 나눌 만한 사람은 고작해야 다섯 명뿐이고, 그 가운데 두 명은 그나마 사교계에서 제대로 인정받지도 못하는 여자들이란 말이지. 그건 그렇고, 자네의 그 천재 애인에 대해 말해보게. 만난 지는 얼마나 됐지?"

"아! 해리, 당신의 견해를 듣고 있으려니 겁이 나요."

"내 말은 신경 쓰지 말게. 그녀를 만난 지는 얼마나 됐나?"

"한 삼 주 됐어요."

"어디에서 만났지?"

"말씀드릴게요, 헨리. 하지만 제 이야기에 너무 냉소적으로 반응하시면 안 돼요. 어쨌든 제가 당신을 만나지 않았더라면 그녀를 만나는 일은 결코 없었을 테니까요. 당신은 세상에 대한 모든 것을 알고 싶다는 걷잡을 수 없는 욕망을 제 마음에 가득 채워놓았어요. 당신을 만난 후 며칠 동안 무언가가 제 혈관 속을 마구 뛰어다니는 것 같았지요. 하이드파크를 거닐거나 피커딜리를 산책할 때면, 제 곁을 지나가는 사람들을 하나하나 관찰하면서 격렬한 호기심으로 과연 이 사람들은 어떤 삶을 살고 있을까 궁금해하곤 했어요. 그 가운데 어떤 사람들에겐 매혹되기도 했지요. 또 어떤 사람들은 두렵기도 했어요. 대기 중에는 강렬한 독성이 떠돌고 있었어요. 어떤 기분에 도취되고 싶다는 생각이 간절해지더군요……. 그래서 어느 날 저녁 일곱 시쯤, 모험을 찾아 밖으로 나가기로 결심했어요. 당신이 전에 설명했던 무수한 사람들, 더러운 죄인들과 화려한 죄악이 한데 뒹굴고 있는 이 괴물 같은 잿빛의 런던이 틀림없이 나를 위해 무언가 준비하고 있을 거라는 생각이 들었거든요. 아마도 수천 가지 것들이 준비되어 있을 거라고 상상했어요. 다가올 위험 따위는 기쁨의 감정을 더해줄 뿐이었답니다. 우리가 처음으로 저녁 식사를 같이하던 그 황홀한 저녁에 당신이 제게 했던 말, 인생의 진정한 비밀은 아름다움을 찾는 것이라던 그 말이 떠오르더군요. 뭘 기대했는지 모르겠지만, 무작정 밖으로 나가 동쪽을 향해 헤매 다니다, 어느덧 미로처럼 이어진 지저분한 길과 풀 한 포기 볼 수 없는 어두운 광장에 둘러싸여 그만 길을 잃고 말았어요. 여덟 시 반쯤, 가스등의 불꽃들이 크게 너울거리고 촌스럽고 야한 연극 광고 전단지가 붙어 있는 작고 허름한 극장 앞을 지나가게 되었어요. 흉측하게 생긴 유대인이 난생처음 보는 아주 기막힌 양복 조끼를 입고 짧은 여송연을 피우며 극장 입구에 서 있더군요. 곱슬 머리에는 기름이 줄줄 흘렀고, 때 묻은 셔츠 한가운데에는 커 다란 다이아몬드가 번쩍거렸어요. '특별석으로 하시겠습니까, 나리?' 그가 저를 보더니 몹시도 비굴한 태도로 모자를 벗으며 이렇게 묻더군요. 해리, 그에게는 어딘가 나를 즐겁게 해주는 면이 있었어요. 정말 괴물처럼 생겼더군요, 당신이 비웃으실 줄 알았어요. 하지만 전 극장 안으로 들어갔고, 일 기니를 고 스란히 내고 무대 옆 특별관람석에 앉았답니다. 지금 생각해 보면 제가 왜 그랬는지 도무지 이해가 되지 않아요. 하지만 그 렇게 하지 않았더라면 – 해리, 그때 그러지 않았더라면 내 인 생 최고의 로맨스를 놓치고 말았을 거예요. 당신이 비웃고 있 는 거 다 알아요. 정말 너무해요!"

"난 비웃지 않았어, 도리언. 적어도 자넬 비웃은 건 아니야. 하지만 인생 최고의 로맨스라는 말을 해서는 안 돼. 그냥 인 생에서 첫 번째 로맨스라고만 말하게. 자네는 죽을 때까지 사 랑받을 테고, 언제나 사랑과 사랑에 빠지게 될 테니까. 격정적 인 열애는 할 일 없는 사람들의 특권이야. 한 나라에 놀고먹는 계급이 왜 필요하겠나. 너무 겁먹지 말게. 앞으로 자네 인생에 놀라운 일들이 준비되어 있으니까. 이건 시작에 불과해."

"제 천성이 그렇게 얄팍한 줄 아세요?" 도리언 그레이가 화 가 나서 외쳤다.

"아니. 난 자네 천성이 아주 깊이 있다고 생각해."

"그게 무슨 뜻이에요?"

"이봐, 살면서 오직 한 번만 사랑하는 사람들이야말로 진짜 얄팍한 거야. 그 사람들은 그걸 정절이니 헌신이니 하고 말하지만, 난 습관적인 무기력이나 상상력 부족이라고 말하지. 감정적인 인생에서 한 사람에게만 충실하다는 건 지성을 추구하는 인생에서 한 가지 사실만 고집한다는 것과 같은 이치라네 – 한마디로 실패자라는 걸 고백하는 것과 다를 바 없단 말이지. 정절 좋아하시네! 내 언젠가 반드시 이것에 대해 분석해볼 거라네. 정절이라는 개념 안에는 소유에 대한 애착이 있어. 다른 사람이 주워갈까 두려워하지만 않는다면 우리가 내다버릴 것들이 얼마나 많은데. 하지만 자네 이야기를 방해할 생각은 없네. 계속해보게."

"그렇게 어찌어찌해서, 저급한 무대 현수막이 빤히 보이는 좁고 지저분한 칸막이 특별관람석에 앉게 됐어요. 그러고는 현수막 뒤에서 극장 주위를 둘러보았지요. 어찌나 천박하던지, 극장 안을 온통 큐피드며 풍요의 뿔로 꾸며놓은 게, 무슨 싸구려 웨딩 케이크 같더군요. 값이 싼 맨 위층 관람석과 일층 뒤쪽 좌석은 사람이 제법 찼지만, 거무죽죽한 색깔로 표시된 무대 앞 일등석 앞줄은 텅 비어 있었고, 이층 정면에 특별석이라고들 부르는 좌석에는 사람이 거의 없었어요. 여자들은 오렌지와 진저 비어를 들고서 여기저기 돌아다니고 있더군요. 모두들 땅콩을 어찌나 먹어대던지."

"영국 연극이 한창이었을 때의 풍경과 아주 비슷했겠군."

"맞아요, 그랬을 거예요. 그리고 아주 울적했지요. 도대체 이제 어떻게 해야 하나 하고 우물쭈물하고 있을 때, 마침 연극 광고 전단을 보게 되었어요. 어떤 연극이었을 것 같나요, 해리?"

"보나마나 〈바보 소년〉이나 〈말 못하는 순진한 소년〉 같은 그런 내용이었겠지. 우리 아버지 세대들이 그런 종류의 연극을 좋아했었지, 아마. 도리언, 나는 살면 살수록 이런 생각이 점점 강하게 들어. 무엇이 되었든 우리 아버지 세대에게 훌륭했던 것들이 우리 세대에는 전혀 그렇지 않다네. 정치에서처럼 예술에서도 할아버지들은 언제나 판단을 잘못하거든."

"하지만 이 연극은 우리 세대 사람들도 아주 좋아하는 것이었어요, 해리. 〈로미오와 줄리엣〉이었는걸요. 물론 그렇게 형편없는 소굴에서 셰익스피어를 봐야 한다고 생각하니 마구 짜증이 나는 건 어쩔 수 없는 사실이었지만요. 그래도 그럭저럭 재미는 있었어요. 어쨌든 일 막까지는 참고 보자고 마음먹었어요. 오케스트라는 부서진 피아노 앞에 앉은 젊은 유대인이 단장이었는데, 연주가 어찌나 형편없던지 하마터면 밖으로 뛰쳐나갈 뻔했다니까요. 마침 그 순간 무대 현수막이 올라가 연극이 시작됐기에 망정이지. 로미오는 뚱뚱한 중년 신사가 많았어요. 불에 그슬린 코르크로 짙게 색칠한 눈썹에 비극적인 쉰 목소리, 거기다가 체형은 꼭 맥주통 같더군요. 머큐시오도 수준 미달이긴 마찬가지였어요. 저속한 한 희극배우가 그 역할을 맡았는데 대본에 삽입된 익살을 제멋대로 고쳐 말하지 뭐예요. 일층 뒤쪽 좌석에 앉은 관객들과 친한지 아는 척도 하고요. 두 사람 모두 무대 배경만큼이나 우스꽝스러웠고, 마치 시골 장터의 천막 무대에서 툭 튀어나온 사람들 같았어요. 그런데 줄리엣은 달랐어요! 그리스 조각처럼 작은 머리에 길게 땋아 늘인 짙은 갈색 머리카락, 열정의 우물과 같은 보랏빛 눈동자, 장미꽃잎 같은 두 입술. 해리, 아직 열일곱 살이 안 된 이 처녀를 한번 상상해보세요. 지금껏 살면서 이렇게 사랑스러운 아가씨는 처음 봤어요. 당신이 그랬지요, 그 어떤 비애감에도 당신의 마음은 꿈쩍도 하지 않는다고 말이에요. 하지만 그 아름다움, 그 단순한 아름다움만으로 당신의 두 눈은 눈물로 가득 차고도 남을 거예요. 해리, 정말이지 나도 모르게 솟구치는 눈물에 앞이 부옇게 흐려지는 바람에, 그녀를 제대로 볼 수조차 없었답니다. 그리고 그녀의 목소리 – 아, 그렇게 아름다운 목소리는 한 번도 들어본 적이 없어요. 처음에 들려온 아주 낮고도 깊고 부드러운 목소리는, 그 한 마디 한 마디가 듣는 사람의 귓가에 똑똑 떨어지는 것 같았답니다. 그러다가 점점 소리가 커져서, 플루트나 멀리에서 연주되는 오보에 소리처럼 들리는 거예요. 정원 장면에서는 새벽이 오기 직전 나이팅게일이 노래하는 그 시간, 온몸이 떨릴 것 같은 황홀한 소리들이 장면 내내 울려 퍼졌어요. 그리고 잠시 후 격정적인 바이올린 소리도 순간순간 들려왔어요. 목소리 하나로 사람의 마음이 얼마나 흔들리는지 당신은 잘 아실 거예요. 전 당신의 목소리와 시빌 베인의 목소리, 이 두 목소리는 결코 잊지 못할 거예요. 눈을 감으면 이 두 개의 목소리가 들려요. 각각의 목소리는 서로 다른 걸 말하지요. 그럴 때면 누구 목소리를 따라야 할지 모르겠어요. 왜 전 그녀를 사랑해선 안 되나요? 해리, 그녀를 정말 사랑해요. 그녀는 제 인생 전부예요. 밤마다 그녀의 연극을 보러 가요. 그녀는 어느 날 저녁에는 로잘린드가 되었다가, 다음 날 저녁에는 이모겐이 되어요. 이탈리아의 어두운 무덤가에서 그녀가 연인의 입술에서 독을 빨아들이며 죽어가는 장면을 보았어요. 귀여운 소년으로 분장해 반바지에 허리가 잘록한 남성용 상의를 입고 테가 없는 멋들어진 모자를 쓰고서 아덴의 숲 속을 헤매는 모습도 보았어요. 어느 날은 미치광이가 되어 죄 지은 왕 앞에 나타나 왕에게 루타(지중해 연안에서 자라는 귤과의 다년초로 잎은 흥분제, 자극제로 쓰임) 향을 바르게 하고 쓴 약초를 맛보게도 했어요. 그녀는 결백했지만 질투의 검은손이 갈대 같은 그녀의 목을 짓눌렀지요. 난 모든 세대에 살고 있는 그녀를, 온갖 의상을 입은 그녀를 보았어요. 평범한 여자들은 결코 다른 사람의 상상력을 자극하지 못해요. 그런 여자들은 그저 자기 시대에 갇혀 있지요. 그 어떤 화려한 치장으로도 그들을 변화시키지 못해요. 그들의 마음은 그들이 쓴 보닛만큼이나 훤히 들여다보여요. 그런 여자들은 어딜 가든 발견할 수 있어요. 모두들 도무지 비밀스러운 데가 있어야 말이지요. 아침에는 하이드파크에서 말을 달리고, 오후에는 티 파티에서 수다를 떠는 똑같은 일상을 보내고 있으니까요. 하나같이 똑같은 미소를 짓고 똑같은 유행을 따라하면서 말이에요. 어쩌면 그렇게도 판에 박은 것처럼 똑같은지. 하지만 여배우! 여배우는 아주 달라요! 해리! 여배우만이 사랑할 가치가 있는 유일한 대상이라고 왜 진작 말해주지 않았나요?"

"그거야 내가 워낙 많은 여배우들을 사랑해봤으니 그렇지, 도리언."

"아, 네, 머리카락에 염색을 하고 얼굴에 화장을 한 끔찍한 사람들 말이군요."

"염색한 머리카락이니 화장한 얼굴이니 하면서 얕보지 말게. 가끔은 그런 차림새가 굉장히 매력적일 때가 있으니까." 헨리 경이 말했다.

"당신에게 시빌 베인에 대해 말하는 게 아니었어요."

"하지만 나에게 말하지 않고는 도저히 못 배겼을걸, 도리언.

109

앞으로도 평생 자네의 모든 일을 내게 말하게 될 거야."

"그래요, 해리. 맞는 말 같아요. 전 무슨 일이든 당신에게 말하지 않고는 못 배기니까요. 당신은 늘 저에게 묘하게 영향력을 행사하지요. 설사 죄를 짓더라도 전 당신에게 와서 고백할 거예요. 당신은 절 이해해주실 테니까요."

"자네 같은 사람 – 제멋대로지만 인생의 햇살 같은 자네 같은 사람 – 은 죄를 짓지 않아, 도리언. 하지만 찬사는 아주 고맙게 받아들이겠네. 자, 이제 말해보게 – 그보다 먼저 성냥 좀 집어주게, 착한 아이처럼 말이야. 고맙네. 시빌 베인과 실제로 어떤 관계지?"

도리언 그레이는 뺨이 확 붉어지면서 강렬하게 이글거리는 눈빛으로 자리에서 벌떡 일어났다. "해리! 시빌 베인은 성스러운 여자예요!"

"건드릴 가치가 있어야만 성스러운 대상인 거야, 도리언." 헨리 경이 묘한 비애감이 담긴 목소리로 말했다. "왜 그렇게 화를 내는 거지? 아마도 그녀는 조만간 자네 것이 될 거야. 사랑을 할 때 사람들은 자신을 기만하면서 사랑을 시작하고, 상대방을 기만하면서 사랑을 끝내지. 세상 사람들이 로맨스라고 말하는 게 바로 그런 거라네. 어쨌든 그녀를 몇 번 만나기는 한 것 같은데?"

"물론 그녀를 만났어요. 극장에 간 첫날 밤, 공연이 끝나자

아까 말씀드린 불쾌하게 생긴 늙다리 유대인이 제가 앉은 좌석을 향해 빙 돌아오더니, 저를 무대 뒤로 데리고 가 그녀를 소개해주겠다고 제안하더군요. 전 그에게 펄펄 뛰며 화를 내면서, 줄리엣은 수백 년 동안 죽어 있었으며 그녀의 시체가 베로나의 대리석 무덤 안에 누워 있는 걸 모르느냐고 쏘아댔어요. 놀라서 멍해진 그의 표정을 보니, 제가 샴페인 같은 술을 너무 많이 마셨다고 생각하는 것 같더군요."

"무리도 아니지."

"잠시 후 그는 제게 혹시 신문에 기사를 쓰지 않느냐고 묻더군요. 전 신문을 읽은 적도 없다고 되받았어요. 그 말에 그는 몹시 실망하는 눈치를 보이더니, 연극 비평가들은 모두들 자신을 비방하기로 공모했고, 따라서 그들 모두에게 뇌물을 써야 한다며 속내를 털어놓더군요."

"당연히 그 사람 말이 전적으로 옳아. 하지만 반면에 평론가들 외모로 판단하건대, 그들 대부분은 결코 큰돈을 들여 뇌물을 쓰지 않아도 될 거야."

"그렇지만 그는 자기 형편으로는 감당하기 어려울 만큼 큰돈이 들 거라고 생각하는 것 같던데요." 도리언이 웃으며 말했다. "어쨌든 그즈음 극장의 조명이 하나씩 꺼지고 있었고, 저도 그만 가봐야 했어요. 그는 여송연을 조금 피워보라고 열심히 권하더군요. 전 거절했어요. 물론 다음 날 밤에도 그곳을 다시 찾았어요. 그는 저를 보더니 깍듯이 인사를 하고, 제가 손이 큰 예술 후원자라고 단언하더군요. 그는 셰익스피어에 남다른 열정을 갖고 있긴 했지만 정말 불쾌한 인간이었어요. 한번은 거만한 태도로, 셰익스피어를 굳이 '시인'이라고 부르면서 자신이 다섯 번 파산했는데 그 이유가 전적으로 그 '시인' 때문이라는 거예요(셰익스피어를 '에이번의 시인'이라고 부르기도 한다). 아마도 그렇게 말하면 자기가 좀 대단해 보인다고 생각하는 모양이었어요."

"이봐 도리언, 그건 대단한 일 맞구먼 – 보통 대단한 게 아닌 걸. 대부분의 사람들이 파산하는 이유는 인생이라는 산문에 너무 많이 투자를 해서라네. 그러니 시 때문에 몰락한 건 보통 명예로운 일이 아니지. 그나저나 시빌 베인 양에게 언제 처음 말을 걸어봤나?"

"셋째 날 밤에요. 그녀는 로잘린드를 연기하고 있었어요. 잠깐이라도 들르지 않고는 견딜 수가 없었지요. 그녀에게 꽃 몇 송이를 던졌더니 그녀가 절 보더군요. 적어도 그런 것 같다는 생각이 들었어요. 그때 유대인 늙다리가 계속해서 고집을 부리는 거예요. 절 무대 뒤로 데려가려고 단단히 마음을 먹은 것 같아서, 할 수 없이 그가 하자는 대로 따라주었어요. 제가 그녀를 알고 싶어하지 않았다니, 정말 이상하지요, 그렇지 않나요?"

"아니. 난 전혀 이상하다고 생각하지 않는데."

"왜요, 해리?"

"나중에 말해주겠네. 지금은 그 아가씨에 대해 알고 싶으니까."

"시빌이요? 오, 그녀는 얼마나 수줍음이 많고 또 얼마나 상냥한지 몰라요. 어딘가 아이 같은 면도 있어요. 그녀의 연기에 대해 제 의견을 말했더니 깜짝 놀라서 눈을 휘둥그레 뜨는데, 자신의 재능을 전혀 알지 못하는 것 같더라고요. 아마 우리 둘 다 꽤나 떨었던 것 같아요. 우리가 어린아이처럼 서로를 바라보며 서 있는 동안, 늙다리 유대인은 싱긋이 웃으며 지저분한 배우 휴게실 입구에 서서 우리 두 사람에 대해 번드르르하게 말을 늘어놓고 있었어요. 그가 자꾸만 저를 '나리'라고 부르는 바람에, 제가 귀족 계급이 아니라고 시빌에게 분명히 말해야 했지요. 그러자 그녀는 아주 짧게 이렇게만 말하더군요. '당신은 왕자보다 더 왕자 같아요. 당신을 제 이상형이라고 불러야겠어요'라고 말이에요."

"장담하는데, 도리언, 시빌 양은 칭찬하는 법을 아는 아가씨야."

"그건 그녀를 몰라서 하는 말씀이에요, 해리. 시빌은 그저 저를 연극 속의 한 인물로만 보았던 거예요. 그녀는 인생에 대해 아무것도 몰라요. 어머니와 함께 사는데, 지치고 기력이 쇠한 그녀의 어머니는 연극을 보러 간 첫날 자홍색 화장복 같은 걸 입고 캐풀렛 부인을 연기하고 있었어요. 그 모습을 보니 저

중년의 여인도 한때 잘나가던 시절이 있었겠구나 싶더군요."

"나도 그런 외모를 알고 있지. 그런 모습을 보면 기분이 우울해져." 헨리 경이 자신의 반지들을 유심히 살펴보며 중얼거렸다.

"유대인은 그녀가 지나온 삶에 대해 제게 알려주고 싶어했지만, 전 별로 관심 없다고 말했어요."

"아주 잘했네. 본래 다른 사람의 비극이란 게 들어보면 아주 시시한 법이거든."

"제가 관심을 갖는 대상은 오직 시빌뿐이었어요. 그녀가 어디 출신이든 그게 무슨 상관이겠어요? 그녀는 머리부터 발끝까지 전부 다 완벽하게 성스러운걸요. 제가 평생 동안 매일 밤 그녀의 공연을 보러 간다 해도, 그녀는 매일 밤 점점 놀랍도록 아름다워질 거예요."

"나하고 만찬을 같이하지 못하겠다고 말한 것도 그래서였군. 난 또 자네가 지금 당장 꽤나 기막힌 연애라도 하는 줄 알았지. 하긴 그런 연애를 하긴 하는군. 다만 내가 예상한 것과 아주 딴판이어서 그렇지."

"이봐요 해리, 우리는 매일 점심이나 저녁을 같이 먹잖아요. 당신하고 오페라도 여러 번 같이 갔고요." 도리언이 깜짝 놀라 푸른 눈을 휘둥그레 뜨면서 말했다.

"그렇지만 언제나 지독하게 늦게 오지 않나."

"그건 그렇지만, 전 시빌의 연극을 보지 않고는 견딜 수가 없어요." 그가 큰소리로 말했다. "비록 그녀가 단 하나의 막에만 출연하더라도 말이에요. 전 그녀의 존재를 갈망하게 됐어요. 그 작은 상앗빛 몸속에 감추어진 훌륭한 영혼을 생각하노라면 제 마음엔 경외감이 넘쳐흘러요."

"오늘 밤엔 나하고 만찬을 들 수 있지, 도리언, 그렇지?"

도리언이 고개를 저었다. "오늘 밤엔 그녀가 이모겐 역을 맡아요." 그가 대답했다. "그리고 내일 밤엔 줄리엣을 할 거고요."

"그럼 그녀는 언제 시빌 베인이 되나?"

"그런 일은 결코 없어요."

"축하하네."

"너무해요! 그녀는 그 작은 몸 안에 세상의 위대한 여주인공들을 모두 담고 있단 말이에요. 그녀는 한 개인 이상이라고요. 당신은 웃으시지만, 그녀가 천재라는 걸 분명히 말씀드려야겠어요. 전 그녀를 사랑하고 있고, 이제 곧 그녀가 절 사랑하도록 만들어야 해요. 당신은 인생의 온갖 비밀을 알고 있으니, 어떻게 하면 시빌 베인이 절 사랑하도록 매혹할 수 있는지 가르쳐주세요! 전 로미오를 질투하게 만들고 싶어요. 세상의 죽은 연인들이 우리의 웃음소리를 듣고 슬퍼하면 좋겠어요. 우리의 열정적인 숨결로 그 시체들을 흔들어 의식을 되살리고, 그 유해들을 고통 속에서 눈뜨게 하고 싶어요. 이런, 세상에,

해리, 저는 그녀를 깊이 숭배해요!" 도리언은 방 안을 왔다 갔다 서성거리면서 이렇게 말했다. 어찌나 열변을 토했던지 벌겋게 달아오른 두 뺨에 붉은 반점까지 돋았다. 그는 무섭게 흥분해 있었다.

헨리 경은 묘한 쾌감을 느끼며 그를 지켜보았다. 지금 도리언은 바질 홀워드의 화실에서 보았던 수줍고 겁에 질려 있던 소년의 모습과 얼마나 달라졌는가! 그의 본성은 꽃처럼 자라나 진홍빛 불꽃을 피웠다. 그의 영혼은 남모르게 숨어 있던 장소에서 살그머니 빠져나왔고, 그렇게 나오는 길에 욕망과 마주치게 되었다.

"그렇다면 어떻게 할 작정인가?" 마침내 헨리 경이 입을 열었다.

"언제 밤에 당신과 바질, 그리고 저 셋이 다 함께 그녀의 연극을 보고 싶어요. 결과에 대해서는 조금도 두렵지 않아요. 당신도 틀림없이 그녀의 천부적인 재능을 인정하게 될 테니까요. 그런 다음 그 유대인의 손에서 그녀를 빼내야 해요. 그녀는 앞으로 삼 년 동안ㅡ최소한 이 년 팔 개월 동안ㅡ그자에게 묶인 몸이에요. 물론 전 그에게 상당한 대가를 지불해야 하겠지요. 모든 일이 해결되면 웨스트엔드의 극장가에서 극장 하나를 잡아 그녀의 재능을 제대로 보여줄 작정이에요. 그녀는 나를 미치게 만들었듯이 세계를 열광하게 만들 거예요."

"이봐, 그건 불가능한 일이야!"

"아니요, 그녀는 그렇게 될 거예요. 그녀는 예술적 재능, 그래요 완벽한 예술적 재능뿐만 아니라 매력도 갖추었는걸요. 당신이 자주 말했잖아요. 세대를 움직이는 건 원칙이 아니라 매력이라고 말이에요."

"그래, 언제 가면 될까?"

"글쎄요, 오늘이 화요일이니까, 내일로 정하지요. 그녀가 내일 줄리엣을 연기하거든요."

"좋아. 그럼 여덟 시에 브리스톨 클럽에서 볼까. 내가 바질을 데리고 가지."

"여덟 시는 안 돼요, 해리. 여섯 시 반에 만나요. 막이 오르기 전에 극장에 도착해야 해요. 그녀가 로미오를 만나는 일 막부터 봐야 한단 말이에요."

"여섯 시 삼십 분이라! 그거 참 어정쩡한 시간이네! 하이티 (영국 사람들이 오후 늦게 혹은 저녁 일찍 먹는 가벼운 식사)를 먹거나 영국 소설을 읽으면 딱 좋을 시간이겠어. 그럼 일곱 시로 하지. 신사는 일곱 시 이전에는 저녁을 들지 않으니까. 그럼 여섯 시 반에서 일곱 시 사이에 자네가 바질을 찾아갈 텐가? 아니면 내가 그에게 쪽지를 보낼까?"

"그리운 바질! 지난 일주일 동안 그를 만나지 못했어요. 제가 너무한 거지요. 그는 직접 특별히 디자인한 아주 아름다운 액자에 제 초상화를 넣어 보내주었는데 말이에요. 초상화의 그림이 나보다 꼬박 한 달은 더 어려 보여 그림에 조금 샘이 나긴 하지만, 그림을 보고 있으면 기분이 좋아진다는 걸 인정할 수밖에 없어요. 아마 당신이 그에게 쪽지를 쓰는 편이 나을 것 같아요. 나 혼자서는 그를 볼 자신이 없어요. 그는 저를 곤란하게 하는 말을 자주 하거든요. 좋은 충고도 많이 해주지만요."

헨리 경이 미소를 지으며 말했다. "사람들은 자신에게 가장 필요한 것을 거저 주고 싶어 안달이란 말이야. 난 그런 걸 지나친 관용이라고 하지."

"오, 바질은 가장 가까운 친구지만, 제게는 다소 속물적이고 교양 없는 사람처럼 보이기도 해요. 해리, 당신을 만난 이후에 그걸 깨달았어요."

"이봐, 바질은 자신을 매력적으로 만들어줄 모든 요소를 작품 속에 쏟아부었어. 그 결과, 그의 인생에 남은 것이라곤 오직 편견과 자신의 원칙, 그리고 상식뿐이지. 내가 아는 예술가들 가운데 인간적으로 매력 있는 예술가들은 하나같이 작품 수준은 형편없다네. 훌륭한 예술가들은 오로지 자신이 만든 작품 안에서만 존재하며, 따라서 인간적으로는 전혀 호감이 가지 않아. 위대한 시인, 그러니까 정말로 위대한 시인은 사실상 모든 피조물들 가운데 가장 시적이지 않은 인간들이야. 하지만 이류 시인들은 사람 혼을 쏙 빼놓을 만큼 매력이 넘치지.

그들의 시가 별 볼일 없을수록 그들의 외모는 점점 더 아름다워져. 시시한 이류 소네트 시집 한 권을 출간했다는 사실만으로 사람들 애간장을 타게 만들거든. 그들은 자신이 쓰지 못하는 시처럼 사는 거지. 반면 진짜 시인들은 자신이 감히 실현하지 못하는 걸 시로 표현하네."

"정말 그런 건지 잘 모르겠는데요, 해리?" 도리언 그레이가 탁자에 놓인 금색 뚜껑이 덮인 커다란 병에서 향수를 덜어 손수건에 묻히며 말했다. "당신이 그렇다면 틀림없이 그렇겠지요. 아무튼 전 이만 가보겠어요. 이모겐이 기다리고 있으니까요. 내일 같이 가는 거 잊지 마세요. 그럼 이만."

도리언이 방을 나가자, 헨리 경은 무거운 눈꺼풀을 아래로 내리깔고 생각에 잠겼다. 도리언 그레이만큼 자신의 관심을 끈 사람이 거의 없었다는 건 틀림없는 사실인데, 이 젊은이가 누군가 다른 사람에게 정신없이 푹 빠져 있는 걸 보고도 불쾌하다거나 질투가 난다거나 하는 괴로운 감정이 손톱만큼도 일어나지 않다니. 아니, 오히려 이 젊은이가 다른 사람을 숭배하는 모습을 보고 흐뭇하기까지 하다니. 이거야말로 흥미롭게 연구해볼 만한 일이라는 생각이 들었다. 지금까지 그는 늘 자연과학적인 방법에 사로잡혀 있었지만, 평범한 과학적 소재들이 그에게는 하찮고 의미 없게 보였었다. 그래서 다른 대상을 파헤침으로서 연구를 끝냈던 것처럼, 자기 자신을 파헤침으로

써 연구를 시작했었다. 인간의 삶 - 그에게는 오직 이것만이 연구할 가치가 있는 대상으로 보였다. 그것과 비교해 조금이라도 가치 있게 여길 만한 건 아무것도 없었다. 사실상 인간이 고통과 쾌락이라는 복잡 미묘한 도가니 속에서 삶을 들여다볼 때, 얼굴에 유리 가면을 쓸 수도 없고, 지옥 불과 같은 뜨거운 열기가 두뇌를 어지럽히는 걸 막을 수도 없으며, 그 열기가 끔찍한 공상과 기형적인 꿈으로 상상력을 착하게 만들지 못하도록 막을 수도 없었다. 어떤 독액은 도무지 성분을 파악하기 어려워 그 특성을 알기 위해서는 직접 마시고 중독돼봐야 했다. 어떤 질병은 너무나 생소해 그 특징을 밝혀내려면 몸소 그 병에 시달려봐야 했다. 하지만 그렇게 해서 얻어낸 성과는 얼마나 큰 것이었는가! 온 세계가 얼마나 황홀한 것이 되었는가! 열정 속에 들어 있는 기묘하고도 어려운 논리를, 지성 속에 깃들어 있는 감정적인 색채의 인생을 알아보는 것 - 그 두 가지가 어디에서 만나 어디에서 헤어지는지, 함께 조화를 이루는 지점은 어디이고 부조화를 이루는 지점은 어디인지 관찰하는 것 - 바로 그 안에 커다란 즐거움이 있었으니! 그것을 위해서라면 얼마의 대가를 치르든 무슨 상관이었으랴? 어떤 감각이든 감각을 위해서라면 제아무리 높은 가격을 치른들 아깝지 않았으리니.

그는 이제 도리언 그레이의 영혼이 이 순결한 소녀를 향해 돌아서서 숭배의 마음으로 그녀 앞에 머리를 숙였던 것은, 다름 아닌 자신이 했던 몇 마디 말들, 음악적인 어조로 이루어진 음악적인 말들 때문이었음을 깨달았다. 그리고 이런 생각을 하노라니 마노 같은 갈색 두 눈에 만족스러운 듯 빛이 났다. 넓게 보면, 이 청년은 자신이 만든 피조물인 셈이었다. 그가 청년을 조숙하게 만들었던 것이다. 이건 아주 중요한 문제였다. 평범한 사람들은 인생이 그 비밀을 드러낼 때까지 기다렸지만, 소수의 사람들, 선택받은 그들에게 인생의 수수께끼는 베일이 걷히기도 전에 드러났다. 때때로 이것은 예술의 효과였으며, 주로 그 열정과 지성을 직접적으로 다루는 문학예술의 영향이었다. 하지만 가끔은 복합적인 매력을 지닌 한 사람이 그 역할을 대신했고, 예술의 임무를 떠맡았으며, 사실상 나름의 방식으로 진짜 예술 작품이 되기도 했으니, 시가 그렇듯 혹은 건축이나 회화가 그렇듯 '인생' 역시 정교한 걸작을 탄생시켰던 것이다.

그렇다, 청년은 조숙했다. 그의 날들은 아직 봄인데 그는 벌써부터 곡식을 추수하고 있었다. 가슴속 심장은 젊음의 열정으로 고동치고 있지만, 수줍음이 많아 부끄러워할 뿐이었다. 그를 지켜보는 건 즐거운 일이었다. 아름다운 얼굴과 아름다운 영혼으로 그는 경이로운 인물이 되었다. 그의 모든 아름다움이 어떻게 끝이 날지, 혹은 어떤 식으로 끝나도록 운명 지어

질지는 문제가 되지 않았다. 그는 야외극이나 연극에 등장하는 기품 있는 어떤 인물, 즉 그의 즐거움은 일반 사람들과 거리가 먼 듯 보이지만 그의 슬픔은 평범한 사람들의 미적 감각을 흔들어놓고 그의 상처는 붉은 장미와도 같은 그런 인물과 닮아 있었다.

영혼과 육신, 육신과 영혼─아, 이 둘은 수수께끼처럼 얼마나 신비한가! 영혼 속에도 동물적인 성격이 있으며, 육신 안에도 영적인 숭고함이 깃드는 순간이 있다. 감각이 정제될 수도 있으며, 지성이 타락할 수도 있다. 육체의 충동이 어디에서 끝이 나는지, 영혼의 충동이 어디에서 시작되는지 그 누가 말할 수 있단 말인가? 평범한 심리학자의 자의적인 정의는 얼마나 피상적인가! 그렇지만 다양한 학파의 주장들 사이에서 한 가지를 결정하기란 또 얼마나 어려운가! 영혼은 죄악의 집에 자리 잡은 그림자인가? 혹은 조르다노 브루노가 생각했듯이 정말로 영혼 안에 육신이 깃들어 있는가? 물질에서 정신이 분리되는 것이 신비이듯 정신과 물질이 조화를 이루는 것 또한 신비이니.

그는 심리학이 과학을 완전무결하게 만들어, 모든 생명의 원천이 우리 앞에 그 모습을 드러내게 될지 궁금하게 여기기 시작했다. 이를테면, 우리는 언제나 자기 자신을 오해하고 타인을 거의 이해하지 못한다. 경험에는 윤리적인 가치가 없다.

경험이란 단지 인간이 자신의 실수에 갖다 붙인 이름일 뿐이다. 일반적으로 도덕가들은 경험을 경고의 방식으로 간주해왔고, 성격을 형성하는 데 있어서 경험에 어떤 윤리적 효과를 요구했으며, 경험이란 우리가 무엇을 따라야 하는지 가르쳐주고 무엇을 피해야 하는지 보여주는 무언가라며 칭송해왔다. 하지만 경험에는 동기가 되는 힘이 없었다. 양심이 워낙 그렇듯이 경험 역시 거의 적극적인 원인이 될 수 없었다. 사실상 경험이 우리에게 증명해보인 것은 우리의 미래가 과거와 다를 바 없으며, 우리가 한때는 자신이 저지른 죄악에 질색하지만 나중엔 기꺼이 수시로 죄악을 저지르게 되리라는 것뿐이었다.

그는 실험적인 방법만이 열정에 대한 과학적 분석에 도달할 수 있는 유일한 방법이라는 사실을 분명하게 알았다. 또한 도리언 그레이는 그에게 쉽사리 복종하는 실험 대상이었으며, 그라면 풍성하고 유익한 결과를 약속해줄 것이 분명해보였다. 시빌 베인을 향한 도리언의 갑작스러운 열렬한 사랑은 적지 않은 흥밋거리가 되기에 충분한 심리적 현상이었다. 이 일은 호기심과 상당한 관련이 있으며, 새로운 경험을 향한 호기심과 욕망이 작용했음이 틀림없었다. 하지만 도리언의 열정은 단순한 것이 아니며, 오히려 매우 복잡하다고 할 수 있었다. 그의 열정 안에 존재하던 순수하게 감각적이기만 한 소년다운 본능은 상상력의 작용에 의해 다른 모습으로 바뀌어, 이제 감각과 거리가 먼 무언가로 변화되었고, 바로 그러한 이유로 한 층 더 위험해졌다. 우리에게 무엇보다 강력한 폭정을 휘두르는 주범은 우리가 그 근원에 대해 잘못 알고 있는 열정이란 것이었다. 우리를 움직이게 만드는 동기들 가운데 가장 약한 것은 우리가 익히 알고 있는 각자의 본성 안에 깃든 동기들이었다. 그래서 다른 사람을 실험한다고 생각하지만 정작 자기 자신을 실험하고 있는 일이 자주 발생하는 것이다.

헨리 경이 이런 생각으로 한참 공상에 잠긴 채 앉아 있는데 문 두드리는 소리가 들렸고, 곧이어 하인이 들어와 만찬에 참석하기 위해 옷을 갈아입어야 할 시간이 됐음을 알렸다. 그는 자리에서 일어나 거리를 내다보았다. 저녁노을이 맞은편 저택의 이층 창문들을 주홍색이 어우러진 금빛으로 물들였다. 창틀은 가열된 금속판 같았다. 저 위의 하늘은 시든 장미처럼 보였다. 그는 한창 불같이 타오르는 젊은 친구의 삶을 생각하다, 그의 인생이 어떻게 끝이 날지 궁금해졌다.

그날 헨리 경이 열두 시 반쯤 집에 도착하니, 현관 탁자 위에 전보 한 통이 놓여 있었다. 전보를 열어보니 도리언 그레이가 보낸 것이었다. 그가 시빌 베인과 결혼을 약속했다는 소식이었다.

5

"엄마, 엄마, 전 지금 정말 행복해요!" 소녀는 기력이 쇠하고 지쳐 보이는 여인의 무릎에 얼굴을 묻으며 나지막하게 속삭였다. 여인은 따갑게 내리쬐는 햇볕을 등지고 지저분한 거실에 놓인 하나뿐인 안락의자에 앉아 있었다. "정말 행복해요!" 소녀가 되풀이해 말했다. "그러니 엄마도 행복하시죠!"

베인 부인은 몸을 움찔하더니, 비스무트(19세기에 화장품으로 사용된 붉은빛을 띤 흰 금속)로 하얗게 표백된 메마른 두 손을 딸의 머리 위에 얹었다. "그래, 행복하구나!" 베인 부인이 딸의 말을 되풀이했다. "시빌, 난 오직 네가 연기하는 모습을 볼 때만 행복하단다. 넌 연기 외에는 그 어떤 것도 생각해서는 안 돼. 아이작스 씨가 우리를 대단히 잘 보살펴주는 데다, 우리에게 돈도 빌려주셨잖니."

소녀는 고개를 들어 입을 삐죽거렸다. "돈이라고요, 엄마?" 그녀가 소리쳤다. "대체 그깟 돈이 뭐죠? 돈보다 사랑이 훨씬 중요해요."

"아이작스 씨는 우리가 빚을 갚을 수 있도록 오십 파운드를 선불로 주었잖니. 덕분에 우리는 제임스에게 적당한 옷도 마련해줄 수 있었어. 그걸 잊어서는 안 된다, 시빌. 오십 파운드는 상당히 큰 액수야. 아이작스 씨는 우리에게 아주 고마운 사람이란다."

"그 사람은 신사가 아니잖아요, 엄마. 그리고 난 그 사람이 제게 말하는 태도가 너무 싫어요." 소녀가 벌떡 일어서서 창가를 향해 다가가며 말했다.

"그 사람 없이 우리가 무슨 수로 살 수 있었겠니." 나이가 지긋한 여인이 역정을 내며 대꾸했다.

시빌 베인이 갑자기 고개를 쳐들며 소리 내어 웃었다. "우린 더 이상 그 사람이 필요 없어요, 엄마. 이젠 제 이상형의 왕자님이 우리의 생활을 책임져줄 거예요." 그러고는 잠시 한숨을 돌렸다. 그녀의 혈관을 돌던 장미 한 송이가 흔들리며 두 뺨에 그늘을 드리웠다. 가쁜 숨이 꽃잎 같은 두 입술을 벌렸다. 꽃잎이 흔들렸다. 남쪽에서 불어오는 열정의 바람이 드레스의 가녀린 주름을 거세게 흔들었다. "난 그분을 사랑해요." 그녀가 한마디로 분명하게 말했다.

"어리석은 계집애 같으니! 어리석은 계집애 같으니!" 어머니가 앵무새 같은 말투로 비난을 쏟아냈다. 그녀가 가짜 보석 반지로 장식한 구부러진 손가락들을 흔들어대자 비난에 기괴한 느낌이 더해졌다.

소녀가 다시 소리 내어 웃었다. 그녀의 목소리에는 새장에 갇힌 새의 즐거움이 묻어났다. 두 눈동자는 새의 지저귐을 담뿍 담아 환한 광채를 빛내며 지저귐을 되풀이했다. 그러고는 눈동자의 비밀을 감추려는 듯 잠시 눈을 감았다. 다시 눈을 떴을 때 눈앞은 꿈을 꾸듯 부옇게 흐려져 있었다.

낡은 의자에서 얇은 입술이 속삭이는 지혜의 말은, 저자가 상식이라는 이름으로 포장한 겁쟁이들을 위한 책에서 인용한 것으로, 소녀에게 신중하게 처신하라는 것이었다. 하지만 소녀는 그 말을 귀담아듣지 않았다. 그녀는 열정이라는 감옥 안에서 마음껏 자유로웠다. 그녀의 왕자님, 이상형의 왕자님이 그녀와 함께 있었으니까. 그녀는 '기억'을 불러내 그이를 새롭게 만들었다. 이상형의 왕자님을 찾기 위해 자신의 영혼을 내보내자, 마침내 영혼은 그이를 데리고 왔다. 그이의 입맞춤이 다시 그녀의 입술을 뜨겁게 달구었다. 그녀의 눈꺼풀은 그이의 숨결로 따스해졌다.

그러자 지혜는 방법을 바꾸어 그이를 관찰해 정체를 알아내라고 속삭였다. 이 젊은이는 부자일지도 모른다. 그렇다면 결혼을 생각해봐도 좋을 터. 세속적인 교활함이 파도를 이루어 소녀의 바깥귀에 부딪혀 부서졌다. 간교함의 화살들이 그녀 곁을 빠르게 지나갔다. 그녀는 얇은 입술이 움직이는 모양을 보았고, 이내 빙그레 미소를 지었다.

　문득 무슨 말이든 해야 할 것만 같았다. 수많은 말이 만들어 낸 침묵이 그녀를 괴롭혔다. "엄마, 엄마." 그녀가 외쳤다. "그이는 왜 그토록 절 사랑하는 걸까요? 제가 왜 그이를 사랑하는지는 알아요. 그이는 '사랑' 그대로의 모습과 너무나 닮았기 때문에 전 그이를 사랑하는 거예요. 하지만 그이는 제게서 무얼 보는 걸까요? 전 그이의 상대가 될 자격이 없는데. 하지만 — 왜 그런지는 알 수 없지만 — 비록 제가 그이에게 한참 못 미친다 할지라도 비참하다는 기분은 들지 않아요. 아니, 전 자랑스러워요. 아주 자랑스러워요. 엄마, 제가 이상형의 왕자님을 사랑한 것처럼 엄마도 아빠를 사랑했나요?"

　두 뺨에 거친 분가루를 짙게 바른 나이 든 여인의 얼굴은 차츰 창백해졌고, 바싹 마른 입술은 고통으로 경련을 일으키며 일그러졌다. 시빌은 어머니를 향해 달려가 그녀의 목에 두 팔을 두르고 입을 맞추었다. "용서하세요, 엄마. 아빠에 대해 말하면 엄마가 고통스러워한다는 거 알아요. 하지만 그건 엄마가 아빠를 무척 사랑했기 때문이에요. 너무 슬퍼하지 마세요. 엄마가 이십 년 전에 그랬던 것처럼 오늘 전 아주 행복해요. 아! 전, 영원히 이렇게 행복할 거예요!"

"애야, 사랑에 빠졌다고 생각하기에는 넌 너무 어리단다. 더구나 이 젊은이에 대해 아무것도 아는 게 없잖니? 심지어 그 사람 이름도 모르잖아. 누군가를 사랑하기에는 사정이 아주 좋지 않은 데다, 실제로 제임스도 곧 오스트레일리아로 떠날 테고, 이 엄만 생각할 게 너무나 많은데, 정말이지 이럴 때일수록 네가 좀 더 사려 깊은 모습을 보여주어야 하지 않겠니. 하지만 그가 부자라면이야⋯⋯."

"아! 엄마, 엄마, 전 행복하게 살래요!"

베인 부인은 그녀를 흘긋 바라보더니, 연극배우에게 종종 나타나는 제2의 천성과도 같은 가식적이고 연극적인 몸짓으로 그녀를 끌어안았다. 바로 그때 문이 열리고, 억센 갈색 머리카락의 젊은이가 방 안으로 들어왔다. 젊은이는 몸집이 땅딸막하고, 손과 발은 큼지막했으며, 행동은 다소 굼떴다. 그는 누나만큼 훌륭하게 자라지 못했다. 모르는 사람이 보았다면 두 사람이 이렇게 가까운 관계인지 짐작조차 하지 못할 정도였다. 베인 부인은 아들을 바라보며 활짝 미소를 지었다. 부인은 마음속으로 아들을 위엄 있는 청중의 위치로 들어 올렸다. 어쩐지 이 극적인 장면이 매우 흥미롭게 비칠 것 같다는 확신이 들었다.

"나를 위한 입맞춤을 간직해두었겠지, 시빌 누나." 젊은이는 온순한 목소리로 짐짓 투덜대며 말했다.

"어머! 그렇지만 넌 내가 입맞춤하는 걸 좋아하지 않잖아, 짐." 그녀가 큰소리로 말했다. "넌 무서운 늙은 곰이야." 그러고는 방을 가로질러 달려가 그를 부둥켜안았다.

제임스 베인은 다정한 눈길로 누이의 얼굴을 바라보았다. "나하고 함께 산책 나가지 않을래, 시빌 누나? 이제 이 끔찍한 런던을 다시 볼 일은 없을 거야. 그럴 일은 절대 없을 거야."

"얘야, 그렇게 무서운 말은 하지 마라." 베인 부인이 한숨을 쉬며 반질반질 윤이 나는 무대의상을 집어 들어 헝겊을 대고 기우면서 중얼거렸다. 그녀는 조금 전 모녀끼리 펼친 무대의 한 장면에 아들이 함께하지 않은 것이 못내 실망스러웠다. 그랬더라면 연극적인 장면이 한층 회화적으로 보였을 텐데.

"그게 어때서요, 어머니? 전 진심으로 하는 말이에요."

"얘야, 너 때문에 내 마음이 얼마나 아픈 줄 아니. 난 네가 오스트레일리아에서 부자가 되어 돌아올 거라고 믿는단다. 식민지에는 아마 사교계 같은 모임이 없을 거다. 그렇겠지, 사교계라고 부를 만한 모임은 결코 없을 거야. 그러니 한밑천 벌고 나면 런던으로 돌아와 큰소리치며 살렴."

"사교계는 무슨 사교계요!" 젊은이가 나지막한 목소리로 투덜댔다. "사교계 따위 알고 싶지도 않아요. 난 그저 어머니와 시빌 누나를 연극 무대에서 벗어나게 할 만큼의 돈을 벌고 싶을 뿐이에요. 무대라면 지긋지긋하다고요."

"오, 짐!" 시빌이 웃으며 말했다. "너무 냉정하구나! 하지만 정말 나하고 같이 산책할 거지? 아, 얼마나 즐거울까! 난 네가 친구들한테 작별 인사를 하러 가면 어쩌나 걱정했어. 너한테 흉측하게 생긴 파이프를 준 톰 하디나 그걸로 담배를 피운다고 너를 놀리는 네트 랭턴에게 말이야. 그런데 마지막 오후를 나하고 함께 보내다니. 넌 정말 다정한 아이야. 우리 어디로 갈까? 하이드파크로 가자."

"하지만 내 차림이 너무 초라한걸." 그가 눈살을 찌푸리며 말했다. "하이드파크에는 멋쟁이들만 가잖아."

"말도 안 돼, 짐." 그녀가 짐의 코트 소매를 만지작거리며 나지막이 말했다.

그가 잠시 망설였다. "그래, 좋아." 마침내 그가 말했다. "하지만 옷 갈아입는 데 시간이 너무 오래 걸리면 안 돼."

그녀는 기쁨에 겨워 춤을 추듯 폴짝폴짝 문을 열고 나갔다. 그러고는 사람들에게 들릴 만큼 큰소리로 노래를 부르며 이층으로 올라갔다. 곧이어 천장에서 그녀의 작은 발이 또닥거리는 소리가 들렸다.

제임스는 방 안을 두세 차례 왔다 갔다 했다. 그런 다음 의자에 못 박힌 듯 가만히 앉아 있는 인물을 향해 몸을 돌렸다.

"어머니, 제 짐은 다 준비됐나요?" 그가 물었다.

"다 꾸렸단다, 제임스." 어머니가 하던 일에서 시선을 떼지 않은 채 대답했다. 지난 몇 달 동안 그녀는 이 거칠고 난폭한 아들과 단둘이 있는 것이 매우 거북했다. 천성이 얄팍하고 비밀스러운 그녀는 아들과 시선이 마주칠 때마다 몹시 곤혹스러웠다. 혹시 아들이 무언가를 알아챈 게 아닐까 궁금하게 여기곤 했다. 더구나 아들은 의견을 말하는 법이 없는 터라, 그의 침묵이 견딜 수 없이 불안했다. 그래서 그녀는 불평을 하기 시작했다. 여자들은 예기치 않게 느닷없이 항복하는 방식으로 공격을 시도하는 것과 마찬가지로, 공격을 가하는 방식으로 스스로를 방어한다. "나는 네가 뱃사람 생활에 만족하길 바란다, 제임스." 어머니가 말했다. "네 스스로 그 일을 선택했다는 사실을 잊지 말아라. 사무 변호사 사무실에 취직했으면 좀 좋니. 사무 변호사들은 상당히 존경받는 부류의 사람들인 데다, 시골에서는 상류사회 집안사람들과 만찬을 함께 할 기회도 많으니 말이다."

"저는 관리직도 싫고 서기도 싫어요." 그가 대꾸했다. "하지만 어머니 말씀은 옳아요. 스스로 제 인생을 선택했어요. 제가 드리고 싶은 말씀은 시빌 누나를 잘 보살펴달라는 것뿐이에요. 시빌 누나에게 어떠한 불행도 닥치지 않게 해주세요. 어머니, 시빌 누나를 잘 돌봐주셔야 해요."

"제임스, 너 아주 이상하게 말하는구나. 내가 시빌을 보살피는 건 당연한 일 아니니."

"한 신사가 매일 밤 극장에 찾아와, 무대 뒤에서 시빌 누나와 이야기를 나눈다는 말을 들었어요. 사실인가요? 그 일에 대해 어떻게 생각하세요?"

"너로서는 이해하지 못할 일이겠지, 제임스. 우리 배우들은 직업상 사람들에게 무수한 친절을 받는 데 익숙해져 있단다. 나도 한때는 엄청나게 많은 꽃다발을 받았단다. 그래, 연기를 진정으로 인정받았을 땐 그랬어. 시빌의 경우는, 현재로선 그 애의 애정이 진지한 것인지 아닌지 잘 모르겠구나. 그렇지만 네가 지금 말하는 그 젊은이가 완벽한 신사라는 사실은 의심할 여지가 없다. 그 젊은이는 내게도 항상 대단히 예의가 바르단다. 게다가 외모에서부터 부유한 티가 흐르고, 그가 보내는 꽃들도 얼마나 아름다운지 몰라."

"그렇지만 그 사람 이름도 모르시잖아요." 아들이 거칠게 말했다.

"모르지." 어머니는 차분한 표정을 지으며 말했다. "아직 자신의 진짜 이름을 밝히지 않았단다. 아마도 무척 낭만적인 성격이라 그럴 거야. 모르긴 몰라도 귀족이 분명할 거다."

제임스 베인은 입술을 깨물었다. "시빌 누나를 잘 보살펴주세요, 어머니." 그가 큰소리로 말했다. "시빌 누나를 잘 돌봐주셔야 해요."

"애야, 넌 나를 몹시 괴롭게 만드는구나. 시빌은 언제나 내 특별한 보살핌을 받고 있단다. 물론, 이 신사가 부자라면 시빌이 그와 혼인을 맺어서는 안 될 이유가 어디 있겠니. 나는 그가 귀족이라고 믿는다. 정말이지 그 사람 외모만 봐도 알 수 있어. 시빌에게는 아주 멋진 결혼이 될 거다. 두 사람은 잘 어울리는 부부가 될 거야. 그 신사의 외모가 워낙 눈에 띄게 잘생겨서 모두들 그를 주목하지 않을 수가 없단다."

젊은이는 혼잣말로 구시렁거리더니 투박한 손가락으로 창유리를 두드렸다. 그가 무슨 말을 하려고 막 뒤를 돌았을 때, 마침 문이 열리고 시빌이 방 안으로 뛰어 들어왔다.

"두 사람 모두 왜 이렇게 심각해요!" 그녀가 큰소리로 말했다. "무슨 일 있어요?"

"아무것도 아니야." 제임스가 말했다. "누구나 가끔은 심각해져야 할 때가 있는 것 아니겠어. 이만 다녀올게요, 어머니. 다섯 시에 저녁 먹으러 오겠어요. 셔츠를 제외하면 나머지 짐은 모두 꾸렸으니 어머니는 걱정하지 않으셔도 돼요."

"다녀오거라, 애야." 어머니가 억지스럽게 위엄을 가장해 머리를 숙이며 말했다. 그녀는 조금 전 아들의 말투가 몹시 불쾌했고, 그의 표정이 어쩐지 두려웠다.

"제게 입을 맞춰주세요, 엄마." 소녀가 말했다. 소녀의 꽃 같은 입술이 시든 뺨에 닿아 얼어붙은 뺨을 따스하게 녹여주었다.

"내 새끼! 내 새끼야!" 베인 부인은 상상 속에서 맨 위층 관람석을 찾아 천장을 올려다보며 말했다.

"가자, 누나." 그녀의 동생이 조바심을 내며 말했다. 그는 어머니의 과장된 행동이 몹시 거슬렸다.

남매는 바람이 불어 어슴푸레하게 햇빛이 비치는 밖으로 나가, 쓸쓸한 유스턴 거리를 따라서 천천히 걸어 내려갔다. 지나가는 사람들은 몸에 잘 맞지 않는 남루한 옷을 걸치고 뚱한 얼굴에 행동이 굼뜬 청년이 무척이나 우아하고 기품 있는 아가씨와 함께 걸어가는 모습을 의아하게 바라보았다. 그는 마치 장미꽃 한 송이를 들고 걸어가는 천한 정원사 같았다.

짐은 낯선 사람들의 호기심 가득한 눈빛을 받으며 이따금 눈살을 찌푸렸다. 천재들의 경우 말년에나 느끼고 평범한 사람들의 경우 일생 따라다니는 타인의 시선이 마음에 들지 않았던 것이다. 하지만 정작 시빌은 자신의 영향 때문에 생겨나는 일을 전혀 의식하지 못했다. 그녀의 사랑이 웃음을 지으며 입가에서 떨고 있었다. 그녀는 이상형의 왕자님을 생각하고 있었으며, 다른 무엇보다 그를 더 많이 생각하고 있었겠지만, 짐에게는 그에 대해 한마디도 하지 않고 다만 짐이 곧 항해하게 될 배에 대해, 짐이 반드시 찾게 될 황금에 대해, 그가 붉은 셔츠를 입은 악독한 산적으로부터 목숨을 구해줄 멋진 상속녀에 대해 쉴 새 없이 이야기했다. 그는 뱃사람도, 화물 관리인도, 장차 그가 하게 될 그 무엇도 계속해서는 안 되었기 때문이다. 결코 그래서는 안 된다! 뱃사람의 생활은 얼마나 끔찍한가. 곱사등 모양의 사나운 파도가 안으로 들어오려고 호시탐탐 넘보고 있고, 검은 바람은 돛대를 부러뜨리며, 돛은 길고 날카로운 비명을 지르면서 갈기갈기 찢기는 지긋지긋한 배 안에 갑갑하게 틀어박혀 지낸다고 상상해보라! 그는 일단 멜버른에 도착하면 당장 배에서 내려 선장에게 공손히 작별 인사를 하고 금광 지대로 출발할 것이다. 한 주일이 끝나기도 전에 커다란 순금 덩어리를, 지금까지 발견한 것 가운데 가장 큰 순금 덩어리를 발견해, 말을 탄 경관 여섯 명의 호위를 받으며 사륜마차를 타고 해안까지 그것을 운반하리라. 물론 세 차례나 산적들의 습격을 받겠지만 산적들은 이내 잔인하게 살해되고 말 것이다. 아니, 아니지. 그는 금광 근처에도 가지 않을 것이다. 금광은 남자들이 술에 절어 있고, 근처 술집마다 서로에게 총을 겨누며, 욕을 입에 달고 사는 무시무시한 곳이니까. 그보다는 친절한 목축업자가 되어, 어느 날 저녁 말을 타고 집에 가는 길에 한 아리따운 상속녀가 검은 말을 탄 강도에게 끌려가는 것을 발견하고는 쫓아가 그녀를 구해주리라. 당연히 상속녀는 그에게 한눈에 반할 테고 그 역시 그녀와 사랑에 빠져 두 사람은 결혼을 한 후 고향으로 내려와 런던의 대저택에서 행복하게 살게 되리라. 그렇게 그의 앞에는 즐거운 일들이 잔뜩 기다리고 있으리라. 하지만 그는 무척 선량해야 하며, 결코 화를 내서는 안 되고, 어리석게 돈을 낭비해서도 안 된다. 그녀는 동생보다 겨우 한 살이 많을 뿐이지만, 인생 경험은 훨씬 많았다. 그는 반드시 매일 그녀에게 편지를 써야 하며, 매일 밤 잠들기 전에 기도를 해야 할 것이다. 선하신 하느님은 그의 앞길을 보살펴주실 터이니. 그녀 역시 그를 위해 기도할 테고, 그렇게 몇 년이 흘러 그는 큰 부자가 되어 행복하게 집으로 돌아오리라.

젊은이는 언짢은 표정으로 잠자코 그녀의 말을 들을 뿐 아무런 대꾸도 하지 않았다. 집을 떠난다고 생각하니 마음이 몹시 아팠기 때문이었다.

하지만 그가 침울하고 시무룩한 이유가 꼭 그 때문만은 아니었다. 비록 자신이 세상 물정에 어둡긴 하지만, 시빌의 상황이 위험하다는 강한 느낌을 지울 수가 없었던 것이다. 누나에게 구애하고 있는 그 멋진 젊은이는 신통치 않은 인간일지도 몰랐다. 그는 신사였고, 그 사실 때문에 그가 더욱 탐탁지 않았다. 딱 부러지게 설명할 수는 없지만 자기 나름의 직관에 따르면 그가 영 마음에 들지 않았고, 그걸 설명할 수 없기에 혐오스러운 마음만 더해갔다. 또한 천박함과 허영심으로 똘똘 뭉친 어머니의 천성을 생각하면, 그로 인해 시빌과 시빌의 행복이 끝없이 위태로워질 것 같았다. 자식은 어릴 땐 부모를 사랑하고, 자랄수록 부모를 비판하며, 가끔씩 부모를 용서한다. 그의 어머니! 그는 어머니에게 묻고 싶은 무언가가, 지난 몇 달 동안 침묵으로 일관하며 속으로만 궁금해하던 무언가가 있었다. 극장에서 우연히 듣게 된 말 한마디, 어느 날 밤 분장실 입구에서 어머니를 기다리고 있을 때 귓가에 들려온 경멸의 말 한마디. 그 한마디를 들은 이후부터 끔찍한 생각들이 머릿속을 마구 돌아다니고 있었다. 말채찍에 맞아 생긴 얼굴의 자국처럼 그날 들은 말이 생생하게 머릿속에 각인되었다. 그는 쐐기처럼 깊은 주름이 생길 정도로 눈썹을 잔뜩 찌푸렸고, 갑작스레 엄습해온 고통에 아랫입술을 깨물었다.

"내가 하는 말, 한마디도 안 듣고 있구나, 짐." 시빌이 소리 쳤다. "네 장래에 대해 얼마나 근사한 계획을 세우고 있었는데. 무슨 말이든 좀 해봐."

"내가 무슨 말을 하길 원하는데?"

"아! 착하게 잘 지내겠다든가, 우리를 잊지 않겠다든가." 그녀가 그를 보고 미소 지으며 대답했다.

그는 어깨를 으쓱해 보였다. "시빌 누나, 내가 누나를 잊는 것보다 누나가 날 잊을 가능성이 더 큰 것 같은데."

그녀가 얼굴을 붉혔다. "그게 무슨 말이니, 짐?" 그녀가 물었다.

"누나에게 새 친구가 생겼다는 말 들었어. 누구야? 그 사람에 대해 왜 나한테 말하지 않았어? 아마 그는 누나에게 별 도움이 되지 않을 거야."

"그만해, 짐!" 그녀가 외쳤다. "그 사람을 나쁘게 말하지 마. 난 그이를 사랑한단 말이야."

"세상에, 누난 그 사람 이름도 모르잖아." 젊은이가 대꾸했다. "그 사람, 누구야? 나도 알 권리가 있어."

"그이는 이상형의 왕자님이라고 해. 정말 근사한 이름 아니니. 오! 철부지 내 동생아! 절대로 이 이름을 잊어선 안 된다. 너도 보면 그이가 세상에서 가장 훌륭한 사람이라고 생각하게 될 거야. 언젠가 너도 그이를 만나게 되겠지. 그래, 네가 오스트레일리아에서 돌아오면 만나게 될 거야. 너도 그이를 무척 마음에 들어할걸. 모두가 그이를 좋아하니까. 그리고 난…… 그이를 사랑해. 오늘 밤 네가 극장에 올 수 있으면 좋으련만. 그이가 오늘 극장에 올 테고, 난 줄리엣 역을 맡게 되거든. 오! 어떻게 연기하면 좋을까! 상상해봐, 짐, 사랑에 빠진 상태에서 줄리엣을 연기한다는 것을! 저기 앉아 있는 그이를 보면서 말이야! 아, 내 연기로 그이를 기쁘게 할 수 있다니! 난 극단 사람들을 깜짝 놀라게 할까봐 두려워. 그들을 놀라게 하거나 그들의 마음을 사로잡게 될까봐 두려워. 사랑에 빠진다는 건 자기 자신을 초월한다는 거야. 저 비열하고 불쾌한 아이작스 씨도 술집에서 같이 어울려 다니는 놈팡이들에게 '천재'가 났다고 외치겠지. 그는 무슨 교리처럼 나를 선전해왔어. 오늘 밤 그는 어떤 계시라도 내린 듯 나를 소개할 거야. 어쩐지 그런 예감이 들어. 그리고 이 모든 건 오직 그이, 내 이상형의 왕자님, 아름다운 내 연인이며 내 은총의 신인 그이 덕분이야. 하지만 그이에 비하면 난 너무 가난한걸. 가난? 그거야 아무려면 어때? 가난이 문틈으로 기어 들어오면 사랑은 창문으로 달아난다는 속담이 있긴 하지. 그렇지만 우리나라 속담은 다시 쓰여야 해. 이 속담은 겨울에 만들어졌지만 지금은 여름이잖아. 아니, 내게는 봄처럼 느껴져. 파란 하늘에 꽃들이 산들산들 춤을 추는 봄처럼 말이야."

"그 사람은 신사야." 젊은이가 부루퉁하게 말했다.

"왕자님이라니까!" 그녀가 음악처럼 리듬을 넣어 소리쳤다. "그 정도면 충분한 거 아니니?"

"그는 누나를 구속하고 싶어해."

"자유로워지는 건 생각만 해도 몸서리가 쳐져."

"그 사람을 조심해줘."

"그이를 보면 숭배하게 될 거야. 그이를 알고 나면 신뢰하게 될 거야."

"시빌 누나, 그 사람한테 완전히 빠져버렸구나."

시빌은 소리 내어 웃으면서 동생의 팔을 잡았다. "애, 짐. 너 마치 백 살은 먹은 사람처럼 말한다. 언젠가 너도 사랑에 빠질 날이 올 거야. 그때 가면 사랑이 뭔지 알게 되겠지. 그러니 너무 시무룩한 표정 짓지 마. 비록 너는 곧 떠나지만, 내가 그 어느 때보다 행복할 때 떠난다고 생각하면 틀림없이 마음이 놓일 거야. 너나 나나 사는 게 너무 힘들었어. 끔찍하게 힘들고 어렵기만 했지. 하지만 이젠 달라질 거야. 넌 새로운 세상으로 갈 거고, 난 새로운 세상을 찾았으니까. 여기 의자가 두 개 있구나. 우리 여기에 앉아서 지나가는 근사한 사람들을 구경하자꾸나."

그들은 무수한 구경꾼들 사이에 자리를 잡고 앉았다. 도로 저편 튤립 꽃밭이 너울거리는 불꽃으로 테두리를 두른 듯 붉게 타올랐다. 흰 먼지는 바람에 흔들리는 한 뭉치의 붓꽃 뿌리처럼 헐떡이는 대기 중에 둥둥 떠다녔다. 환한 색상의 양산들은 커다란 나비들처럼 춤을 추듯 허공 위를 오르내렸다.

그녀는 동생에게 그 자신에 대해, 그의 희망과 그의 장래에 대해 말해달라고 졸랐다. 그는 힘겹게 천천히 입을 열었다. 둘은 경기 중인 선수들이 점수를 주고받듯이 이야기를 나누었다. 하지만 시빌은 이내 가슴이 답답해지는 느낌이 들었다. 아무리 애를 써도 자신의 기쁨을 전달할 방법이 없었던 것이다. 돌아오는 반응이라고는 그저 부루퉁한 입가에 그려진 희미한 미소가 전부였다. 얼마간 시간이 흐르자 그녀도 입을 다물게 되었다. 그때 문득 금빛 머리카락과 소리 내어 웃는 입술이 얼핏 눈에 들어왔고, 곧이어 두 명의 귀부인들과 함께 무개마차를 타고 지나가는 도리언 그레이를 발견했다.

시빌은 그 자리에서 벌떡 일어섰다. "저기 그이가 있어!" 그녀가 소리쳤다.

"누구?" 짐 베인이 말했다.

"내 이상형의 왕자님." 그녀가 빅토리아(말 한두 필이 끄는 이인승 사륜마차)를 눈으로 좇으며 대답했다.

그러자 짐이 벌떡 일어서서 그녀의 팔을 거칠게 붙잡았다. "그 사람을 알려줘. 어느 쪽이야? 손으로 가리켜봐. 반드시 그를 봐야겠어!" 그가 큰소리로 외쳤다. 하지만 바로 그 순간 그들과 도리언이 탄 무개마차 사이에 베릭 공작의 사두마차가 끼어들었고, 사두마차가 자리를 떠났을 땐 무개마차가 하이드 파크에서 완전히 사라지고 없었다.

"그가 가버렸네." 시빌이 서글픈 목소리로 중얼거렸다. "네게 그이를 보여주고 싶었는데."

"나야말로 그러길 바랐어. 하늘에 하느님이 계시다는 엄연한 사실처럼, 그자가 누나에게 조금이라도 해를 끼치면 반드시 그를 없애야 하니까."

시빌은 공포에 몸을 떨며 동생을 바라보았다. 그는 자신이 했던 말을 되풀이했다. 그 말은 단도처럼 허공을 갈랐다. 주위 사람들도 놀라서 멍하니 입을 다물지 못했고, 시빌 곁에 서 있던 한 부인은 소리 죽여 킥킥대고 웃었다.

"가자. 짐. 어서 가자니까." 그녀가 낮게 속삭였다.

시빌이 사람들 사이를 헤치며 지나갔고, 그는 누나의 뒤를 끈질기게 따라갔다. 그는 자신이 한 말이 만족스러웠다.

마침내 아킬레스 동상 앞에 이르렀을 때 그녀가 몸을 돌렸다. 그녀의 눈동자에 어린 동정의 눈빛이 입가로 내려와 웃음으로 바뀌었다. 그녀가 그를 바라보며 고개를 저었다. "너 왜 이렇게 철없이 구니, 짐. 정말 철부지야. 넌 딱 심술궂은 사내아이, 고작 그 정도일 뿐이야. 어쩜 그렇게 끔찍한 말을 할 수가 있니? 넌 네가 무슨 말을 하는지도 몰라. 그저 질투심에 고약하게 굴 뿐이지. 아! 너도 누군가를 사랑하게 되면 좋겠구나. 사랑은 사람을 착하게 만들거든. 아까 네가 한 말은 너무 심했어."

"난 벌써 열여섯 살이나 됐어." 그가 대답했다. "그러니 돌아가는 사정을 알 만큼은 안단 말이야. 어머니는 누나에게 아무런 도움이 안 돼. 어머니는 누나를 어떻게 돌봐야 하는지 몰라. 지금 같으면 오스트레일리아로 절대 떠나고 싶지 않아. 정말이지 전부 다 집어치우고 싶어. 계약서에 서명만 하지 않았어도 그랬을 거야."

"아, 너무 심각하게 그러지 마, 짐. 넌 마치 그 옛날 엄마가 출연하고 싶어 몸살을 내곤 하던 시시한 멜로드라마의 남자 주인공처럼 구는구나. 더 이상 너하고 싸우지 않을래. 난 그를 봤고, 아! 그를 본 것만으로도 완벽하게 행복해. 우리 싸우지 말자. 아무렴, 내가 사랑하는 사람을 네가 해칠 리가 있겠니, 안 그래?"

"누나가 그를 사랑하는 한은 해치지 않겠지." 그가 뚱한 말투로 대답했다.

"난 영원히 그이를 사랑할 거야!" 그녀가 외쳤다.

"그럼 그는?"

"그이도 영원히 날 사랑하겠지!"

"하긴 그러는 편이 자신한테 좋을 테니까."

시빌은 동생에게서 뒷걸음질 쳤다. 하지만 이내 소리 내어 웃으면서 그의 팔에 손을 얹었다. 그는 한낱 어린 소년일 뿐이었다.

그들은 마블 아치에서 대중 마차를 불러 세운 후 유스턴 거리에 있는 그들의 낡은 집 근처에서 내렸다. 시간은 다섯 시가 넘어, 이제 시빌은 공연을 시작하기 전에 두세 시간 정도 누워서 쉬어야 했다. 그래야 한다고 짐이 한사코 고집을 부렸다. 그는 어머니가 안 계실 때 시빌과 얼른 작별 인사를 나누고 싶다고 말했다. 보나마나 어머니는 한바탕 야단법석을 떨면서 이별의 슬픔을 과장할 테고, 그런 식의 소란은 아주 질색이니까.

남매는 시빌의 방에서 작별 인사를 나누었다. 젊은이의 가슴에서 질투가 일었고, 두 남매 사이에 끼어든 것 같은 이 낯선 남자가 죽이고 싶을 만큼 증오스러웠다. 하지만 누나의 두 팔이 그의 목을 끌어안고 손가락이 그의 머리카락을 어루만지자, 이내 분노가 잦아들어 진심 어린 애정을 담아 누나에게 입을 맞출 수 있었다. 아래층으로 내려갈 땐 두 눈에 눈물이 고이기까지 했다.

어머니가 아래층에서 그를 기다리고 있었다. 그가 들어서자 어머니는 시간을 지키지 않았다며 푸념했다. 그는 아무런 대꾸도 하지 않은 채 초라한 식사를 하기 위해 식탁 앞에 앉았다. 파리 몇 마리가 분주하게 식탁 주위를 날아다니더니 곧이어 때 묻은 식탁보 위를 살금살금 기어갔다. 사륜 대중 마차가 지나가는 덜커덕 소리, 이륜 대중 마차가 지나가는 덜그럭 소리를 듣고 있으려니, 얼마 남지 않은 시간을 시시각각 집어삼키려는 단조로운 저음을 듣고 있는 것만 같았다.

얼마간 시간이 흐른 뒤, 그는 접시를 물리고 두 손에 얼굴을 묻었다. 자신도 알 권리가 있다는 생각이 들었다. 그가 짐작한 대로라면, 진작 그 일에 대해 알았어야 했다. 어머니는 두려운 나머지 안색이 납빛이 되어 그를 바라보았다. 그녀의 입에서 아무 말이나 불쑥불쑥 튀어나왔다. 다 해진 레이스 손수건이 어머니의 손가락 사이에서 배배 꼬이고 있었다. 시계가 여섯 시를 가리키자 그가 자리에서 일어나 문을 향해 다가갔다. 그러고는 몸을 돌려 어머니를 바라보았다. 두 사람의 시선이 마주쳤다. 그는 어머니의 시선에서 용서를 바라는 간절한 호소를 보았다. 그것이 그를 더욱 분노하게 만들었다.

"어머니, 여쭤볼 것이 있어요." 그가 말했다. 어머니는 멍하니 방 안 주위를 두리번거리고 있었다. 그녀는 아무런 대꾸도 하지 않았다. "사실을 말씀해주세요. 전 사실을 알 권리가 있어요. 아버지와 결혼은 하신 건가요?"

어머니가 깊은 한숨을 내쉬었다. 그것은 안도의 한숨이었다. 마침내 끔찍한 순간이 다가왔지만, 밤이고 낮이고 할 것 없이 몇 주 아니 몇 달 동안 그토록 두려워하던 순간이 다가왔지만, 그녀는 전혀 겁이 나지 않았다. 너무 아무렇지 않아 사실상 얼마간 실망스럽기까지 했다. 질문이 저속할 정도로 노골적인 만큼 대답 또한 노골적일 수밖에 없었다. 빙빙 돌려가며 서서히 대답에 접근할 상황이 아니었다. 거칠고 저속한 상황. 그녀는 이런 상황이 마치 연습이 덜 된 리허설 같다는 생각이 들었다.

"아니다." 어머니는 인생이란 가혹하리만치 단순한 게 아닐까 생각하며 이렇게 대답했다.

"그럼 내 아버지는 건달이었나요?" 젊은이가 두 주먹을 불끈 쥐며 소리쳤다.

어머니는 고개를 저었다. "네 아버지가 자유로운 사람이 아니라는 건 알고 있었다. 하지만 우리는 서로 깊이 사랑했단다. 네 아버지가 살아 계셨다면 우리를 부양했을 거다. 그러니 애야, 아버지에 대해 함부로 말하지 말아라. 어쨌든 그분은 네 아버지셨고, 또 신사였단다. 실제로 지체 높은 가문의 일가였어."

그의 입에서 모욕적인 표현이 튀어나왔다. "난 아무래도 상관없어요." 그가 처절하게 외쳤다. "하지만 시빌 누나에게 해를 입히면⋯⋯. 누나와 사랑에 빠진 그자도 신사라더군요. 아닌가요, 아니면 그 사람 말이 그렇다는 건가요? 그자도 지체 높은 가문의 일가겠군요."

잠시 여인에게 소름 끼치는 모욕감이 밀려들었다. 그녀는 고개를 떨어뜨렸다. 그리고 떨리는 손으로 눈가를 닦았다. "시빌에게는 이 어미가 있잖니." 그녀가 낮게 중얼거렸다. "난 없었다." 젊은이는 가슴이 뭉클해졌다. 그는 어머니를 향해 다가가 허리를 굽히고 입을 맞추었다. "아버지에 대한 질문으로 가슴 아프게 해드렸다면 죄송해요." 그가 말했다. "하지만 여쭤보지 않을 수 없었어요. 이제 가야 해요. 안녕히 계세요. 이제 돌봐야 할 자식이 한 명뿐이라는 걸 잊지 마세요. 그리고 그자가 누나에게 해로운 짓을 했다간 제가 즉시 정체를 알아내 쫓아가 개죽음을 당하게 해주고 말리라는 것도 잊지 마세요. 맹세해요."

147

과장된 위협을 보이는 어리석은 행동, 그에 수반된 열정적인 몸짓, 그리고 정신 나간 듯 쏟아내는 신파조의 말들이 그녀에게는 삶을 더욱 생기 있게 만들어주는 것 같았다. 그녀는 이런 분위기에 익숙했다. 그녀는 비로소 보다 자유롭게 숨 쉬었고, 몇 달 만에 처음으로 진심으로 탄복하며 아들을 바라보았다. 그녀는 이 같은 정도의 감정으로 이 장면이 계속해서 이어지길 바랐을 테지만, 아들은 그녀의 바람을 순식간에 무너뜨렸다. 그는 트렁크 몇 개를 가지고 내려와야 했고, 머플러도 찾아야 했다. 하숙집 일꾼이 부산하게 집을 들락거렸다. 요금 때문에 마부와 흥정이 벌어졌다. 그녀가 오래간만에 느껴본 생생한 순간이 저속하고 사소한 일들에 묻히고 말았다. 마침내 아들이 떠났고, 그녀는 새삼스레 실망하며 창문 밖으로 해진 레이스 손수건을 흔들었다. 그녀는 근사한 기회 하나를 놓쳐버렸다는 걸 깨달았다. 그리고 시빌에게 이제 자신이 보살필 자식은 한 명뿐이니 자신의 삶이 얼마나 쓸쓸하겠냐며 푸념하는 것으로 스스로를 위로했다. 그녀는 아들이 떠나기 전에 했던 마지막 말을 떠올렸다. 정말이지 그녀의 마음에 쏙 드는 말이었다. 물론 아들이 협박조로 말할 땐 아무런 대꾸도 하지 못했지만, 한 마디 한 마디가 아주 힘차고 극적인 표현이었다. 그녀는 언젠가 온 가족이 그 말을 떠올리며 웃게 될 날이 오리라 믿었다.

6

"소식 들었겠지, 바질?" 그날 저녁, 홀워드가 저녁 식사가 마련된 브리스톨의 작은 개인 식당에 모습을 나타냈을 때 헨리 경이 물었다.

"아무것도 들은 것 없는데, 해리." 꾸벅 절을 하는 웨이터에게 예술가가 모자와 코트를 건네주며 대답했다. "무슨 소식? 정치가에 대한 이야기는 아니었으면 좋겠는데? 정치가들에게는 흥미가 없거든. 하원에 있는 사람치고 그림을 그려줄 만한 사람이 누구 하나 있어야 말이지. 대부분 조금씩 회칠이나 해야 그나마 좀 나아 보일까."

"도리언 그레이가 결혼하기로 했다네." 헨리 경은 이렇게 말하면서 바질의 표정을 유심히 살펴보았다.

홀워드는 깜짝 놀랐고, 이내 얼굴을 찡그렸다. "도리언이 약혼을 했다는 건가!" 그가 소리쳤다. "말도 안 돼!"

"사실이야."

"누구랑?"

"나이 어린 여배우라든가."

"믿어지지 않아. 도리언이 얼마나 똑똑한데."

"이보게 바질, 도리언이 워낙 똑똑하니까 이렇게 가끔씩 어리석은 짓도 저지를 줄 아는 거야."

"결혼이 가끔씩 저지를 수 있는 어리석은 짓이라고 보기는 어렵잖아, 해리."

"미국에서는 예외지." 헨리 경이 대수롭지 않다는 듯 대꾸했다. "그런데 난 도리언이 결혼했다고 하지 않았네. 그냥 약혼했다고 했지. 결혼과 약혼은 엄연히 다른 거야. 난 결혼한 건 똑똑히 기억하지만 약혼한 일들은 전혀 기억에 없어. 약혼 따위 한 번도 한 적이 없다고 생각하고 싶다네."

"하지만 도리언의 출신과 지위, 재산을 생각해봐. 자기보다 수준이 한참 떨어지는 여자와 결혼하다니, 어리석은 일이야."

"그가 이 아가씨와 결혼하게 만들고 싶으면 그렇게 말해, 바질. 그럼 반드시 결혼하고 말 테니까. 남자가 철저하게 어리석은 짓을 할 땐 가장 고귀한 동기가 있는 법이거든."

"그 아가씨가 좋은 사람이길 바라네, 해리. 그의 본성을 타락시키고 그의 지성을 파괴할 상스러운 사람과 엮이는 건 정말 보고 싶지 않아."

"오, 좋은 사람이다마다 – 얼마나 아름다운데." 헨리 경이 오렌지 비터즈를 혼합한 베르무트주를 조금씩 음미하면서 중얼거리듯 말했다. "도리언이 그러더군, 아주 아름답다고. 그는 이런 일에는 틀린 적이 별로 없잖아. 자네가 그의 초상화를 그려준 덕분에 그가 다른 사람의 외모를 알아보는 안목이 높아졌어. 정말이지 무엇보다 그 작업 덕을 톡톡히 봤다니까. 이 젊은이가 자신이 한 약속을 잊어버리지 않는다면, 오늘 밤 우리는 그녀를 보게 될 걸세."

"정말인가?"

"정말이고말고, 바질. 내가 지금 이 순간보다 더 진지할 수 있을까 하는 생각을 하면 비참해질 정도라네."

"그렇다면 자네는 이 결혼을 인정하는 건가, 해리?" 화가가 방 안을 왔다 갔다 하면서 괴로움을 꾹 참고 물었다. "자넨 이 결혼을 도저히 인정하지 못할걸. 도리언은 여자한테 미쳐서 말도 안 되는 짓을 저지르고 있는 거야."

"난 이제 그 무엇도 인정하거나 부정하지 않아. 삶에 대해 그런 태도를 취하는 건 불합리한 짓이라네. 우리가 자신의 도덕적 편견이나 늘어놓으라고 세상에 나온 건 아니지 않나. 난 평범한 사람들이 하는 말에 결코 귀를 기울이지 않지만, 매력적인 사람들이 하는 말에도 절대로 끼어들지 않네. 누군가의 매력이 나를 사로잡는다면, 그가 어떤 식으로 매력을 표현하든 그 방식은 무조건 날 유쾌하게 만들 거야. 도리언 그레이는 줄리엣을 연기하는 아름다운 아가씨와 사랑에 빠져 그녀에게 청혼했네. 그러면 안 되나? 설사 그가 메살리나 같은 여자와 결혼한다 해도, 그는 여전히 흥미로운 사람이야. 자네도 알다시피 난 결혼을 옹호하지는 않네. 결혼의 진짜 단점은 사람을 이타적으로 만든다는 것일세. 이타적인 사람은 재미가 없지. 그런 사람은 개성이 부족하거든. 그런데 말이야, 결혼 생활을 하면서 성격이 더 복잡해지는 사람들이 있다네. 그런 사람들은 결혼 후에도 자기중심주의를 버리지 못할 뿐만 아니라 여기에 수많은 형태의 자아를 더하지. 그런 기질을 지닌 사람들은 한 가지 이상의 삶을 살 수밖에 없어. 이 기질은 점점 대단히 체계적이 되는데, 내가 생각하기에는 이 대단히 체계적이 된다는 것이야말로 남자의 존재 목적이 아닐까 싶네. 게다가 모든 경험은 다 나름의 가치가 있는데, 설사 누군가 결혼에 대해 나쁘게 말한다 하더라도 그것 역시 엄연한 경험이 아니겠나. 난 도리언 그레이가 이 아가씨를 아내로 맞아 육 개월 동안 그녀를 열정적으로 사랑하다가, 어느 날 갑자기 다른 사람에게 푹 빠지길 바라네. 그렇게 되면 그는 훌륭한 연구 대상이 될 거야."

"처음부터 끝까지 진심이라곤 없군, 해리. 자네도 알고 있잖나. 도리언 그레이의 인생이 망가지면 자네가 누구보다 슬퍼할 거란 걸 말이야. 자넨 겉으로 보이는 모습보다 훨씬 괜찮은 사람이니까."

헨리 경이 소리 내어 웃었다. "우리 모두가 다른 사람을 대단히 좋게 생각하려는 이유는, 모두들 자기 자신에 대해 몹시 걱정하기 때문이지. 낙관론의 근원이 바로 이 지독한 두려움이라네. 우리는 이웃 사람들이 자신에게 이익이 될 만한 미덕을 지니고 있다고 믿기 때문에 그들에게 관대할 수 있는 거야. 계좌 잔고보다 더 많은 돈을 인출할 수 있지 않을까 하는 기대 때문에 은행원을 칭찬하는 거고, 내 주머니만은 건드리지 않길 바라는 마음 때문에 노상강도에게서 장점을 찾으려 드는 거라네. 내가 아까 한 말들은 한마디도 빠짐없이 진심이야. 난 낙관론을 세상에서 제일 경멸하네. 망가진 삶이라니, 성장이 정지된 삶을 제외하면 망가진 삶이란 없어. 어떤 본질을 훼손하고 싶다면 단순히 그 본질을 바꾸기만 하면 되네. 결혼의 경우, 당연히 결혼은 어리석은 짓이며, 남녀 사이에는 결혼이 아니더라도 그보다 훨씬 흥미로운 결합들이 있지. 나는 그 방법들을 적극 권장할 거야. 그런 방법들은 유행을 따른다는 매력이 있거든. 그나저나 저기 도리언이 오는군. 나보다는 그가 더 자세하게 말해줄 걸세."

"친애하는 해리, 친애하는 바질, 두 분 모두 저를 축하해주셔야 해요!" 젊은이는 공단으로 안감을 댄 이브닝코트를 벗어 던지고는 두 사람에게 각각 악수를 청하면서 말했다. "지금까지 살면서 이렇게 행복한 적이 없어요. 물론 갑작스러운 일이긴 하지만, 즐거운 일들은 모두 이렇게 갑작스러운 법이지요. 하지만 지금까지 제가 줄곧 찾아 헤매던 바로 그 일이 비로소 이루어진 것 같아요." 그는 흥분과 기쁨으로 얼굴이 발그레해졌고, 그 모습이 유난히 매력적으로 보였다.

"자네가 늘 아주 행복하길 바라네, 도리언." 홀워드가 말했다. "하지만 약혼 사실을 알려주지 않다니, 도저히 용서가 안 되는걸. 해리에게는 알려주고서 말이야."

"게다가 저녁 식사에도 늦다니, 나 역시 용서가 안 되네." 헨리 경이 젊은이의 어깨에 손을 얹으며 끼어들더니 미소를 지으며 말을 이었다. "자, 일단 자리에 앉아 이곳 새 주방장의 요리 솜씨가 어떤지 맛을 보자고. 그런 다음 그간 자네에게 일어난 일들을 자세히 들려주게."

"이렇다 하게 할 말은 별로 없어요." 모두가 작은 원탁 앞에 자리를 잡고 앉는 동안 도리언이 큰소리로 말했다. "일어난 일이라고 해봐야 겨우 이겁니다. 어제 저녁 해리 당신과 헤어지고 나서, 전 옷을 갈아입고 당신이 소개해준 루퍼트 가의 작은 이탈리아 식당에서 저녁을 먹은 다음, 여덟 시에 극장으로 내려갔어요. 시빌이 로잘린드를 연기하고 있더군요. 물론 무대 장치는 형편없었고, 올랜도 역도 정말 터무니없었지요. 하지만 시빌은요! 아, 두 분이 어제 시빌을 봤어야 하는데! 사내아이 복장을 입고 나타난 그녀의 모습은 더할 나위 없이 아름다웠어요. 계피색 소매가 달린 이끼색 벨벳 상의에, 가느다란 갈색 끈을 십자형으로 맨 반바지를 입고, 보석으로 매의 깃털을 고정시킨 우아하고 작은 녹색 모자를 쓰고는, 칙칙한 붉은색으로 안을 덧댄 후드 달린 망토를 걸쳤답니다. 내게는 그녀가 그토록 아름다워 보인 적이 없었어요. 바질, 그녀는 당신의 화실에 있는 작은 타나그라 입상의 섬세한 기품을 모두 지녔어요. 그녀의 머리카락은 마치 담홍색 장미꽃을 감싼 짙푸른 이파리처럼 그녀의 얼굴 주위를 감쌌답니다. 그녀의 연기는-그래요, 두 분도 오늘 밤 그녀의 연기를 보시게 될 거예요. 그녀는 한마디로 타고난 연기자예요. 전 거무죽죽한 칸막이 특별관람석에 앉아 그녀에게 완전히 사로잡히고 말았어요. 제가 19세기 런던에 있다는 사실을 까맣게 잊어버릴 정도였으니까요. 지금까지 세상 어느 누구도 발견한 적 없는 숲 속에 내 연인과 단둘이서 있는 기분이었어요. 공연이 끝난 후, 전 무대 뒤로 가서 그녀에게 말을 걸었어요. 우리가 함께 앉아 있을 때, 지금까지 한 번도 본 적 없는 어떤 눈빛이 문득 그녀의 눈동자에 어려 있지 뭐예요. 그러자 내 입술은 그녀의 입술을 향해 다가갔어요. 우리는 서로 입을 맞추었지요. 그 순간의 느낌을 어떻게 설명해야 할지 모르겠군요. 내 모든 인생이 장밋빛 기쁨이라는 완벽한 한 점으로 좁혀진 것 같은 기분이랄까요. 그녀의 온몸은 떨렸고, 한 송이 하얀 수선화처럼 흔들렸어요. 그러더니 털썩 무릎을 꿇고 앉아 내 두 손에 입을 맞추지 뭐예요. 두 분에게 이런 일을 소상히 말씀드린다는 게 좀 그렇지만 도무지 그만둘 수가 없군요. 당연히 우리의 약속은 절대 비밀입니다. 시빌은 그녀의 어머니에게조차 말하지 않았어요. 제 후견인들이 뭐라고 말할지 모르겠어요. 래들리 경이 화를 내며 펄펄 뛰실 게 분명해요. 하지만 상관없어요. 어차피 전 일 년도 안 돼 성인이 될 테고, 그땐 제 마음대로 할 수 있으니까요. 제가 시를 통해 사랑을 얻고, 셰익스피어의 희곡에서 아내를 찾은 건 잘한 거지요, 바질, 그렇지요? 셰익스피어에게 말을 배운 그 입술이 제 귓가에 비밀을 속삭였어요. 전 로잘린드의 품에 안겼고 줄리엣의 입에 키스했어요."

"그래, 도리언, 어련히 알아서 잘했겠지." 홀워드가 천천히 말했다.

"오늘도 그녀를 보았나?" 헨리 경이 물었다.

도리언 그레이가 고개를 저었다. "아덴의 숲 속에 남겨두고 왔어요. 잠시 후 베로나의 과수원에서 그녀를 찾을 거예요."

헨리 경이 깊은 생각에 잠긴 듯한 태도로 샴페인을 음미했다. "정확히 언제 결혼이라는 말을 언급했나, 도리언? 그리고 그녀는 뭐라고 대답했지? 하긴 벌써 다 잊어버렸을지도 모르겠군."

"이봐요, 해리. 전 이 일을 사업상 거래처럼 하지는 않았어요. 그래서 정식 청혼 같은 건 하지도 않았습니다. 그저 그녀를 사랑한다고 말했고, 그녀는 제 아내가 될 자격이 없다고 답했어요. 세상에, 자격이 없다니요! 맙소사, 제겐 세상 모든 것이 그녀에 비하면 하찮을 뿐인데요."

"여자들이 얼마나 노련한데." 헨리 경이 중얼거렸다. "우리 남자들보다 훨씬 노련하지. 그런 상황에서 우리 남자들은 결혼에 대해 뭔가 말을 해야 한다는 걸 잊어버리기 일쑤지만 여자들은 언제나 우리에게 그걸 상기시키거든."

홀워드가 헨리 경의 팔에 손을 얹으며 말했다. "그러지 말게, 해리. 자네 때문에 도리언이 불쾌해하지 않나. 도리언은 다른 남자들과 달라. 그는 누구도 불행하게 하지 않을 거야. 그러기에는 천성이 너무나 고결해."

헨리 경이 식탁 맞은편을 보았다. "도리언이 내 말에 불쾌해할 리가 있나." 그가 대꾸했다. "난 가장 그럴듯한 이유로, 그러니까 어떤 질문이든 용서가 되는 단 하나의 이유로 질문을 했는걸 – 바로 단순한 호기심 때문에 말이야. 난 청혼을 하는 쪽은 언제나 우리 남자들이 아니라 여자들이라는 지론을 갖고 있지. 아, 물론 중산층은 예외야. 중산층은 어쨌든 구식이니까."

도리언 그레이가 소리 내어 웃더니 고개를 새침하게 돌렸다. "당신은 정말 구제불능이에요, 해리. 하지만 괜찮아요. 당신에게 화를 내다니, 말도 안 되지요. 시빌 베인을 보시면 그녀에게 해를 입힐 수 있는 사람은 짐승일 거라고, 그것도 심장이 없는 짐승일 거라고 생각하시게 될 거예요. 어떻게 자신이 사랑하는 대상에게 모욕을 주고 싶은 사람이 있을 수 있는지, 저로서는 도저히 이해가 안 돼요. 시빌 베인을 사랑해요. 그녀를 황금으로 만든 왕좌에 앉히고, 온 세상이 내 여자를 숭배하는 모습을 보고 싶어요. 결혼이 뭔가요? 돌이킬 수 없는 맹세 같은 거죠. 바로 그 때문에 당신은 결혼을 조롱하는 거예요. 아! 결혼을 조롱하지 마세요. 전 기꺼이 그 돌이킬 수 없는 맹세를 하고 싶으니까요. 그녀의 신뢰가 나를 헌신적이게 하고, 그녀의 믿음이 나를 선하게 해요. 그녀와 함께 있을 땐 당신이 가르쳐주신 모든 내용들이 그저 안타깝게만 느껴져요. 전 당신이 알려주신 제 모습과 전혀 다른 사람이 돼요. 전 달라지고 있어요. 시빌의 손이 닿기만 해도, 당신은 물론이고 그릇되고 매력적이며 유해하고 유쾌한 당신의 모든 이론들까지 깡그리 잊게 돼요."

"이론들이라니?" 헨리 경이 샐러드를 조금 입에 넣으며 말했다.

"오, 삶에 대한 당신의 이론들, 사랑에 대한 당신의 이론들, 쾌락에 대한 당신의 이론들 말이에요. 그러니까, 당신이 말한 모든 이론들 말이에요, 해리."

"그 가운데 이론이라고 할 만한 건 쾌락뿐이군." 헨리 경이 특유의 느리고 운율적인 목소리로 대답했다. "하지만 내 이론을 내 것이라고 주장할 수는 없을 것 같군그래. 어차피 쾌락은 내 것이 아니라 조물주의 것이니까. 쾌락은 조물주의 시험, 조물주의 승인 서명이지. 행복할 때 우리는 언제나 선하지만, 선하다고 언제나 행복한 건 아니잖아."

"음, 그렇다면 자네가 말하는 선이란 정확히 무엇인가?" 바질 홀워드가 큰소리로 물었다.

"그래요." 도리언이 의자에 등을 기대고 앉아, 탁자 한가운데에 놓인 자줏빛 입술 모양을 한 한아름의 붓꽃 너머로 헨리 경을 바라보며 되풀이해 말했다. "당신이 말하는 선이란 정확히 뭘 말하는 건가요, 해리?"

"선하다는 건 자신의 자아와 조화를 이루는 것이지." 그가 자신의 희고 가녀린 손가락으로 유리잔의 가는 다리 부분을 어루만지며 대답했다. "다른 사람들과 조화를 이루어야 하는 것이야말로 부조화 아니겠나. 자기만의 인생 ─ 이것이 정말 중요하네. 주변 사람들의 인생도 중요하지 않느냐고 묻는다면,

글쎄, 누군가 도덕가인 체하고 싶다거나 청교도인이 되고 싶다면, 주변 사람들에게 자신의 도덕적인 견해를 과시하려 들수는 있겠지. 하지만 그렇지 않다면 주변 사람들을 안중에 두지 않을 거야. 게다가 개인주의에는 사실상 더욱 숭고한 목적이 있지. 현대의 도덕은 각 세대의 기준을 받아들이고 있네. 하지만 난 교양 있는 누군가가 자기 세대의 기준을 받아들이는 것이야말로 가장 추잡한 부도덕의 한 형태라고 생각해."

"하지만 사람이 단지 자기 자신만을 위해 산다면, 해리, 언젠가 그에 대해 혹독한 대가를 지불해야 하지 않을까?" 화가가 물었다.

"그렇겠지, 요즘 사람들은 무엇에 대해서든 바가지를 씌우니까 말이야. 내가 생각하기에, 가난한 사람들의 진짜 비극은 그들이 지불할 수 있는 것이 자기부정밖에 없다는 거야. 아름다운 것들과 마찬가지로 아름다운 죄악들 역시 부자들의 특권이지."

"내 말은 돈이 아닌 다른 방식으로 지불해야 한다는 거야."

"무슨 방식?"

"아! 그러니까, 양심의 가책이라든가, 괴로움이라든가, 어쩌면…… 자신이 타락했다는 자각 같은 것 말이야."

헨리 경이 어깨를 으쓱해 보였다. "이봐, 중세 예술은 매력적이지만, 중세의 감정들은 구식이야. 물론 누구나 그걸 이용해 이야기를 꾸밀 수는 있지. 하지만 그런 이야기들 속에서 이용할 수 있는 거라고 해봐야 현실에서 더 이상 이용하지 않는 것들뿐이네. 내 말이 맞아. 교양이 높은 사람은 결코 쾌락을 후회하지 않으며, 미개한 사람은 쾌락이 뭔지 절대 알지 못한다네."

"저도 쾌락이 뭔지 알아요." 도리언 그레이가 큰소리로 말했다. "그건 누군가를 숭배하는 것이지요."

"숭배를 받는 것보다는 숭배를 하는 편이 훨씬 좋지." 헨리 경이 과일 몇 개를 만지작거리며 대답했다. "숭배를 받는 건 정말 성가신 일이거든. 여자들은 꼭 인간이 신을 대하듯 우리를 대한단 말이야. 여자들은 우리를 숭배해. 그래놓고는 늘 자기들을 위해 무언가를 해달라고 귀찮게 하지."

"하지만 여자들이 요구하는 것들은 사실상 전부 그들이 처음에 우리에게 주었던 것이었음을 짚고 넘어가야 할 것 같아요." 젊은이가 낮은 목소리로 진지하게 말했다. "여자들은 우리의 마음속에 '사랑'을 불러일으켜요. 그러니 그걸 요구할 권리가 있는 거예요."

"정말 옳은 말이야, 도리언." 홀워드가 외쳤다.

"세상에 옳은 말은 없어." 헨리 경이 말했다.

"제 말이 확실히 맞아요." 도리언이 말을 가로막았다. "여자들이 인생의 가장 찬란한 시절을 남자들에게 선사한다는 사실은 인정해야 해요, 해리."

"그럴지도 모르지." 그가 한숨을 쉬며 말했다. "하지만 여자들은 그런 희생의 대가로 잔돈 한 푼까지 싹싹 긁어 받아내지 않나. 그건 정말 골치 아픈 일이라네. 옛날 어떤 재치 있는 프랑스 사람이 말했듯이, 여자는 남자에게 대단한 걸작을 만들고 싶은 욕망을 불어넣고는, 그것을 완성하지 못하도록 번번이 방해를 하지."

"해리, 당신 정말 지독한 분이군요! 제가 왜 그토록 당신을 좋아하는지 모르겠어요."

"자네는 언제까지나 나를 좋아하게 될 거야, 도리언." 해리 경이 대꾸했다. "그러지 말고 자네들, 커피나 좀 들지그래－웨이터, 여기 커피하고 핀샹파뉴, 그리고 담배도 좀 가지고 오게. 아니, 담배는 됐어. 나한테 좀 있군. 바질, 자네에게 여송연을 피우게 할 수는 없지. 자네는 궐련을 피워야 해. 궐련은 완벽한 쾌락을 느끼게 해주는 완벽한 형태니까 말이야. 더없이 훌륭하지만 절대로 만족을 주지 않지. 이 이상 뭘 더 바랄 수 있겠나? 그래, 도리언, 자넨 영원히 날 좋아할 거야. 난 자네가 절대로 엄두를 내지 못하는 온갖 죄악들을 자네에게 보여줄 테니까 말이야."

"말도 안 되는 말씀 그만두시지요, 해리!" 젊은이는 웨이터가 식탁에 올려놓은 불을 뿜는 용 모양의 은제 라이터를 집어

들며 큰소리로 말했다. "극장에나 가요. 시빌이 무대에 오르면 삶에 대한 새로운 이상을 갖게 되실 거예요. 시빌은 지금까지 전혀 알지 못했던 무언가를 당신에게 보여줄 거예요."

"난 이미 모든 걸 알고 있는걸." 헨리 경이 피로한 눈빛으로 말했다. "하지만 새로운 감정에 대해서라면 언제나 준비가 되어 있지. 그렇긴 해도 어쨌든 나한테 아직도 그런 게 남아 있을지는 모르겠군. 그래도 또 누가 알겠나, 혹시 자네의 굉장한 아가씨가 나를 감동시킬지. 난 연극을 무척 좋아해. 연극이 인생보다 훨씬 현실적이거든. 자, 가자고. 도리언, 자네는 나하고 같이 가세. 대단히 미안한 일이지만, 바질, 내 사륜마차에는 딱 두 사람밖에 앉을 공간이 없네. 자네는 이륜마차를 타고 우리를 따라와야겠어."

그들은 자리에서 일어나 선 채로 커피를 마시면서 코트를 입었다. 화가는 침묵 속에서 골똘히 생각에 잠겼다. 그의 얼굴에 그늘이 드리워졌다. 그는 이 결혼을 도저히 인정할 수 없었지만, 앞으로 도리언에게 일어날 다른 많은 일들에 비하면 그나마 나을지 몰랐다. 잠시 후 모두들 아래층으로 내려갔다. 정해진 대로 홀워드는 혼자 이륜마차를 타고 앞에서 달려가는 작은 사륜마차의 반짝이는 불빛을 바라보았다. 알 수 없는 상실감이 엄습해왔다. 어쩐지 도리언 그레이가 지금까지와는 전혀 다른 모습이 되어, 다시는 예전 모습으로 되돌아오지 않을 것만 같았다. 세월이 이렇게 둘 사이를 갈라놓다니……. 눈앞이 침침해졌고, 북적이는 사람들과 현란한 불빛들 때문에 시야가 흐려졌다. 마침내 마차가 극장 앞에 섰을 때, 그는 몇 살은 더 나이를 먹은 것 같은 기분이 들었다.

7

무슨 연유에서인지 그날 밤 극장은 사람들로 가득 찼고, 뚱뚱한 유대인 극장 지배인은 입구에서 그들을 맞이하며 좋아서 입이 귀에까지 걸려서는 유들유들하게 히죽히죽 웃고 있었다. 그는 보석으로 장식한 살찐 양손을 흔들어대며 목청껏 소리 높여 이야기하면서, 짐짓 겸손한 척 점잔을 빼며 그들을 자리로 안내했다. 도리언 그레이는 그날따라 유독 이 유대인이 견딜 수 없을 정도로 눈에 거슬렸다. 마치 미란다(셰익스피어의 희곡 〈템페스트〉의 여주인공)를 찾으러 왔다가 칼리반을 만난 기분이었다. 반면 헨리 경은 그를 꽤 마음에 들어했다. 어쨌든 그는 그렇다고 말하면서 한사코 그에게 악수를 하자고 청했으며, 진정한 천재를 알아볼 뿐만 아니라 시인 한 사람 때문에 파산까지 감행한 분을 만나게 되어 자랑스럽다고 거듭 강조했다. 홀워드는 일층 뒤쪽 좌석에 앉은 관객들 얼굴을 관찰하며 즐기고 있었다. 극장의 열기는 숨이 막힐 듯 몹시 답답했고, 무섭게 쏟아지는 햇빛은 노란 불꽃 모양의 꽃잎이 달린 거대한 달리아처럼 이글이글 타올랐다. 맨 위층 관람석의 젊은이들은 코트와 양복 조끼를 벗어 의자 옆에 걸어두었다. 그들은 맞은편 사람들과 이야기를 나누기도 하고, 자기들이 가지고 온 오렌지를 옆 좌석에 앉은 야한 복장의 아가씨들과 나누어 먹기도 했다. 일층 뒤쪽 좌석에서 몇몇 여자들이 큰소리로 웃고 있었다. 그들의 목소리가 소름이 끼칠 정도로 날카로워 귀에 영 거슬렸다. 바에서는 코르크 마개 따는 소리가 들렸다.

"누군가가 천사를 발견한 곳이 바로 이런 곳이란 말이지!" 헨리 경이 말했다.

"네!" 도리언 그레이가 대답했다. "제가 그녀를 발견한 곳이 바로 여기예요, 그리고 그녀는 살아 있는 그 어떤 것보다 성스럽지요. 그녀가 무대 위에 오르면 모든 걸 잊게 되실 거예요. 천박한 얼굴에 야만적인 몸짓을 하는 이 거칠고 품위 없는 사람들도, 그녀가 무대 위에만 서면 완전히 달라져요. 모두들 얌전하게 자리에 앉아 그녀를 지켜보는 거지요. 그들은 그녀가 의도하는 대로 훌쩍이기도 하고 웃기도 해요. 그녀는 마치 바이올린을 켜듯 그들을 재빨리 반응하게 만들죠. 그들의 영혼을 정화시키고, 마치 같은 살과 같은 피로 이루어진 한 몸처럼 느끼게 해주어요."

"같은 살과 같은 피로 이루어진 한 몸처럼 느끼게 한다고! 오, 난 그건 싫네!" 헨리 경이 오페라글라스로 맨 위층 관람석을 메운 관람객들을 죽 훑어보며 외쳤다.

"저 사람 하는 말에 신경 쓰지 말게, 도리언." 화가가 말했다. "난 자네가 무슨 말을 하는지 이해해. 그리고 이 아가씨가 무척 대단한 존재일 거라고 확신하네. 자네가 사랑하는 사람이니 어련히 아름다울까. 자네가 설명한 대로 그런 영향력을 지닌 아가씨라면 당연히 훌륭하고 고상하지 않겠는가. 한 세대 사람들의 영혼을 정화시킨다는 것 – 정말 가치 있는 일이지. 이 아가씨가 영혼 없이 살아온 사람들에게 영혼을 부여할 수 있다면, 더럽고 추하게 살아온 사람들에게 미적 감각을 불러일으킬 수 있다면, 그들이 가지고 있던 이기심을 벗겨내고 자신의 슬픔이 아닌 타인의 슬픔에 눈물 흘리게 할 수 있다면, 그녀는 자네의 숭배를 받을 자격이 있으며 온 세상 사람들의 숭배를 받을 가치가 있는 여인일세. 이 결혼은 합당해. 처음엔 그렇게 생각하지 않았지만, 지금은 이 결혼을 인정하네. 신은 자네를 위해 시빌 베인을 만들었어. 그녀가 없다면 자네는 완

167

전하지 못했을 걸세."

"고마워요, 바질." 도리언 그레이가 그의 손을 꼭 쥐며 말했다. "당신이 이해해주실 줄 알았어요. 해리는 너무 냉소적이고, 난 그런 그가 무서워요. 이제 오케스트라 연주가 시작되는 군요. 연주 솜씨는 형편없지만 오 분 정도만 참으면 돼요. 그런 다음 막이 오르면 제 한평생을 바칠, 이미 내 안에 있는 모든 것을 바친 아가씨를 보시게 될 거예요."

십오 분가량이 지나자 요란한 박수갈채를 받으며 시빌 베인이 무대 위에 등장했다. 그렇다, 그녀는 분명 사랑스러운 외모를 지녔으며 ─ 지금까지 보아온 피조물 가운데 가장 사랑스러운 피조물이라고 헨리 경은 생각했다. 수줍은 듯 우아한 모습과 깜짝 놀란 듯 커다란 두 눈은 어딘가 어린 사슴을 연상시켰다. 객석을 가득 메우며 열광하는 관객들을 바라보는 그녀의 두 뺨은 마치 은백색 거울에 비친 장미의 그림자와도 같이 엷게 발그레해졌다. 몇 걸음 뒤로 물러났을 때 그녀의 입술은 바르르 떨리는 것 같았다. 그때 바질 홀워드가 자리에서 벌떡 일어나 박수를 치기 시작했다. 도리언 그레이는 마치 꿈을 꾸는 사람처럼 꼼짝 않고 자리에 앉아 그녀를 뚫어져라 바라보았다. 헨리 경은 오페라글라스를 통해 그녀를 주의 깊게 바라보며 낮게 중얼거렸다. "황홀해! 정말 황홀해!"

캐풀렛 저택의 홀 장면, 순례자의 옷을 입은 로미오가 머큐시오를 비롯한 다른 친구들과 함께 등장했다. 악단이라고까지 하기에는 뭣하지만 하여튼 악단이 몇 소절을 연주했고, 곧이어 춤이 시작됐다. 허름하고 볼품없는 옷을 입은 배우들 사이에서, 시빌 베인은 마치 우아한 세계에서 저 혼자 툭 튀어나온 피조물처럼 움직였다. 춤을 추는 그녀의 몸이 물속에서 하늘거리는 수초처럼 흔들렸다. 목덜미의 곡선미는 하얀 백합의 곡선미를 연상시켰다. 두 손은 차가운 상아로 만들어진 것 같았다.

하지만 그녀는 이상할 정도로 기운이 없었다. 그녀의 시선이 로미오에게 멈추었을 때 그녀는 조금도 기뻐하는 기색을 보이지 않았다. 그녀가 읊어야 할 몇 마디 대사,

착한 순례자님, 그건 당신의 손에 대해 너무하신 말씀이에요.
순례자님의 손은 이처럼 점잖게 신앙심을 보여주고 있잖아요.
본디 성자들의 손은 순례자들이 만지기 위해 있는 것이니.
손바닥을 서로 맞대는 것이 거룩한 자들의 입맞춤 아니겠어요.

그리고 그 뒤에 이어지는 짧은 대화 역시 아주 부자연스럽게 흘러나왔다. 목소리는 대단히 아름다웠지만 어조는 어색하기 짝이 없었다. 음색도 엉망이었다. 그녀의 음색은 운문의 생명력을 송두리째 앗아갔다. 셰익스피어 희곡의 열정을 비현실

적으로 만들어버린 것이다.

그녀를 바라보는 도리언 그레이의 얼굴이 차츰 하얗게 질렸다. 그는 당황스럽고 불안했다. 함께 온 친구들 가운데 누구도 함부로 그에게 말을 걸 엄두를 내지 못했다. 그들이 보기에 그녀는 연기자의 자질을 전혀 갖추지 못한 사람 같았다. 그들은 몹시 실망했다.

하지만 줄리엣 역을 제대로 평가하려면 이 막의 발코니 장면을 보아야 한다고 생각하며 발코니 장면이 시작되길 기다렸다. 이 장면에서도 연기가 형편없다면 더 이상 그녀에게 아무것도 기대할 수 없을 것이다.

달빛 속을 걸어 나올 때 그녀의 모습은 더할 나위 없이 매력적이었다. 그건 부인할 수 없는 사실이었다. 하지만 과장된 연기는 차마 봐주기 괴로울 정도였고, 연기가 계속될수록 그 정도는 점점 더 심해졌다. 몸짓은 터무니없이 부자연스러웠다. 입을 열면 한 마디 한 마디가 지나치게 과장돼 흘러나왔다.

그대는 아시나요, 밤의 가면이 내 얼굴을 가리고 있는 걸.
가면이 없었다면 내 두 뺨은 소녀처럼 붉게 물들었을 거예요.
오늘 밤 내 말을 그대가 들었다는 사실 때문에.

이토록 아름다운 대사를 그녀는 마치 발성법을 가르치는 이류 교사에게 낭송하는 법을 배우는 여학생처럼, 쥐어짜듯 정확하게 발음을 내뱉으며 큰소리로 낭독했다.

그대 안에서 기쁨을 느끼지만,

오늘 밤 우리의 약속은 전혀 기쁘지 않아요.

이건 너무 성급하고, 너무 경솔하며, 너무나 갑작스러워요.

이건 마치 '번개가 치네'라고 말하기도 전에

사라지고 마는 번개와도 같아요. 내 사랑, 잘 가요!

이 사랑의 꽃송이는 여름의 무르익은 숨결 속에 자라나

다음에 우리가 다시 만날 때 아름다운 한 송이 꽃으로 피어나겠지요.

발코니에 기대어 이 훌륭한 대사를 읊을 때 마치 자신에게 아무런 의미도 전달되지 않는 듯 입만 움직일 뿐이었다. 긴장해서 그런 건 아니었다. 긴장은커녕 그녀는 대단히 침착했다. 이건 그저 형편없는 기교일 뿐이었다. 그녀는 완벽하게 실패한 배우였다.

일층 뒤쪽 좌석과 맨 위층 관람석에 앉은 천박하고 배우지 못한 관객들조차 연극에 흥미를 잃었다. 그들은 부산스레 몸을 움직이더니, 마침내 큰소리로 떠들면서 휘파람을 불기 시작했다. 이층 특등석 뒤편에 서 있던 유대인 지배인은 화가 나서 발을 구르고 욕을 퍼부어댔다. 누가 뭐라든 냉정을 잃지 않는 사람은 오직 그녀 한 사람뿐이었다.

이 막이 끝나자 야유가 빗발치듯 쏟아졌고, 헨리 경은 자리에서 일어나 코트를 걸쳤다. "대단히 아름다운 아가씨야, 도리언." 그가 말했다. "하지만 연기는 별로군. 그만 가세."

"전 연극을 마저 볼 겁니다." 젊은이는 괴로운 듯 딱딱한 목소리로 대답했다. "저녁 시간을 낭비하게 해서 정말 죄송해요, 해리. 두 분 모두에게 사과드립니다."

"이보게, 도리언, 아마도 베인 양이 몸이 안 좋았던 모양이야." 홀워드가 말을 가로막았다. "다음에 다시 오지."

"차라리 몸이 아픈 거라면 좋겠습니다." 그가 대답했다. "하지만 제가 보기에 그녀는 아무런 감정도 느낌도 없는 사람 같아요. 오늘 저녁 그녀는 한낱 이류 여배우에 지나지 않아요."

"누가 됐든 자네가 사랑하는 사람에 대해 그런 식으로 말하지 말게, 도리언. 사랑은 예술보다 훨씬 위대한 것이야."

"둘 다 그저 모방의 한 형태일 뿐이지." 헨리 경이 한마디 거들었다. "어서 가자고. 도리언, 자네도 더 이상 여기에 있을 필요 없어. 형편없는 연기를 봐봤자 품성에 좋을 게 없네. 더구나 난 자네가 연기하는 아내를 원할 거라고 생각하지 않아. 그러니 그녀가 목각 인형처럼 줄리엣을 연기한들 무슨 상관인가? 그녀는 아주 사랑스러운 데다, 연기처럼 인생에 대해서도 아는 게 없다면 사귀어보는 것도 꽤 즐거운 경험이 될 걸세.

정말 매력적인 사람은 딱 두 부류가 있지 – 세상 모든 일을 완벽하게 아는 사람과 전혀 아는 게 없는 사람. 맙소사, 이봐, 그렇게 비참한 표정 짓지 말게! 젊음을 유지하기 위해서는 괜히 어울리지도 않는 감정 따위 갖지 말아야 하네. 그게 비결이야. 바질과 나와 함께 클럽에나 가세. 가서 담배 한 대 피우면서 시빌 베인의 미모를 위해 건배하자고. 그녀는 정말 미인이야. 그러면 됐지, 뭘 더 바라나?"

"어서 가시라니까요, 해리." 젊은이가 소리쳤다. "전 혼자 있고 싶어요. 바질, 당신도 가세요. 아! 두 분은 제 가슴이 찢어지는 게 보이지도 않으세요?" 그의 눈에서 뜨거운 눈물이 왈칵 쏟아졌다. 그의 입술은 바르르 떨렸다. 그는 얼른 객석 뒤로 달려가 두 손에 얼굴을 묻은 채 벽에 기대섰다.

"가세, 바질." 헨리 경이 뜻밖에 부드러운 목소리로 말했다. 그렇게 둘은 함께 극장을 나갔다.

잠시 후 각광이 비추었고, 막이 오르면서 삼 막이 시작됐다. 도리언 그레이는 자기 자리로 돌아갔다. 그의 표정은 창백하고 도도하고 냉담했다. 연극은 지루하게 계속됐으며, 이러다가는 영원히 끝나지 않을 것 같았다. 어느 순간 묵직한 부츠가 쿵쿵거리며 지나가는 소리, 큰소리로 웃는 소리가 들리더니, 이내 관객의 절반이 빠져나가고 없었다. 연극은 완전히 대실패로 끝났다. 마지막 막은 객석이 거의 텅 빈 상태로 진행되었다. 그리고 마침내 막이 내렸을 때, 한쪽에서 킥킥대는 웃음소리와 군데군데에서 불평스러운 신음 소리가 들렸다.

연극이 끝나자마자 도리언은 곧장 무대 뒤 분장실로 달려갔다. 베일은 의기양양한 표정으로 혼자 그곳에 서 있었다. 그녀의 두 눈에는 불꽃이 활활 타올랐고, 온몸에서는 환한 광채가 빛났다. 벌어진 두 입술은 자기만의 비밀을 간직하며 조용히 미소 짓고 있었다.

그가 분장실에 들어섰을 때 그를 바라보는 그녀의 얼굴에는 무한한 기쁨의 표정이 담뿍 담겨 있었다. "오늘 밤 제 연기가 너무 형편없었지요, 도리언!" 그녀가 큰소리로 말했다.

"끔찍했습니다!" 그가 어이없는 표정으로 그녀를 응시하며 대답했다. "끔찍했다고요! 지루해서 죽는 줄 알았습니다. 어디 아픈 거예요? 오늘 연극이 어땠는지 전혀 모르는군요. 내가 얼마나 괴로웠는지 당신은 생각도 못할 겁니다."

그녀가 미소를 지었다. "도리언." 그녀는 마치 붉은 꽃잎 같은 입술에 꿀보다 더 달콤한 것이라도 있는 양, 아름다운 목소리로 그의 이름을 길게 발음하며 대꾸했다. "도리언, 당신은 이해해주셨어야지요. 하지만 지금이라도 이해하시겠지요, 그렇지요?"

"뭘 이해한단 말인가요?" 그가 화를 내며 물었다.

"오늘 밤 제 연기가 왜 그렇게 형편없었는지 말이에요. 그리고 왜 제가 앞으로 영원히 형편없는 연기를 하게 될지, 왜 다시는 좋은 연기를 하지 않을지 말이에요."

그가 어깨를 으쓱하며 말했다. "몸이 안 좋은가보군요. 몸이 아플 땐 공연을 하면 안 돼요. 그러면 당신 스스로를 우스꽝스럽게 만드는 꼴이 된단 말이에요. 제 친구들 모두가 몹시 지루해했습니다. 나 역시 지루했고요."

그녀는 그의 말을 귀담아듣는 것 같지 않았다. 무턱대고 즐거워하는 그녀의 모습은 마치 딴사람이 되어버린 것 같았다. 그녀는 행복에 도취되어 얼이 빠져 있었다.

"도리언, 도리언." 그녀가 큰소리로 말했다. "당신을 알기 전에는 연기만이 내 삶의 유일한 현실이었어요. 오직 무대 위에 섰을 때에만 살아 있다고 할 수 있었죠. 무대 위의 삶이 모두 진짜인 줄 알았어요. 어느 날 밤엔 로잘린드가 됐다가, 또 어느 날 밤엔 포셔가 됐지요. 베아트리체의 기쁨이 곧 나의 기쁨이었고, 코딜리어의 슬픔은 내 슬픔이기도 했어요. 난 모든 걸 믿었어요. 나와 함께 연기하는 평범한 사람들이 내게는 신성하게 보였어요. 색을 칠한 무대 배경은 나의 세계였지요. 내가 알고 있는 건 겨우 그림자에 불과했는데도, 난 그것들이 모두 진짜라고 생각했어요. 그런데 당신이 내게 와주었고 ─ 오, 내 아름다운 사랑 ─ 내 영혼을 감옥에서 구해주었어요. 당신은 내게 진짜 현실이 무엇인지 가르쳐주었어요. 늘 연기해오던 무

의미한 연극들이 얼마나 공허하고 가식적이고 어리석은 것이었는지, 오늘 밤 태어나서 처음으로 깨달았어요. 로미오가 흉측한 늙은이이며 꾸며낸 인물이었다는 것을, 과수원의 달빛이 가짜였음을, 무대 배경이 진부했다는 것을, 내가 해야 하는 대사들이 비현실적이고, 내 말이 아니며 내가 하고 싶은 말도 아니었다는 것을 오늘 밤에야 처음으로 알게 되었어요. 더 숭고한 무언가가 있다는 것을, 모든 예술을 한낱 그림자로 만들어버리는 무언가가 있다는 것을 당신이 일깨워주신 거예요. 당신은 사랑이 진정 무엇인지 깨닫게 해주었어요. 내 사랑! 내 사랑! 나의 이상적인 왕자님! 내 인생의 왕자님! 난 이 그림자에 점점 신물이 나요. 당신은 내게 모든 예술이 해줄 수 있는 그 이상의 의미예요. 그러니 이제 내가 연극의 꼭두각시들을 어떻게 상대할 수 있겠어요? 오늘 밤 무대 위에 섰을 때, 어쩌다 내 안의 모든 것들이 남김없이 빠져나갔는지 도무지 이해할 수가 없더군요. 난 훌륭한 연기를 선보일 줄 알았어요. 하지만 이내 결코 그럴 수 없으리라는 걸 깨달았지요. 문득 이모든 것이 무얼 의미하는지 마음 깊이 이해되기 시작했어요. 그 경험이 얼마나 황홀했는지 모른답니다. 사람들이 쉬쉬하며 야유하는 소리가 들렸지만, 저절로 미소를 짓게 되더군요. 그들이 우리 사랑과 같은 진실한 사랑을 어떻게 알겠어요? 날 데려가주세요, 도리언 ─ 단둘이 있을 수 있는 곳으로 같이 떠나요. 무대가 싫어요. 앞으로 나는 마음에 와닿지 않는 열정을 겉으로는 흉내 낼 수 있을지 모르지만, 내 온몸을 불같이 태우는 이 열정은 도저히 흉내 낼 수 없을 거예요. 오, 도리언, 도리언 그것이 무얼 의미하는지 이제 당신은 아시겠지요? 비록 겉으로 연기는 할 수 있다 할지라도, 사랑에 빠진 역을 건성으로 흉내 내는 건 신성모독이 될 거예요. 당신은 내게 그걸 알게 해주었어요."

그는 소파에 털썩 주저앉아 고개를 돌렸다. "당신은 내 사랑을 죽였어." 그가 낮게 중얼거렸다.

그녀는 영문을 모른 채 그를 바라보며 웃었다. 그는 아무런 반응도 보이지 않았다. 그녀는 그에게 다가가 작은 손가락으로 그의 머리카락을 쓰다듬었다. 그리고 무릎을 꿇고 그의 두 손을 자신의 입술로 가져갔다. 그러나 그는 손을 뿌리쳤고, 순간 온몸에 전율이 일었다.

곧이어 그는 자리에서 벌떡 일어나 문을 향해 다가갔다. "그래요." 그가 소리쳤다. "당신이 내 사랑을 죽인 겁니다. 지금까지 당신은 내 상상력을 자극했어요. 하지만 이제는 내 호기심조차 자극하지 못하는군요. 당신은 아무런 영향력이 없어요. 당신이 놀라운 사람이었기에, 천부적인 재능과 지성이 있었기에, 위대한 시인의 꿈을 실감나게 보여주고 예술의 그림자에 형태와 내용을 부여했기에, 난 당신을 사랑했던 겁니다. 그런

177

데 그 모든 걸 내동댕이치다니. 당신은 얄팍하고 어리석은 사람이에요. 하느님 맙소사! 내가 어쩌다 이런 여자한테 미쳐 있었을까! 대체 얼마나 멍청한 짓을 한 거야! 당신은 이제 내게 아무런 가치가 없어요. 다시는 만나지 않겠습니다. 다시는 당신을 생각하지 않을 거예요. 이름을 언급하는 일도 없을 겁니다. 한때 당신이 내게 어떤 존재였는지 당신은 몰라요. 아, 한때는…… 오, 지난 일을 생각하려니 견딜 수가 없군요! 차라리 당신을 만나지 않았더라면 좋았을 것을! 당신은 내 인생의 로맨스를 망쳐버렸어요. 사랑이 당신의 예술을 망쳐놓는다고 말했나요. 그렇다면 당신은 사랑이 뭔지 모르는 겁니다! 예술이 없으면 당신은 아무것도 아니에요. 난 당신을 유명하고, 화려하고, 위대하게 만들어주었을 겁니다. 그러면 세상사람 모두가 당신을 숭배했을 테고, 당신은 그들에게 내 이름을 전했을 테지요. 그런데 지금 당신은 뭡니까? 그저 얼굴 예쁜 삼류 배우에 불과하단 말입니다."

그녀는 차츰 얼굴이 하얗게 질리더니 온몸을 바들바들 떨었다. 두 손을 꽉 쥐었고, 목소리가 목에 걸려 제대로 말도 나오지 않는 것 같았다. "진심이 아니지요, 도리언?" 그녀가 중얼거렸다. "지금 연기를 하고 계시는군요."

"연기라고요! 연기는 당신이나 하세요. 그건 당신이 아주 잘하는 것 아닙니까." 그가 신랄하게 대꾸했다.

그녀는 무릎을 펴고 일어나, 고통스럽고 애처로운 표정으로 방을 가로질러 그에게 다가갔다. 그런 다음 그의 팔에 손을 얹고 그의 눈동자를 바라보았다. 하지만 그는 그녀를 뒤로 밀쳤다. "건드리지 말아요!" 그가 소리쳤다.

그녀의 입에서 나지막하게 신음 소리가 새어 나왔다. 그녀는 이내 그의 발치에 꿇어앉아 짓밟힌 꽃처럼 그 앞에 엎드렸다. "도리언, 도리언, 날 떠나지 말아요!" 그녀가 작은 소리로 말했다. "연기를 잘하지 못해서 정말 미안해요. 무대에 서 있는 내내 당신만 생각하고 있었어요. 하지만 노력할게요 – 정말 열심히 노력할게요. 당신을 향한 내 사랑이 너무나 갑작스럽게 나를 엄습해왔어요. 당신이 내게 키스하지 않았더라면 – 우리가 서로 입을 맞추지 않았더라면, 난 결코 내 사랑을 알아채지 못했을 거예요. 다시 한 번 키스해주세요, 내 사랑. 날 떠나지 말아요. 당신이 떠난다면 견딜 수 없을 거예요. 오! 제발 내 곁에서 떠나지 말아요. 내 남동생이…… 아니에요, 아무것도 아니에요. 동생이 그냥 한 말이에요. 그 애가 농담을 한 거예요……. 그렇지만 당신, 오! 정녕 오늘 밤 내 연기 때문에 나를 용서할 수 없는 건가요? 더 열심히 연기할게요. 더 나아지도록 노력할게요. 세상 그 무엇보다 당신을 사랑하는데, 이런 나에게 그렇게 잔인하게 하지 말아요. 어쨌든 당신을 기쁘게 하지 않은 건 이번 딱 한 번뿐이잖아요. 그렇지만 당신 말

이 백번 옳아요, 도리언. 난 오히려 예술가의 모습을 더 많이 보여주었어야 했어요. 오늘 밤 내 모습은 정말 바보 같았어요. 하지만 나도 어쩔 수 없었어요. 오, 날 떠나지 말아요, 제발 가지 말아요." 격정을 이기지 못하고 흐느껴 우느라 그녀는 말도 제대로 잇지 못했다.

그녀는 상처 입은 짐승처럼 바닥에 몸을 웅크렸다. 도리언 그레이의 아름다운 눈동자는 그녀를 내려다보았고, 또렷한 입술 윤곽은 차디찬 경멸로 일그러졌다. 사랑이 끝나면 상대 연인이 드러내는 감정에서 우스꽝스러운 면이 보이는 법. 도리언의 눈에 시빌 베인은 웃기지도 않는 신파극을 연기하는 것처럼 보였다. 그는 그녀의 눈물과 흐느낌이 짜증스러웠다.

"이만 가겠습니다." 마침내 그가 차분하고 또렷한 목소리로 말했다. "매정한 사람이 되고 싶지는 않지만, 다시는 당신을 만나지 않겠습니다. 당신은 날 실망시켰어요."

그녀는 조용히 눈물을 흘릴 뿐 아무런 대답도 하지 못하고, 기다시피 해서 그를 향해 다가갔다. 그러고는 작은 두 손을 무턱대고 앞으로 뻗는 모양이, 마치 그를 찾고 있는 듯 보였다. 하지만 그는 홱 돌아서서 방을 나가버렸다. 잠시 후 그는 극장 밖에 나와 있었다.

도리언 그레이는 자신이 어디로 가고 있는지 전혀 알지 못했다. 검은 그림자가 비치는 을씨년스러운 아치 길과 음산해

보이는 집들을 지나 어둠침침한 거리를 헤매 다닌 기억이 났다. 여자들이 기분 나쁘게 웃으면서 쉰 목소리로 그를 부르며 쫓아왔다. 주정뱅이들은 욕지거리를 하거나 기괴한 유인원처럼 자기들끼리 지껄이면서 그의 곁을 휘청거리며 지나갔다. 괴상한 아이들이 문 앞 계단에 모여 앉아 있는 것을 보았고, 음침한 안마당에서 흘러나오는 날카로운 비명과 욕설을 들었다.

동이 막 터오기 시작할 무렵, 어느새 그는 코번트 가든 근처에 와 있었다. 어둠이 걷히고, 하늘은 희미한 불꽃으로 달아오르더니 어느덧 완벽한 진주알 모양으로 활짝 열렸다. 커다란 수레가 꾸벅꾸벅 졸고 있는 백합을 가득 싣고서 반짝이는 텅 빈 거리를 덜거덕거리며 천천히 내려가고 있었다. 공기는 짙은 꽃향기로 가득했고, 아름다운 꽃들 덕분에 그의 괴로움이 다소 진정되는 것 같았다. 그는 시장 안으로 들어가 남자들이 짐마차에서 각자의 짐을 내리는 모습을 지켜보았다. 흰색 작업복을 입은 짐꾼이 그에게 버찌 몇 개를 주었다. 그는 고맙다고 인사한 후 짐꾼이 왜 한사코 돈을 받으려 하지 않는지 의아하게 여기며 기운 없이 버찌를 먹기 시작했다. 자정 무렵에 딴 버찌 안에는 달빛의 차가움이 담겨 있었다. 소년들은 줄무늬진 튤립과 노랗고 빨간 장미꽃이 가득 담긴 나무 상자를 짊어지고 일렬로 길게 늘어서서, 산더미처럼 쌓아 올린 청록색 야채들 사이를 이리저리 누비며 그의 앞을 지나갔다. 햇빛에 바래 잿빛이 된 기둥들이 나란히 늘어선 주랑 현관 아래에는, 모자를 쓰지 않은 한 무리의 소녀들이 경매가 끝나기를 기다리며 옷자락을 질질 끌면서 주변을 어슬렁거리고 있었다. 시장 안에 있는 커피하우스의 회전문 주위에도 사람들이 모여 있었다. 몸집이 큰 짐마차 말들이 종과 마구를 흔들면서 거친 자갈길을 밟으며 유유히 지나갔다. 어떤 마부들은 자루 더미 위에서 깊은 잠에 빠져 있었다. 붓꽃색 목에 분홍색 발을 지닌 비둘기들은 씨앗을 쪼아대며 돌아다녔다.

잠시 후 그는 이륜마차를 불러 세워 집으로 향했다. 집 앞에 도착한 그는 한동안 현관 앞을 서성거리며, 겉창을 꼭꼭 닫아 걸고 요란한 빛깔의 블라인드를 친 고요한 주택가를 빙 둘러보았다. 이제 하늘은 순수한 유백색으로 변해 있었고, 집집의 지붕들은 그 하늘을 배경 삼아 은빛으로 반짝거렸다. 맞은편 굴뚝에서 가느다란 연기가 몽글몽글 피어오르고 있었다. 보랏빛 리본 같은 연기가 맴맴 돌며 진주색 하늘 속으로 올라갔다.

질 좋은 참나무 패널로 장식한 현관 입구의 넓은 홀 천장에는 어떤 도제(베네치아의 수장)의 바지선에서 가지고 온 전리품인 금박을 입힌 커다란 베네치아 랜턴이 매달려 있었는데, 세 개의 구멍에는 아직도 촛불이 켜져 있었다. 그 불 가장자리에 하얀 불꽃 테두리가 둘러 있어, 마치 가녀린 푸른 꽃잎들이 타오르는 것 같았다. 그는 불을 끄고 모자와 망토를 탁자 위에 던져놓은 다음 서재를 지나 침실로 향했다. 일층에 위치한 팔각형의 커다란 침실은 사치품을 좋아하는 새로운 취향에 따라 그가 직접 장식했으며, 셸비 로열의 버려진 다락방에 보관되어 있던 것 가운데 르네상스 시대의 기묘한 태피스트리 몇 점을 발견해 벽에 걸어두기도 했다. 그는 침실 손잡이를 돌리다가 바질 홀워드가 그린 자신의 초상화를 향해 시선을 던졌다. 그러고는 깜짝 놀란 듯 뒷걸음질 쳤다. 하지만 이내 어리둥절한 표정을 지으며 다시 자기 방으로 들어갔다. 코트 단춧구멍에 꽂았던 장식꽃을 뺀 그는 잠시 머뭇거리는 듯 보였다. 마침내 다시 방에서 나와 초상화 가까이로 다가간 다음, 그것을 자세히 들여다보았다. 크림색 실크 블라인드를 간신히 뚫고 들어온 어스레한 빛 속에서, 초상화의 얼굴이 어쩐지 좀 변한 것처럼 보였다. 어딘가 표정이 달라 보였다. 누가 보더라도 입가의 잔인한 표정을 읽을 수 있을 것 같았다. 아무래도 초상화가 이상해진 게 틀림없었다.

그는 돌아서서 창가로 다가가 블라인드를 걷었다. 환한 새벽빛이 방 안으로 흘러넘치자, 기이한 모양의 그림자들이 어둑한 구석으로 내몰려 그곳에 웅크리고 앉아 벌벌 떨고 있었다. 하지만 그가 초상화의 얼굴에서 보았던 그 이상한 표정은 여전히 떠날 줄 모르는 것 같았다. 아니 오히려 아까보다 더 또렷해진 듯했다. 흔들리며 들어오는 강렬한 햇살은 초상화

속 얼굴의 무자비한 입매를 더욱 또렷하게 비추었으며, 그 모양은 마치 무슨 끔찍한 짓을 저지르고 난 뒤 거울 속의 제 모습을 들여다보는 것 같았다.

그는 얼굴을 찡그리고는, 헨리 경에게 받은 많은 선물들 가운데 상아로 조각한 큐피드로 테두리를 장식한 타원형 거울을 탁자에서 집어 들어, 그 반들반들한 표면을 황급히 들여다보았다. 자신의 붉은 입술에는 초상화 속 얼굴에서 드러난 비뚤어진 입매 같은 건 보이지 않았다. 그렇다면 대체 이건 무슨 의미일까?

눈을 비비고 그림 가까이 다가가 그림을 다시 꼼꼼히 들여다보았다. 실제로 그림이 변했다든지 하는 흔적은 어디에도 찾아볼 수 없었지만, 전체적인 인상이 달라진 것만은 확실했다. 단순히 혼자만의 환상이 아니었다. 무시무시한 일이지만 그림이 변한 건 틀림없는 사실이었다.

그는 의자에 털썩 주저앉아 곰곰이 생각에 잠겼다. 그림이 완성되던 날, 바질 홀워드의 화실에서 자신이 했던 말이 불현듯 머리를 스치고 지나갔다. 그렇다, 그는 그 말을 똑똑히 기억했다. 자신은 젊은 모습 그대로 남아 있고 초상화가 나이를 먹으면 좋겠다고, 자신의 아름다움은 녹슬지 않고 자신의 열정과 죄악의 모든 짐을 캔버스 위의 얼굴이 대신 짊어지면 좋겠다고. 그림 속 얼굴은 고통과 걱정으로 생긴 주름살로 시들어가고 자신은 이제 막 깨닫고 있는 소년기의 섬세한 청순함과 아름다움을 영원히 간직하면 좋겠다고, 그렇게 말도 안 되는 무모한 소원을 말했었다. 그렇다면 혹시 그의 소원이 이루어진 건 아닐까? 그런 일은 불가능했다. 아니, 그런 일을 생각하는 것조차 터무니없는 일 같았다. 하지만, 그렇다고는 해도, 분명 그의 앞에 있는 이 그림은 입가에 잔인한 표정을 짓고 있지 않은가.

잔인하다니! 자신이 잔인했단 말인가? 엄연히 그녀의 잘못이지, 자신에게는 아무런 문제가 없었다. 그는 그녀가 위대한 예술가가 되리라 꿈꾸었고, 그녀가 위대하다고 생각했기 때문에 사랑을 주었다. 그런데 그녀가 그를 실망시켰다. 그녀는 천박하고 보잘것없는 여자였다. 그런데도 그녀가 발밑에 엎드려 어린아이처럼 흐느껴 울던 모습을 생각하니, 한없이 애처로운 마음이 밀려들었다. 자신이 얼마나 무정한 태도로 그녀를 바라보았는지 떠올렸다. 굳이 그렇게까지 해야 했을까? 어쩌자고 그처럼 냉혹한 감정이 생긴 걸까? 하지만 그 역시 무척이나 괴로웠다. 연극이 진행되는 끔찍한 세 시간 동안, 몇 백 년은 고통 속에 몸부림치며 산 것 같았고, 영겁에 영겁을 거듭해 고문을 당하는 듯한 기분이었다. 그의 인생도 그녀의 인생만큼이나 충분히 가치 있었다. 그가 그녀에게 오랫동안 상처를 주었다면, 그녀 또한 잠시나마 그의 기분을 망쳐놓지 않았던

가. 더구나 슬픔을 견디는 일에는 남자들보다야 여자들이 훨씬 능숙했다. 여자들은 자기감정에 취해 사는 인간들이었다. 여자들은 그저 자기감정밖에 몰랐다. 여자들이 연인을 사귄다는 건 그들에게 극적인 장면을 함께할 누군가가 생겼다는 의미에 지나지 않았다. 누구보다 여자를 잘 아는 헨리 경이 그렇게 말해주었다. 그가 왜 굳이 시빌 베인 때문에 괴로워해야 한단 말인가? 그녀는 이제 그에게 아무 의미도 없는 사람인데.

그나저나 이 초상화는, 대체 이 초상화를 어떻게 설명해야 할까? 초상화는 그의 인생의 비밀을 쥐고 있었고, 그에게 무슨 일이 있었는지 분명하게 보여주었다. 초상화는 그에게 자신만의 아름다움을 사랑하라고 가르쳤었다. 그런데 이제 자신의 영혼을 혐오하라고 가르치고 있는 것일까? 그가 초상화를 다시 볼 일이 있긴 할까?

아니다, 이건 괴로운 심정이 만들어낸 일종의 환상에 불과한 것이다. 너무도 끔찍한 밤을 보낸 나머지 착각을 일으킨 것이다. 사람을 미치광이로 만드는 주홍색 작은 반점이 돌연 그의 뇌 속에 떨어진 것이다. 그림은 변하지 않았다. 그림이 변했다고 생각하다니, 이렇게 어리석을 수가.

하지만 초상화는 아름다운 얼굴이 손상된 채 냉정한 미소를 지으며 가만히 그를 지켜보고 있었다. 그 빛나는 머리카락이 이른 아침 햇살에 반짝거렸다. 그림 속 푸른 눈동자가 그의 눈동자와 마주쳤다. 자기 자신을 향해서가 아니라 그림 속 자신의 이미지를 향해 연민의 감정이 걷잡을 수 없이 밀려들었다. 그림은 이미 변해 있었고, 앞으로 더욱 변할 것이다. 황금빛 머리카락은 반백이 되리라. 그림 속 붉은 장미와 흰 장미는 시들다 죽어버리리라. 자신이 저지른 온갖 죄악 때문에 그 아름다운 얼굴에 얼룩이 번지고 흠이 생기리라. 하지만 그는 절대로 죄를 짓지 않을 것이다. 그림이 변하든 변하지 않든, 그림은 그에게 눈에 보이는 양심의 상징이 될 것이다. 유혹에 저항할 것이다. 다시는 헨리 경을 보지 않을 것이며 – 적어도 바질 홀워드의 정원에서 불가능한 것들을 향한 열정 운운하며 처음으로 그의 마음을 뒤흔들었던, 그 불가사의하고 악의적인 이론들에 다시는 귀를 기울이지 않을 것이다. 시빌 베인에게 돌아가 그녀에게 준 상처를 보상하고, 그녀와 결혼해 다시 그녀를 사랑하기 위해 노력할 것이다. 그렇다, 그렇게 하는 것이 도리였다. 그녀가 자신보다 훨씬 더 괴로워하고 있을 게 틀림없었다. 가엾기도 해라! 자신은 이기적이었고 너무나 잔인했다. 자신이 반했던 그녀의 매력을 다시금 느끼게 될 것이다. 그들은 함께 행복하게 살 것이다. 그녀와 함께하는 인생은 아름답고 순결할 것이다.

그는 의자에서 일어나 초상화를 흘긋 쳐다보며 몸서리를 치면서 초상화 바로 앞에 커다란 장막을 쳤다. "정말 끔찍한 일도 다 보겠군!" 그는 혼잣말로 중얼거린 뒤 창가로 다가가 창문을 열었다. 그런 다음 잔디밭으로 나와 크게 숨을 들이마셨다. 신선한 아침 공기가 우울한 격정들을 모두 몰아내는 것 같았다. 그는 오직 시빌만을 생각했다. 사랑의 메아리가 가만가만 되돌아오고 있었다. 그는 그녀의 이름을 부르고 또 불러보았다. 이슬에 흠뻑 젖은 정원에서 노래하는 새들의 모습은 마치 꽃들에게 그녀에 대해 이야기하고 있는 것 같았다.

8

도리언 그레이는 정오가 한참 지나서야 잠에서 깼다. 하인은 그가 일어났는지 보려고 몇 번이나 까치발로 살금살금 방 안에 들어왔다가, 도련님이 웬일로 이렇게 늦잠을 주무시나 의아해하며 돌아서곤 했다. 마침내 그가 종을 울리자, 빅터는 고풍스러운 고급 세브르 도자기로 만든 작은 쟁반에 차 한 잔과 편지 꾸러미를 담아 조용히 들어왔고, 세 개의 높다란 창문 앞에 드리워진, 반짝이는 푸른색 천으로 안을 덧댄 올리브색 커튼을 열어젖혔다.

"도련님, 아침엔 푹 주무시더군요." 그가 미소를 지으며 말했다.

"지금 몇 시지, 빅터?" 도리언 그레이가 졸음이 채 가시지 않은 목소리로 물었다.

"한 시 십오 분입니다, 도련님."

시간이 벌써 이렇게 되다니! 그는 침대에서 일어나 앉아 차를 몇 모금 마신 다음 편지들을 뒤적거렸다. 그 가운데에는 헨리 경의 편지도 있었는데, 그날 아침 인편으로 보낸 것이었다. 그는 잠시 망설이다가 헨리 경의 편지를 그대로 옆에 치워놓았다. 그러고는 나머지 편지들을 심드렁하게 열어보았다. 평소 이맘때면 오는 이런저런 엽서들, 만찬 초대장들, 개인 초대전 입장권들, 자선 콘서트 프로그램들 같은, 초여름 런던의 사교 기간 동안 상류사회 젊은이들에게 매일 아침 쏟아지는 이런저런 우편물들이었다. 꽤나 거액의 청구서도 있었는데, 양각으로 무늬를 넣은 루이 15세풍의 은제 화장도구 한 세트에 관한 것이었다. 그는 유행이 뭔지도 모를뿐더러, 쓸모없는 것들이 정작 꼭 필요한 필수품인 시대에 우리가 살고 있다는 걸 전혀 이해하지 못하는 후견인들에게 아직 이 청구서를 보낼 엄두가 나지 않았다. 얼마의 돈이든 아주 합리적인 이율로 최대한 신속하게 빌려줄 수 있다며, 대단히 공손한 표현으로 고객을 유혹하는 저민 가의 대부업자들이 보낸 서신도 몇 장 있었다.

십 분쯤 뒤에 침대에서 나와, 비단으로 수놓아 공들여 만든

캐시미어 양모 화장복을 걸치고, 마노로 바닥을 깐 욕실에 들어갔다. 차가운 물이 오랜 잠으로 멍한 정신을 깨워주었다. 간밤에 있었던 모든 일들은 까맣게 잊힌 것 같았다. 뭔가 기이하고 비극적인 사건이 있었던 것 같은 어렴풋한 느낌이 한두 차례 들었지만, 허무맹랑한 꿈 같았다.

옷을 갖춰 입자마자 서재로 가서, 열린 창문 가까이에 놓인 작은 원탁 위에 그를 위해 차린, 가벼운 프랑스식 아침 식탁 앞에 앉았다. 더할 나위 없이 아름다운 날이었다. 따뜻한 공기에는 온갖 풍미가 더해진 듯했다. 그의 앞에는 유황빛 장미들이 빽빽하게 꽂힌 청룡 모양의 도자기 꽃병이 놓여 있고, 벌 한 마리가 날아 들어와 꽃병 주위를 윙윙거리며 돌아다녔다. 정말이지 이보다 완벽한 행복은 없을 것 같았다.

그때 문득 초상화 앞에 가려진 장막에 시선이 멈추었고, 그 순간 화들짝 놀랐다.

"공기가 너무 차가운가요, 도련님?" 하인이 탁자 위에 오믈렛을 올려놓으며 물었다. "창문을 닫을까요?"

도리언은 고개를 저었다. "아니, 춥지 않아." 그가 중얼거리듯 말했다.

그럼 그게 모두 사실이었나? 초상화가 정말로 변했단 말인가? 그럴리가, 기쁨의 표정이 머물던 곳에서 대신 사악한 표정을 보았던 건, 단순히 상상에 불과한 것이 아니었을까? 하긴, 고작 물감으로 그려진 캔버스가 저절로 모양을 바꿀 수는 없는 노릇 아닌가? 그건 말도 안 되는 일이었다. 언제 바질한테 객쩍은 이야기로나 들려주어야겠다. 아마 바질은 빙긋이 웃고 말겠지.

그렇지만 그 모든 기억들이 어찌나 생생하던지! 처음엔 어스름 동이 틀 무렵에, 다음엔 환한 새벽에, 일그러진 입가에 어린 그 잔인한 기색을 똑똑히 보았었다. 그는 하인이 방을 나갈까봐 겁이 날 지경이었다. 혼자 남게 되면 틀림없이 초상화를 보게 될 것 같았다. 자신의 상상이 실제 사실로 확인될까봐 두려웠다. 하인이 커피와 담배를 올려놓고 돌아서서 나갈 때, 제발 방에 같이 있어달라고 애원하고 싶은 마음이 간절했다. 문이 닫히려 하자, 그는 하인을 다시 불러 세웠다. 하인은 그의 명령을 기다리며 서 있었다. 도리언은 잠시 하인을 바라보았다. "누가 날 찾아오면 집에 없다고 말해, 빅터." 그가 한숨을 쉬며 말했다. 하인은 머리를 숙여 인사하고 방을 나갔다.

도리언 그레이는 곧이어 탁자에서 일어나 담배에 불을 붙인 후, 호화로운 쿠션들이 놓인 장막 맞은편 소파에 털썩 몸을 던졌다. 장막은 오래된 것으로, 금박을 입힌 스페인제 가죽에 루이 15세풍의 다소 현란한 무늬를 새기고 수놓은 것이었다. 그는 호기심 어린 눈빛으로 장막을 가만히 들여다보다가, 혹시 예전에도 이것이 어느 한 인간의 삶의 비밀을 숨겨준 적이 있었을까 궁금해졌다.

역시 이걸 치워야 할까? 아니지, 그냥 여기 두면 어때서? 초상화에 대해 알게 된들 이제 와서 어쩌겠는가? 만일 초상화가 변하는 것이 사실이라면, 정말 무서운 일일 것이다. 하지만 사실이 아니라면, 고민할 이유가 무엇이란 말인가? 그러나 운명적으로, 혹은 그보다 치명적인 우연에 의해, 자신이 아닌 다른 사람이 몰래 들여다보다 무시무시한 변화를 알아채기라도 하면 어쩐다? 만일 바질 홀워드가 와서 자신이 그린 그림을 보자고 청하면, 그땐 어떻게 하지? 바질은 틀림없이 보여달라고 할 텐데. 안 되겠다. 그림을 다시 한 번 꼼꼼히 들여다봐야겠다. 그것도 지금 당장. 이렇게 의혹에 빠져 두려워서 벌벌 떠느니, 무슨 대책이든 세우는 편이 훨씬 나으리라.

그는 일어나 방문 두 개를 모두 잠갔다. 어쨌든 수치심의 가면을 마주 보고 있을 땐 혼자여야 할 것이다. 그는 장막을 걷어 초상화 속 얼굴과 직접 대면했다. 부인할 수 없는 사실이었다. 초상화는 분명 달라져 있었다.

이후로 종종 떠올릴 때마다 매번 적지 않은 의아함을 느꼈던 것처럼, 처음에 그는 거의 과학적인 호기심으로 초상화를 응시하는 자신을 발견했다. 이런 변화가 일어날 수 있다니, 그로서는 도무지 믿어지지 않는 일이었다. 그렇지만 엄연한 사실이었다. 캔버스 위에 모양과 색깔을 형성한 화학적 원자와 그의 내면에 있는 영혼 사이에 미묘하고 밀접한 무슨 관계라도 있는 것일까? 영혼이 마음속으로 생각한 것을 화학적 원자들이 겉으로 드러내다니, 과연 그게 가능한 일일까 – 영혼이 꿈꾼 것을 현실로 드러내는 일이 과연 가능할까? 아니면 무슨 다른 이유, 그보다 훨씬 무시무시한 이유라도 있었을까? 그는 두려움에 몸을 부르르 떨다가, 소파로 돌아가 몸을 누이며 메스꺼울 정도로 오싹한 공포를 느끼면서 그림을 응시했다.

하지만 한 가지, 초상화가 자신을 위해 무언가를 했다는 생각이 들었다. 자신이 시빌 베인을 얼마나 부당하게 대했는지, 그녀에게 얼마나 잔인했는지 깨닫게 해주었던 것이다. 잘못을 되돌리기에 아직 늦지 않았다. 그녀는 여전히 그의 아내가 될 수 있을 것이다. 비현실적이고 이기적인 사랑은 훨씬 숭고한 영향 앞에 무릎을 꿇을 테고, 훨씬 고결한 열정으로 변화될 것이며, 누군가에게는 신성함이 누군가에게는 양심이 우리 모두에게는 하느님에 대한 두려움이 그렇듯, 바질 홀워드가 그린 초상화는 인생을 사는 내내 자신을 이끄는 지침이 되어줄 것이다. 양심의 가책을 잊게 하는 아편도 있고, 도덕관념을 달래 잠재우는 마약도 있다. 하지만 초상화에는 타락한 죄악에 대한 눈에 보이는 상징이 있었다. 파멸한 인간들이 자신의 영혼에 새겨놓은 영원한 흔적이 있었다.

시계는 세 시를 알리고, 네 시를 알렸으며, 삼십 분을 알리는 종이 두 번 울렸지만, 도리언 그레이는 꼼짝도 하지 않았다. 그는 이제 주홍색 생명의 실을 모아 하나의 무늬를 짜려 애쓰고 있었다. 자신이 헤매고 있는 짙붉은 열정의 미로를 빠져나가기 위해 길을 찾으려 노력하고 있었다. 하지만 뭘 어떻게 해야 할지, 무슨 생각을 해야 할지 알 수가 없었다. 마침내 그는 탁자로 가서, 자신을 용서해달라고 간청하고 자신의 어리석은 짓을 자책하면서 사랑했던 연인에게 열정적인 편지를 써내려갔다. 열광적인 단어들로 슬픔을 토로하고, 그보다 더 격렬한 단어들로 괴로움을 호소하면서 몇 장의 편지지를 빽빽하게 채웠다. 자책 속에는 일종의 자기만족이 있는 법. 우리는 스스로를 비난하면서도, 나 아닌 그 누구도 자신을 비난할 자격이 없다고 생각한다. 우리를 죄에서 사해주는 것은 고백이지 신부가 아닌 것이다. 편지를 완성했을 때, 도리언은 자신이 이미 용서를 받았다고 느꼈다.

그때 별안간 누군가 방문을 두드렸고, 밖에서 헨리 경의 목소리가 들렸다. "이봐, 자넬 봐야겠어. 당장 날 들여보내주게. 자네가 이렇게 방 안에 틀어박혀 있는 꼴은 정말 못 봐주겠네."

처음에 그는 아무런 대답을 하지 않고 조용히 앉아 있었다. 하지만 문 두드리는 소리는 끈질기게 이어졌고, 점점 크게 들려왔다. 그래, 차라리 헨리 경을 만나서 자신이 앞으로 어떤 식으로 새로운 삶을 살려 하는지 설명하는 편이 나을 것이다.

말다툼을 해야 하면 하고, 어쩔 수 없이 절교를 해야 할 상황이면 그러는 편이 나으리라. 그는 자리에서 벌떡 일어나 황급히 장막으로 그림을 덮은 다음 문을 열어주었다.

"어제 일은 정말 미안하네, 도리언." 헨리 경이 방 안으로 들어서면서 말했다. "하지만 그 일에 대해 너무 깊이 생각할 필요는 없어."

"시빌 베인에 대한 일 말인가요?" 젊은이가 물었다.

"맞아, 물론이야." 헨리 경이 의자에 풀썩 주저앉아 노란색 장갑을 천천히 벗으면서 대답했다. "어떤 면에서 보면 정말 끔찍한 일이긴 하지만, 그건 자네 잘못이 아니었어. 그나저나 말해보게. 연극이 끝난 후 무대 뒤로 가서 그녀를 만났나?"

"네."

"그럴 줄 알았지. 그래서 그녀와 한바탕 난리를 치렀겠군?"

"제가 잔인하게 굴었어요, 해리 – 지독하게 잔인했습니다. 하지만 지금은 정말 괜찮아요. 지나간 어떤 일에 대해서도 유감스럽게 생각하지 않아요. 그 일은 오히려 제 자신을 더 잘 알도록 가르쳐주었어요."

"오, 도리언, 자네가 그런 식으로 받아들였다니 정말 기쁘군! 난 자네가 자책감에 빠져 그 아름다운 곱슬머리를 쥐어뜯고 있는 건 아닌지 몹시 걱정했다네."

"그런 과정은 다 지났지요." 도리언이 고개를 가로저었고 미소를 지으면서 대답했다. "지금은 완벽하게 행복합니다. 무엇보다 전 양심이 무엇인지 알게 됐어요. 양심이란 당신이 제게 말씀해주신 것과 다릅니다. 양심은 우리 내면에 있는 가장 성스러운 것이에요. 더 이상 양심을 두고 비웃지 마세요─적어도 제 앞에서는 그러지 마시기 바랍니다. 전 선해지고 싶어요. 제 영혼이 극악무도하다고 생각하면 도저히 견딜 수가 없어요."

"도덕에 대한 아주 재미있는 예술적 근거야, 도리언! 그런 생각을 다 하다니, 축하하네. 그래, 어떤 식으로 그 선한 행동을 시작할 텐가?"

"일단 시빌 베인과 결혼할 겁니다."

"시빌 베인과 결혼을 하겠다고!" 헨리 경이 벌떡 일어나 큰 소리로 외치면서, 너무 놀라 어쩔 줄 모르는 표정으로 도리언을 바라보았다. "하지만, 이보게 도리언……."

"알아요, 해리, 당신이 무슨 말씀을 하려는지 압니다. 결혼이란 얼마나 끔찍한 것인지 말하려는 거지요. 그럼, 하지 마세요. 그런 식의 이야기, 제게 다시는 하지 말아주세요. 이틀 전에 저는 시빌에게 청혼했어요. 그녀에게 한 약속을 어기지 않을 겁니다. 그녀는 제 아내가 될 거예요."

"자네 아내가 되다니! 도리언, 자네 내가 보낸 편지 못 받았나? 오늘 아침 자네에게 편지를 써서 하인 편에 보냈는데."

"편지요? 아, 네, 기억납니다. 아직 읽지 않았어요, 해리. 읽기 껄끄러운 내용이 있을까봐서요. 당신은 특유의 경구로 사람의 인생을 난도질하잖아요."

"그럼 아무것도 모른단 말인가?"

"무슨 말씀이시죠?"

헨리 경은 방 안을 서성거리더니, 도리언 그레이 곁에 앉아 그의 두 손을 잡고 꼭 쥐었다. "도리언." 그가 입을 열었다. "내 편지는 ─ 놀라지 말게 ─ 시빌 베인이 죽었다는 사실을 알려주려는 것이었네."

젊은이의 입에서 별안간 괴로운 외침이 터져 나왔고, 그는 이내 헨리 경의 손아귀에서 두 손을 빼내 자리에서 벌떡 일어섰다. "죽다니요! 시빌이 죽다니요! 사실이 아니에요! 새빨간 거짓말이에요! 어떻게 제게 그런 말씀을 하실 수 있나요?"

"거짓 없는 사실이네, 도리언." 헨리 경이 비장하게 말했다. "오늘 아침 조간신문마다 온통 그 이야기를 다루었네. 내가 올 때까지 아무도 만나지 말라는 당부를 하려고 자네에게 편지를 쓴 것일세. 당연히 사건을 수사하려 들 텐데, 자네가 이 일에 말려들어서는 안 되지 않나. 파리에서라면 이런 일로 상류사회 인사가 되겠지. 하지만 런던에서는 사람들 편견이 오죽 심한가. 그러니 여기에서는 절대 추문으로 사교계에 첫발을 들여서는 안 되네. 추문은 그저 나이 들었을 때 흥밋거리로 남겨두는 게 제일 좋지. 아마 극장 사람들은 자네 이름을 모르겠지? 그렇다면 정말 다행이야. 혹시 자네가 그녀의 분장실에 들르는 걸 누구 본 사람이 있나? 이건 아주 중요한 사항이네."

도리언은 잠시 아무 대답이 없었다. 그는 두려움에 떠느라 정신이 멍해졌다. 마침내 그가 억눌린 목소리로 더듬더듬 말을 시작했다. "해리, 방금 수사라고 하셨나요? 그게 무슨 뜻인가요? 설마 시빌이…… 오, 해리, 이 상황을 견딜 수가 없군요. 하지만 빨리 말씀해주세요. 지금 당장 자초지종을 이야기해달란 말이에요."

"분명 사고는 아니었다고 확신하네, 도리언. 물론 공식적으로는 그렇게 발표해야 하겠지만 말이야. 그녀는 열두 시 삼십 분쯤 어머니와 함께 극장을 나서려다가, 이층에 무언가를 두고 왔다고 말했다는 것 같아. 사람들이 한동안 그녀를 기다렸지만 도무지 내려오질 않더라지 뭔가. 그러다 결국 분장실 바닥에 싸늘하게 죽어 있는 모습으로 사람들에게 발견되었다네. 실수로 무언가를, 그러니까 극장에서 사용하는 위험 물질 같은 걸 들이켰다고 하더군. 그 물질이 무엇인지는 모르겠지만, 그 안에 청산이나 탄산연이 함유되어 있었다고 해. 즉사로 추정하는 걸로 보아 내 생각엔 청산이 아니었나 싶네."

"해리, 해리, 너무 끔찍해요!" 젊은이가 소리쳤다.

"그래, 물론 엄청난 비극이긴 하네만, 자넨 이 일에 말려들어서는 안 되네. '이브닝 스탠더드'지를 보니 그녀가 열일곱 살로 나오더군. 난 그보다 어리다고 생각할 뻔했어. 생김새도 너무 아이 같은 데다, 연기에 대해 아는 게 거의 없는 것 같아서 말이지. 도리언, 자넨 이 일로 초조해해서는 안 되네. 이제부터 나하고 함께 나가서 만찬에 참석해야 하고, 그런 다음에는 오페라극장에 잠깐 들러야 하네. 오늘 밤엔 패티의 공연이 있으니 모두들 그리로 갈 거야. 자넨 내 누이동생의 특별관람석에 앉으면 돼. 그 애가 멋진 여자들도 몇 명 데리고 올 걸세."

"그러니까 내가 시빌 베인을 죽인 거로군요." 도리언 그레이가 혼잣말처럼 말했다. "그녀의 가녀린 목을 나이프로 베어버린 것과 다를 바 없이 그녀를 살해했다 이거지요. 하지만 그럼에도 불구하고 장미는 언제나처럼 아름답군요. 새들은 행복한 듯 내 정원에서 지저귀고 있고요. 그리고 오늘 밤 당신과 만찬을 즐긴 다음 오페라극장에 가고, 그러고 나면 어딘가에서 간단히 요기를 하겠지요. 오, 인생이 정말 놀랍도록 극적이지 않나요! 이런 일들을 책에서 읽었더라면, 해리, 난 슬퍼하며 눈물을 흘렸을 거예요. 하지만 어쨌거나 그 모든 일이 실제로, 그것도 바로 내게 일어나고 보니, 어쩐지 눈물을 흘리기에는 굉장히 경이롭게 느껴지는군요. 여기 내 평생 처음으로 열정을 다해 쓴 사랑의 편지가 있어요. 정말 이상하지요. 처음으로 열정을 다해 쓴 연애편지의 수신인이 죽은 아가씨라니. 우리가 망자라고 부르는, 말없이 창백하게 누워 있는 그들도 무언가를 느낄 수 있을까요? 시빌! 그녀도 느낄 수 있고, 알 수 있고, 들을 수 있을까요? 오, 해리, 내가 한때 그녀를 얼마나 사랑했던데요! 그녀를 사랑했던 날들이 몇 년은 지난 것처럼 아득해요. 그녀는 제게 모든 것이었어요. 그런데 그 무시무시한 밤이 오고 말았지요 — 그것이 정녕 바로 어젯밤이었단 말인가요 — 어젯밤 그녀의 연기는 너무나 형편없었고, 전 비탄에 잠겨 있다시피 했어요. 그녀는 그렇게 된 모든 이유를 제게 해명했지요. 처절할 정도로 애처롭게요. 하지만 제 마음은 조금도 움직이지 않았어요. 그저 그녀가 천박하다고만 생각했지요. 그러다가 문득 저를 두렵게 만드는 어떤 일이 일어났어요. 어떤 일이었는지는 말씀드릴 수 없지만 그 순간 전 소름 끼치도록 무서웠어요. 그래서 다시 그녀에게 돌아가리라 마음먹었어요. 제가 잘못했다는 걸 깨달은 거지요. 그런데 이제 그녀가 죽다니요. 맙소사! 이럴 수는 없어요! 해리, 전 이제 어떻게 하면 좋지요? 제가 위험에 처해 있다는 걸 당신은 모를 거예요. 나를 바로잡아줄 게 아무것도 없다는 걸 당신은 모를 겁니다. 그녀는 나 때문에 그렇게 됐을 거예요. 스스로 목숨을 끊을 권리가 그녀에게는 없어요. 그건 이기적인 행동이라고요."

"이보게, 도리언." 헨리 경이 담배 상자에서 담배 하나를 꺼낸 다음 금으로 도금된 성냥갑을 꺼내며 말했다. "여자가 한 남자를 변화시킬 수 있는 방법이 딱 하나 있는데, 바로 남자로 하여금 세상일에 눈곱만 한 흥미까지 완전히 잃게 만들어, 그를 아주 따분한 인간이 되도록 하는 것이라네. 자네가 그 아가씨와 결혼했더라면 자네 역시 그처럼 비참해졌을 거야. 물론 자네는 그녀에게 무척 자상했겠지. 본래 사람은 자기와 상관없는 사람에게는 언제나 친절하기 마련이니까. 하지만 자네가 그녀에게 전혀 무관심하다는 사실을 그녀는 금세 알아차리게 될 거야. 그리고 남편이 무관심하다는 걸 알아차렸을 때, 보통 여자들은 지독하게 촌스러워지거나, 아니면 다른 여자의 남편이 지불해주었을 게 분명한 아주 근사한 보닛을 쓰고 다니거나, 둘 중 하나가 된다네. 사교계에서 일으키고 다니는 실수에 대해서는 말하지 않겠네. 그런 일이 일어나면 정말 비참하지. 물론 나는 절대로 용납하지 않을 거야. 하지만 분명히 말하겠는데, 결국은 그런저런 모든 일들이 자네를 철저히 실패자로 만들어버렸을 걸세."

"아마 그랬을지도 모르죠." 젊은이가 핏기 하나 없는 창백한 얼굴로 방 안을 왔다 갔다 하며 투덜대듯 낮은 목소리로 말했다. "하지만 그것이 제가 해야 할 도리라고 생각했어요. 그런데 이런 끔찍한 비극이 벌어져 올바르게 처신하려는 제 의도를 방해했으니, 이건 제 잘못이 아니에요. 선하게 행동하겠다는 결심과 비극적인 운명에 대해 언젠가 당신이 한 말이 기억나요. 선하게 행동하겠다는 결심은 언제나 너무 늦게 이루어진다고 하셨지요. 제 경우가 꼭 그렇군요."

"선한 결심은 과학적인 법칙을 간섭하는 쓸모없는 시도지. 그런 결심은 순전히 허영심에서 나오는 것이라네. 그 결과는 철저히 '무無', 그러니까 아무런 가치도 없어. 물론 우유부단한 사람들에게는 이따금 어떤 매력을 제공하기도 하지. 요란스럽기만 할 뿐 내용은 없는 감정들을 말일세. 선의의 결심에 대해 이렇게 말하면 적당하겠군. 선의의 결심이란 계좌 없는 은행에서 빼내 쓰는 수표일 뿐이라고 말이야."

"해리." 도리언 그레이가 헨리 경에게 다가와 곁에 앉으며 외쳤다. "그런데 전 왜 이 비극이 생각처럼 슬프지 않을까요? 제가 그렇게 냉혹한 사람은 아닐 텐데요, 그렇지 않나요?"

"스스로를 냉혹하다고 평가하기에는 지난 보름 동안 어리석은 짓을 너무 많이 한 것 같은데, 도리언." 헨리 경이 감미롭고도 침울하게 미소를 지으며 대답했다.

젊은이는 눈살을 찌푸렸다. "그런 식의 해석은 달갑지 않습니다, 해리." 그가 다시 말을 이었다. "하지만 어쨌든 저를 냉혹하다고 생각하지 않으시니 다행이군요. 전 그런 사람이 아니에요. 그렇지 않다는 걸 저는 알아요. 하지만 그럼에도 불구하고 어제 일어난 이 일이 제게 생각만큼 영향을 주지 않는다는 걸 인정해야 할 것 같아요. 제게는 그저 한 편의 훌륭한 연극의 놀라운 결말로밖에 느껴지지 않는군요. 그 안에는 그리스 비극의 가혹한 아름다움이 모두 담겨 있고, 이 비극에서 저는 중요한 역할을 맡았으되 결코 상처를 받지 않았어요."

"그거 정말 흥미로운 논점이로군." 헨리 경은 젊은이 스스로도 알아채지 못하는 그의 자기중심주의를 자극하면서 강렬한 쾌감을 발견했다. "대단히 흥미로운 논점이야. 아마도 자네의 이 말이 제대로 된 해석이 될 것 같군. 사실 인생의 진짜 비극은 우리에게 상처를 주는 거친 폭력성, 못 말리는 지리멸렬함, 터무니없을 정도의 의미 부족, 품격이 뭔지 모르는 지독한 무지함처럼, 비예술적인 방식으로 일어나는 게 보통이지. 비극은 저속함이 영향을 미치는 것과 같은 방식으로 우리에게 영향을 미친다네. 비극은 우리에게 전적으로 폭력적이라는 인상을 심어주고, 우리는 그런 인상에 반감을 일으키지. 하지만 살다 보면 이따금 아름다움이라는 예술적 요소를 간직한 비극과 마주칠 때도 있다네. 만일 이러한 미적 요소가 실재하는 것이라면, 비극 전체가 들고 일어나 극적인 효과를 느껴보라며 우리의 감각에 열렬히 호소하게 될 거야. 그 순간 우리는 자신이 더 이상 연극배우가 아닌 관객이라는 사실을 별안간 깨닫게 되지. 아니, 오히려 둘 다라고 하는 게 맞겠군. 우리는 스스로를 바라보게 되고, 그 광경이 불러일으키는 단순한 경이로움에 사로잡히고 만다네. 지금 같은 경우, 실제로 일어난 사건이 무엇인가? 한 여인이 자네를 사랑해서 스스로 목숨을 끊은 것이라네. 나도 그런 경험을 한번 해보았으면 좋았을 것을. 그럼 남은 생애 동안 사랑을 사랑하면서 살았을 거야. 나를 숭배한 사람들 – 그런 사람이 아주 많은 건 아니지만 몇 명은 있었네 – 은 내가 더 이상 그들을 좋아하지 않든 그들이 날 좋아하지 않든, 서로의 감정이 끝난 지 한참이 지난 후에도 굳이 같이 살자고 고집을 부렸지. 이제 하나같이 뚱뚱하고 따분한 여자들이 됐는데, 지금도 나를 만나면 당장 그 옛날 추억에 빠져들고 싶어 안달이라네. 여자들의 저 지독한 기억력이란! 세상에 그처럼 무시무시한 게 또 있을까! 게다가 그것이 드러내는 바싹 메마른 그들의 지적 상태란! 그러니 모름지기 사람은 인생이라는 색채를 통째로 흡수해야지, 세세한 것들을 기억해서는 안 되는 법일세. 조목조목 파고들면 드러나는 건 언제나 천박함뿐이거든."

"정원에 양귀비 씨를 뿌려야겠어요." 도리언이 한숨을 쉬며 말했다.

"그럴 필요 없네." 헨리 경이 대꾸했다. "인생은 언제나 두 손에 양귀비꽃을 담고 있으니까. 물론 이따금 좀체 사라지지 않는 것들도 있긴 하지. 한때 나는 영원히 죽지 않을 것 같은 로맨스를 애도하기 위해, 나름의 예술적인 방식으로 한 계절 내내 보라색 옷만 입은 적이 있다네. 하지만 결국 그 연애도 끝이 나고 말더군. 그 연애가 무엇 때문에 죽음을 당했는지는 기억나지 않아. 아마도 나를 위해서라면 온 세상이라도 바치겠노라던 그녀의 구혼이 연애의 목숨을 앗아갔던 것 같네. 그런 순간은 언제나 끔찍해. 영원에 대한 공포심이 온몸을 가득 채우고 말거든. 그런데 세상에 – 자네가 이 말을 믿을 수 있을까 – 일주일 전 햄프셔 부인의 저택에서 말이야. 만찬 식탁에서 바로 그 문제의 여인이 옆자리에 앉게 됐는데, 맙소사, 지난 과거를 하나씩 들추고, 미래를 세세하게 궁리하면서 옛날과 똑같이 되풀이하려 들지 뭔가. 난 이미 내 연애를 아스포델 화단에 묻어버렸는데 말일세. 그런데도 그녀는 굳이 그걸 다시 파내서, 내가 자기 인생을 망쳤다고 확인을 시키더군. 그날 만찬 때 그녀가 얼마나 먹어대던지, 덕분에 난 조금도 걱정이 되지 않았다는 걸 짚고 넘어가야겠네. 그녀의 모습이 어찌나 볼썽사납던지! 과거가 풍기는 한 가지 매력은 그것이 과거라는 사실이라네. 하지만 여자들이란 도대체가 막을 내려야 할 때를 모른다니까. 언제나 여섯 번째 막이 오르길 원하지, 그래서 늘 연극의 감흥이 완전히 사라지기가 무섭게 연극을 계속하자고 재촉하는 거라네. 여자들이 하자는 대로 다 들어주다간, 희극은 모두 비극으로 끝나고 비극은 모두 결국엔 익살스러운 소극이 되고 말 걸세. 여자들은 자기 자신은 매력적으로 잘도 꾸며대면서, 도무지 미적 감각이란 게 없단 말이야. 그래도 자네는 나보다 운이 좋아. 내 분명히 말하는데, 도리언, 내

가 만난 여자들 가운데 시빌 베인이 자네를 위해 했던 것처럼
나에게 해줄 만한 여자는 단 한 명도 없었네. 평범한 여자들
은 언제나 자기 자신을 위로하느라 바쁘지. 그들 가운데 일부
는 감상적인 분위기에 도취되는 걸로 자신을 위로하기도 해.
무엇보다 절대로 신뢰해서는 안 되는 여자가 있는데 말이야,
나이하고 상관없이 연자줏빛 옷을 입는 여자와 서른다섯 살
이 넘어서도 분홍색 리본을 좋아하는 여자라네. 그건 틀림없
이 그 여자들에게 과거가 있다는 뜻이거든. 어떤 여자들은 별
안간 자기 남편의 장점을 발견하는 걸로 커다란 위안을 삼기
도 하지. 그런 여자들은 마치 죄 가운데 가장 매력적인 죄라도
발견한 것처럼, 많은 사람들 앞에서 대놓고 부부 금실을 과시
해. 그런가 하면 종교에서 위안을 찾는 여자들도 있네. 종교의
신비로운 교리에는 연애 놀음에서 느끼는 온갖 매력들이 담겨
있다고 예전에 어떤 여자가 그러더군. 난 그 말을 전적으로 이
해하네. 더구나 자신이 죄인이라는 말을 듣는 것만큼 허영심
을 자극하는 건 없으니까. 양심은 우리 모두를 자기중심주의
자로 만들지. 맞아, 현대 생활에서 여자들이 찾을 수 있는 위
로들은 정말이지 끝이 없네. 하지만 사실상 가장 중요한 위로
는 아직 언급하지 않았네."

"그게 뭔데요, 해리?" 젊은이가 별 관심 없다는 투로 말했다.
"오, 아주 확실한 위로 방법이지. 자기 구혼자를 빼앗겼을 때

다른 사람 구혼자를 빼앗는 것. 상류사회에서 그런 일쯤이야 얼마든지 감쪽같이 속일 수 있는 거니까. 하지만 도리언, 이건 정말인데, 시빌 베인은 우리가 흔히 만나는 여자들과는 완전히 차원이 다른 여자임에 틀림없네! 그녀의 죽음은 나에게 무한한 아름다움을 느끼게 해주고 있어. 내가 그처럼 놀라운 일들이 일어나는 시대에 살고 있다는 사실이 무척 뿌듯하네. 그런 일들은 연애니, 정열이니, 사랑이니 하는, 우리가 그저 막연하게만 생각하는 것들이 현실에서 존재한다는 걸 믿게 해주니 말이야."

"전 그녀에게 너무도 잔인했어요. 그걸 잊으셨군요."

"아마 여자들은 그런 잔인함을, 그처럼 노골적인 잔인함을 세상 그 무엇보다 높이 평가할걸. 여자들은 희한할 정도로 미개한 본능을 지니고 있어. 우리가 여자들을 해방시켰는데도, 여전히 노예로 남아 자기 주인을 찾고 있거든. 여자들은 지배받는 걸 정말 좋아하지. 자네의 잔인한 모습이 눈부실 정도로 근사했으리라 확신하네. 자네가 제대로 크게 화를 내는 모습을 한 번도 본 적이 없지만, 그 모습이 얼마나 매력적이었을지 충분히 상상할 수 있네. 그리고 어쨌든 자네가 그저께 내게 했던 말이, 당시엔 그저 공상에 불과하다고 생각했는데, 지금 보니 완벽하게 실현됐군그래. 이 모든 상황을 여는 열쇠가 거기에 있네."

"제가 무슨 말을 했는데요, 해리?"

"내게 이렇게 말했지. 시빌 베인은 자네에게 모든 연애소설의 여주인공들을 보여준다고 - 어느 날 밤에는 데스데모나가 되었다가, 또 어느 날 밤에는 오필리어가 되면서 말이지. 설사 그녀가 줄리엣으로 죽는다 해도, 다시 이모겐으로 부활할 거라는 말도 하지 않았나."

"그녀는 다시는 살아나지 못할 거예요." 젊은이는 두 손으로 얼굴을 감싸며 중얼거리듯 말했다.

"맞아, 그녀는 결코 살아나지 못해. 그녀는 자신의 마지막 역할을 끝냈으니까. 하지만 천박한 분장실에서의 외로운 죽음에 대해, 그저 웹스터나 포드, 시릴 터너의 희곡에서 볼 수 있는 근사한 장면일 뿐이라고, 자코비안 시대 비극의 기이하고 오싹한 장면 정도에 불과하다고 생각해야 하네. 그 아가씨는 실제로 살아 있던 적이 없었기에, 실제로 죽은 적도 없는 걸세. 어쨌든 자네에게 그녀는 언제나 꿈속의 존재였고, 셰익스피어 연극 속을 가볍게 날아다니며 희곡 한 편 한 편을 보다 아름답게 만들어준 환영이었으며, 셰익스피어 음악을 풍요와 기쁨으로 가득 차게 만들어준 갈대 피리가 아니었나. 그러니 그녀가 현실의 삶에 손을 대는 순간 삶은 훼손되었고, 삶 또한 그녀를 망가뜨렸으며, 따라서 그녀는 세상을 떠날 수밖에 없었던 걸세. 정 애도를 표하고 싶다면 오필리어의 죽음을 애도

하게. 코딜리어가 목이 졸려 숨졌으니 자네의 머리 위에 재를 얹게. 브라반티오의 딸이 죽었으니 하늘에 대고 절규하게. 그러나 시빌 베인 때문에 괜한 눈물을 보이지는 말게. 그녀는 셰익스피어의 여주인공들보다 더 허구적인 인물이었으니까."

침묵이 흘렀다. 어스름 저녁이 되자 방 안이 어둠침침해졌다. 그림자들이 은색의 두 발로 정원에서 방 안으로 소리 없이 살금살금 기어 들어왔다. 주변 사물의 색깔들은 지친 듯 서서히 바래가고 있었다.

잠시 후 도리언 그레이가 고개를 들었다. "제 입장을 알기 쉽게 설명해주시는군요, 해리." 그가 다소 안심이 되는 듯 한숨을 쉬며 중얼거렸다. "당신이 하신 말들을 저도 막연히 느끼고 있었어요. 하지만 어쩐지 그 느낌이 두려웠고 어떻게 표현해야 할지 몰랐어요. 어쩌면 그렇게 저에 대해 잘 아세요! 하지만 이 일에 대해 더 이상 이야기하지 않기로 해요. 이 일은 제게 놀라운 경험이었어요. 그뿐이에요. 아직도 인생이 저를 위해 그처럼 놀라운 일들을 준비해두었을지 궁금하군요."

"인생은 자네를 위해 모든 걸 준비해놓고 있네, 도리언. 그 출중한 외모로 자네가 하지 못할 일은 아무것도 없어."

"하지만 해리, 제가 야위고 늙고 주름이 지면요? 그땐 어떻게 하지요?"

"오, 그땐." 헨리 경이 집을 나서기 위해 일어서며 말했다.

"그땐 말이지, 도리언, 승리하기 위해 싸워야 하겠지. 사실상 지금은 승리가 제 발로 자네를 찾아오고 있지 않나. 아니지, 자네는 반드시 자네 외모를 지켜야 하네. 우리는 현명하기에는 너무 많은 책을 읽고, 아름답기에는 생각이 너무 많은 시대에 살고 있어. 그러니 우리에게는 자네가 꼭 있어주어야 하네. 그건 그렇고, 이제 옷을 차려입고 함께 클럽에 가는 게 좋겠군. 사실 지금도 좀 늦었어."

"이따가 오페라극장에서 합류할까 해요, 해리. 지금은 너무 지쳐서 아무것도 입에 들어가지 않거든요. 누이 분의 좌석 번호가 어떻게 되나요?"

"아마 이십칠 번일 거야. 제일 좋은 특별석이지. 문 앞에서 그 애의 이름을 볼 수 있을 걸세. 같이 가서 만찬을 들면 좋겠는데, 그렇게 하지 않겠다니 섭섭하군."

"지금은 그럴 기운이 없군요." 도리언이 힘없이 말했다. "하지만 당신이 해주신 말씀에 깊이 감사하고 있습니다. 당신은 분명 제 가장 좋은 친구예요. 아무도 당신만큼 저를 이해해준 사람이 없었어요."

"우리의 우정은 이제 시작일 뿐이야, 도리언." 헨리 경이 그와 악수하며 말했다. "이만 가보겠네. 이따 여덟 시 삼십 분에 보게 되길 바라네. 잊지 말게, 패티가 나오는 날이라는 걸."

도리언 그레이가 문을 닫고 종을 울리자, 잠시 후 빅터가 여러 개의 램프를 들고 나타나 블라인드를 내렸다. 도리언 그레이는 그가 나가기를 초조하게 기다렸다. 하인이 모든 일에 한없이 늑장을 부리는 것만 같았다.

마침내 하인이 방을 나서자마자 그림을 향해 급히 다가가 장막을 걷었다. 그림에는 더 이상 아무런 변화가 없었다. 그가 시빌 베인의 죽음을 알기도 전에 초상화는 이미 그 소식을 알고 있었다. 초상화는 그의 인생에서 갖가지 사건이 일어나는 바로 그 순간 그 사실을 감지하고 있는 것이다. 초상화의 섬세한 입매를 일그러뜨린 악랄한 잔인함은 그녀가 어떤 종류든 독약을 들이켠 바로 그 순간 나타난 게 틀림없었다. 아니면 이 초상화는 결과 같은 건 아무래도 상관없었을까? 단지 영혼 안에서 일어난 일만을 인지했던 것일까? 그는 의아해하며 언젠가 초상화의 모양이 달라지는 모습을 현장에서 두 눈으로 보게 되길 바랐고, 그러면서 몸서리를 쳤다.

가여운 시빌! 얼마나 아름다운 로맨스였던가! 그녀는 무대 위에서 자주 죽음을 흉내 냈었지. 그런데 이제 진짜 죽음이 다가와 그녀를 데리고 갔다. 그녀는 그 무시무시한 마지막 장면을 어떻게 연기했을까? 죽어가면서 그를 저주했을까? 아니, 그녀는 그를 향한 사랑 때문에 죽었으며, 그리하여 사랑은 이제 그에게 신성한 상징이 될 것이다. 그녀는 자신의 생명을 바침으로써 모든 죄를 씻었다. 그 끔찍한 밤에 극장에서 그녀 때문에 겪었던 일은 더 이상 생각하지 않으련다. 간혹 그녀가 생각날 때면, 사랑에 대한 최상의 실체를 보여주기 위해 세상이라는 무대 위에 등장한 경이롭고 비극적인 인물로 기억하게 되리라. 경이롭고 비극적인 인물이라고? 어린아이 같은 그녀의 표정, 애교스럽고 톡톡 튀는 그녀의 몸짓, 겁 많고 부끄럼 잘 타는 얌전한 모습을 떠올리자, 왈칵 눈물이 쏟아졌다. 그는 서둘러 눈물을 닦고 다시 그림을 바라보았다.

이젠 정말 결정을 내릴 시간이 온 것 같았다. 아니, 결정은 이미 내린 게 아니던가? 그렇다, 삶은 그를 위해 – 그의 삶을 위해, 삶에 대한 자신의 무한한 호기심을 위해 – 진작 결단을 내려놓고 있었다. 영원한 젊음, 끝없는 열정, 미묘하고 은밀한 쾌락, 격렬한 기쁨, 그리고 그보다 더 격렬한 죄악들 – 이 모든 것을 취하고야 말리라. 치욕스러운 짐은 초상화가 전부 짊어지게 하리라. 그렇다, 바로 이거였다.

캔버스 위의 희고 반듯한 얼굴이 훼손될 거라고 생각하니 고통스러운 감정이 엄습했다. 한때는 소년처럼 나르키소스를 흉내 내며, 지금 그를 바라보며 잔인하게 미소 짓고 있는 저 채색된 입술 위에 입을 맞추거나 입을 맞추는 척했다. 거의 반해버렸다고 해도 과언이 아닌, 이따금 정말로 반해버릴 것만 같은 그 아름다운 미모에 경탄하면서, 매일 아침 초상화 앞에 앉아 있곤 했다. 이제 초상화는 그의 기분이 바뀔 때마다 변하게 될까? 이제 그림은 흉측하고 혐오스러운 것이 되어, 잠긴 방 안에 꼭꼭 숨어 있어야 할까? 지금까지는 끊임없이 햇빛이 비치어, 물결치듯 흔들리는 아름다운 머리카락을 더욱더 환한 금빛으로 물들였지만, 이제 그 햇빛마저 들여서는 안 되는 걸까? 가엽고 안타까운 일이다!

잠시 그는 자신과 그림 사이에 존재하는 무시무시한 교감이 그치길 기도해야겠다고 생각했다. 기도의 응답으로 그림이 변했으니, 어쩌면 기도의 응답으로 더 이상 변하지 않을지도 몰랐다. 그렇지만, 그 기회가 아무리 허황하다 할지라도, 아무리 치명적인 결과가 뒤따른다 할지라도, 인생을 조금이라도 안다는 사람치고 영원히 젊음을 유지할 수 있는 기회를 마다할 사람이 누가 있겠는가? 게다가, 이 그림이 정말로 자신의 통제하에 있었을까? 실제로 기도 한마디에 이처럼 자신을 대신하는 그림이 탄생했을까? 혹시 이 모든 일에 무언가 기이한 과학적 근거가 있는 건 아닐까? 생각이 살아 있는 유기체에 영향을 미칠 수 있다면, 그 생각이 생명 없는 무생물에도 영향을 미칠 수 있지 않을까? 아니, 생각이나 의식적 욕망이 없다 하더라도, 우리와 무관한 외부의 물질들이 우리의 기분이나 열정과 조화를 이루며 진동하면, 그사이 은밀한 사랑이나 묘한 호감 속에서 원자가 또 다른 원자를 부르며 서로 반향을 일으키는 것은 아닐까? 하지만 근거가 무엇이든 중요하지 않았다.

다시는 기도를 통해 무시무시한 힘을 불러오겠다는 생각은 하지 않을 것이다. 애초에 그림이 변하기로 되어 있었다면 변해야 했다. 그게 전부였다. 그런데 무엇 때문에 깊게 파고들려 한단 말인가?

그림을 바라보고 있노라면 진정한 기쁨을 느낄 터이기 때문이었다. 그는 자신의 마음을 따라 초상화 속 은밀한 공간들 속으로 들어갈 수 있을 것이다. 이 초상화는 그에게 가장 마술적인 거울이 되어줄 터였다. 초상화는 캔버스 위에 자신의 몸을 드러내 보여주었던 것처럼, 자신의 영혼도 드러내 보여줄 것이다. 초상화에는 겨울이 닥치더라도, 그는 막 여름이 시작되기 직전 봄이 떨고 있는 그 자리에 여전히 서 있을 것이다. 초상화의 얼굴에 서서히 핏기가 가시고 백토로 가려진 창백한 얼굴과 게슴츠레한 눈만 남아 있을 때에도, 그는 여전히 한창 피어나는 젊은이의 매력을 간직할 것이다. 사랑스러운 그의 꽃은 영원히 한 송이도 시들지 않으리라. 생명의 고동은 조금도 약해지지 않으리라. 그리스의 신들처럼 강하고 빠르고 유쾌하리라. 고작 캔버스 위에 물감으로 칠한 이미지 따위에 어떤 일이 일어난들 무슨 상관이랴? 그는 안전할 것이다. 가장 중요한 건 그것이었다.

그는 빙그레 미소를 지으며 원래대로 그림 앞에 장막을 친 다음, 하인이 벌써 와서 기다리고 있는 침실로 들어갔다. 한 시간 후에 그는 오페라극장에 있었고, 헨리 경은 의자에 기대 앉아 있었다.

9

다음 날 아침, 식탁에 앉아 있는데 바질 홀워드가 식당에 모습을 드러냈다.

"자네를 보게 돼서 정말 다행이야, 도리언." 그가 수심에 찬 목소리로 말했다. "어젯밤 자네를 찾아왔는데, 오페라극장에 갔다고 하더군. 물론 나는 그럴 리가 없다는 걸 알고 있었네. 그래도 어디로 갔는지 전갈이라도 남겨주었더라면 좋았지 않나. 한 가지 비극이 또 다른 비극으로 이어지는 게 아닌가 싶어, 거의 전전긍긍하면서 아주 끔찍한 저녁 시간을 보냈다네. 자네가 그 소식을 들었다면 곧바로 내게 전보를 보냈겠지. 난 클럽에서 '글로브'지의 최신판을 읽다가 아주 우연히 소식을 알게 됐네. 기사를 읽자마자 이리로 달려왔는데, 자네가 없다는 말을 듣고는 어찌나 가슴이 철렁 내려앉던지. 이 사건에 대해 듣고서 내가 얼마나 가슴이 아팠는지 자넨 모를 거야. 몹시 괴로우리라는 거 잘 아네. 그런데 대체 어제 어디에 있었나? 충격을 받고 그 아가씨 어머니를 뵈러 간 건가? 나도 그리로 갈까 하고 잠깐 생각했었지. 신문에 그 집 주소가 나와 있더군. 유스턴 거리 어디라고 하던데, 아닌가? 하지만 덜어주지도 못할 슬픔에 괜한 방해만 될 것 같아 그만두었네. 불쌍한 여인 같으니! 지금 심정이 오죽하겠나! 더구나 외동딸을 잃었으니! 그래, 그녀의 어머니는 그 일에 대해 뭐라고 하던가?"

"이봐요, 바질, 제가 그걸 어떻게 알아요?" 도리언은 베네치아산 유리잔에 담긴, 금 구슬 같은 자그마한 거품이 이는 연노란색 와인을 음미하면서, 지독하게 따분하다는 표정을 지으며 불만스러운 듯 말했다. "전 오페라극장에 있었어요. 그리로 오시지 그러셨어요. 해리의 누이인 그웬돌런 부인을 처음으로 뵈었지요. 우리는 부인의 특별석에 있었어요. 부인이 무척 매력적이던데요. 패니의 노래는 아주 성스러웠고요. 끔찍한 이야기는 입에 담지 말아주세요. 어떤 일에 대해서든 아무 말도 하지 않고 있으면 결코 일어나지 않은 일이 되니까요. 해리의 말마따나, 어떤 일에 실체가 부여되는 건 그것이 표현될 때뿐이에요. 아무튼 시빌이 그 중년 여인의 유일한 자식은 아니라는 걸 말씀드려야겠군요. 아마 아들이 하나 더 있는 걸로 아는데요, 아주 잘생긴 아들이요. 하지만 그 아들은 무대에 서지 않아요. 선원이라나 뭐라나. 그건 그렇고, 요즘은 어떻게 지내시는지, 무슨 그림을 그리시는지 말씀해주세요."

"아니, 오페라극장에 갔단 말인가?" 홀워드가 괴로움이 느껴지는 긴장된 목소리로 아주 천천히 물었다. "시빌 베인이 더러운 극장 숙소에 죽어 누워 있는 동안 자네는 오페라극장에 갔다고? 사랑했던 아가씨가 무덤에서 평온하게 잠들기도 전에, 어떻게 다른 여자들이 매력적이라느니, 패티의 노래가 성스럽다느니 하는 말을 할 수가 있나? 이런 세상에, 그 작고 하얀 시체에 끔찍한 일들이 닥치겠군!"

"그만하세요, 바질! 더 이상 듣지 않겠어요!" 도리언이 자리에서 벌떡 일어서며 소리쳤다. "무슨 일이 일어났는지 제게 말씀 안 해주셔도 됩니다. 이미 일어난 일은 일어난 일이에요. 과거는 과거일 뿐이라고요."

"자넨 어제를 과거라고 말하나?"

"실제 시간이 얼마나 지났는지가 그 일과 무슨 상관이 있지요? 천박한 사람들이나 감정에서 벗어나는 데 몇 년씩 걸리는 거예요. 스스로 자제할 수 있는 사람은 즐거운 일을 만들 줄 아는 것만큼이나 슬픔도 쉽게 끝낼 줄 알아요. 난 감정에 좌지우지되고 싶지 않습니다. 감정을 이용하고, 즐기고, 지배하고 싶단 말이에요."

"도리언, 이거 정말 무서운 일이군! 무언가가 자네를 완전히 딴사람으로 만들어놓았어. 겉모습은 매일같이 내 화실에 찾아와 그림의 모델이 되어주던 그 훌륭한 소년과 똑같은데. 하지만 그땐 단순하고, 꾸밈없고, 애정이 넘쳤지. 세상에서 가장 흠 없는 피조물이었어. 한데 지금은 대체 자네에게 무슨 일이 일어났는지 모르겠군. 자넨 마치 인정도, 연민도 없는 사람처럼 말하고 있어. 이건 모두 해리의 영향이야, 틀림없어."

젊은이는 얼굴이 발갛게 상기된 채 창가로 다가가, 햇빛이 쏟아지고 나뭇잎이 한들한들 흔들리는 초록색 정원을 잠시 바라보았다. "전 해리에게 큰 신세를 졌습니다, 바질." 그가 마침내 입을 열었다. "당신에게 진 신세보다 훨씬 많아요. 당신은 제게 쓸데없는 것만 가르쳐주었어요."

"그래, 그 때문에 이렇게 벌을 받고 있는 것 같군, 도리언 ─ 아니, 언젠가 벌을 받게 될 거야."

"무슨 말씀을 하시는 건지 모르겠습니다, 바질." 도리언 그레이가 돌아서며 큰소리로 말했다. "당신이 원하는 게 뭔지 모르겠어요. 도대체 뭘 원하시는 거지요?"

"내 그림의 모델이었던 때의 도리언 그레이를 원하네." 화가가 서글픈 목소리로 말했다.

"바질." 젊은이가 다가와 그의 어깨 위에 손을 얹으며 말했다. "너무 늦게 오셨어요. 어제 시빌 베인이 자살했다는 소식을 들었을 때……."

"자살을 했다니! 하느님 맙소사! 그게 틀림없는 사실인가?" 홀워드가 공포에 질린 표정으로 도리언을 바라보며 소리쳤다. "이보세요, 바질! 설마 시시한 사고로 죽었다고 생각하는 건 아니겠지요? 당연히 자살이지요."

바질은 두 손에 얼굴을 묻었다. "어쩌다 이렇게 무서운 일이." 그가 낮게 중얼거리며 몸서리를 쳤다.

"아니요." 도리언 그레이가 말했다. "무서울 거 하나 없어요. 이 일은 이 시대의 가장 낭만적인 비극 가운데 하나인걸요. 대체로 연극을 하는 사람들이 가장 진부한 생활을 하지요. 그들은 좋은 남편이거나 충실한 아내거나, 뭐 그런 따분한 사람들이에요. 제 말이 무슨 뜻인지 아실 거예요 — 중산층의 미덕이라든가, 그런저런 모든 것을 말하는 겁니다. 하지만 시빌은 전혀 달랐어요! 그녀는 세상에서 가장 아름다운 비극을 실천했어요. 그녀는 언제나 여주인공이었지요. 그녀가 무대에 오른 마지막 밤 — 당신이 그녀를 본 그날 밤 말이에요 — 그녀의 연기가 형편없었던 건, 바로 사랑의 실체를 알아버렸기 때문입니다. 사랑이 실재하지 않는다는 걸 알았을 때, 줄리엣이 죽음을 선택할 수밖에 없었듯이 그녀도 죽음을 택한 거예요. 그렇게 그녀는 다시 예술의 영역으로 넘어왔습니다. 하지만 그녀에게는 어딘가 순교자 같은 면이 있어요. 그녀의 죽음에는 순교 행위와 같은 애처로운 무익함, 쇠잔한 아름다움만이 가득하지요. 그렇지만 제가 이렇게 말한다고 해서 전혀 고통을 모른다고 생각하지는 말아주십시오. 어제 그 시간에 오셨더라면 – 대략 다섯 시 삼십 분이었거나, 아마도 여섯 시 십오 분 전이었을 겁니다 – 제가 눈물 흘리는 모습을 보셨을 테니까요. 하긴, 심지어 그 소식을 전해주러 이곳에 온 해리조차도 제가 실제로 얼마나 괴로워하는지 전혀 모르더군요. 전 이루 말할 수 없이 마음이 아팠어요. 그러다가 괴로움이 서서히 사라진 겁니다. 한 가지 감정을 평생 되풀이할 수는 없잖아요. 감상주의자가 아니고서야 누가 그러겠어요. 그런데 정말 너무하시는군요, 바질. 당신은 나를 위로하러 이곳에 오셨어요. 그 점은 정말 고맙게 생각합니다. 그런데 제가 슬픔을 달래는 모습을 보시고는 이렇게 화를 내시다니요. 퍽도 인정 많은 사람다우시네요! 당신의 태도는 해리가 제게 말해준 어떤 박애주의자를 생각나게 하는군요. 무슨 부정을 바로잡기 위해서였던가, 부당한 법률을 개정하기 위해서였던가 – 정확한 이유는 잊어버렸어요 – 아무튼 그러느라 이십 년을 애써왔답니다. 마침내 자신이 애쓰던 일이 성공했는데, 그는 그렇게 낙심할 수가 없었다는군요. 무료해 죽을 지경이 될 정도로 아무 할 일이 없자, 완고한 염세주의자가 되어버렸답니다. 아, 그리고 바질, 한마디 더 말씀드리고 싶은 게 있는데요, 진심으로 저를 위로하고 싶으시다면, 차라리 지난 일을 잊는 법을 가르쳐주시든가, 아니면 좀 더 그럴듯한 예술가적 관점에서 지난 일을 볼 수 있는 법을 가르쳐주세요. '예술의 위안'에 대해 쓴 사람이 고티에였던가요? 언젠가 당신 화실에서 송아지 피지로 표지를 만든 작은 책을 꺼내 읽다가, 우연히 아주 유쾌한 구절을 발견한 기억이 나요. 글쎄요, 전 우리가 함께 말로에 내려갔을 때 당신이 말해준 그 젊은이, 사람이 살면서 제아무리 비참한 일이 닥치더라도 노란색 공단만 있으면 위로를 받을 수 있다고 말했던 그 젊은이와는 달라요. 물론 저도 만지고 다룰 수 있는 아름다운 물건들을 아주 좋아합니다. 오래된 문직, 청동 미술품, 칠기 작품, 상아 조각, 아름다운 경치, 사치품, 화려한 물건, 이 모든 것들에서 많은 것을 얻을 수 있지요. 하지만 그것들이 만들어내는, 아니 적어도 드러내는 예술적 특징이 제게는 훨씬 더 큰 위안이 됩니다. 해리의 말마따나, 자신의 인생에 구경꾼이 되는 것이야말로 인생의 고통을 벗어나는 방법인 것이지요. 이런 제 말에 당신이 당황하고 있다는 거 압니다. 제가 얼마나 성숙해졌는지 모르실 테니까요. 당신을 처음 만났을 때만 해도 전 어린 소년이었습니다. 하지만 지금은 남자예요. 새로운 열정, 새로운 생각, 새로운 의견을 지닌 어른이 됐습니다. 제가 달라지긴 했지만 그래도 여전히 저를 좋아해주셔야 해요. 비록 저는 변했지만 당신은 언제나 제 친구로 남아 있으셔야 해요. 물론 저는 해리를 무척 좋아합니다. 하지만 당신이 해리보다 좋은 사람이라는 걸 알아요. 당신은 강하지는 않지만 – 그래요, 당신은 인생을 너무 두려워해요 – 그렇지만 인격적으로 더 성숙해요. 그리고 우리가 함께했던 시간들은 정말 행복했잖아요! 그러니 저를 떠나지 마세요, 바질. 그리고 우리 싸우지 말아요. 지금의 내 모습이 나예요. 그 이상 무슨 말이 필요하겠어요."

화가는 도리언의 말에 이상하게도 마음이 움직였다. 젊은이는 그에게 대단히 소중한 존재였고, 그 강렬한 매력은 그의 예술에 커다란 전환점이 되어주었다. 그런 존재를 비난했다고 생각하니 도저히 견딜 수가 없었다. 어쨌든 그의 냉담한 태도는 언젠가는 끝날 변덕에 불과할지 몰랐다. 그에게는 좋은 면도 무척 많고 고상한 면도 대단히 많지 않던가.

"그래, 도리언." 마침내 그가 서글픈 미소를 지으며 말했다. "오늘 이후로 이 끔찍한 일에 대해 다시는 언급하지 않음세. 그리고 이 일과 관련해서 자네 이름이 오르내리는 일은 없을 거라고 확신하네. 오늘 오후에 수사가 있을 예정이야. 혹시 그들이 자네에게 출두 명령을 내렸나?"

도리언은 고개를 저었지만, '수사'라는 말이 언급되는 순간 얼굴에 짜증스러운 표정이 지나갔다. 이런 종류의 일에는 하나같이 어딘가 저속하고 상스러운 느낌이 있었다. "그쪽에서는 제 이름을 모릅니다." 그가 대답했다.

"하지만 그녀는 알고 있었을 것 아닌가?"

"성은 모르고 이름만 알았고, 그나마도 그녀가 아무에게도 확실히 말하지 않았을 겁니다. 언젠가 한번 그녀가 이런 말을 하더군요. 모두들 제가 누군지 몹시 알고 싶어하는데, 그녀는 언제나 저를 '이상형의 왕자님'이라고 부른다고 말이에요. 정말 사랑스러운 아가씨였지요. 제게 시빌 베인의 그림을 그려주세요. 몇 번의 입맞춤, 깨져버린 슬픈 약속들에 대한 기억 외에, 그녀를 더욱 확실하게 추억할 수 있는 무언가를 간직하고 싶어요."

"한번 그려보도록 하지. 도리언 자네를 기쁘게 할 수 있다면 말이야. 하지만 자네가 내 화실에 와서 다시 내 모델이 되어주어야 하네. 자네가 없으면 난 그림을 계속할 수가 없어."

"다시는 모델을 설 수 없습니다, 바질. 그건 불가능해요!" 그가 뒷걸음질 치며 외쳤다.

화가가 그를 물끄러미 바라보았다. "이봐, 그게 무슨 말도 안 되는 소린가!" 그가 소리쳤다. "아니, 자네, 내가 그려준 그림이 마음에 안 든다는 뜻인가? 내가 그린 초상화는 어디에 있나? 왜 초상화 앞에 장막을 가린 거지? 초상화를 보여주게. 지금까지 내가 그린 작품 가운데 가장 훌륭한 작품일세. 어서 그 장막을 치우게, 도리언. 자네 하인이 내 작품을 저렇게 가린 모양인데, 이런 고약한 경우가 다 있나. 어쩐지 이 방에 들어올 때부터 뭔가 달라진 것 같더라니."

"하인은 그림에 손도 대지 않았습니다, 바질. 제가 하인에게 방을 정돈하도록 시켰다고 생각하시는 건 아니겠지요? 그는 저를 위해 가끔 꽃을 놓아두는 정도입니다. 그 외에는 제 방에 손도 대지 않아요. 하인이 한 짓이 아니라 제가 직접 그랬습니다. 빛이 초상화 위를 너무 강하게 비췄거든요."

"너무 강하다니! 이보게, 설마 그럴 리가 있나? 이 방은 초상화를 놓아두기에 더할 나위 없이 제격인 장소야. 한번 보세." 그리고 홀워드는 구석을 향해 다가갔다.

그때 도리언 그레이의 입에서 소름 끼치는 비명 소리가 터져 나왔고, 어느새 그는 화가와 장막 사이에 황급히 섰다. "바질." 그가 새하얗게 질린 얼굴로 말했다. "그림을 보시면 안 됩니다. 전 당신이 그림을 보는 걸 원하지 않아요."

"내가 그린 그림인데 내가 보면 안 된다니! 자네 농담이 심하군. 그래, 내가 왜 그림을 보면 안 된다는 거지?" 홀워드가 웃으면서 큰소리로 말했다.

"자꾸만 그림을 보겠다고 하시면, 바질, 맹세컨대 제가 살아 있는 한 다시는 당신과 말을 하지 않을 겁니다. 이건 진심이에요. 아무것도 설명하지 않을 겁니다. 그러니 제게 아무것도 묻지 말아주십시오. 하지만 분명히 알아두세요. 만일 이 장막에 손가락 하나라도 대는 날에는 우리 사이는 완전히 끝이라는 걸 말입니다."

홀워드는 너무 놀라 어안이 벙벙했다. 하도 놀란 나머지 도리언 그레이를 멍하니 바라볼 뿐이었다. 도리언의 이런 모습은 지금까지 한 번도 본 적이 없었다. 젊은이는 어찌나 흥분했는지 실제로 얼굴에 핏기 하나 보이지 않았다. 두 손은 주먹을 꽉 쥐었고, 눈동자는 파란 불이 이글이글 타오르는 원반 같았다. 그는 온몸을 부들부들 떨고 있었다.

"도리언!"

"아무 말씀도 하지 마세요!"

"그렇지만 대체 무슨 일인가? 물론 자네가 원하지 않으면 그림을 보지 않겠네." 그가 홱 돌아서서 창문을 향해 다가가며 다소 차갑게 말했다. "하지만 내 손으로 그린 작품을 보아서는 안 된다니, 정말이지 이건 너무 어처구니없는 일 같군. 특히나 올 가을 파리에서 전시할 예정인데 말이야. 아마도 전시회 전에 니스 칠을 한 번 더 해야 할 텐데, 그러자면 언젠가 한 번은 봐야 하지 않겠나. 그런데 왜 오늘은 안 된다는 건가?"

"그림을 전시하다니요! 이 그림을 전시할 생각인가요?" 도리언 그레이는 스멀스멀 다가오는 기묘한 공포감에 자기도 모르게 큰소리로 외쳤다. 그럼 이제 온 세상이 그의 비밀을 알게 되는 걸까? 사람들은 그의 인생의 수수께끼가 담긴 그림을 입을 헤벌리며 넋 놓고 바라보게 될까? 말도 안 되는 일이었다. 지금 당장 무언가 – 그게 무엇인지는 모르지만 – 조치를 취해야 했다.

"그럴 생각이네. 이 계획에 반대하지는 않겠지. 돌아오는 시월 첫째 주 세즈 거리에서 열릴 특별 전시회를 위해 조르주 프티 화랑에서 내 그림 가운데 가장 좋은 작품들을 선정할 예정이네. 초상화는 한 달간만 자네 곁을 떠나게 될 거야. 그 정도 기간 동안은 자네가 기꺼이 초상화를 내줄 거라고 생각하네. 사실 자네는 그때쯤이면 런던을 떠나 있을 게 아닌가. 그리고 어차피 이렇게 그림을 늘 장막으로 가려놓을 거라면, 한 달쯤 자리를 비운들 별로 개의치 않을 테고 말이야."

도리언 그레이는 손으로 이마를 문질렀다. 땀방울이 송골송골 맺혀 있었다. 이러다간 금방이라도 무시무시한 위험에 처할 것만 같은 기분이 들었다. "한 달 전에는 이 그림을 절대로 전시하지 않겠다고 말씀하셨잖아요." 그가 소리쳤다. "그런데 왜 마음을 바꾸신 거지요? 일관성을 그렇게 좋아하는 당신 같은 사람도 변덕스럽기는 다른 사람들과 마찬가지군요. 차이가 있다면 당신의 변덕은 별로 의미가 없다는 정도랄까요. 세상없는 일이 생겨도 이 그림을 전시하는 일은 없을 거라고, 제게 아주 진지하게 하셨던 말씀을 벌써 잊었어요? 해리에게도 똑같이 말씀하셨잖아요." 그는 문득 말을 멈추었고, 순간 그의 두 눈동자에 한줄기 빛이 어렴풋이 비쳤다. 한때 헨리 경이 농담 반 진담 반으로 그에게 했던 말이 떠올랐다. '한 십오 분쯤 색다른 시간을 즐겨보고 싶다면, 바질에게 왜 자네 초상화를 전시하지 않으려는지 말해달라고 해보게. 그가 초상화를 전시하려 하지 않는 이유를 내게 말했는데, 정말 뜻밖의 이야기였지.' 그래, 어쩌면 바질에게도 자기만의 비밀이 있을지 몰랐다. 그는 바질에게 한번 물어보기로 했다.

"바질." 도리언이 바질에게 바싹 다가와 그의 얼굴을 똑바로 쳐다보면서 말했다. "우리는 각자 비밀이 하나씩 있어요. 당신 비밀을 말해주면 제 비밀도 말해드릴게요. 무엇 때문에 초상화를 전시하려 하지 않았지요?"

화가는 자기도 모르게 몸서리를 쳤다. "도리언, 내가 자네에게 이 말을 하면 자네는 지금보다 더 나를 안 좋게 생각할지도 모르고, 틀림없이 나를 비웃을 거야. 자네가 둘 중 어떤 태도를 보이든 나는 똑같이 견딜 수 없을 것 같네. 내가 다시는 자네 그림을 보지 않길 바란다면, 그래도 좋아. 내가 작업한 최고의 작품이 세상에 드러나길 원하지 않는다 해도, 그것 역시 얼마든지 괜찮아. 난 명성이나 평판보다는 자네와의 우정이 더 소중해."

"아니요, 바질, 꼭 말씀해주세요." 도리언이 한사코 고집을 부렸다. "전 알아야 할 권리가 있다고 생각합니다." 이제 그에게 공포심은 사라지고 호기심이 그 자리를 대신했다. 그는 바질 홀워드의 수수께끼를 밝혀내고 말리라 결심했다.

"이리 앉으세, 도리언." 화가가 곤혹스러운 표정으로 말했다. "이리 앉자고. 그리고 한 가지만 질문에 대답해주게. 혹시 그림에서 무슨 이상한 점을 발견한 적 있나 – 그러니까, 어쩌면 처음에는 별로 두드러지지 않았을지 모르지만, 어느 날 갑자기 확연히 드러나 보이는 그런 것?"

"바질!" 젊은이는 부들부들 떨리는 손으로 의자의 팔걸이를 꽉 움켜쥐고, 깜짝 놀라 이글이글 타오르는 눈빛으로 화가를 노려보며 소리쳤다.

"발견했군. 아무 말 말게. 자네에게 꼭 해야 할 말이 있으니, 일단 내 말을 다 들을 때까지 기다리게. 도리언, 자네를 처음 만난 순간부터, 자네의 강렬한 매력은 내게 엄청난 영향을 미쳤네. 내 영혼, 내 머리, 그리고 내 능력은 자네에게 온통 지배당하고 말았어. 자네는 내게 눈에 보이지 않는 이상적인 무엇, 마치 황홀한 꿈처럼 우리 예술가들의 뇌리에서 떠나지 않는 기억, 그런 이상의 화신이 되었네. 난 자네를 숭배했어. 그리고 자네와 이야기하는 모든 사람들에게 점점 질투가 났지. 자네의 모든 것을 독차지하고 싶었네. 자네와 단둘이 있을 땐 그저 행복해 어쩔 줄 몰랐어. 자네는 내 곁을 떠났지만 여전히 내 예술 안에 존재했었네……. 물론 나는 자네가 전혀 눈치채지 못하도록 행동했어. 눈치채게 하다니, 그건 있을 수 없는 일이었지. 자네는 이해하지 못했을 테니까. 아무렴, 나도 나 자신을 좀처럼 이해하지 못했는걸. 나는 단지 완벽한 사람을 눈앞에서 마주 보았다는 사실, 이제 세상이 내 눈앞에서 아름답게 변했다는 사실 외에는 아무것도 생각나지 않았네. 그래, 세상이 무척이나 황홀적어졌어. 아마 그처럼 열광적인 숭배에는 어떤 위태로움 같은 것, 말하자면 숭배의 대상을 지키기 위해 무릅써야 하는 위험 못지않게, 그것을 잃을지도 모른다는 위기감 같은 것이 있는 것 같아……. 한 주 한 주 시간이 흘렀고, 난 점점 더 깊이 자네에게 빠져들었지. 그러던 어느 날 새로운 단계가 찾아왔어. 그 무렵 난 섬세한 갑옷을 입은 파리스로, 사냥꾼의 망토를 입고 수퇘지를 잡은 반짝이는 창을 손에 든 아도니스로 자네를 그리고 있었지. 자네는 커다란 연꽃을 왕관처럼 머리에 얹고, 로마 황제 하드리아누스의 범선 뱃머리에 앉아 탁한 녹색 나일강을 응시했어. 그리스 숲 속 어느 잔잔한 연못에 몸을 굽히고, 고요한 은빛 수면에 비친 자신의 얼굴을 경이롭게 바라보기도 했지. 그 모습들은 예술이 추구해야 할 모든 것, 무의식적이고, 이상적이며, 감히 가까이 다가설 수 없는 바로 그러한 것들이었네. 그러던 어느 날, 그러니까 내가 때때로 운명의 날이라고 생각하는 바로 그날, 죽은 시대의 의상을 입은 자네 모습이 아니라 현재 살고 있는 이 시대를 배경으로, 평소에 입는 옷차림으로, 실제 자네 모습이 담긴 아름다운 초상화를 그려야겠다고 결심했지. 양식상 사실주의를 추구하려 했던 건지, 아니면 자네만의 강렬한 매력에 대한 경이로움을, 안개나 베일 없이 그렇게 직접적으로 드러나는 그 경이로움을 단순히 표현하고 싶었던 건지, 사실 잘 모르겠네. 하지만 한 가지는 분명히 알고 있어. 초상화를 작업하는 동안, 물감으로 얇게 색을 벗기고 입힐 때마다, 마치 내 비밀이 하나씩 드러나는 것 같았다는 사실 말이야. 내가 이토록 자네에게 심취해 있다는 걸 다른 사람들도 알게 될까봐 점점 두려웠어. 그러면서 느꼈네, 도리언, 내가 초상화에 너무나 많은 걸 표현했고, 그 속에 나 자신을 지나치게 많이 집어넣었다는 것을 말이야. 그래서 지난번, 절대로 그림을 전시하지 않기로 결심했던 거라네. 자네는 조금 화를 냈지만, 내가 한사코 전시를 하지 않으려는 이유가 무엇인지는 조금도 눈치채지 못했지. 해리에게 이 이야기를 했더니 그는 나를 비웃더군. 하지만 난 신경 쓰지 않았네. 마침내 그림이 완성되어 그림과 단둘이 마주 앉았을 때, 난 내가 옳다고 느꼈으니까⋯⋯. 한데, 그림이 내 화실을 떠난 지 며칠이 지나 그림의 존재가 주었던 주체할 수 없는 매력에서 벗어나는 즉시, 자네가 대단히 잘생겼고 내가 자네의 초상화를 그릴 수 있었다는 것 이상으로, 그림에서 무언가를 보았다고 상상했다는 자체가 참으로 어리석었다는 생각이 들지 뭔가. 지금도 나는 창작 과정에서 느끼는 열정이 그가 만든 작품 안에 고스란히 드러난다는 생각은 잘못됐다는 느낌을 떨칠 수가 없네. 예술은 우리가 상상하는 것 이상으로 추상적이기 마련이지. 형식과 색채는 형식과 색채를 말해줄 뿐이야. 그게 다라네. 예술은 예술가를 드러내는 것 이상으로 훨씬 완벽하게 예술가를 감춘다는 게 요즘 자주 드는 생각이야. 그래서 파리에서 그림을 전시하자는 제안을 받았을 때, 나는 내 작품 가운데 자네 초상화를 주요 전시 작품으로 내세우기로 마음먹었다네. 자네가 거절하리라고는 꿈에도 생각하지 못했어. 하지만 지금은 자네가 옳다는 생각이 드는군. 초상화는 전시되어서는 안 되네. 내 고백 때문에 화내지 말게, 도리언. 언젠가 해리에게도 말했다시피 자네는 숭배를 받도록 되어 있는 사람이야."

도리언은 길게 숨을 내쉬었다. 얼굴에는 다시 화색이 돌았고 입가에는 미소가 지어졌다. 위험은 끝났다. 당분간은 안전했다. 하지만 방금 자신에게 이런 뜻밖의 고백을 한 화가에게 무한한 연민을 느끼지 않을 수 없었고, 과연 자신도 한 친구의 강렬한 매력에 이토록 지배받을 수 있을까 궁금해졌다. 헨리 경은 위태로울 정도로 강한 매력을 지녔다. 하지만 그게 다였다. 진심으로 좋아하기에는 그는 너무 영리했고 지나치게 냉소적이었다. 자신의 영혼을 기묘하고 맹목적인 숭배로 가득 채워줄 누군가가 과연 나타나줄까? 그것이야말로 세상이 자신을 위해 준비한 선물 가운데 하나가 아닐까?

"정말 뜻밖이군, 도리언." 홀워드가 말했다. "초상화에서 그것을 발견했다니 말이야. 정말 그것을 알아보았나?"

"무언가를 보았습니다." 그가 대답했다. "굉장히 호기심을 끄는 무언가를 보았어요."

"자, 그럼 이제 내가 초상화를 봐도 되겠지?"

도리언이 고개를 저었다. "그런 부탁은 하지 말아주세요, 바질. 아무래도 전 당신을 저 초상화 앞에 서게 해드릴 수 없을 것 같습니다."

"그래도 설마 언젠가는 보여주겠지?"

"아니요, 영원히 그런 일은 없을 거예요."

"그래, 자네 생각이 옳을 거야. 그럼 난 이만 가보겠네, 도리언. 자네는 내 예술에 지대한 영향을 미친 내 인생의 단 한 사람이었네. 내 작품 가운데 어떤 것이든 수작이 나온다면 그건 다 자네 덕이야. 아! 오늘 그 많은 말들을 털어놓으면서 내가 얼마나 고통스러웠는지 자네는 모를 걸세."

"이봐요, 바질." 도리언이 말했다. "제게 무슨 말씀을 하셨다는 건가요? 당신이 저를 몹시 탄복하며 바라보았다는, 그런 말들뿐이었잖아요. 그건 찬사라고도 할 수 없는 말이에요."

"자네에게 찬사나 하려고 그런 말을 한 건 아니었네. 그건 고백이었어. 이제 할 말을 다 하고 나니 속에서 무언가가 빠져나간 것 같군. 아마도 열렬한 숭배의 마음은 결코 말로 표현해서는 안 되는 것인가보네."

"그런 거라면 그건 몹시 실망스러운 고백이었어요."

"이런, 도대체 자넨 뭘 기대한 건가, 도리언? 자네, 그림에서 아무것도 본 게 없군, 그렇지? 아무것도 발견하지 못했지?"

"그래요, 아무것도 본 게 없어요. 왜 그런 걸 물으시는 거죠? 그보다도, 당신은 숭배니 뭐니 하는 말을 해서는 안 되는 거였어요. 그건 정말 바보 같은 짓입니다. 당신과 나는 친구예요, 바질. 앞으로도 영원히 그래야 하고요."

"자네에게는 해리가 있지 않나." 화가가 서글프게 말했다.

"오, 해리요!" 젊은이가 깔깔대고 웃으면서 큰소리로 말했다. "해리는 낮에는 믿기지 않는 이야기를 하면서 시간을 보내고, 저녁에는 도무지 가능할 것 같지 않은 일을 하면서 시간을 보내요. 정말이지 내가 원하는 삶이 딱 그런 거지요. 하지만 지금 당장 나에게 무슨 문제가 생긴다면 해리를 찾아가지는 않을 것 같아요. 난 곧바로 당신을 찾을 겁니다, 바질."

"그럼 다시 내 그림의 모델을 해주겠나?"

"그건 불가능해요!"

"내 부탁을 거절한다면 자넨 예술가로서의 내 인생을 망치고 있는 거야, 도리언. 이상적인 모델을 두 명이나 만난 예술가는 아무도 없네. 아니, 한 명을 만나기도 어려운 일이지."

"이유는 말씀드릴 수 없습니다만, 바질, 다시는 모델이 되어드릴 수 없습니다. 초상화 안에는 알 수 없는 운명이 살아 있어요. 초상화는 제 나름의 인생을 살고 있단 말입니다. 어쨌든 언제 차나 한 잔 하러 화실에 들르지요. 그것만으로도 즐거운 일이잖아요."

"자네한테나 즐거운 일이겠지." 홀워드가 서운해하며 중얼거렸다. "아무튼 오늘은 이만 가보겠네. 초상화를 보여주지 않은 건 다시 한 번 유감이네. 하지만 어쩔 수 없지. 자네가 어떤 심정인지 충분히 이해해."

홀워드가 방을 나서자 도리언 그레이는 혼자 슬며시 미소를 지었다. 가여운 바질! 진짜 이유에 대해 이토록 아는 게 없다니! 더구나 하마터면 자신의 비밀을 폭로할 뻔했는데, 대신 아주 우연히 그의 비밀을 얻어내다니, 이 얼마나 기묘한 일인가! 바질의 뜻밖의 고백은 얼마나 많은 것을 말해주었던가! 화가의 터무니없는 질투, 열광적인 헌신, 지나친 찬사, 뭔가 꿍꿍이가 있는 것 같은 침묵 – 그는 이제 그 모든 것들을 이해하며 안타까운 마음이 들었다. 연애 감정으로 물들어버린 우정에 어쩐지 애처로움이 느껴졌다.

그는 한숨을 쉬었고, 곧이어 종을 쳤다. 어떻게든 초상화를 숨겨야 했다. 더 이상은 초상화가 발각될 위험을 무릅쓸 수 없었다. 단 한 시간이어도 그렇지, 그 많은 친구들이 수시로 들락거리는 방에 이렇게 내버려두었다니, 보통 정신 나간 짓이 아니었다.

10

하인이 들어왔을 때, 도리언 그레이는 혹시 장막 뒤의 그림을 엿보려 하지는 않을까 걱정이 되어 하인에게서 시선을 떼지 못했다. 하인은 매우 침착한 태도로 그의 지시를 기다렸다. 도리언은 담배에 불을 붙인 다음 거울을 향해 다가가 흘긋 보았다. 거울에 빅터의 얼굴이 선명하게 드러났다. 그 얼굴은 오로지 주인에게 복종할 뿐인 온화한 표정의 가면처럼 보였다. 저런 표정이라면 염려하지 않아도 될 것 같았다. 하지만 그래도 미리 조심하는 편이 최선이라고 생각했다.

그는 아주 느릿느릿한 말투로, 빅터에게 가정부를 불러달라고 한 다음, 액자 제작자에게 가서 지금 즉시 일꾼 두 명을 보내주십사 부탁하라고 지시했다. 하인이 방을 나설 때, 어쩐지 그의 시선이 장막 있는 곳을 두리번거리는 것 같다는 기분이 들었다. 아니면 그저 착각에 불과했을까?

잠시 후 쭈글쭈글한 양손에 구식 누빔 벙어리장갑을 끼고 검은색 실크 드레스를 입은 리프 부인이 부산스럽게 서재로 들어섰다. 도리언은 리프 부인에게 공부방 열쇠를 달라고 부탁했다.

"그 옛날 공부방 말씀인가요, 도리언 도련님?" 그녀가 소리쳤다. "이런, 그 방은 지금 온통 먼지투성이예요. 청소며 정리를 좀 해야 들어가실 수 있을 거예요. 지금으로서는 들어가실 수 있는 상태가 아니에요, 도련님. 지금은 절대 안 돼요."

"정리할 것 까지는 없어, 리프. 난 그냥 열쇠만 있으면 돼."

"세상에나, 도련님, 지금 들어가시면 온통 거미줄을 뒤집어 쓰실 거라고요. 주인어르신께서 돌아가신 후로, 그러니까 거의 오 년 동안 한 번도 그 방 문을 열어본 적이 없는걸요."

그는 할아버지 이야기가 나오자 잠시 움찔했다. 할아버지에 대한 기억이 진저리나게 싫었다. "그건 상관없어." 그가 대답했다. "난 단지 그 장소를 보고 싶을 뿐이야. 그뿐이라고. 그러니 열쇠를 줘."

"열쇠는 여기에 있습니다, 도련님." 노부인은 열쇠를 줘도 될지 확신이 서지 않는 듯 떨리는 손으로 열쇠 꾸러미를 건네며 말했다. "열쇠는 여기에 있어요. 제가 잠시 꾸러미에서 열쇠를 빼드리지요. 그런데 설마 그 안에서 생활하실 생각은 아니시지요, 도련님. 지금 이 방이 얼마나 편안한데요?"

"아니, 절대 그런 일은 없을 거야." 그가 토라진 듯한 말투로 크게 말했다. "고마워, 리프. 이제 그만 가도 돼."

하지만 부인은 잠시 그 자리에 서서 집안의 자질구레한 일들에 대해 한참 수다를 늘어놓았다. 그는 한숨을 쉬고는, 집안일이라면 그녀가 최선이라고 생각하는 방식으로 알아서 처리하라고 말했다. 부인은 환하게 미소를 지으며 방을 나섰다.

도리언은 공부방 문을 닫고 주머니에 열쇠를 넣은 후 방을 죽 둘러보았다. 할아버지가 볼로냐 근처의 어느 수녀원에서 발견한 17세기 후반 베네치아풍의 화려한 작품인, 금실로 빽빽하게 수놓은 커다란 자주색 공단 덮개에 시선이 갔다. 그래, 저걸로 그 끔찍한 물건을 덮어버리면 되겠다. 아마도 그 옛날에 관을 덮는 천으로 사용되었던 것일 터였다. 그렇다면 지금부터는 스스로 부패해가는, 죽음 자체의 부패보다 더 크게 부패해가는 무언가를 ─ 공포를 야기하지만 결코 죽지는 않을 무언가를 ─ 감추기 위해 사용될 것이다. 시체 곁에 구더기가 들끓듯, 캔버스 위에 물감으로 채색된 모습 곁에는 그의 죄악이 들끓으리라. 그 죄악들이 아름다운 외모를 훼손시키고 기품 있는 자태를 갉아먹겠지. 그리고 마침내 초상화의 고귀함을 더럽히고 수치스럽게 만들리라. 하지만 그럼에도 불구하고 이 물건은 영원히 죽지 않으리라. 초상화는 영원히 살아남으리라.

그는 온몸을 떨었고, 자신이 그림을 숨기고 싶어했던 진짜 이유를 왜 바질에게 말하지 않았는지 잠시 후회했다. 바질이라면 자신이 헨리 경의 영향을 받지 않도록, 그리고 무엇보다 자신의 기질에서 나오는 그보다 더 지독하고 악의적인 영향을 받지 않도록 도와주었을 것이다. 바질이 그에 대해 품은 사랑 – 사실상 그것은 사랑이었으니까 – 안에 고결하지 않고 지적이지 않은 것은 아무것도 없었다. 그 사랑은 의식적으로 느끼는, 그래서 의식이 쇠약해지면 사라지고 마는, 아름다움에 대한 육체적인 감탄에 불과한 것이 아니었다. 그 사랑은 미켈란젤로가 익히 경험했으며, 몽테뉴와 빙켈만, 그리고 셰익스피어가 경험한 바 있는 그런 사랑이었다. 그렇다, 바질이라면 그를 구해줄 수도 있었다. 하지만 지금은 너무 늦었다. 그래, 과거는 얼마든지 전멸시킬 수 있다. 후회도, 부정도, 망각도 모두 그럴 수 있다. 하지만 미래는 도저히 피할 도리가 없다. 그렇지만 그에게는 무시무시한 곳에서 출구를 찾아낼 열정이 있었고, 사악한 그림자를 현실로 만들 수 있으리라는 희망이 있었다.

그는 소파에서 일어나 소파를 덮은 자주색과 금색의 커다란 직물을 두 손에 들고 장막 안으로 들어갔다. 캔버스 위의 얼굴은 아까보다 더 사악해졌을까? 그림에는 아무런 변화가 없는 것 같았지만, 혐오스러운 느낌은 더욱 강해졌다. 황금빛 머리카락, 푸른 눈동자, 장밋빛 입술 – 전부 그대로였다. 바뀐 것은 단지 표정 하나뿐이었다. 잔인한 표정으로 인해 초상화의 얼굴은 소름 끼치도록 끔찍해졌다. 그 얼굴에 드러난 비난과 질책에 비하면, 시빌 베인에 대한 바질의 꾸짖음은 얼마나 가벼운 것이었는지 – 얼마나 가볍고, 또 얼마나 피상적이었는지! 그의 영혼이 캔버스를 통해 바라보면서 그에게 심판을 내리고 있었다. 그 순간 그의 얼굴 위로 고통스러운 표정이 스쳤고, 이내 그 화려한 천을 그림 위로 내던져버렸다. 그때 문 두드리는 소리가 들렸다. 그가 장막을 걷고 나오는데 하인이 들어왔다.

"일꾼들이 왔습니다, 도련님."

그는 하인을 즉시 해고해야겠다고 생각했다. 그림을 어디에 두었는지 하인이 알게 해서는 안 될 일이었다. 빅터에게는 어딘지 교활한 면이 있었고, 생각이 많은 눈빛은 어쩐지 신뢰가 가지 않았다. 그는 필기용 탁자 앞에 앉아, 무언가 읽을거리를 보내달라는 내용과 함께 그날 저녁 여덟 시 십오 분에 만나기로 한 약속을 잊지 말라는 내용의 쪽지를 헨리 경 앞으로 급히 써 내려갔다.

"기다렸다가 답장을 받아와." 그가 하인에게 쪽지를 건네주며 말했다. "일꾼들을 이리로 보내고."

이삼 분 뒤에 또다시 문 두드리는 소리가 들렸고, 사우스 오들리 가의 유명한 액자 제작자인 허버드 씨가 다소 투박하게 생긴 젊은 조수와 함께 안으로 들어왔다. 허버드 씨는 붉은 구레나룻을 기른 혈색이 좋고 키가 작은 남자로, 자신이 상대하는 대부분의 예술가들이 만성적인 가난에 시달리는 걸 보면서 예술에 대한 감탄을 부쩍 누그러뜨렸다. 그는 좀처럼 가게에서 벗어나지 않고 대체로 사람들이 찾아오길 기다리는 편이었다. 하지만 도리언 그레이는 언제나 예외였다. 도리언 그레이에게는 모든 사람을 매혹시키는 면이 있었다. 사람들은 그를 보는 것만으로도 무척 즐거워했다.

"무엇을 도와드릴까요, 그레이 도련님?" 그가 햇볕에 그을려 얼룩덜룩해진 포동포동한 손을 비비면서 말했다. "직접 찾아뵙는 게 도리라고 생각했습죠. 안 그래도 방금 아주 아름다운 액자가 들어왔거든요, 도련님. 어떤 판매상에게서 입수한 것입니다. 옛날 피렌체 액자랍니다. 아마도 폰트힐 대저택에 걸려 있던 게 아닌가 짐작됩니다. 종교화를 걸기에는 아주 안성맞춤이지요, 그레이 도련님."

"오시느라 정말 고생하셨습니다, 허버드 씨. 언제 한번 상점에 들러 액자를 보도록 하겠습니다만 - 지금으로서는 종교화에 그다지 관심이 많지 않아요 - 오늘은 집 맨 위층으로 그림 한 점을 운반해주시기만 하면 됩니다. 그림이 꽤 무거운 것이

어서, 허버드 씨의 일꾼 두 사람을 쓰고자 부탁했던 겁니다."

"얼마든지요, 그레이 도련님. 무슨 일이든 기꺼이 도와드려야지요. 작품은 어떤 건가요, 도련님?"

"이겁니다." 도리언이 장막을 걷으며 말했다. "이 그림을 덮개째 이 상태 그대로 옮길 수 있을까요? 계단을 올라가는 동안 긁히지 않았으면 해서요."

"어려울 거 없습죠, 도련님." 친절한 액자 제작자는 조수의 도움을 받아 초상화를 걸었던 긴 놋쇠 고리를 풀기 시작했다. "자, 그럼 이제 이 그림을 어디로 옮길까요, 도련님?"

"제가 안내해드리겠습니다, 허버드 씨. 기꺼이 저를 따라와주신다면요. 아니, 허버드 씨가 앞장서시는 편이 낫겠군요. 꼭 대기 층에서는 그편이 좋겠어요. 정면 계단으로 올라가도록 합시다. 그쪽이 더 넓으니까."

그가 허버드 씨와 조수를 위해 문을 열어주었고, 그들은 먼저 나와 계단을 오르기 시작했다. 진정한 배달꾼답게 신사가 힘을 쓰는 모습이 영 마음에 걸린 허버드 씨가 도리언의 비위를 맞춰가며 한사코 그를 만류했음에도 불구하고, 정교하게 만들어진 액자 특성상 그림의 부피가 상당했던 터라 도리언도 그들을 돕기 위해 팔을 걷어붙였다.

"옮기기에는 꽤 무게가 나가는데요, 도련님." 맨 위 층계참에 도착했을 때 키 작은 일꾼이 숨을 헐떡이며 말했다. 그리고는 손등으로 반들반들한 이마를 닦았다.

"상당히 무거울 거야." 도리언은 자기 인생의 기이한 비밀을 간직하고, 사람들의 눈으로부터 자신의 영혼을 숨겨줄 방으로 들어가는 문을 열기 위해 자물쇠를 열었다.

이 방에 들어와본 지 사 년이 넘었다 – 어릴 때 놀이방으로 처음 사용했고, 조금 자란 뒤에 공부방으로 이용한 후로, 단 한 번도 이 방에 들어온 적이 없었다. 크고 균형이 잘 잡힌 방은, 유난히도 자기 딸을 닮은 데다 그 밖에도 여러 가지 이유로 몹시 싫어하며 언제나 멀찍이 거리를 두려 했던 어린 손자를 위해, 저세상에 간 켈소 경이 특별히 마련한 것이었다. 도리언이 보기에 방은 거의 변한 게 없는 것 같았다. 어릴 때 자주 안에 들어가 숨곤 했던 커다란 이탈리아산 옷장은, 아름답게 채색된 환상적인 색깔들하며 지금은 녹이 슬고 색이 다소 바래긴 했지만 둥글게 깎아 금박을 입힌 모서리하며 모두 여전히 그대로였다. 모서리가 접힌 그의 교과서들로 가득 채워진 새틴우드 책꽂이도 그대로 있었다. 책꽂이 뒤 벽에는, 빛바랜 왕과 여왕이 정원에서 체스를 두는 동안 한 무리의 매 사냥꾼들이 목이 긴 장갑을 낀 손목 위에 두건을 뒤집어씌운 새들을 올려놓고 말을 타고 지나가는 모습이 수놓인, 이제는 낡고 누덕누덕해진 플랑드르산 태피스트리가 예전과 다름없이 걸려 있었다. 이 모든 것들이 어찌나 생생한지! 방 안을 둘러보는 동안 외롭던 어린 시절이 낱낱이 떠올랐다. 흠 없이 순수하던 소년 시절을 떠올리자, 자신에게 불행을 초래할 초상화를 하필이면 이곳에 숨겨두어야 한다는 사실이 끔찍하게 여겨졌다. 지나간 그 시절, 어쩌면 그렇게도 자신의 앞일을 까맣게 모르고 있었을까!

하지만 엿보는 눈초리에서 벗어나려면 집 안에서 이곳만큼 안전한 장소도 없었다. 열쇠는 그가 가지고 있었기 때문에 다른 사람은 아무도 이 방에 들어올 수 없었다. 캔버스에 그려진 얼굴은 자줏빛 덮개 아래에서 차츰 짐승처럼 흉측하고 무표정한 모습으로 더러워질 것이다. 그런들 무슨 상관이겠는가? 어차피 이 그림을 볼 수 있는 사람은 아무도 없을 텐데. 그 자신조차 보지 않을 것이다. 자신의 영혼이 끔찍하게 썩어가는 모양을 왜 지켜보아야 하는가? 그는 젊음을 지녔고 – 그거면 충분했다.

게다가 결국 본성이 점점 훌륭해질지 모를 일 아닌가? 미래가 수치로만 가득 차리라는 법은 없었다. 인생에 또다시 사랑이 찾아와 그를 정화시키고, 이미 영혼과 육체를 뒤흔들어놓은 것 같은 죄악들로부터 – 그림에는 묘사되지 않은 기이한 죄악, 너무나 수수께끼 같은 특성으로 인해 미묘함에 매력까지 더해진 죄악들로부터 – 자신을 지켜줄지도 모를 일이었다. 또 누가 알겠는가. 그러다 어느 날, 섬세한 진홍빛 입가에서 잔인한 표정이 사라지고, 마침내 바질 홀워드의 걸작을 세상에 보여줄 수 있는 날이 찾아올지.

아니, 그건 있을 수 없는 일이었다. 시간이 갈수록, 한 주 한 주가 지날수록, 캔버스 위의 얼굴은 점점 늙어가고 있었다. 죄악으로 인한 섬뜩한 표정은 피할 수 있을지 모르지만, 나이를 먹어 추해진 얼굴은 어쩔 도리가 없었다. 두 뺨은 야위거나 축 늘어질 것이다. 초점 잃은 눈동자 주위로 눈가의 잔주름이 하나둘씩 늘어 어느새 두 눈은 흉측해질 것이다. 머리카락은 윤기를 잃을 테고, 입은 헤벌어지거나 늘어지며, 늙은이들이 입 밖에 내는 말들이 늘 그렇듯 어리석은 말이나 천박한 말들을 입에 올릴 것이다. 어린 시절 그토록 엄했던 할아버지의 모습에서 보았듯이 목에는 주름이 지고, 차가운 손에는 푸르스름한 정맥이 튀어나오며, 몸은 구부정해지겠지. 초상화를 반드시 숨겨야 할 것 같았다. 그 수밖에 방법이 없었다.

"안으로 가지고 와주세요, 허버드 씨." 그가 돌아서며 지친 목소리로 말했다. "밖에 너무 오래 서 계시게 해서 죄송합니다. 뭘 좀 생각하느라."

"잠시 쉬는 건 언제나 좋은 일이지요, 그레이 도련님." 액자 제작자가 여전히 숨을 헐떡이며 대답했다. "그림을 어디에 둘까요, 도련님?"

"오, 아무 데나 두세요. 여기에 두지요. 여기가 좋겠어요. 어차피 걸어둘 건 아니니까요. 그냥 벽에 기대 세우세요. 고맙습니다."

"작품을 한번 봐도 될까요, 도련님?"

도리언은 깜짝 놀랐다. "별로 관심을 끌 만한 건 못됩니다, 허버드 씨." 그가 남자를 경계하며 말했다. 자신의 삶의 비밀을 가리고 있는 저 화려한 직물을 그가 감히 들추기라도 한다면, 당장 달려들어 바닥에 내동댕이치고 말리라 벌써부터 마음먹고 있었다. "이제 더 이상 고생하지 않으셔도 되겠습니다. 친절하게도 이렇게 와주셔서 정말 감사합니다."

"천만에요. 얼마든지 괜찮습니다, 그레이 도련님. 불러만 주시면 언제든 도움이 될 준비가 되어 있습죠, 도련님." 허버드 씨는 이렇게 말하고 쿵쿵 소리를 내며 계단을 내려갔고, 조수는 잘생겼다고 볼 수 없는 투박한 얼굴에 경이로운 표정을 감추지 못한 채 주뼛주뼛 도리언 그레이를 돌아보면서 주인의 뒤를 따라갔다. 그들의 발자국 소리가 사라지자, 도리언은 방문을 잠그고 주머니에 열쇠를 집어넣었다. 그제야 비로소 안심이 됐다.

이제 아무도 그 끔찍한 물건을 보지 못하리라. 자기 말고는 그 누구도 영원히 자신의 수치를 알아보지 못하리라.

서재에 다다르자 어느새 다섯 시가 막 지났고, 벌써 찻상이 차려져 있었다. 향기를 풍기는 검은색 나무 표면을 진주로 뺙

빽하게 장식한 작은 탁자는, 상습적으로 병을 달고 살아 지난 겨울을 카이로에서 보내고 온 후견인의 아내 래들리 부인이 선물한 것이다. 찻상에는 헨리 경이 보낸 쪽지와 함께, 표지가 약간 찢어지고 모서리가 조금 더럽혀진 채 누런 종이로 장정된 책 한 권이 놓여 있었다. 그리고 차 쟁반 위에는 '세인트 제임스 신문' 제 삼판이 한 부 놓여 있었다. 빅터가 돌아온 게 분명했다. 액자 제작자와 조수가 집을 나설 때 빅터가 홀에서 그들과 마주치지는 않았는지, 그들에게 뭘 하다 나왔는지 교묘히 알아본 건 아닌지 궁금했다. 빅터는 그림이 없어진 걸 알아차리고 말리라 ─ 아니, 차며 책 따위를 준비하는 동안 벌써 알아챈 게 분명했다. 장막은 제 모양대로 정리되어 있지 않았고, 벽에는 그림이 사라진 빈자리가 휑하니 눈에 띄었다. 어쩌면 어느 날 밤 빅터가 살금살금 계단을 올라가 억지로 방문을 열려고 애쓰는 모습을 발견하게 될지도 몰랐다. 집 안에 염탐꾼을 둔다는 건 무서운 일이었다. 몰래 편지를 읽거나, 대화를 엿듣거나, 주소가 적힌 카드를 집어 들거나, 베개 밑에서 시든 꽃이나 구겨진 레이스 조각을 발견한 하인에게 평생 공갈 협박에 시달렸다는 부유층 사람들 이야기를 들은 적이 있었다.

그는 한숨을 쉰 다음 찻잔에 차를 조금 따르고 나서 헨리 경이 보낸 쪽지를 펼쳤다. 석간신문 한 부와 그가 흥미로워할 책한 권을 보냈으며, 여덟 시 십오 분에 클럽에 가 있겠다는 간단한 내용이 적혀 있었다. 그는 '세인트 제임스 신문'을 심드렁하게 펼쳐 들고 죽 훑어보았다. 다섯 번째 장, 붉은색 연필로 표시한 부분에 눈길이 갔다. 그리고 이러한 내용이 그의 주의를 끌었다.

여배우에 관한 수사 진행 – 오늘 오전 혹스턴 거리의 벨 테이번에서 지역 검시관 댄비의 주도하에. 홀번의 로열 극단과 최근 계약을 맺은 젊은 여배우 시빌 베인의 사체 검시가 이루어졌다. 검시 결과 사인은 사고로 밝혀졌다. 사체 부검을 맡은 비렐 박사의 증언을 듣고 또 직접 사건 경위를 진술하는 동안 큰 충격을 받은 고인의 어머니에게 심심한 조의를 표하는 바다.

그는 눈살을 찌푸렸고, 방을 가로질러 가면서 신문을 북북 찢어 그 조각들을 내던졌다. 이 모든 일들이 불쾌하기 짝이 없었다! 어쩌면 이렇게도 끔찍하고 비열하고 추악하고 진절머리 나게 일을 꾸밀 수가 있을까! 그는 헨리 경이 자신에게 이런 기사를 보냈다는 사실이 불쾌하게 여겨졌다. 더구나 붉은색 연필로 그 부분을 표시하다니, 이건 분명 어리석은 짓이었다. 어쩌면 빅터가 이 기사를 읽었을지도 몰랐다. 그는 이 정도 영어는 충분히 이해하고도 남을 테니까.

그래, 틀림없이 그는 기사를 읽었을 테고, 벌써 뭔가 의심스러운 낌새를 차리기 시작했을지 모른다. 가만, 그렇다 하더라도 그게 뭐가 어쨌다는 거지? 도리언 그레이가 시빌 베인의 죽음과 무슨 상관이 있다고? 두려워할 건 없다. 도리언 그레이가 그녀를 죽인 건 아니었으니까.

이제 그의 시선은 헨리 경이 보낸 누런색 책으로 향했다. 대체 무슨 책일까, 궁금했다. 그는 진줏빛 작은 팔각형 탁자를 향해 다가갔다. 이 탁자를 볼 때마다 은으로 무언가를 만든다는 희한한 이집트 벌들의 작품인 것만 같았다. 책을 집어 들고 안락의자에 털썩 앉은 다음 책장을 넘기기 시작했다. 몇 분이 지나자 어느새 책 속에 푹 빠져들었다. 지금까지 읽어본 책 가운데 가장 이상한 책이었다. 세상의 온갖 죄악들이 더할 나위 없이 아름다운 의복을 입고 섬세한 플루트 선율에 맞추어 그의 앞에서 무언의 몸짓을 하며 지나가고 있었다. 그가 막연히 꿈꾸었던 것들이 문득 현실이 되어 나타났다. 한 번도 꿈꿔본 적 없는 것들도 서서히 그 모습을 드러내기 시작했다.

책은 플롯은 없고 등장인물은 한 명뿐인 소설이다. 간단히 설명하자면, 자신이 사는 시대를 제외한 모든 시대의 온갖 열정과 사고방식을 19세기에 실현시키려 노력하는가 하면, 현명한 사람들이 여전히 죄악이라고 부르는 자연스러운 반항만큼이나 지각없는 사람들이 미덕이라고 부르는 금욕을 단지 그 인위적인 성격 때문에 사랑하는 한편, 세계정신이 관통하는 다양한 풍조를 자신의 내면 안에 소위 집대성이라는 걸 하기 위해 노력하면서 평생을 보낸, 파리의 한 젊은이가 쓴 심리 연구서라고 할 수 있었다. 사용된 문체는 선명한 동시에 모호했으며, 프랑스 상징주의자들 가운데 가장 훌륭한 몇몇 예술가들의 작품을 특징짓는 은어와 고어, 전문적인 표현과 복잡한 구문으로 가득 차, 책의 내용을 복잡 미묘하게 장식했다. 그 안에는 난초와도 같고 미묘한 색채와도 같은 기괴한 은유들이 있었다(오스카 와일드에게 난초는 인위성과 부절제를 암시한다). 감각적인 삶이 신비 철학의 용어로 묘사되었다. 중세 성인의 종교적인 무아경에 대해 읽고 있는 건지, 현대 죄인의 병적인 고백을 듣고 있는 건지 이따금 좀처럼 알 수 없을 때가 있었다. 독성이 꽤 강한 책이었다. 각 장마다 짙은 향기가 배어 머리를 어지럽히는 것 같았다. 문장은 정교하게 반복되는 복잡한 후렴과 박자로 가득 차 있어, 책장을 한 장 한 장 넘길 때마다 문장의 단순한 운율과 미묘한 음악적 단조로움이 젊은이의 마음속에 몽상과 같은 형태를, 꿈을 꾸는 것 같은 나른함을 만들어, 날이 저무는지 그림자가 스멀스멀 다가오는지 미처 의식하지 못하게 만들었다.

구름 한 점 없이 단 하나의 별이 외롭게 떠 있는 녹청색 하늘이 어슴푸레 창문 사이로 드러났다. 그는 더 이상 읽을 수 없을 때까지, 희미하게 비치는 햇빛에 의지해 계속해서 책을 읽었다. 그러다 하인이 약속 시간에 늦었다고 몇 번이나 상기 시킨 후에야 비로소 자리에서 일어나 옆방으로 들어가서, 침 대 곁에 놓인 작은 피렌체산 탁자 위에 책을 올려놓고 만찬에 참석하기 위해 옷을 갈아입기 시작했다.

거의 아홉 시가 다 되어 클럽에 도착해, 지루해 못살겠다는 표정으로 거실에 혼자 있는 헨리 경을 발견했다.

"정말 죄송해요, 해리." 그가 큰소리로 말했다. "하지만 정말 이지 이번엔 순전히 당신 잘못이에요. 당신이 보내주신 그 책 이 어찌나 재미있던지 시간 가는 줄 몰랐으니까요."

"그렇군. 자네가 좋아할 줄 알았어." 헨리 경이 의자에서 일 어서며 대답했다.

"그 책을 좋아한다고 말하지는 않았어요. 그냥 재미있다고 했지요. 좋아하는 것과 재미있는 것은 상당히 다릅니다."

"오, 자네가 그걸 깨달았다 이거지?" 헨리 경이 중얼거리며 말했다. 곧이어 두 사람은 식당으로 들어갔다.

11

도리언 그레이는 몇 년 동안 이 책의 영향에서 벗어날 수가 없었다. 아니, 벗어나기 위해 애쓴 적이 단 한 번도 없었다고 말하는 편이 더 정확할지 모른다. 그는 파리에서 책의 초판 가운데 대형 판본을 아홉 권이나 구입해 각각 다른 색깔로 장정한 다음, 수시로 일어나는 변덕과 변화무쌍한 공상 같은 것들이 이따금 도무지 통제가 되지 않을 때면 그때마다 내키는 대로 골라 읽었다. 책의 주인공, 그러니까 낭만적인 기질과 과학적인 기질이 매우 기묘하게 뒤섞인 파리의 훌륭한 젊은 이는, 도리언에게 자신의 앞날을 미리 보여주는 일종의 전형적인 인물이 되었다. 뿐만 아니라 아직 살아보지 못한 미래까지 자신의 모든 인생 이야기가 실제로 이 책 전체에 담겨 있는 것 같았다.

한 가지 점에서 그는 환상적인 소설의 주인공보다 운이 좋았다. 한때 모두가 인정할 정도로 뛰어난 미모를 지닌 파리의 젊은이가 갑작스레 미모를 잃게 되면서 너무 이른 나이에 알아버린 거울에 대한 공포, 반들반들한 금속 표면과 잔잔한 수면에 대한 다소 그로테스크한 공포를 도리언은 결코 알지 못했으며, 사실상 알아야 할 이유가 전혀 없었다. 책의 후반부에는 다른 사람들 안에서 그리고 세상 속에서 자신이 가장 소중하게 여긴 것을 잃어버린 한 사람의 슬픔과 절망에 대한 이야기가 몹시 비극적으로, 다소 지나치게 과장된 면이 없지 않지만, 어쨌든 대단히 비극적으로 전개되어, 그 부분을 읽을 때면 잔인한 즐거움을 — 모든 쾌락이 당연히 그렇듯 거의 모든 즐거움에는 잔인함이 존재하니까 — 느끼곤 했다.

그도 그럴 것이 바질 홀워드는 물론이려니와 곁에 있는 많은 사람들을 그토록 매혹시킨 놀라운 미모가 도리언 그레이에게서는 한순간도 떠난 적이 없는 것 같았기 때문이다. 때로 그의 생활 방식에 대한 희한한 소문이 런던 일대에 좍 퍼져 클럽의 수다거리가 됐을 때조차도, 그를 해하는 매우 악랄한 이야기를 들은 사람조차도, 일단 그의 외모를 보면 누구도 그의 명예에 흠이 갈 만한 소문을 믿을 수가 없었다. 언제나 그는 세상의 더러움에 물들지 않은 사람 특유의 표정을 짓고 있었다. 도리언에 대해 거칠게 험담하던 사람들도 막상 그가 들어서면 입을 다물었다. 그의 얼굴에서 드러나는 순결한 표정이 어쩐지 그들을 꾸짖는 것만 같았다. 사람들은 단지 그의 존재만으로도 자신들이 더럽혀놓은 그 옛날 천진무구한 시절을 떠올리는 듯했다. 나이를 먹을수록 따라붙는 천박하고 육욕적인 타락으로부터 그가 어떻게 벗어날 수 있었는지, 더불어 어떻게 그토록 매력적이고 우아할 수 있는지 모두들 의아하게 여겼다.

도리언 그레이는 그의 친구들 혹은 그의 친구라고 생각하는 사람들 사이에서 야릇한 억측들이 난무할 정도로 비밀리에 장기간 집을 비우는 때가 잦았다. 그렇게 떠난 후 다시 집에 돌아오면 곧바로 슬그머니 계단을 올라가 자물쇠를 채운 방문 앞에 서서, 한 번도 몸에서 내려놓은 적이 없는 열쇠로 문을 열고 들어가, 바질 홀워드가 그려준 자신의 초상화 앞에 서서 캔버스 위의 늙고 사악한 얼굴을 바라본 다음, 이제 그 곁에 윤이 나게 닦인 거울 속에서 자신을 향해 활짝 웃고 있는 젊고 아름다운 얼굴을 들여다보곤 했다. 그 현저한 대조가 그의 쾌감을 자극했다. 그는 점차 자신의 미모에 반했고, 자신의 영혼이 점차 타락하는 모습에 흥미를 느꼈다. 때로는 소름 끼치도록 기괴한 환희를 느끼면서, 때로는 죄악의 흔적이 더 끔찍할지 노화의 흔적이 더 끔찍할지 궁금해하면서, 주름진 이마를 시들게 하고 늘어지고 음탕해진 입을 쭈글쭈글하게 만드는 흉측한 선을 세심하게 관찰했다. 그림 속의 붇고 거칠어진 손 옆에 자신의 하얀 손을 올려놓으며 미소를 짓기도 했다. 보기 흉한 몸과 노쇠해가는 팔다리를 보며 조롱도 했다.

잠 못 이루는 밤이면 은은한 향기가 나는 자신의 방이나, 이제는 아예 가명을 쓰고 변장까지 하며 습관적으로 빈번하게 드나드는 지저분하기로 유명한 선창가 선술집에 누워, 자신의 영혼을 살찌운 타락에 대해 생각에 잠기곤 했다. 순전히 이기적인 마음에 그 무엇보다 자신에게 사무치는 연민을 느끼면서. 하지만 그런 순간들이 그리 자주 있는 건 아니었다. 친구의 정원에 함께 앉아 이야기를 나누던 그날, 헨리 경이 처음으로 불어넣어주었던 인생에 대한 호기심은 충족되면 될수록 그 정도가 더욱 커지는 것 같았다. 알면 알수록 더 많은 걸 알고 싶었다. 채우면 채울수록 더욱 게걸스러운 탐욕에 대한 갈망을 느꼈다.

하지만 그는 최소한 사교계에서만큼은 조금도 무모하게 행동하지 않았다. 겨울에는 매달 한두 번씩, 본격적으로 사교 생활을 하는 오월부터 칠월 사이에는 매주 수요일 저녁마다, 세상 사람들에게 자신의 아름다운 저택을 활짝 공개했고, 당대의 가장 유명한 음악가들을 불러들여 그들이 연주하는 훌륭한 음악으로 손님들의 넋을 빼앗았다. 준비부터 마무리까지 언제나 헨리 경의 도움을 받은 조촐한 그의 만찬은 이국적인 꽃들, 수를 놓은 식탁보, 금과 은으로 만든 골동품 접시들이 미묘하게 조화를 이루어 배치되었으며, 그에 못지않게 초대할 손님들을 선정하는 것은 물론이요, 그들의 자리를 정하는 일들까지 하나하나 세심하게 이루어지는 것으로 유명했다. 사실상 많은 사람들, 특히 아주 젊은 남자들 사이에서는, 그들이 이튼이나 옥스퍼드 시절에 종종 꿈꾸었던 전형적인 인물, 학자가 갖추어야 할 진정한 교양과 세계 시민으로서 갖추어야 할 기품과 뛰어난 외모, 완벽한 예절 같은 것들을 두루 겸비한 전형적인 인물을 도리언 그레이에게서 보았거나 보았다고 생각했다. 그들에게 도리언 그레이는 단테가 묘사한 이른바 '미를 숭배함으로써 스스로 완벽해지기' 위해 애쓰는 부류에 속하는 것 같았다. 고티에가 언급했던 것처럼 그는 '가시적인 세계가 존재해야 할' 이유가 되는 그런 사람이었다.

또한 그에게는 삶 자체가 모든 예술 가운데 단연 가장 으뜸이고 가장 훌륭한 예술이었으며, 그렇기 때문에 다른 모든 예술은 그저 준비 과정에 지나지 않는 것 같았다. 사실상 허상에 불과하지만 잠시 동안 보편적으로 통용되는 유행이라든지, 나름대로 아름다움의 완전무결하며 현대적인 표현이라고 주장하려는 시도인 댄디즘은 당연히 그의 마음을 유혹하는 매력을 지녔다. 그가 옷을 입는 방식이며 때때로 그가 애용하는 특정스타일은 메이페어(런던 하이드파크 동쪽에 위치한 고급 주택지)의 무도회와 팰멜 가의 여러 클럽을 드나드는 멋 부리기 좋아하는 젊은이들에게 엄청난 영향을 미쳐 모두들 그의 일거수일투족을 똑같이 따라하는가 하면, 그가 적당히 진지한 태도로 우아하게 멋을 낸 모양에서 의도하지 않게 드러난 매력까지 똑같이 재현하려 애썼다.

그도 그럴 것이, 그는 성인이 되자마자 자신에게 부여된 지위를 기꺼이 받아들였고, 네로 황제 시대에 로마에서 『사티리콘』(로마의 작가 페트로니우스의 작품으로 전해지는 시를 혼용한 산문 풍자소설로서 문학사상 악한 소설의 선구이다)의 저자가 행했던 것을 당대 런던에서도 실제로 재현해볼 수 있으리라는 생각에 사실상 묘한 쾌감을 발견하는 한편, 마음 깊은 곳에서는 단지 '취미와 예의범절의 권위자' 이상의 무언가가 되기를, 장신구를 걸치고, 넥타이를 매고, 지팡이를 드는 방법을 상담해줄 수 있는 사람이 되기를 열망했다. 또한 이성적인 철학과 정돈된 원칙을 갖춘 새로운 인생 계획을 정교하게 만들고, 감각을 정화하며 그 최상의 실현을 달성하려 노력했다.

자신의 힘으로는 도무지 이겨내지 못할 것 같은 열정과 감각을 자신보다 열등한 존재 형태들은 잘도 즐기고 있다는 걸 깨달은 인간들은 그 열정과 감각에 당연히 본능적으로 공포를 느끼게 되었고, 그리하여 감각의 숭배에 대해 수시로 많은 정당성을 부여하며 비난을 가했다. 역사를 거쳐온 인간들의 모습을 되돌아볼 때면 그는 상실감을 떨칠 수가 없었다. 인간들은 얼마나 많은 것을 포기하며 살았던가! 그것도 너무나 하찮은 목적을 위해! 무분별하고 고의적인 거부가 있었고 극악한 형태의 고행과 자기부정이 있었으니, 그 근원은 두려움이었으며 그 결과는 상상 속의 타락보다 훨씬 더 끔찍한 타락이었다. 그로 인해 인간들은 그들의 무지 속에서 '자연'으로부터 벗어나려고 발버둥쳐왔다. 은자들을 불러내 사막의 야생동물들과 함께 음식을 먹게 하고 수행자들에게 들판의 짐승들을 친구 삼게 하는, 불가사의한 아이러니를 보여주는 '자연'으로부터 말이다.

그렇다, 헨리 경이 예견했던 것처럼 삶을 재창조할 새로운 쾌락주의가 태어나야 한다. 그래서 지금 이 시대에 희한한 방식으로 소생하고 있는 가혹하고 볼썽사나운 청교도주의로부터 삶을 구해내야 한다. 분명 지성이 그 역할을 하리라. 그렇지만 어떠한 방식으로든 열정적인 경험을 희생시키려는 이론이나 체계는 그 무엇도 받아들여서는 안 되리라. 쾌락주의의 목표는 실로 경험 자체가 되어야 하되, 달든 쓰든 경험의 열매가 되어서는 안 된다. 쾌락주의는 감각을 무디게 하는 저속한 방종만큼이나 감각을 죽이는 금욕 또한 결코 알지 못하리라. 하지만 오직 순간뿐인 인생의 매 순간에 몰입하도록 가르치리라.

죽음과 사랑에 빠졌다고 할 만큼 꿈도 없는 잠을 자고 난 후, 혹은 섬뜩하고 기형적인 즐거움 속에서 밤을 보낸 후, 다시 말해 현실 자체보다 더 무서운 환영은 물론이려니와 모든 기괴함 속에 잠복해 있는 힘찬 생명력을 지닌 직관들까지, 특히나 몽상이라는 질병으로 인해 정신적으로 고통을 겪는 사람들의 예술이라는 고딕 예술에 영원한 생명을 부여하는 직관들까지 뇌 속의 방들을 뒤져 모조리 쓸어 없앤 그런 밤을 보낸 후, 이따금 새벽이 오기 전에 눈을 떠보지 않은 사람은 거의 없으리라. 그런 새벽이면 하얀 손가락들이 커튼을 젖히고 스멀스멀 다가와 커튼이 파르르 떨리는 것 같다. 무언의 그림자들은 기괴한 모양의 검은 형체가 되어 방 한구석에 기어 들어와 웅크리고 앉는다. 밖에서는 나뭇잎 사이로 새들이 파르락 날아가는 소리, 사람들이 일터로 향하는 소리가 들리고, 언덕에서 내려온 바람은 잠자는 사람들을 깨우려니 두렵긴 하지만 어떻게든 자줏빛 동굴 밖으로 잠을 불러내긴 해야겠는지, 한숨을 쉬고 흐느끼면서 고요한 집 주위를 떠돌아다닌다. 거즈처럼 성글고 탁한 겹겹의 베일이 들려 올라가고 사물의 형체와 색깔들이 차츰 제 모습을 드러내면, 우리는 어스름 새벽이 고대의 양식대로 세상을 개조하는 모양을 지켜본다. 희미한 거울은 그 속의 모방된 삶을 회복한다. 불꽃이 꺼진 작은 초는 남겨놓은 그대로 서 있고, 그 곁에는 공부하다 펼쳐둔 책이나 무도회 때 옷에 꽂았던 철사 달린 꽃, 두려워 읽지 못했거나 틈만 나면 읽었던 편지가 놓여 있다. 우리에게는 그 무엇도 변한 것이 없는 듯하다. 비현실적인 밤의 그림자들로부터 벗어나 이제 익히 알고 있는 현실이 돌아온다. 우리는 떠나온 그곳에서 다시 현실을 시작해야 하고, 바로 그 자리에서 매일 판에 박힌 듯 똑같이 반복되는 지루한 일상을 살기 위해 끊임없이 에너지가 필요하리라는 두려움이 엄습하는 걸 느끼거나, 아니면 쾌락을 위한 어둠 속에서 새로이 개조된 세상을 기대하며, 혹은 사물이 새로운 모양과 색을 지니고 변화되어 색다른 비밀들을 간직한 세상을 기대하며, 혹은 과거는 거의 또는 전혀 자리 둘 곳이 없거나 어쨌든 과거가 남아 있기는 하되 의무나 후회라는 의식적인 형태 속에서가 아니라 쓰라림을 지닌 기쁨이라는 균형 잡힌 기억과 고통을 지닌 쾌락이라는 조화로운 추억 속에서 살아남은 그러한 세상을 기대하며 뜨거운 갈망으로 어느 날 아침 눈꺼풀을 들어 올릴지 모른다.

바로 이러한 세상을 창조하는 것이야말로 도리언 그레이에게는 삶의 진정한 목적, 혹은 진정한 목적들 가운데 하나인 것 같았다. 그래서 그는 신선하고 즐거운 동시에 로맨스에 반드시 필요한 요소인 무언가 미묘한 감각을 찾으면서, 자신의 본성과는 상당히 이질적이라고 여겼던 특정한 사고방식을 자주 선택했고, 그 미묘한 영향력에 스스로를 내던졌다. 그러고는 그 영향력이 지닌 색채를 파악해 자신의 지적 호기심을 만족시키는 한편, 대단히 열정적인 기질과 양립되며, 일부 현대 심리학자들에 따르면 종종 그러한 기질의 조건이기도 한 희한한 무관심으로 그것을 방치하곤 했다.

한때는 도리언 그레이가 곧 로마 가톨릭 교회의 신자가 될 거라는 소문이 돌기도 했는데, 사실 그는 언제나 로마 가톨릭 교회의 예식에 엄청난 매력을 느껴왔다. 고대 세계의 그 모든 희생제보다 실로 훨씬 더 깊은 경외감을 일으키는 매일의 희생제는, 그 요소요소들의 원시적인 단순함과 그것이 상징화하려는 인간 비극에 대한 영원한 비애감 때문에도 그렇지만, 무엇보다 감각의 흔적을 훌륭하게 배제하였기에 그의 마음을 움직였다. 그는 차가운 대리석 바닥에 무릎을 꿇고 앉는 것이 무척 좋았다. 꽃무늬가 수놓인 제의를 입은 신부가 하얀 손으로 감실에 덮인 베일을 천천히 옆으로 밀어젖히는 모습과, 간혹 사람들이 실제로 천국의 빵, 천사들의 빵, 혹은 수난하신 그리스도의 옷에 덮인 빵이라고 기꺼이 믿는 파리한 빛깔의 성체가 담긴 랜턴 모양의 보석 박힌 성작을 높이 들어 올리는 모습과, 성작 안으로 성체를 쪼개고 죄 사함을 위해 가슴을 치는 모습을 바라보는 것이 좋았다. 주홍색 복사복에 띠를 두른 엄숙한 표정의 소년 복사들이 커다란 금빛 꽃을 흔들듯 연기 나는 향로를 허공에 흔드는 모습은 묘한 매력을 주었다. 어두운

고해소를 지나갈 때면 경이로운 기분으로 그곳을 바라보며, 그 가운데 어느 한곳 어둠침침하게 그림자가 비치는 자리에 앉아, 낡은 격자무늬 창을 통해 각자 살아온 진실한 이야기를 낮은 목소리로 속삭이는 남자 여자들의 이야기를 엿듣고 싶은 마음이 간절했다.

하지만 그는 교리나 체제를 형식적으로 받아들임으로써 자신의 지적인 발전을 방해받거나, 단지 하룻밤, 별도 없고 달은 아직 산고를 겪고 있는 깜깜한 한밤중 고작 몇 시간 동안 머무르기에 알맞은 여관과 평생 거주할 집을 혼동하는 실수는 결코 저지르지 않았다. 흔한 일을 낯설게 만드는 놀라운 힘을 지닌 신비주의와 늘 그것과 함께하는 것 같은 미묘한 도덕률 폐기론이 한 계절 동안 그를 움직였다. 그런가 하면 어느 한 계절에는 독일에서 일어난 다윈주의 운동이라는 유물론적 학설에 심취해, 정신적으로 병적이거나 건강하다든지 육체적으로 정상적이거나 질병이 있다든지 하는 특정한 건강 상태에 인간의 영혼이 전적으로 의존한다는 개념을 무척 흥미로워하면서, 두뇌의 진주빛 세포나 인체의 새하얀 신경에서 인간의 생각과 열정의 근원을 밝혀내는 데에 기이한 쾌감을 발견했다. 그렇지만 앞서 그에 대해 언급했던 것처럼, 그에게는 삶에 관한 어떠한 이론도 삶 자체에 비하면 전혀 중요하지 않은 것 같았다. 그는 제아무리 지적인 사색이라 할지라도 실천 및 실험과 분리될 때 얼마나 무력한지 예리하게 인식했다. 그리고 영혼 못 지않게 감각에도 밝혀내야 할 정신적인 수수께끼들이 있음을 알고 있었다.

따라서 이제 그는 향이 짙은 오일을 증류하고 동방에서 건 너온 향기 나는 수지를 태우는 등, 향수와 향수 제조의 비밀을 연구하기 시작했다. 마음속 감정에 감각적인 생명과 대응되는 부분이 없지 않으리라 보고 둘 사이의 진정한 관계를 밝히기 위해 매진했으니, 유향 속의 어떤 성분이 인간을 신비주의적 으로 만드는지, 용연향의 어떤 성분이 열정을 자극하는지, 제 비꽃 안에 있는 어떤 성분이 죽은 연애 감정에 대한 기억을 일 깨우는지, 사향의 어떤 성분이 인간의 두뇌를 어지럽히는지, 챔팩나무(목련과의 나무로 힌두교 사원에서 주로 발견되었다)의 어떤 성분이 상상력을 흐리는지 궁금하게 여겨 향수와 관련하 여 진정한 심리 상태를 정립했다. 감미로운 향을 풍기는 뿌리, 향이 강한 꽃가루에 뒤덮인 꽃들, 향긋한 발삼, 짙은 색의 향 기로운 나무들, 메스꺼움을 느끼게 하는 땅두릅나무, 사람을 화나게 만드는 호베니아, 영혼으로부터 우울함을 몰아낸다고 전해지는 알로에 등이 인간의 정신에 미치는 여러 가지 영향 들을 평가하고자 노력했다.

또 어느 시기에는 음악에 푹 빠져, 격자를 길게 붙여 방을 장식하고, 천장은 주홍색과 금색으로 칠하며, 사방 벽은 황록색 래커로 칠한 뒤 희한한 연주회를 열곤 했다. 정신 나간 집 시들이 작은 현악기 치터를 미친 듯이 잡아 뜯고, 칙칙한 노란 색 숄을 뒤집어쓴 튀니지 사람들이 거대한 류트의 팽팽한 현 을 뜯는가 하면, 이를 다 드러내놓고 씩 웃는 흑인들은 구리로 만든 북을 단조롭게 두드렸으며, 터번을 쓴 호리호리한 인도 인들은 주황색 깔개 위에 쭈그리고 앉아 갈대나 놋쇠로 만든 기다란 피리를 불면서 눈을 가린 커다란 뱀과 무시무시하게 생긴 뿔 달린 살무사들에게 주문을 걸거나 주문을 거는 척했 다. 슈베르트의 우아한 선율과 쇼팽의 아름다운 비애감, 베토 벤의 힘찬 화성 들이 귀에 들어오지 않을 때면, 때때로 이처럼 귀에 거슬리는 음정과 귀청이 떨어질 것 같은 불협화음으로 이루어진 야만적인 음악에서 감동을 받곤 했다. 그는 세상 구 석구석을 뒤져, 스러진 국가의 무덤이나 서구 문명국과 접촉 해서 살아남은 몇 안 되는 미개 부족들 사이에서 찾아볼 수 있 는 가장 희한한 악기들을 모아들여, 그것들을 매만지고 연주 하는 걸 무척 좋아했다. 여자들이 보아서는 안 되며 젊은이들 조차 금식이나 고난의 과정을 거친 뒤에야 볼 수 있도록 허락 된다는 아르헨티나 리노네그로 인디언들이 불던 신비한 악기 주르파리스, 새들의 날카로운 울음소리와 유사한 소리를 내는 흙으로 만든 페루의 단지, 칠레의 알폰소 드 오발레(칠레의 예 수회 신부)가 들었던 소리와 유사한 소리를 내는 인간의 뼈로 만든 플루트. 고대 잉카제국의 수도 쿠스코 근방에서 발견된 것으로 특이하고 감미로운 음색이 낭랑하게 울려 퍼지는 벽옥으로 만든 녹색의 악기들을 소장했다. 자갈로 속을 가득 채워 흔들면 덜그럭 소리가 나는 채색한 조롱박, 연주자가 숨을 불어넣어 소리를 내는 것이 아니라 악기를 통해 공기를 들이쉬면서 소리를 내는 기다란 멕시코 악기 클라린, 하루 종일 높은 나무 위에 앉아 파수를 보는 파수병들이 불면 십오 킬로미터 밖에서도 그 소리가 들린다는, 귀에 거슬리는 음을 내는 아마존 부족의 악기 튜레, 진동하는 혀 모양의 나무를 두 개 부착하고 식물의 유액에서 추출한 탄성고무를 바른 막대기를 두드려 연주하는 테포나즐리, 포도송이처럼 송이송이 걸어놓고 연주하는 아스텍족의 요틀 종, 베르날 디아스가 코르테스와 함께 멕시코 사원에 갔을 때 보고 훗날 그 서글픈 음에 대해 아주 생생하게 묘사한 바 있는, 거대한 뱀 가죽으로 만든 원통 모양의 커다란 북도 가지고 있었다. 도리언은 이러한 악기들의 환상적인 특징에 매료되었고, 자연과 마찬가지로 예술에도 야만적인 형태와 섬뜩한 소리를 지닌 특유의 기괴함이 있다는 생각에 묘한 기쁨을 느꼈다. 하지만 얼마 지나지 않아 이런 악기들에도 싫증이 나, 곧이어 혼자 혹은 헨리 경과 함께 오페라 극장의 특별관람석에 앉아 넋을 잃고 〈탄호이저〉를 들으며 이 대작의 서곡에서 자기 영혼의 비극이 상연되는 것을 지켜보곤 했다.

어느 땐 보석을 연구하여, 오백예순 개의 진주가 박힌 의상을 입고 프랑스 제독 안 드 주아예즈가 되어 가장무도회에 나타나기도 했다. 이런 취미는 몇 년 동안 그를 사로잡았으며, 사실상 그동안 단 한 번도 보석에 대한 관심에서 벗어난 적이 없다고 해도 과언이 아니었다. 램프의 불빛을 비추면 붉은색으로 변하는 황록색 크리소베릴, 철사 같은 은색의 가는 선이 들어 있는 시모페인, 피스타치오 같은 담황록색의 투명 감람석, 장미의 분홍색과 와인의 노란색을 띤 토파즈, 흔들리며 반짝이는 네 개의 별 모양이 박힌 타는 듯 짙은 진홍색 홍수정, 짙붉은 육계석, 주황색과 보라색이 어우러진 첨정석, 그리고 루비와 사파이어가 번갈아 켜켜이 쌓인 자수정 등, 자신이 수집한 무수한 보석들을 보석 상자 안에 넣고 이렇게 저렇게 정리하면서 하루 온종일을 보내곤 했다. 그는 일장석의 붉은 금빛과 월장석의 진주처럼 새하얀색, 그리고 젖빛 오팔의 부서진 무지개 모양을 무척 좋아했다. 암스테르담에서 크기도 어마어마하게 큰 데다 색채 또한 놀랄 만큼 화려한 세 개의 에메랄드를 구입했고, 보석 감식가라면 누구나 부러워할 유서 깊은 터키옥도 소장했다.

도리언 그레이는 보석에 관한 흥미진진한 이야기들도 찾아냈다. 알폰소의 『사제 지침서Clericalis Disciplina』에는 두 눈이 진짜

271

히아신스석으로 만들어진 뱀이 언급되었고, 알렉산더 대왕의 영웅적인 역사서에는 에마티아(그리스 로마 시대에 마케돈, 테살리아, 파르살리아 지방을 함께 지칭하는 말)의 정복자가 요르단 계곡에서 '등 위의 목덜미 부분이 진짜 에메랄드로 반짝거리는' 뱀들을 발견한 적이 있다고 쓰여 있었다. 필로스트라투스는 뇌에 보석이 박힌 용이 있는데 '황금색 글자와 주황색 겉옷을 보여주면' 이 괴물이 마법에 걸린 듯 잠에 빠져들어 그 틈에 괴물을 살해할 수 있다고 전했다. 한편 위대한 연금술사 피에르 드 보니파스에 따르면, 다이아몬드는 사람을 보이지 않게 만들고, 인도의 마노는 감동적인 웅변을 하게 만든다고 했다. 홍옥수는 분노를 달래고, 히아신스석은 잠을 유도하며, 자수정은 술의 독성을 없앤다고 했다. 석류석은 악마를 몰아내고, 하이드로포쿠스(실제로 이런 이름의 보석은 없으며 라틴어로 '목마른, 물기 없는'이라는 의미로 미루어 오팔로 짐작된다. 오팔은 물 분자를 함유하여, 물기가 사라지면 색이 흐려지는 특성이 있다)는 달빛을 빼앗아갔다. 투명 석고는 달이 차고 기울어짐에 따라 색이 달라졌고, 도둑이 들어오는 걸 알아채는 멜로세우스는 아이들의 피를 사용해야만 기능을 할 수 있었다. 레오나르두스 카밀루스는 방금 죽은 두꺼비의 뇌에서 어느 정도 해독제의 기능을 하는 하얀 돌을 발견했다. 아라비아 사슴의 심장에서 발견된 베조아르(소, 양 등의 내장 결석)는 페스트를 치료

하는 부적으로 사용되었다. 아라비아 새들의 둥지 속에는 아스필라테스가 들어 있는데, 데모크리토스에 따르면 이 돌을 지닌 사람은 불의 위험으로부터 보호를 받는다고 했다(멜로세우스, 아스필라테스는 실제 보석 명칭에는 없는 것이다).

실론의 왕은 대관식 때 손에 커다란 루비를 들고서 말을 타고 도시를 돌았다. 요한계시록에 나오는 왕궁의 대문들은 '누구도 독을 품고 들어올 수 없도록 하기 위해 홍옥수로 뿔 달린 뱀의 뿔을 만들어 새겼다'고 한다. 그 박공지붕 위에는 '두 개의 황금 사과가 장식되어 있는데, 각각의 안에 홍수정이 박혀 있어' 낮에는 황금이 밤에는 홍수정이 반짝반짝 빛났다. 로지가 쓴 기이한 로맨스 소설 『아메리카의 마가라이트A Margarite of America』에는, 여왕의 침실에서는 '세상의 모든 정숙한 숙녀들이 귀감람석, 홍수정, 사파이어, 녹색의 에메랄드로 만든 아름다운 거울을 통해 밖을 내다보는 모습이 은으로 조각되어 있는 걸' 볼 수 있다는 대목이 나와 있다. 마르코 폴로는 지팡구(마르코 폴로가 일본을 가리킨 말)의 거주자들이 죽은 자의 입속에 장밋빛 진주를 넣는 모습을 보았다. 어떤 바다 괴물이 진주에 반했는데, 한 잠수부가 이를 훔쳐 페르시아의 페로즈 왕에게 바치자, 괴물은 그 도둑을 살해하고 일곱 달이 넘도록 진주를 잃어버린 것을 슬퍼하며 지냈다. 훈족이 커다란 구덩이에 페로즈 왕을 유인했을 때 왕은 이 진주를 멀리 내던졌고—프로코피우스가 들려준 이야기에 따르면 - 훗날 아나스타시우스 황제가 이 진주를 찾는 자에게 순금 오백 개에 상당하는 대가를 지불하겠다고 공표했음에도 불구하고 다시는 찾을 수가 없었다. 인도 남서지방 말라바의 왕은 어느 베네치아 사람에게 삼백네 개의 진주로 만든 묵주를 보여주었는데, 진주 하나하나에 그가 숭배하는 신이 새겨져 있었다.

브랑톰에 따르면 알렉산더 6세의 아들 발렌티누아 공작이 프랑스의 루이 12세를 방문했을 때, 그가 탄 말에 금박이 잔뜩 실려 있었고, 그가 쓴 모자에는 두 줄의 루비가 박혀 화려한 빛을 발했다고 했다. 영국의 찰스 왕은 말등자에 사백스물한 개의 다이아몬드를 매단 채 말을 달렸다. 리처드 2세에게는 삼만 마르크에 상당하는 외투가 있었는데, 이 외투는 발라스 루비로 뒤덮였다. 홀은 헨리 8세에 대해 묘사하기를 '대관식 전 런던탑으로 올라갈 때 금으로 돋을새김 무늬를 넣은 상의를 입고, 다이아몬드와 기타 화려한 보석들로 정교하게 수놓은 띠를 두르고, 목에는 커다란 발라스 루비로 만든 커다란 목걸이'를 걸었다고 했다. 제임스 1세는 안에 에메랄드를 박아 맞비침 세공(세금세공細金細工, 금과 은의 연성을 이용하여 가는 실 모양 혹은 입자로 만들어 바탕 쇠에 땜질함으로써 장식 효과를 높이는 귀금속 공예기술)을 한 금 귀걸이를 즐겨 착용했다. 에드워드 2세는 히아신스석을 점점이 박아 넣은, 금과 구리가 합금

된 갑옷 한 벌과, 터키옥을 박은 황금 장미 목걸이, 진주를 흩뿌린 테두리 없는 모자를 피에르 가베스통에게 선물했다. 헨리 2세는 보석으로 장식된 팔꿈치까지 오는 긴 장갑을 착용했으며, 매사냥 때에는 루비 열두 개와 광택이 아름다운 커다란 동양 진주 쉰두 개로 수를 놓은 장갑을 착용했다. 부르고뉴 공국의 마지막 공작인 일명 '무모공 샤를 공작' 모자에는 서양 배 모양의 진주들이 달려 있고 사파이어가 점점이 박혀 있었다.

그 옛날 삶은 얼마나 근사했던가! 그 화려함과 장식 속에서 인생은 얼마나 찬란했던가! 죽은 이들의 사치스러운 생활을 읽는 것만으로도 경탄을 금치 못했다.

이제 도리언 그레이는 자수품과, 북유럽 국가의 서늘한 방에서 프레스코 벽화의 임무를 수행하고 있는 태피스트리에 관심을 돌렸다. 그는 이 주제를 연구하면서 – 그는 어떠한 주제에 대해서든 일단 그것에 집중하는 순간만큼은 언제나 완전히 몰입하는 놀라운 재능을 지녔다 – '시간'이 아름답고 훌륭한 것들에 남긴 몰락의 흔적들을 생각하느라 얼굴이 거의 수심으로 가득했다. 하지만 어쨌든 그는 그러한 몰락과는 거리가 멀었다. 여름이 가고 또다시 여름이 와도, 노란 수선화가 몇 번씩 피고 져도, 공포의 밤이 그 수치스러운 이야기를 몇 번씩 반복해도 그는 조금도 변하지 않았다. 제아무리 겨울이 와도 그의 얼굴을 망가뜨리거나 꽃같이 활짝 핀 모습을 얼룩지게 하지는 못했다. 과연 그의 모습은 세상의 물질적인 것들이 겪는 과정과 확연하게 달랐으니! 세상의 사물들은 모두 어디로 향해 가는 걸까? 아테네 여신을 기쁘게 하기 위해 갈색 피부의 소녀들이 만든 진노란색 커다란 예복은, 거인들과 대항하는 신들을 수놓은 그 예복은 어떻게 되었는가? 네로 황제가 로마 콜로세움 위에 펼친 거대한 차일은, 별이 빛나는 밤하늘과 금박 입힌 고삐에 매인 하얀 준마들이 아폴로를 태운 마차를 끌고 달리는 장면이 묘사된 그 차일은 어떻게 되었는가? 도리언은 태양의 사제를 위해 산해진미와 진수성찬을 정교하게 가득 수놓아 잔치를 더욱 흥겹게 만들어주었던 냅킨과, 칠페릭 왕의 시체를 덮은 삼백 마리의 황금벌을 수놓은 천과, 폰투스 주교의 분노를 일으켰으며 '사자, 표범, 곰, 개, 숲, 바위, 사냥꾼 – 사실상 화가가 자연으로부터 모방할 수 있는 모든 것들'을 수놓은 환상적인 예복들과, 양쪽 소매에 '부인, 나는 정말 기쁘오Madame, je suis tout joyeux'로 시작되는 노래 가사를 수놓았으며 가사에 따른 반주 부분은 금색 실로 수를 놓고 당시에는 사각형 모양이던 각각의 음표를 네 개의 진주로 표시한 그 옛날 샤를 오를레앙이 입은 외투가 무척이나 보고 싶었다. 또한 부르고뉴의 조앙 여왕이 사용할 수 있도록 프랑스 랭스에 지은 궁전에 마련한 방에 대해서도 읽었는데, 이 방은 '왕의 문장과 함께 천삼백스물한 마리의 앵무새를, 여왕의 문장과 함께 오백

예순한 마리 나비의 날개들을 전부 금색 실로 수를 놓아' 장식했다고 기록되어 있었다. 카트린 드 메디시스 왕비는 상중에는 초승달과 태양이 점점이 수놓은 검은색 벨벳 침구를 사용했다. 침대를 가린 휘장은 금은 바탕 위에 무늬가 돋아 나온 문직물로 만들었고, 나뭇잎으로 엮은 화환과 화관들로 장식했으며 가장자리를 빙 둘러 진주로 수를 놓았는데, 검정색 벨벳으로 재단해 은색 천 위에 일렬로 죽 늘어놓은 여왕의 문장들도 휘장과 함께 방에 걸려 있었다. 루이 14세는 그의 방에 금으로 장식한 오 미터 높이의 여인상 기둥들을 두었다. 폴란드 왕 소비에스키의 의전용 침대는 터키 스미르나산 금색 문직으로 장식되었는데, 그 위에는 코란의 시들이 터키옥으로 수놓여 있었다. 은박을 입힌 침대의 지지대에는 아름답게 돋을새김 무늬를 넣고, 에나멜로 광택을 내어 보석으로 장식한 대형 메달들을 박아 넣었다. 이 침대는 소비에스키가 비엔나를 침공하기 전 터키의 막사에서 가지고 온 것으로, 침대 덮개의 흔들리는 금박 장식 아래에 마호메트의 군기를 세워두었다.

도리언은 꼬박 일 년 동안 직물이며 자수품 가운데 그가 찾을 수 있는 가장 훌륭한 표본을 수집해, 손바닥 모양의 나뭇잎들을 금실로 섬세하게 수놓고 그 위에 무지갯빛 딱정벌레 날개를 한 땀 한 땀 바느질한 델리산 섬세한 모슬린과 그 투명한 특성으로 인해 동양에서는 '공기로 짜 넣은 천', '흐르는 물',

'저녁 이슬' 등으로 알려진 다카(방글라데시의 수도)산 얇은 거즈, 희한한 문양이 새겨진 자바산 피륙, 정교하게 수놓은 노란색 중국 벽걸이들, 황갈색 공단이나 맑고 푸른 비단에 붓꽃 모양 문장과 새를 비롯해 여러 가지 이미지들을 수놓아 장정한 책들, 헝가리산 뜨개바늘로 레이스를 떠서 만든 베일, 시칠리아 문직과 뻣뻣한 스페인 벨벳, 금박 입힌 동전으로 장식한 영국 조지 왕조 시대의 자수품, 녹색이 엷게 물든 황금과 신비한 분위기의 깃털 달린 새들을 수놓은 일반 보자기 등을 손에 넣었다.

또한 사실상 교회의 예식과 관련된 것이라면 무엇이든 몹시 좋아하는 만큼 성직자의 제의에도 남다른 관심을 가지고 있었다. 저택의 서쪽 방에 즐비하게 늘어선 기다란 삼나무 옷장에는 '그리스도의 신부'가 입는 예복의 본보기가 될 만한 옷들이 잔뜩 보관되어 있었는데, 이런 옷을 입는 성직자들은 스스로 찾은 고행으로 인해 쇠약해지고 스스로 자초한 고통으로 인해 상처받은 지치고 창백한 몸을 감추기 위해서라도, 필히 고운 아마천으로 만든 자줏빛 옷을 입고 장신구까지 달아야 했다. 그는 진홍색 비단실과 금실로 수를 놓은 다마스크에 여섯 개의 꽃잎 위로 일정한 모양의 꽃이 피어 있고 그 속에 황금빛 석류가 담겨 있는 무늬들이 반복해서 나타나며, 각각의 무늬 위 양쪽에는 작은 진주알로 파인애플 도안을 수놓은 호화로운 사제복을 소장했다. 여러 개의 네모진 천에 성모마리아의 일생을 담은 장면들을 금실로 정교하게 수놓고, 두건을 이루는 색색의 비단에는 성모마리아의 대관식 장면을 수놓은 사제복도 있었다. 이 사제복은 15세기 이탈리아 작품이었다. 또 다른 사제복은 녹색 벨벳 위에 아칸서스 잎이 모여 하트 모양을 이루고, 여기에서 다시 줄기가 긴 하얀 꽃들이 뻗어나간 모양을 은색 실과 색색의 수정으로 수놓아 정교함을 더했다. 제의의 보석 단추에는 세라핌 천사의 머리를 금실로 도드라지게 수놓았다. 붉은색과 금색 비단으로 된 마름모꼴 무늬의 천에 금실로 정교하게 수를 놓고, 성 세바스찬을 비롯한 많은 성인과 순교자들의 원형 초상화들을 박아 넣은 사제복도 있었다. 호박색 비단과 파란색 비단, 황금색 문직과 노란색 비단 다마스크, 그리고 황금색 천 위에 그리스도의 수난과 십자가에 못 박힌 장면이 묘사되고, 사자와 공작, 기타 여러 가지 상징들을 수놓은, 장백의 위에 걸치는 소매 없는 제의도 간직했다. 흰색 비단과 분홍색 비단 다마스크에 튤립과 돌고래, 붓꽃 모양의 문장이 장식된 부제들의 복장 달마티카와, 제대의 정면을 드리우는 진홍색 벨벳과 파란색 리넨으로 만든 덮개, 성체포와 성배 덮개, 성녀 베로니카의 손수건들도 여러 장 있었다. 이러한 것들이 사용되는 신비한 의식에는 그의 상상력을 자극하는 무언가가 있었다.

그도 그럴 것이 이러한 귀중품들과 자신의 아름다운 저택에 모아들인 모든 것들은 그에게 망각의 수단이 되어주었으며, 이러한 방식을 통해 이따금 혼자 감당하기에는 너무 크게 다가오는 두려움으로부터 적어도 한 계절 동안은 도피할 수 있었기 때문이다. 그는 어린 시절 그토록 많은 시간을 보냈건만 지금은 쓸쓸히 잠겨 있는 방 벽에, 자기 인생의 진정한 퇴락을 보여주는 듯 차츰 얼굴이 변해가는 소름 끼치는 초상화를 자기 손으로 직접 걸고, 그 앞에 자주색과 금색이 섞인 장막을 커튼처럼 드리웠다. 그 상태로 몇 주 동안은 그 방 안에 들어가지 않고 물감으로 칠한 끔찍한 물건을 까맣게 잊어버린 채, 다시 가벼운 마음으로 돌아와 무한한 기쁨에 넘쳐 열정적으로 단순한 생활에 몰입하곤 했다. 그러다가 어느 날 밤 별안간 슬그머니 집을 빠져나와 블루 게이트 필즈 근처의 험악한 동네로 내려가서 쫓겨날 때까지 몇 날 며칠이고 머물렀다. 그리고 다시 집에 돌아오면 곧바로 그림 앞에 앉아, 가끔은 그림과 자기 자신을 혐오할 때도 있지만 대개는 이기적인 자만심으로 가득 차 자신이 짊어졌어야 할 짐을 대신 지고 있는 기형의 그림자를 바라보면서, 회심의 미소를 머금고 은밀한 쾌락을 느끼며 얼마간 자신의 죄악에 매료되었다.

그런 식으로 몇 년이 흐른 어느 날, 도리언 그레이는 오랫동안 영국을 떠나 있는 생활을 더 이상 견딜 수 없어, 헨리 경과 함께 여러 해 겨울을 났던 낮고 하얀 담을 두른 알제의 저택뿐만 아니라 역시 그와 함께 생활했던 트루빌의 별장도 모두 처분했다. 삶의 커다란 부분이 된 초상화와 한시도 떨어져 있기 싫었고, 방문에 꼼꼼하게 빗장들을 설치하도록 지시하긴 했지만 혹시라도 자신이 집을 비운 동안 누군가 그 방에 접근하지 않았을까 두렵기도 했던 것이다.

물론 초상화 한 장으로는 사람들이 아무것도 알아채지 못하리라는 걸 도리언은 잘 알고 있었다. 초상화의 온갖 추악하고 흉측한 표정 아래에 여전히 자신과 유독 닮은 부분들이 남아 있는 건 사실이지만, 그 정도로 사람들이 뭘 알 수 있겠는가? 설사 자신을 비아냥거리려는 사람이 있다 하더라도 그를 비웃어주면 그만일 터였다. 어쨌든 자신이 초상화를 그린 것은 아니니 초상화가 얼마나 흉측하게 생겼든 얼마나 치욕스럽게 생겼든, 그것이 자신과 무슨 상관이란 말인가? 설사 사람들에게 진실을 말한다 한들 누가 그 말을 믿겠는가?

하지만 두려운 마음은 어쩔 수 없었다. 때때로 노팅엄셔에 있는 자신의 대저택에 내려와 즐겨 어울리는 같은 상류사회 신분의 사교계 젊은이들을 대접하다가도, 자유분방하게 쾌락을 즐기고 호화롭게 사치를 부리는 생활 방식으로 그 지역 사람들을 깜짝 놀라게 만들다가도, 별안간 손님들을 내버려두고 부랴부랴 런던으로 돌아와 혹시 누가 문에 손을 대지는 않았는지, 그림은 여전히 방 안에 잘 있는지 확인하곤 했다. 그림을 도둑맞으면 어쩌지? 그 생각만으로도 너무 두려워 온몸이 차갑게 얼어붙을 지경이었다. 그렇게 되면 틀림없이 온 세상이 그의 비밀을 알게 되리라. 아니, 어쩌면 벌써 세상 사람들 모두가 자신의 비밀을 알아챘을지도 모른다.

그도 그럴 것이 그는 많은 사람들을 매혹하기도 했지만, 반면에 적지 않은 사람들에게 의심을 샀기 때문이다. 그의 출신과 사회적 지위로 보면 회원이 될 자격이 충분한데도 웨스트엔드 클럽에서 하마터면 배척당할 뻔했으며, 한번은 그의 친구가 처칠 클럽의 흡연실로 그를 데리고 들어가자 버윅 공작과 다른 신사 한 명이 드러내놓고 기피하는 태도를 보이며 자리를 박차고 나갔다는 소문도 있었다. 스물다섯 번째 생일이 지난 다음부터는 그에 대해 이상한 소문들이 돌기 시작했다. 화이트채플 변두리의 어느 음란한 매음굴에서 외국 선원들과 싸움을 벌이는 모습을 봤다든가, 도둑들이나 화폐 위조범들과 어울려 다니면서 그들의 거래 비밀을 캐내고 다닌다는 소문도 돌았다. 툭하면 오랜 기간 집을 비우는 행적들에 대해 차츰 악평이 쏟아졌고, 그가 돌아와 다시 사교계에 나타날 때면 남자들은 구석에서 자기들끼리 숙덕거리거나 헛기침을 하며 그의 곁을 지나치는가 하면, 그의 비밀을 알아내고 말겠다는 듯 차갑고 날카로운 눈초리로 그를 바라보곤 했다.

물론 이처럼 무례한 태도나 의도적인 모욕에 대해 그는 신경도 쓰지 않았다. 더구나 사실상 대부분의 사람들에게 그의 솔직하고 정중한 태도, 매력적이고 천진난만한 미소, 결코 떠나지 않을 것 같은 아름다운 젊음에서 우러나오는 무한한 기품은 떠도는 소문들이 비방에 불과하다는 충분한 증거가 되고도 남았다. 하지만 어느 정도 시간이 지나자 그와 막역하게 지냈던 사람들 가운데 일부가 서서히 그를 멀리하는 듯한 모습을 보였다. 그를 열광적으로 흠모했고 그를 위해서라면 어떠한 사회적 비난에도 과감히 맞서며 관습 따위는 철저히 무시하던 여자들도, 이제는 도리언 그레이가 방에 들어서면 수치심이나 혐오감으로 얼굴이 파랗게 질렸다.

하지만 많은 사람들이 보기에는 아무리 소문이 돌아봤자 오히려 그의 기이하고 위험스러운 매력만 더욱 강화될 뿐이었다. 어마어마한 그의 재산은 다분히 그를 보호해주는 요소로 작용했다. 사회는, 적어도 문명사회는, 돈 많고 매력적인 사람에게 해가 될 만한 일은 절대로 믿으려 들지 않는다. 문명사회는 도덕보다는 태도가 더 중요하다고 본능적으로 느낄 뿐만 아니라, 최고의 인격을 갖추는 것보다 집 안에 훌륭한 요리사를 두는 편이 훨씬 낫다고 평가한다. 따라서 형편없는 식사나 질 나쁜 술을 대접한 사람에 대해 그래도 사생활은 나무랄 데 없지 않느냐고 말하는 것은, 어쨌든 위로치고 너무나 궁색한 위로다. 한때 이 주제에 대해 토론했을 때 헨리 경이 말했듯이, 인간의 기본 덕목(고대 철학에서는 불굴의 의지, 정의, 신중한 태도, 절제를 기본 덕목으로 한다)도 반쯤 식은 앙트레를 보상해줄 수는 없다. 헨리 경의 견해에 대해서라면 할 수 있는 말들이 무궁무진할 것이다. 좋은 사회가 지켜야 할 규범은 예술이 지켜야 할 규범과 같거나 같아야 한다. 특히나 형식은 규범에 절대적으로 필요한 요소이다. 형식은 사교상의 격식과 같은 비현실성뿐만 아니라 위엄도 함께 갖추어야 하고, 낭만주의 연극과 같은 허위적인 특성뿐만 아니라 그러한 연극에서 즐거움을 느낄 수 있게 해주는 요소인 재치와 아름다움도 두루 갖추어야 한다. 그런데 허위가 그토록 끔찍한 것인가? 나는 그렇게 생각하지 않는다. 허위는 개개인의 성격을 복합적으로 만들어주는 일종의 수단일 뿐이다.

어쨌든 도리언 그레이의 견해는 이랬다. 그는 인간의 '자아'를 단순하고 영원불변하며, 하나의 본질을 지닌 것으로 여기는 사람들의 얄팍한 심리에 놀라워하곤 했다. 그에게 인간은 무수한 생명과 무수한 감각을 지닌 존재이며, 선조들로부터 희한한 생각과 열정을 물려받은 내면과, 죽은 이들을 거치고 간 기괴한 질병들로 더럽혀진 육체라는 외양을 지닌 복잡다양한 생물체였다. 그는 시골 대저택의 한기가 느껴지는 황량한 화랑을 천천히 거닐면서 자신에게 혈통을 물려준 조상들의 다양한 초상화들을 둘러보길 좋아했다. 그 가운데에는 프랜시스 오즈본이 그의 저서 『엘리자베스 여왕과 제임스 왕 통치 기간에 대한 회고록Memoires on the Reigns of Queen Elizabeth and King James』에서 '수려한 외모로 왕실의 총애를 받았으나 그리 오래 가지는 않았던' 사람으로 묘사한 필립 허버트의 초상화가 있었다. 자신이 혹시 이따금 젊은 허버트의 삶을 살고 있는 것은 아닐까? 몇몇 이상한 독성균이 몸에서 몸으로 퍼져 결국 자신의 몸으로까지 전해진 것은 아닐까? 바질 홀워드의 화실에서 자신의 인생을 완전히 바꿔버린 정신 나간 기도를 너무나 갑작스럽게 거의 아무런 이유도 없이 내뱉었던 것은, 자신의 매력도 언젠가는 쇠락하고 말리라는 막연한 불안 때문은 아니었을까? 이제 그는 금실로 수를 놓은 붉은 상의에, 갑옷 위에 입는 보석 박힌 겉옷을 입고, 금박으로 가장자리를 빙 둘러 장식한 주름 깃과 장식용 소매 끝동을 착용하고, 발치에는 은색과 검은색 갑옷 한 벌을 내려놓은 앤서니 셰러드 앞에 섰다. 이 남자는 자신에게 어떤 유산을 물려주었을까? 나폴리 조반나 여왕의 연인이었던 그는 자신에게 죄악과 수치라는 유전적 성질을 남겨주었을까? 혹시 자신의 행동들은 모두 죽은 이가 차마 실현하지 못한 채 꿈으로 남겨둔 것들이 아닐까? 거즈 원단의 얇은 두건을 쓰고, 진주로 수놓은 가슴 장식을 달고, 소맷부리가 살짝 트인 드레스를 입은 엘리자베스 데버루 부인이 색 바랜 캔버스 위에서 미소 짓고 있었다. 그녀는 오른손에는 꽃 한 송이를, 왼손에는 흰색과 담홍색 장미 모양 장식에 에나멜을 칠한 목걸이를 쥐고 있었다. 옆 탁자에는 만돌린 하나와 사과 하나가 놓여 있었다. 끝이 뾰족한 작은 신발은 초록색 장미꽃 장식으로 멋을 더했다. 그는 그녀의 일생과, 그녀의 연인들에 대해 떠돌았던 희한한 소문에 대해 알고 있었다. 혹시 자신에게도 그녀의 기질 가운데 어떤 면이 내재되어 있는 건 아닐까? 타원형의 눈꺼풀이 묵직하게 내려앉은 두 눈이 호기심 어린 눈빛으로 자신을 바라보는 것 같았다. 얼굴에 괴상한 모양의 반점들이 나고 머리카락에 머리 분을 바른 조지 월러비는 어떠한가? 어쩌면 이렇게도 사악하게 생겼을까! 가무잡잡한 얼굴은 무뚝뚝해 보이고, 육욕적인 입술은 경멸을 담은 듯 일그러져 보였다. 반지며 팔찌를 주렁주렁 매단 가늘고 노란 손 위로 섬세한 레이스 주름 장식이 흘러내렸다. 그는 18세기 유럽 대륙풍의 멋쟁이였으며, 젊은 시절 페라스 경의 친구였다. 자, 그럼 이제 섭정 왕자(훗날 조지 4세)의 벗이자 왕자가 가장 무모하던 시절 피츠허버트 부인과 비밀 결혼을 했을 때 증인 가운데 한 명이기도 했던 베켄햄 2세를 볼까? 밤색의 고수머리에 오만한 자세를 취한 그는 얼마나 도도하고 잘생겼는지! 그는 어떠한 열정들을 물려주었을까? 세상은 그를 파렴치한 인간으로 몰았었지. 하긴 칼턴 하우스에서 그토록 요란한 주연을 벌였으니. 그의 가슴에는 가터 훈장의 별이 빛나고 있었다. 그의 옆에는 검은 드레스를 입은 그의 부인, 창백하고 가녀린 입술을 지닌 여인의 초상화가 걸려 있었다. 그녀의 혈통 역시 자신의 몸속에서 꿈틀대고 있었으니. 이 모든 일들이 얼마나 기이하게 여겨지는지! 그리고 해밀턴 부인(미모로 유명해 여러 화가들이 그녀의 초상화를 그렸다)의 얼굴을 닮은 자신의 어머니, 와인을 적신 듯 촉촉한 그녀의 입술 ― 그는 자신이 어머니로부터 무엇을 물려받았는지 알 것 같았다. 자신의 미모와 다른 사람들의 미모를 향한 열정. 그것은 어머니로부터 이어져 내려온 것이었다. 어머니는 바쿠스 신의 여사제가 입는 헐렁한 드레스를 입고 그를 바라보며 웃고 있었다. 머리카락은 포도나무 잎으로 장식했다. 들고 있는 잔에서는 보랏빛 포도주가 흘러넘쳤다. 그림의 카네이션은 이미 색이 바랬지만, 눈동자의 색채만은 여전히 놀랄 만큼 깊고 선명하게 남아 있었다. 그 눈동자는 가는 곳마다 자신을 좇는 것 같았다.

하지만 혈통에서뿐만 아니라 문학적인 측면에서도 조상은 있는 법, 사람들은 어쩌면 유형과 기질에 있어서 수많은 문학적 조상과 더 많이 닮았을지 모르고, 어떠한 영향을 받았는지 더욱 확실하게 알 수 있는 쪽도 분명 문학적 조상들일 것이다. 도리언 그레이는 실제로 어느 한 시대 속에 살아봤거나 그 환경에 처해본 적은 없었지만, 대신 상상력이 그러한 시대를 창조했고, 두뇌와 열정 속에 엄연히 그러한 시대가 존재했던 만큼 마치 전체 역사가 완벽하게 자신의 인생인 것만 같은 때가 있었다. 세계무대를 종횡무진 가로지르며 죄를 그토록 경이로운 것으로 만들고, 악을 그토록 신비로운 것으로 가득 채운 기이하고도 무시무시한 인물들 모두를 예전부터 알고 있었던 것 같았다. 그리고 어떤 불가사의한 방식으로 그들의 삶이 곧 자신의 삶이 된 것 같았다.

그의 삶에 그토록 많은 영향을 미쳤던 훌륭한 소설의 주인공 역시 이처럼 기이한 상상을 경험했었다. 소설의 칠 장에서 벼락을 맞지 않기 위해 머리에 월계관을 쓴 주인공은 어느새 티베리우스가 되어 카프리 섬 정원에서 엘레판티스의 외설적인 책들을 읽고 있었고, 그러는 동안 난쟁이들과 공작새들은 거들먹거리며 그의 주변을 활보했으며 플루트 연주자들은 혼들 향로를 흔드는 사람을 놀려대고 있었다. 또한 칼리굴라가 되어 녹색 셔츠를 입은 기수들과 함께 그들의 마구간에서 흥청대며 술을 마셨고, 이마 부분을 보석으로 장식한 띠를 두른 말 한 마리와 함께 상아 여물통에 담긴 음식을 먹기도 했다. 그런가 하면 로마 황제 도미티아누스가 되어 자신의 생애를 마감하게 해줄 단도의 영상을 찾기 위해, 인생에서 그 무엇도 거부당해 보지 않은 이들에게 찾아오는 신물 나도록 권태로운 삶을, 그 끔찍한 일상의 지루함을 종결시킬 단도의 영상을 찾기 위해, 광포한 눈빛으로 주변을 둘러보며 대리석 거울이 즐비하게 늘어선 복도를 헤매기도 했다. 또한 투명한 에메랄드를 통해 원형극장의 붉은 유혈 장면을 들여다보기도 했고, 그런 다음 은 편자를 박은 노새들이 끄는 진주색과 자주색 가마를 타고 석류의 거리를 지나 황금의 집까지 이동했으며, 그렇게 이동하는 동안 사람들이 네로 황제를 크게 외쳐 부르는 소리를 듣기도 했다. 이제 엘라가발루스(로마 황제, 여장한 왕으로 유명하며 여성 성기를 만드는 하복부 절개수술을 받은 뒤 총애하던 남자 노예와 결혼했다는 설이 있다)가 되어 색색으로 얼굴을 화장했고, 여자들 틈에서 부지런히 물레를 돌렸으며, 카르타고에서 달을 가져와 해에게 시집을 보내기도 했다.

도리언은 환상적인 이 장과 더불어 바로 이어지는 두 개의 장을 여러 번 반복해서 읽곤 했는데, 정교한 모양의 태피스트리나 솜씨 좋게 에나멜을 입힌 작품들을 묘사했던 것과 마찬가지로, 이들 장에서는 악덕과 격정과 피로로 인해 괴물이나 광인이 되어버린 사람들의 경이롭고 아름다운 모습이 묘사되었다. 밀라노의 공작 필리포는 아내를 살해한 뒤 그녀의 입술에 주황색 독을 발라, 아내의 정부가 시체를 끌어안고 입을 맞추다가 죽음을 빨아들이게 했다. 교황 바오로 2세로 알려져 있는 베네치아 사람 피에트로 바르비는 허영심으로 포르모소의 자리를 차지하려 들었는데, 무서운 죄악의 대가로 얻은 교황의 직권은 대략 이만 플로린(1849년에서 1971년까지 영국에서 사용된 2실링 은화) 정도로 평가되었다. 지안 마리아 비스콘티는 사냥개를 이용해 살아 있는 사람들을 뒤쫓게 했는데, 훗날 그가 살해되었을 때 그를 사랑했던 어느 매춘부가 그의 시체를 장미꽃으로 덮어주었다. 곁에서 말을 타고 달리는 동족 살해범과 함께 자신의 백마를 타고 달리던 보르자의 망토는 페로토의 피로 물들었고(체사레 보르자는 이탈리아 병사이며 교황 알렉산더 6세의 차남으로, 교황의 총아 페로토를 찔러 죽였는데 그 피가 망토 위에 흩뿌려졌다고 전해진다), 플로렌스의 젊은 추기경이며 교황 식스투스 4세가 총애하는 아들이자 방탕한 생활에 필적할 만한 엄청난 미모를 지닌 피에트로 리아리오는 흰색과 진홍색 비단에 님프와 켄타우루스 모양으로 잔뜩 치장한 대형 천막 안에서 아라곤의 레오노라를 맞아들였으며, 연회에서 시중드는 소년을 가니메데스나 힐라스(둘 다 그리스 신화에 등장하는 미소년)처럼 아름답게 꾸몄다. 사형 광경을 보아야만 우울증이 가라앉았던 에젤리노(폭군으로 유명한 이탈리아 파두아의 공작)는 다른 남자들이 붉은 포도주에 열광하듯 붉은 피에 열광했다 – 전하는 바에 따르면 그는 마왕의 아들로, 자신의 영혼을 걸고 아버지와 도박을 하면서 주사위로 아버지를 속인 인물이기도 하다. 조롱 속에서 인노켄티우스라는 이름을 얻어낸 잠바티스타 치노(15세기 말 교황 인노켄티우스 8세)는 유대인 의사의 권유로 움직임이 둔한 자신의 정맥 속에 소년 세 명의 피를 수혈받았다. 절세 미녀 이소타의 연인이며 이탈리아 리미니의 영주인 시지스몬도 말라테스타는 자신은 신과 인간의 적대자라며 로마에서 자신의 초상 인형을 불태운 한편, 두 번째 부인 폴리세나를 냅킨으로 목 졸라 죽였고, 세 번째 부인 지네브라 데스테에게는 에메랄드 컵에 독을 넣어 건넸으며, 자신의 파렴치한 열정을 기념하여 그리스도를 숭배하는 이단 교회를 세웠다. 나환자가 그에게 닥칠 정신병을 예고할 정도로 형의 아내를 미친 듯이 흠모했던 샤를 6세는, 마침내 뇌에 병이 생겨 점차 이상행동을 보이게 되었을 때, 사랑과 죽음과 광기의 형상이 그려진 사라센 카드(타로 카드의 초기 이름)로만 마음을 달랠 수 있었다. 잘 손질된 짧은 상의를 입고 아칸서스 잎처럼 구불거리는 머리칼에 보석으로 장식한 모자를 쓴 그리포네토 바글리오니는 아내와 함께 아스토레를, 시동과 함께 시모네토를 죽였다(이들은 모두 한 가족으로, 1488년에서 1534년 사이 이탈리아 움부리아 주 중부의 도시 페루자를 다스리던 움부리아의 귀족들이다). 그의 외모가 어찌나 아름답던지 황금색 페루자 광장에 누워 죽어가고 있을 땐 그를 증오하던 사람들조차 눈물을 흘리지 않을 수 없었고, 그를 저주하던 아탈란타마저도 축복을 빌었다.

이들 모두에게는 섬뜩한 매력이 있었다. 도리언 그레이가 밤에 이들을 만나면, 이들은 낮에 그의 상상력을 어지럽혔다. 르네상스 시대 사람들은 희한한 독살 방법들을 알고 있었는데, 투구와 불붙인 횃불에 의한 독살, 정교하게 수놓은 장갑과 보석으로 장식한 부채에 의한 독살, 금박을 입힌 향료알(옛날 서양에서 질병을 막기 위해 향료를 넣어 지니고 다니던, 구멍이 뚫린 작은 금속 상자)에 의한 독살, 호박 목걸이에 의한 독살 등이었다. 도리언 그레이는 독성 가득한 책 한 권에서 빠져 헤어나지 못했다. 그는 이따금 악이란 그저 아름다움에 대한 자신의 개념을 실현시켜주는 하나의 방식 정도로 간주하곤 했다.

12

그날은 십일 월 구 일, 훗날 도리언 그레이가 자주 떠올렸던 것처럼 서른여덟 번째 생일 전날이었다.

그는 헨리 경의 집에서 저녁을 먹은 뒤 열한 시쯤 집으로 가는 길이었는데, 춥고 안개가 짙게 낀 밤이라 두꺼운 모피로 온몸을 둘둘 감싸고 있었다. 그로스브너 광장에서 사우스 오들리 가로 접어드는 모퉁이를 돌 무렵, 회색 얼스터코트의 옷깃을 세운 한 남자가 상당히 빠른 걸음으로 안개 속에서 그를 지나쳐 갔다. 남자는 손에 커다란 가방 하나를 들고 있었다. 그는 남자가 누구인지 알아보았다. 바질 홀워드였다. 말로 설명할 수 없는 이상한 공포감이 도리언을 엄습했다. 그는 바질을 알아본 티를 내지 않고 집을 향해 계속해서 빠르게 걸음을 옮겼다.

하지만 홀워드는 그를 알아보았다. 도리언은 홀워드가 보도에서 발걸음을 멈추고, 뒤로 돌아 서둘러 자신을 쫓아오는 소리를 들었다. 잠시 후 그가 도리언 그레이의 팔을 잡았다. "도리언! 이거 정말 억세게 운이 좋은걸! 자네 서재에서 아홉 시부터 죽 기다렸다네. 결국은 하인이 지쳐 있는 모습이 딱해 보여 이제 가볼 테니 그만 잠자리에 들어도 좋다고 말했다네. 오늘 밤 자정 열차로 파리에 가야 해서, 떠나기 전에 꼭 만나고 싶었지. 내 옆을 지나치는 사람을 보고 혹시 자네가 아닐까, 자네 모피가 아닐까, 생각했다네. 하지만 확신은 없었지. 나를 알아보지 못했나?"

"이런 안개 속에서 말인가요, 바질? 웬걸요, 그로스브너 광장에서 마주쳤어도 알아보지 못했을걸요. 제 집이 이 근처 어디쯤이라는 것뿐 정확히 어디인지 알 수 없을 정도로 안개가 자욱하잖아요. 안 그래도 뵌 지 오래됐는데 이렇게 떠나신다니 정말 유감이군요. 하지만 곧 돌아오실 거지요?"

"아니. 육 개월 동안 영국을 떠나 있을 생각이네. 파리에서 화실 하나를 잡아놓고, 머릿속에 구상하고 있는 대작을 완성할 때까지는 그곳에 틀어박혀 지낼 생각이야. 하지만 내 이야기를 하려고 자네를 찾았던 건 아니었네. 이런, 벌써 자네 집 앞까지 왔군그래. 잠깐 들어가도 되겠나. 자네에게 할 말이 있네."

"되고말고요. 하지만 기차를 놓치시면 어쩌죠?" 도리언 그레이는 계단을 올라가 현관 열쇠로 문을 열었다.

안개 사이로 간신히 램프 불빛이 비쳤고, 그 불빛으로 홀워드가 시계를 보았다. "시간은 많아." 그가 대답했다. "기차는 열두 시 십오 분이 되어야 출발할 테고, 지금은 겨우 열한 시니까. 그리고 아까 마주쳤을 때, 실은 자네를 찾으러 클럽에 가던 길이었네. 또 알다시피 무거운 짐들은 먼저 보내놓은 상태라 짐 때문에 시간이 걸릴 일은 없어. 게다가 가지고 갈 물건들은 전부 이 가방 안에 들어 있고, 빅토리아 역까지는 이십 분이면 충분히 갈 수 있다네."

도리언이 그를 보며 미소를 지었다. "일류 화가는 이런 식으로 여행을 하는군요! 글래드스턴 가방 하나와 얼스터코트 한 벌이라! 어서 들어오세요. 안 그러면 안개가 집 안까지 들어오겠어요. 그리고 아무쪼록 심각한 이야기는 하지 마세요. 요즘엔 어떤 일도 심각하게 생각하지 않으니까요. 어쨌든 심각할 일도 없잖아요."

홀워드는 고개를 저으며 집 안으로 들어선 뒤, 도리언을 따라 서재로 들어갔다. 커다란 개방형 벽난로에는 장작불이 환하게 타오르고 있었다. 램프마다 불이 켜져 있고, 상감세공한 작은 탁자 위에는 술병을 보관하는 네덜란드산 은상자가 소다 수 병과 커다란 컷글라스 컵들 곁에 놓여 있었다.

"보다시피 자네 하인이 아주 편안하게 기다리게 해주었네, 도리언. 금빛 물부리가 달린 자네의 최고급 담배를 포함해 원하는 건 뭐든지 갖다 주더군. 정말 친절한 사람이야. 예전에 데리고 있던 프랑스인보다 훨씬 마음에 들어. 말이 났으니 말인데, 그 프랑스인 하인은 어떻게 됐나?"

도리언은 어깨를 으쓱해 보였다. "래들리 부인의 하녀와 결혼해 파리에서 영국 양장점을 차려 자리를 잡았다고 알고 있어요. 듣기로 요즘 그쪽에서는 유행처럼 영국에 열광한다지요. 프랑스 사람들이 바보가 된 것 같아요. 안 그래요? 한데 – 그거 아세요 – 그는 결코 나쁜 하인은 아니었어요. 그가 마음에 든 적은 없었지만, 그렇다고 딱히 불평할 일도 없었지요. 사람들은 더러 아주 터무니없는 일들을 상상하더군요. 하지만 정말로 그는 내게 무척 헌신적이었고, 떠날 땐 굉장히 아쉬워하는 눈치였답니다. 소다수를 탄 브랜디 한 잔 더 하시겠어요? 아니면 혹하이머에 셀처 탄산수를 혼합해드릴까요? 전 항상 혹하이머에 셀처 탄산수를 혼합해 마십니다. 옆방에 남은 게 좀 있을 거예요."

"고맙지만 그만하겠네." 화가가 모자와 외투를 벗어 구석에 두었던 가방 위에 던지며 말했다. "자, 이보게, 이제 진지하게 이야기를 나누고 싶네. 그렇게 얼굴 찡그리지 말고. 자네가 그러면 내가 말을 하기가 훨씬 어렵지 않겠나."

"대체 무슨 말씀을 하시려고 그러세요?" 도리언이 소파에 털썩 앉으며 특유의 앵돌아진 말투로 크게 소리쳤다. "제 이야기는 아니었으면 합니다. 오늘 밤은 제가 좀 피곤해서요. 정말이지 누군가 다른 사람이 되고 싶을 정도예요."

"자네에 대한 이야기일세." 홀워드가 심상치 않은 일을 말하려는 듯 낮은 목소리로 대꾸했다. "그리고 반드시 이 이야기를 해야겠네. 삼십 분만 자네를 붙들어두어야겠어."

도리언은 한숨을 쉬더니 담배에 불을 붙였다. "삼십 분이라!" 그가 중얼거리며 말했다.

"그 정도면 무리한 부탁은 아닐 거야, 도리언. 그리고 이런 이야기를 하는 건 전적으로 자네를 위해서라네. 자네에 대한 아주 끔찍한 이야기들이 런던 전역에 파다하게 퍼지고 있다는 사실을 자네가 알고 있어야 할 것 같아서."

"그런 일이라면 조금도 알고 싶지 않습니다. 전 다른 사람들에 대한 소문은 좋아하지만 제 소문에는 관심 없어요. 저에 대한 소문은 참신한 매력이 없잖아요."

"하지만 틀림없이 관심을 갖게 될 걸세, 도리언. 신사라면 누구나 자신의 명예에 관심을 갖게 마련이니까. 설마 사람들이 자네에 대해 비열하다느니 타락했다느니 하고 말하는 걸 좋아하는 건 아니겠지. 물론 자네는 지위와 재산도 있고, 그

밖에도 모든 걸 갖추고 있어. 하지만 지위와 재산이 다는 아니지. 그건 그렇고, 내가 그런 소문을 전혀 믿지 않는다는 사실을 먼저 알아주게. 어쨌든 자네를 보고 있으면 도저히 소문을 믿을 수 없으니까. 죄는 사람의 얼굴에 저절로 드러나는 법이지. 감출 수가 없어. 사람들은 간혹 비밀스러운 악덕에 대해 말하지만, 세상에 그런 건 없네. 어떤 비열한 인간이 부도덕한 짓을 저질렀다면, 입가의 주름에서, 축 늘어진 눈꺼풀에서, 심지어 손의 생김새에서도 고스란히 드러나게 되어 있어. 어떤 사람이 ─ 그의 이름을 언급하지는 않겠지만 자네가 아는 사람이야 ─ 작년에 초상화를 그려달라고 내게 찾아왔다네. 그전까지는 한 번도 그를 본 적이 없었고, 이후로 그에 대해 무수한 소문을 듣긴 했지만 당시만 해도 아무런 소문도 들은 게 없었어. 아무튼 그는 내게 상당한 액수를 제시했다네. 하지만 나는 거절했어. 그의 손가락 모양이 영 마음에 들지 않았거든. 당시 그에 대한 나의 생각이 제법 옳았다는 걸 이제는 알 수 있네. 지금 그는 참으로 무시무시한 인생을 살고 있으니 말이야. 하지만 도리언 자네를, 순수하고 밝고 천진난만한 자네의 얼굴을, 놀라울 정도로 흐트러짐 없는 자네의 젊음을 보고 있으면, 자네에 대한 비난들이 조금도 믿어지지가 않아. 그렇지만 요즘 자네를 거의 보지 못한 데다, 자네 또한 요즘엔 통 내 화실에 찾아오지 않고, 나는 이제 곧 떠나는데 사람들은 온통 자네에 대해 끔찍한 이야기들을 수군대고 있으니, 사실 그들에게 뭐라고 말을 해줘야 할지 도무지 모르겠네. 자네가 클럽의 내실에 들어서면 버윅 공작 같은 인간이 자리를 피한다니. 도리언, 대체 그게 어떻게 된 일인가? 그리고 런던에 있는 수많은 신사들이 자네 집에 가지도 않고 그들 집에 자네를 초대하지도 않는다니. 그건 또 어떻게 된 일인가? 자네는 스태블리 경과 친하게 지냈었지. 지난 주 만찬 때 그를 만났다네. 자네가 더들리의 전시회에 빌려준 세밀화들과 관련해서 대화를 나누다가 우연히 자네 이름이 언급되었지. 한데 스태블리가 입을 삐죽거리더니, 자네는 예술적인 감각은 대단히 훌륭할지 모르지만, 절대로 고결한 아가씨에게 소개해서는 안 되는 인물인 동시에, 정숙한 여인과 한방에 같이 있게 해서도 안 되는 사람이라고 말하더군. 그에게 내가 자네의 친구라는 걸 상기시키면서 무슨 뜻으로 한 말인지 물어보았네. 그가 말해주더군. 모든 사람 앞에서 똑똑히 말했어. 정말 듣기 괴로웠네! 젊은 친구들과 맺는 자네의 우정은 어쩌면 그리도 하나같이 불행하게 끝이 나는 건가? 자살을 한 왕실 근위대 소속의 불행한 청년 이야기를 들었네. 자네는 그와 절친한 친구였더군. 뿐만 아니라 헨리 애슈턴 경은 오명을 쓰고 영국을 떠나야 했다지. 자네하고는 아주 막역한 사이였는데 말이야. 에이드리언 싱글턴과 그의 무시무시한 최후에 대한 이야기는 어떻게 된 건가? 켄트

경의 외아들과 그의 직업에 대한 이야기는 또 뭐고? 나는 어제 세인트 제임스 가에서 그의 아버지를 만났다네. 그 아버지는 수치심과 비탄에 빠져 몹시 쇠잔해진 듯 보였어. 젊은 퍼스 공작 이야기는 또 무슨 일인가? 대체 요즘 그의 삶이 왜 그렇게 엉망이 된 건가? 그의 상태가 그 모양이니 대체 어떤 신사가 그와 어울리려 하겠는가?"

"그만해요, 바질. 제대로 알지도 못하면서 함부로 말하고 있군요." 도리언 그레이가 입술을 깨물며 경멸이 잔뜩 배인 목소리로 말했다. "왜 제가 내실에 들어서면 버윅이 나가느냐고요. 그건 그가 제 생활에 대해 뭘 알고 있어서가 아니라, 바로 제가 그의 사생활을 낱낱이 알고 있기 때문이에요. 그의 혈관에 흐르는 피가 그 모양인데, 그의 이력이 어떻게 깨끗할 수 있겠어요? 헨리 애슈턴과 젊은 퍼스에 대해서도 물어보셨지요. 제가 헨리 애슈턴에게 부도덕한 짓을, 퍼스에게 방탕한 생활을 가르치기라도 했단 말인가요? 켄트의 멍청한 아들이 거리의 여자를 아내로 삼는다 한들, 그게 저하고 무슨 상관이지요? 에이드리언이 청구서에 자기 친구의 이름을 갈기든 말든, 제가 그 사람 관리인이라도 됩니까? 영국 전역에서 사람들이 나에 대해 어떤 식으로 지껄여대는지 잘 압니다. 중산층 사람들은 추잡한 저녁 식탁에서 자기들의 도덕적 편견들을 늘어놓으며, 똑똑한 사람들과 같은 무리인 척, 중상 모략하는 대상과 꽤나 친한 사이인 척 과시하기 위해, 자기보다 잘난 사람들의 소위 방탕한 생활에 대해 수군거려요. 이 나라에서는 외모가 출중해도 머리가 좋아도, 평범한 사람들의 입방아에 오르내리곤 한답니다. 이 사람들은, 도덕적인 체하는 이 사람들은, 도대체 얼마나 올바로 살기에 그런답니까? 이봐요 바질, 당신은 우리가 위선의 본거지에 살고 있다는 사실을 잊고 계시는 겁니다."

"도리언." 홀워드가 크게 소리쳤다. "그게 문제가 아니야. 영국이 얼마나 잘못됐는지, 영국 사회가 얼마나 허점투성이인지는 나도 잘 알아. 바로 그렇기 때문에 자네가 바르게 처신하길 바라는 걸세. 하지만 자네는 바르게 살지 못했어. 우리는 그 사람이 주변 사람들에게 어떤 영향을 미치는지 보고 그 사람을 판단할 권리가 있네. 한데 자네 주변 사람들은 명예, 선함, 고결함 같은 감각들을 모두 잃어버린 것 같더군. 자네는 그들을 온통 쾌락에 도취하도록 만들었어. 그 바람에 그들은 깊은 구렁 속으로 빠져버렸지. 자네가 그들을 그리로 이끈 걸세. 그래, 자네는 그들을 그리로 이끌어놓고는, 지금처럼 이렇게 선량한 미소를 지었던 거야. 하지만 이보다 더한 소문도 있네. 자네가 해리와 죽고 못 사는 사이라는 거 알아. 하지만 다름 아닌 바로 그 이유 때문에 더더욱, 자네는 그의 누이 이름을 웃음거리로 만들지 말았어야 하네."

"말조심하세요, 바질. 말씀이 지나치시군요."

"아니, 이 말은 해야겠네. 자네는 내 말을 들어야 해. 내 말 잘 듣게. 자네가 그웬돌렌 부인을 만났을 때만 해도, 그녀는 눈곱만큼의 추문도 일으킨 적이 없는 여자였네. 하지만 지금 그녀와 함께 하이드파크에 몰려다니는 런던 여자들 가운데 누구 하나 정숙한 여성이 있는가? 어디 그뿐인가, 심지어 그녀는 자식들과도 함께 사는 것이 금지되었네. 다른 이야기들이 더 있네. 새벽녘에 자네가 불결한 여관에서 슬그머니 빠져나오는 걸 봤다던가, 위장을 해서 남의 눈을 피해 런던에서 제일 지저분한 매음굴 안으로 들어가는 걸 봤다던가 하는 소문들 말일세. 그 말이 다 사실인가? 전부 믿을 만한 이야기들인가? 처음에 그런 이야기들을 들었을 땐 그냥 웃어넘겼네. 하지만 지금 그런 소문을 들으면 몸서리가 쳐져. 자네의 시골 저택이며 그곳에서의 생활에 대한 이야기는 어떻게 된 건가? 도리언, 자네에 대해 어떤 이야기가 나도는지 자네는 몰라. 자네를 훈계할 생각이 없다고 말하지는 않겠네. 예전에 해리가 했던 말이 생각나는군. 누구나 처음엔 항상 훈계할 생각이 없다는 말로 시작해놓고는, 어느새 자기가 한 말을 어기는 미숙한 목사처럼 군다고 말이야. 그래도 정말로 자네에게 훈계를 하고 싶네. 난 자네가 세상사람 모두의 존경을 받을 만큼 훌륭한 삶을 살았으면 해. 자네가 고결한 명성, 훌륭한 평판을 얻길 바라네. 자네가 어울려 다니는 불쾌한 사람들과 그만 관계를 끊어주면 좋겠어. 그렇게 어깨를 으쓱하지 말게. 전혀 상관없는 일이라는 듯 굴지 말라고. 자네는 굉장한 영향력이 있어. 그걸 악이 아닌 선을 위해 사용하게. 자네는 가까이 지내는 모든 사람들을 타락시키고 있어. 사람들은 자네가 어떤 집에 들어가는 것만으로도 그 집은 일종의 수치심을 느끼기에 충분하다고들 말하고 있네. 정말 그런 건지 아닌지 난 모르네. 내가 무슨 수로 알겠는가? 하지만 자네에 대해 그런 말이 돌고 있는 건 분명한 사실이야. 그리고 도저히 의심의 여지가 없다고 생각되는 말도 들은 적이 있네. 글로스터 경은 옥스퍼드 시절 나하고 둘도 없는 친구였어. 그는 아내가 맨톤의 별장에서 홀로 죽어가고 있을 때 그녀가 쓴 편지를 내게 보여주었다네. 그런데 내가 읽은 너무도 끔찍한 그 고백에 자네 이름이 언급되어 있더군. 난 그 친구에게 전부 터무니없는 소리라고 말했네. 내가 아주 잘 아는데, 자네는 절대로 그런 일을 할 사람이 아니라고 말이야. 그런데 내가 자네를 알긴 하는 건가? 내가 제대로 알고 있는 건지 나조차도 궁금하군. 이 의문에 답을 얻으려면, 무엇보다 먼저 자네의 영혼부터 보아야 할 것 같네."

"내 영혼을 본다고요!" 도리언 그레이는 소파에서 벌떡 일어나더니, 겁에 질려 거의 핏기 하나 보이지 않는 얼굴로 웅얼거리듯 말했다.

"그래." 홀워드가 슬픔이 담긴 굵고도 낮은 목소리로 진지하게 대답했다. "자네를 알려면 자네의 영혼을 보아야겠어. 하지만 그건 신만이 할 수 있는 일이겠지."

젊은이의 입술에서 조롱 섞인 쓴웃음이 터져 나왔다. "오늘 밤 그 영혼을 직접 보시게 될 겁니다!" 그가 탁자에 놓인 램프를 움켜쥐며 외쳤다. "따라오세요. 어차피 당신이 직접 만든 작품이니까. 봐서는 안 될 이유가 어디 있겠어요? 보고 난 후에, 원한다면 제 영혼이 어떻게 생겨 먹었는지 온 세상에 떠들고 다니시든지요. 하지만 아무도 당신 말을 믿지 않을걸요. 혹시 믿게 된다면, 오히려 그 때문에 훨씬 더 나를 좋아하게 될 거예요. 당신은 이 시대가 어찌 되려고 이러느냐며 장황하게 떠들지 모르지만, 이 시대에 대해서는 당신보다 제가 더 잘 알아요. 이리 오세요. 다 보여드리지요. 타락에 대해 그만큼 떠드셨으면 충분해요. 이제는 타락이 어떻게 생겨 먹었는지 직접 보셔야 하지 않겠어요."

그가 내뱉는 한 마디 한 마디에는 광기 어린 만족감이 배어 있었다. 그는 특유의 소년 같은 오만한 태도로 발을 쾅쾅 굴렀다. 누군가 다른 사람과 비밀을 공유하게 되리라 생각하니, 자신의 모든 수치의 근원인 초상화를 그린 장본인이 과거 그가 행한 일을 추악하게 기억하며 남은 인생을 괴로워하며 살게 되리라 생각하니, 소름이 돋을 정도로 쾌감이 느껴졌다.

"그래요." 그가 화가에게 가까이 다가서서 화가의 단호한 눈빛을 똑바로 들여다보며 계속해서 말을 이었다. "제 영혼을 보여드리지요. 신만이 볼 수 있을 거라 믿으시는 그것을 직접 보시게 될 겁니다."

홀워드는 뒷걸음질 쳤다. "자네는 불경스러운 말을 하고 있어, 도리언!" 그가 소리쳤다. "그런 말은 하는 게 아닐세. 끔찍하고, 아무런 의미도 없어."

"그렇게 생각하십니까?" 그가 다시 웃으며 말했다.

"그렇게 믿고 있네. 오늘 밤 내가 한 말은 다 자네를 위해서였어. 알다시피 난 언제나 자네에게 충실한 친구가 아니었나."

"나한테 손대지 마세요. 하실 말씀 있으시면 마저 하시지요."

순간 화가의 얼굴 위로 고통에 일그러진 표정이 스쳐 지나갔다. 그는 무슨 말을 할까 잠시 망설였고, 그사이 연민의 감정이 강하게 밀려들었다. 하긴, 자신이 무슨 권리로 도리언 그레이의 생활을 꼬치꼬치 캐려 든단 말인가? 설사 도리언이 떠도는 이야기 가운데 십 분의 일이라도 실제로 저질렀다면, 정작 본인 스스로는 얼마나 괴로웠겠는가! 화가는 자리에서 일어나 벽난로를 향해 다가가서, 불에 타고 있는 장작들과 그 위에 내려앉은 서리와도 같은 재들, 그리고 장작 위로 파르르 흔들리는 불꽃을 바라보며 서 있었다.

"하실 말씀 있으시면 마저 하시라고요, 바질." 젊은이가 단호하고 분명한 목소리로 말했다.

바질이 몸을 돌렸다. "내가 하려는 말은 이런 거네." 그가 큰 소리로 말했다. "자네에게 쏟아지는 이런 무시무시한 비난에 대해 무슨 말이든 해명을 해야 하네. 그 소문들은 처음부터 끝까지 새빨간 거짓말이라고 자네 입으로 말한다면, 기꺼이 자네 말을 믿겠네. 아니라고 말하게, 도리언, 제발 아니라고 말해줘! 내가 지금 이렇게 고통스러워하는 모습이 보이지 않는가? 부탁이네! 자네가 부도덕하다고, 타락했다고, 치욕스러운 짓을 했다고 말하지 말아주게."

도리언 그레이는 미소를 지었다. 그는 잔뜩 경멸하는 표정으로 입을 삐죽거렸다. "위로 올라가시지요, 바질." 그가 차분하게 말했다. "저는 제 생활을 매일 일기에 기록하고 있어요. 그 일기는 오직 그 방에서만 썼고, 단 한 번도 밖으로 나온 적이 없습니다. 저하고 함께 가신다면 그걸 보여드리지요."

"자네가 원한다면 같이 가겠네, 도리언. 아무래도 기차는 놓친 것 같군. 하지만 괜찮아. 내일 가면 되니까. 그렇지만 오늘 밤에 당장 몇 장이라도 읽어보라는 부탁은 하지 말게. 난 그저 내 질문에 대한 명백한 답을 듣고 싶을 뿐이니까."

"위층에 가시면 답을 얻게 되실 겁니다. 여기에서는 아무런 대답도 할 수가 없어요. 그리고 오래 읽으실 필요도 없습니다."

13

도리언 그레이가 방을 나와 계단을 오르기 시작했고, 바질 홀워드는 그 뒤를 바싹 따라갔다. 그들은 한밤중에는 사람들이 본능적으로 그러듯이 조용조용 계단을 올라갔다. 램프 불빛이 벽과 계단 위에 환상적인 그림자를 던졌다. 바람이 불어 창문이 조금씩 덜컹거렸다.

두 사람이 맨 위층 층계참에 다다랐을 때, 도리언은 램프를 바닥에 내려놓은 다음 열쇠를 꺼내 자물쇠에 넣고 돌렸다. "정말 꼭 보시겠습니까, 바질?" 그가 낮은 목소리로 물었다.

"그렇다네."

"뭐, 아무튼 전 기쁩니다." 그가 미소를 지으며 대꾸했다. 그러고는 다소 까칠한 목소리로 이렇게 덧붙였다. "당신은 이 세상에서 나에 대한 모든 것을 알 자격이 있는 유일한 이에요. 당신이 생각하시는 것보다 제 인생에 훨씬 많이 관련되어 있으니까요." 그런 다음 램프를 들고 방문을 열어 안으로 들어갔다. 차가운 공기가 두 사람을 스쳐 지나갔고, 불빛이 잠시 짙은 오렌지색을 내며 확 타올랐다. 그는 몸을 떨었다. "문을 닫으시지요." 그가 탁자에 램프를 올려놓으며 낮게 말했다.

홀워드는 어리둥절한 표정으로 주변을 둘러보았다. 방은 몇 년 동안 아무도 살지 않은 것처럼 보였다. 색이 바랜 플랑드르산 태피스트리, 커튼으로 가린 그림 한 점, 오래된 이탈리아산 카소네(위쪽 널빤지에 뚜껑이 달려 있어 위쪽으로 여닫는 직사각형 모양의 긴 궤), 거의 텅 비어 있는 책장 – 의자 하나, 탁자 하나를 제외하면 방 안에 있는 물건은 이 정도가 전부인 것 같았다. 도리언 그레이가 벽난로 선반 위에 놓인 반쯤 탄 초에 불을 붙이자, 온통 먼지로 뒤덮인 채 듬성듬성 구멍이 나 있는 카펫이 눈에 들어왔다. 쥐 한 마리가 징두리널 뒤로 허둥지둥 달아나고 있었다. 퀴퀴한 곰팡이 냄새도 났다.

"그러니까, 당신은 오직 신만이 영혼을 볼 수 있다고 생각하시는 거지요, 바질? 거기 커튼을 열어젖히세요. 그러면 제 영혼이 보일 겁니다." 이렇게 말하는 도리언의 목소리는 차갑고 냉랭했다.

"자네 미쳤군, 도리언, 아니면 미친 척하는 거든지." 홀워드가 눈살을 찌푸리며 낮게 중얼거렸다.

"커튼을 젖히지 않으실 건가요? 그렇다면 제가 직접 해드려야겠군요." 젊은이가 말했다. 그는 커튼을 잡아채 커튼 걸이에서 벗기고는 바닥에 내던졌다.

희미한 빛 속에서 자신을 향해 싱긋이 웃고 있는 캔버스 위의 흉측한 얼굴을 보는 순간, 화가의 입에서 공포의 외마디 비명이 터져 나왔다. 그림의 표정에는 역겨움과 혐오감을 주는 무언가가 있었다. 그런데, 세상에 이럴 수가! 그가 보고 있는 것은 다름 아닌 도리언 그레이의 얼굴이 아닌가! 무엇이 됐든 사람을 질색하게 만드는 저것은 놀랍도록 뛰어난 도리언의 미모를 아직 완전히 훼손시키지는 않았다. 숱이 적은 머리카락에는 아직 제법 금발이 남아 있었고, 음탕한 입에는 약간의 진홍빛이 나타났다. 멍한 눈동자에는 감미로운 푸른빛이 얼마간 간직되어 있었고, 조각한 듯한 콧방울과 매끈한 목에서 흐르는 귀족적인 곡선도 아직 완전히 사라지지 않았다. 그렇다, 이 그림은 틀림없는 도리언이었다. 하지만 대체 누가 이런 짓을 했단 말인가? 화가 자신의 화풍임을 인정하지 않을 수 없었고, 더구나 액자는 직접 제작한 것이었다. 생각하기조차 끔찍한 일이지만, 아무래도 자신이 그린 그림이 맞는 것 같았다. 그는 불을 붙인 초를 움켜쥐고 그림 가까이 가져다 댔다. 왼쪽 구석에 주홍색으로 글자체를 길게 늘여 쓴 자신의 이름이 있었다.

이것은 상당히 구역질나는 패러디였으며, 대단히 악랄하고 저열한 풍자였다. 자신은 결코 이렇게 그린 적이 없었다. 하지만, 이것은 분명 자신의 그림이었다. 그 사실을 분명히 깨달은 순간, 불처럼 뜨겁던 피가 얼음처럼 차갑게 식으며 간신히 혈관 속을 도는 것 같았다. 자신이 그린 그림이 틀림없었다! 하지만 대체 이것이 어떻게 된 일일까? 그림이 어쩌다 이렇게 달라졌을까? 그는 몸을 돌려 병자처럼 흐릿한 눈빛으로 도리언 그레이를 바라보았다. 입에서는 경련이 일었고, 혀가 바짝 말라 또렷하게 발음을 할 수 없을 것 같았다. 이마에 손을 짚어보았다. 식은땀으로 이마는 끈적끈적 축축해졌다.

젊은이는 벽난로 선반에 기대서서, 훌륭한 배우의 연기에 넋을 잃은 사람의 얼굴에서 흔히 볼 수 있는 아주 희한한 표정을 지으며 그를 바라보았다. 그 표정에는 진정한 슬픔도 진정한 기쁨도 없었다. 그 표정에는 관객의 열정만 있을 뿐이었으며, 어쩌면 눈동자에 승리의 희미한 빛이 더해졌을지도 몰랐다. 그는 외투에 장식한 꽃을 빼내 냄새를 맡고 있었다, 아니, 냄새를 맡는 척했다.

"이, 이게 대체 어떻게 된 일인가?" 마침내 홀워드가 큰소리로 물었다. 그의 목소리는 자신이 듣기에도 날카롭고 이상했다. "오래전, 제가 소년이었을 때지요." 도리언 그레이가 손에 쥔 꽃을 뭉그러뜨리며 말했다. "당신을 만났고, 당신은 저를 치켜세웠으며, 외모에 허영심을 갖도록 가르쳤어요. 그러던 어느 날, 제게 당신 친구를 소개해주었고, 그는 제게 젊음의 경이로움에 대해 설명했어요. 당신은 아름다움이 얼마나 경이로운 것인지 제게 알려준 초상화를 완성했고요. 그때, 그리고 지금도, 제가 미치도록 간절했던 그 순간을 후회하는지 어떤지 모르겠습니다만, 아무튼 전 소원을 빌었어요. 아마 당신이 기도라고 말하는 게 그런 거겠지요……."

"그래, 기억나는군! 오, 아주 똑똑히 기억나! 아니지! 그렇지만 그런 일은 불가능해. 이런, 방이 몹시 습하군. 이러니 캔버스에 곰팡이가 피었지. 맞아, 옛날에 사용했던 페인트에 질이 아주 안 좋은 유독성 광물질이 함유되어 있었기 때문이지 그림이 저절로 변하는 일은 절대로 불가능해."

"오, 뭐가 불가능하다는 거지요?" 젊은이는 창가로 다가가, 김이 서려 흐릿해진 차가운 창문에 이마를 기대고 서서 중얼거렸다.

"자네, 그림을 파기했다고 하지 않았나."

"잘못 말한 거예요. 그림이 나를 파괴했지요."

"이것이 과연 내 그림이라니, 믿어지지 않아."

"그 속에서는 당신의 이상이 보이지 않나보군요?" 도리언이 신랄하게 말했다.

"내 이상이란, 그러니까……."

"그러니까 뭔가요."

"내 이상에는 사악한 면도, 치욕스러운 면도 전혀 없었네. 자네는 내가 두 번 다시 만나지 못할 최고의 이상이었어. 하지만 이 그림은 호색한의 얼굴이야."

"내 영혼의 얼굴이지요."

"이런, 맙소사! 내가 숭배한 게 정녕 이런 것이었단 말인가! 이처럼 악마의 눈동자가 박혀 있는 것을 숭배했단 말인가."

"우리는 누구나 마음속에 천국과 지옥을 동시에 가지고 있습니다, 바질!" 도리언이 몹시 절망스러운 몸짓을 하며 큰소리로 외쳤다.

홀워드는 다시 돌아서서 초상화를 가만히 응시했다. "오, 하느님! 이것이 사실이라면……." 그가 크게 소리쳤다. "그리고 이것이 자네가 살아온 인생을 그대로 보여주는 것이라면, 세상에, 자네는 자네를 험담한 사람들이 상상하는 것보다 훨씬 더 최악이 분명해!" 그는 다시 촛불을 들어 캔버스 가까이 가져가 초상화를 자세히 들여다보았다. 표면은 훼손된 흔적이 전혀 없이, 그가 마지막으로 보았던 상태 그대로인 것 같았다. 상스러움과 소름 끼칠 듯한 혐오스러움은 분명 그림으로부터 나온 것이었다. 내면의 생활이 기이하게 속도를 더하자, 나병과 같은 죄악이 서서히 그림을 좀먹고 있었던 것이다. 물에 잠긴 무덤에서 썩어 문드러진 시체도 이처럼 무섭지는 않을 것 같았다.

그의 손이 부들부들 떨리자, 초꽂이에 꽂혀 있던 초가 바닥에 떨어지면서 파지직 소리를 냈다. 그는 발로 초를 밟아 불을 껐다. 그러고는 탁자 옆에 놓인 곧 부서질 것 같은 의자에 털썩 주저앉아 두 손에 얼굴을 묻었다.

"훌륭해, 아주 훌륭해, 도리언. 이렇게 대단한 교훈을 얻다니! 이렇게 무시무시한 교훈을 얻다니!" 아무런 대답이 없었지만, 그는 젊은이가 창가에서 흐느끼는 소리를 들을 수 있었다. "기도하세, 도리언, 기도하세." 그가 중얼거리며 말했다. "어린 시절 배운 기도가 있었는데? '우리를 유혹에 빠지지 않게 하소서. 우리 죄를 용서해주소서. 우리 죄를 씻어주소서.' 우리 같이 기도하세. 자네의 오만한 기도도 들어주시지 않았나. 그러니 참회의 기도도 들어주실 걸세. 내가 자네를 지나치게 숭배했어. 지금 그것에 대한 벌을 받고 있는 거야. 자네 역시 자신을 지나치게 숭배했고. 우린 둘 다 벌을 받고 있는 걸세."

도리언 그레이는 천천히 몸을 돌리며, 눈물 때문에 부예진 눈으로 그를 바라보았다. "너무 늦었어요, 바질." 그가 더듬거리며 말했다.

"결코 늦지 않았어, 도리언. 우리 무릎을 꿇고, 기억나는 기

313

도문이 없는지 찾아보세. 어디에 이런 구절이 있었는데. '너희의 죄가 진홍빛 같아도 눈같이 희어지리라(이사야 예언서 1:18장, 가톨릭 성서 참조).'"

"지금 제게 그런 말들은 아무런 의미가 없어요."

"쉿! 그런 말 말게. 지금까지 지은 죄악으로도 충분하네. 이런, 맙소사! 우리를 흘겨보는 저 몹쓸 것이 보이지 않는가?"

도리언 그레이는 그림을 흘긋 쳐다보다가, 마치 캔버스 위의 형상이 그러라고 시키기라도 한 듯, 싱긋이 웃고 있는 그 입이 자신의 귀에다 대고 그러라고 속삭이기라도 한 듯, 돌연 바질 홀워드를 향해 주체할 수 없는 증오심이 끓어올랐다. 쫓기는 동물과도 같은 미칠 듯한 분노가 그의 마음을 뒤흔들어 놓아, 지금까지 살면서 혐오했던 그 무엇보다도 탁자 옆에 앉아 있는 저 남자가 견딜 수 없이 혐오스러웠다. 그는 미친 듯 흥분해서 주변을 둘러보았다. 맞은편에 페인트칠이 된 책장 맨 위에서 무언가가 번쩍거리고 있었다. 그의 시선이 그곳을 향했다. 그것이 무엇인지 알고 있었다. 며칠 전 끈을 자르기 위해 가지고 올라왔다가, 치우는 걸 잊고 놓아두었던 나이프였다. 그는 홀워드를 지나쳐 서서히 나이프를 향해 다가갔다. 그러고는 홀워드의 등 뒤에 다다르자마자, 칼을 쥐고 몸을 돌렸다. 홀워드는 이제 그만 일어나려는 듯 의자에서 몸을 움직였다. 바로 그때 도리언이 홀워드의 귀 뒤쪽 대정맥에 나이프

를 찌른 다음, 머리를 탁자 위에 처박아 누르고는 나이프로 수
차례 같은 곳을 찔러댔다.

질식하는 듯한 신음 소리, 솟구치는 피로 숨통이 막힌 것 같
은 끔찍한 소리가 들렸다. 두 팔은 세 차례 경련을 일으키며
뻗어 올라갔으며, 기괴한 모양으로 굽은 손가락이 허공 위에
서 흔들렸다. 두 차례 더 찌르자, 홀워드는 더 이상 움직이지
않았다. 무언가가 바닥 위에 뚝뚝 떨어지기 시작했다. 그는 여
전히 홀워드의 머리를 누른 채 잠시 그대로 있었다. 그런 다음
탁자 위에 나이프를 던져놓고, 무슨 소리가 나지 않는지 귀를
기울였다.

아무 소리도 들리지 않았고, 다만 낡고 해진 카펫 위로 무언
가가 뚝뚝 떨어지는 소리만 들릴 뿐이었다. 그는 문을 열어 층
계참으로 다가갔다. 집 안에는 적막만이 감돌았다. 주위에는
아무도 없었다. 계단의 난간 위로 몸을 구부리고, 소용돌이 모
양으로 구불구불 이어진 칠흑같이 검은 층계 사이 뚫린 공간
을 잠시 내려다보았다. 그런 다음 열쇠를 꺼내 다시 방으로 들
어가, 그 길로 방 안에 틀어박혔다.

시체는 여전히 의자에 앉아 고개를 숙이고 등을 굽힌 채 기
다란 팔을 기괴한 모양으로 뻗고는 탁자에 기대 있었다. 나이
프로 들쭉날쭉하게 베인 목 부분의 붉은 자국이 아니었다면,
탁자 위에 서서히 번지는 피에 엉긴 검붉은 자국이 아니었다

면, 누가 보더라도 그저 잠을 자는 것처럼 보였을 것이다.

이 모든 일이 눈 깜짝할 사이에 벌어졌다! 그는 놀랍도록 침착한 태도로 창가를 향해 다가가, 창문을 열고 발코니를 향해 걸음을 옮겼다. 바람은 안개를 몰아냈고, 하늘은 수많은 황금빛 눈동자들로 장식된 거대한 공작의 꼬리 같았다. 그는 아래를 내려다보며, 경찰이 마을 주위를 돌아다니면서 고요한 집집의 대문마다 랜턴의 기다란 불빛을 비추는 모습을 바라보았다. 여자가 숄을 펄럭이며 비틀비틀 느리게 난간을 기어오르고 있었다. 그녀는 이따금 멈추어 서서 뒤를 돌아보았다. 그러고는 문득 쉰 목소리로 노래를 부르기 시작했다. 경찰이 천천히 다가와 그녀에게 뭐라고 말을 했다. 그녀는 소리 내어 웃으면서 비틀비틀 걸어갔다. 차가운 돌풍이 광장을 휩쓸고 지나갔다. 가스등이 깜박이며 푸른빛을 띠었고, 잎이 다 떨어진 나무들은 쇠처럼 단단한 검은 나뭇가지들을 이리저리 흔들었다. 그는 몸을 떨었고, 다시 방으로 들어와 창문을 닫았다.

방문 앞에 서서 열쇠를 돌려 문을 열었다. 살해당한 남자의 시체는 쳐다보지도 않았다. 모든 일이 영원히 비밀로 남게 된다면 이 상황이 밝혀질 리 없을 거라는 생각이 들었다. 이 모든 불행을 일으킨 치명적인 초상화를 그린 친구가 저세상으로 갔다. 이제 다 끝났다.

그는 곧이어 방에 램프를 두고 나왔다는 걸 떠올렸다. 램프는 윤기 없이 탁한 은판 위에 광택이 나는 강철로 덩굴무늬를 상감 세공하고 조악한 터키옥을 박아 넣은 무어의 세공품으로, 다소 기이하게 생긴 것이었다. 어쩌면 하인이 램프가 없어진 걸 알아채고 물어볼지도 모른다. 그는 잠시 망설이다가 다시 돌아가 탁자 위에 놓인 램프를 집어 들었다. 이제는 시체를 보지 않을 수 없었다. 어쩌면 저리도 평온할 수 있는지! 끔찍할 정도로 하얀 저 기다란 손! 마치 밀랍으로 만든 무시무시한 형상 같았다.

방문을 잠그고 계단을 따라 조용히 살금살금 내려왔다. 나무 계단이 삐걱거리는 소리가 마치 고통에 못 이겨 울부짖는 소리처럼 들렸다. 여러 차례 멈추어 서서 가만히 귀를 기울여 보았다. 아무 소리도 들리지 않았다. 사방이 고요했다. 단지 자신의 발자국 소리만 들릴 뿐이었다.

서재에 들어오자, 방 한구석에 놓인 가방과 외투가 눈에 띄었다. 이것들을 어딘가에 숨겨야 했다. 그는 자신의 기괴한 위장복을 보관해둔 징두리판 벽 속 비밀 책장 안에 이것들을 집어넣었다. 태우는 일이야 나중에라도 얼마든지 가능했다. 시계를 꺼내 들었다. 두 시 이십 분 전이었다.

그는 자리에 앉아 고심하기 시작했다. 영국에서는 매년, 아니 거의 매달, 자신과 같은 짓을 저지른 사람들을 교수형에 처한다. 그런 짓을 저지른 바로 그 순간, 공기 중에는 살인의 광기가 떠다니고 있었다. 짙붉은 별 하나가 땅으로 바싹 내려앉았다……. 하지만 자신이 살해했다는 증거가 어디에 있단 말인가? 바질 홀워드는 열한 시에 집을 나섰다. 그가 자신과 함께 다시 집으로 돌아온 걸 본 사람은 아무도 없다. 대부분의 하인들은 셀비 로열에 있었다. 그의 하인은 이미 잠자리에 든 지 오래고……. 파리! 그렇다. 바질은 자정에 기차를 타고 파리로 간 것이다. 당초 그가 그렇게 계획하지 않았던가. 사람을 가까이 하지 않는 그의 특이한 성향 덕분에, 뭔가 의혹이 제기되기까지는 몇 달이 걸릴 것이다. 몇 달! 그보다 훨씬 전에 모든 증거물을 없앨 수 있으리라.

그때 문득 어떤 생각 하나가 머리를 스쳤다. 그는 모피 코트를 입고 모자를 쓴 다음 현관으로 향했다. 그러고는 문밖 도로 위를 걸어가는 경찰의 느리고 묵직한 발자국 소리를 듣고, 창문에 반사되는 네모진 각등의 불빛을 보면서, 잠시 그 자리에 서 있었다. 숨을 죽이며 잠시 동안 그렇게 기다렸다.

얼마 후, 빗장을 열고 슬그머니 밖으로 나가 아주 조용히 문을 닫았다. 그런 다음 종을 울렸다. 약 오 분쯤 지나자 하인이 잠이 채 가시지 않은 얼굴로 옷을 입는 둥 마는 둥 한 차림으로 모습을 드러냈다.

"잠을 깨워 미안해, 프랜시스." 그가 집 안으로 들어서며 말했다. "깜빡 잊고 현관 열쇠를 안 가지고 갔지 뭐야. 지금 몇 시지?"

"두 시 십 분입니다, 도련님." 하인은 벽시계를 보면서 눈을 껌벅이며 대답했다.

"두 시 십 분이라고? 벌써 시간이 이렇게 됐나! 내일 아침 아홉 시에 날 깨워줘. 할 일이 좀 있거든."

"알겠습니다, 도련님."

"오늘 저녁에 누구 찾아온 사람은 없었고?"

"홀워드 씨가 다녀가셨어요, 도련님. 열한 시까지 계시다가 기차를 타야 한다며 가셨어요."

"오! 이런, 그를 보지 못하다니, 이거 정말 섭섭한걸. 혹시 무슨 쪽지라도 남기지 않았나?"

"아니요, 도련님. 클럽에서 도련님을 만나지 못하면 파리에 가서 편지를 쓰겠다고 하신 거 말고는 별다른 말씀 없으셨어요."

"그럼 됐어, 프랜시스. 내일 아침 아홉 시에 깨우는 거 잊지 마."

"네, 도련님."

하인은 실내화를 신은 채 비틀비틀 복도를 따라 내려갔다. 도리언 그레이는 모자와 외투를 탁자 위에 던져놓고 서재로 들어갔다. 그러고는 십오 분 동안 입술을 깨물고 방 안을 서성이며 생각에 잠겼다. 그러더니 책꽂이에 꽂힌 귀족 명부를 뽑아 책장을 넘기기 시작했다. "앨런 캠벨, 메이페어 하트퍼드가 152번지." 그렇다, 지금 그에게 필요한 인물은 바로 이 사람이었다.

14

다음 날 아침 아홉 시, 하인은 초콜릿 음료 한 잔을 쟁반에 받치고 들어와 겉창을 열었다. 도리언은 오른쪽으로 돌아누워 한 손을 뺨 아래에 대고 아주 평온하게 자고 있었다. 그 모습은 마치 신나게 놀거나 열심히 공부하느라 녹초가 된 소년 같았다.

하인이 두 차례나 그의 어깨를 두드리고 나서야 간신히 잠에서 깼고, 눈을 떴을 땐 마치 달콤한 꿈속에 푹 빠져 있었던 듯 입가에 희미하게 미소가 스쳤다. 하지만 그는 아무런 꿈도 꾸지 않았다. 기분 좋은 꿈이든 고통스러운 꿈이든, 그 어떤 꿈에도 방해받지 않고 밤새 곤히 잤다. 하지만 젊은 시절엔 아무런 이유 없이도 미소를 짓기 마련. 그것이 그 시절의 가장 큰 매력 가운데 하나이기도 하다.

그는 몸을 돌려 앉아 팔꿈치를 괴고 초콜릿 음료를 조금씩 마시기 시작했다. 십일월의 달콤한 햇살이 방 안으로 흘러 들어왔다. 하늘은 화창했고, 공기에는 따스한 온기가 감돌았다. 오월의 아침 같은 날씨였다.

하지만 전날 밤의 일들이 서서히 피에 얼룩진 두 발을 이끌고 슬그머니 뇌 속을 파고들어 무섭도록 또렷하게 되살아나기 시작했다. 그는 어젯밤에 겪은 모든 일들을 떠올리며 몸을 움찔했다. 의자에 앉는 동안 결국 바질 홀워드를 살해하게 만든 그를 향한 묘한 증오심과 똑같은 증오심이 다시금 되살아나, 점점 분노로 마음이 얼어붙었다. 죽은 남자는 아직도 그 자리에, 그것도 지금 이 따스한 햇살을 받으며 앉아 있겠지. 이 얼마나 끔찍한 일인가! 그처럼 흉측한 것들은 캄캄한 어둠 속이나 어울리는 것이지 환한 대낮과는 어울리지 않는 것이거늘.

지난밤에 겪은 일을 생각하다가는 병이 나거나 미쳐버리고 말 것 같았다. 실행했을 때보다는 기억 속에서 더 큰 황홀감을 느끼는 죄악이 있으며, 열정보다는 자부심을 만족시키는 한편 감각에 전해주거나 전해줄 수 있는 그 어떤 기쁨보다 훨씬 크고 활기찬 기쁨을 지성에 부여하는 묘한 승리감이 있다. 하지만 이번 일은 그런 종류의 것이 아니었다. 간밤의 일은 머리에서 몰아내야 할 사건, 아편의 힘으로 잠재워야 할 사건, 그것이 누군가의 목을 조르지 못하도록 먼저 목 졸라 없애야 할 사건이었다.

삼십 분을 알리는 종이 울리자 그는 이마에 성호를 그은 다음 서둘러 자리에서 일어나, 넥타이며 스카프 핀을 아주 세심하게 고르고, 이 반지 저 반지 바꾸어가며 껴보는 등 평소보다 훨씬 신경 써서 옷을 차려입었다. 또한 식탁에 차려진 다양한 음식을 맛보고, 셸비에 있는 하인들이 어떤 식으로 복장을 입는 것이 좋을지 자신의 생각을 하인에게 이야기하고, 자기 앞으로 온 서신을 찬찬히 읽어보면서, 아침 식탁에서도 한참 동안 시간을 보냈다. 어떤 편지들을 읽을 땐 미소를 짓기도 했다. 세 통의 편지는 그를 지루하게 만들었다. 어떤 편지는 여러 차례 반복해서 읽다가 살짝 짜증스러운 표정을 지으며 찢어버렸다. "여자들의 기억력이란 정말 지긋지긋하다니까!" 이 말은 언젠가 헨리 경이 했던 말이었다.

그는 블랙커피 한 잔을 마신 후 냅킨으로 천천히 입을 닦은 다음, 하인에게 잠시 기다리라는 손짓을 하더니 탁자로 다가가 그 앞에 앉아 두 통의 편지를 썼다. 그리고 한 통은 자신의 주머니에 넣고, 다른 한 통은 하인에게 건네주었다.

"이걸 하트퍼드 가 152번지에 전해줘, 프랜시스. 그리고 만일 캠벨 씨가 런던을 떠나 있다면 지금 있는 곳 주소를 알아와."

324

혼자 남게 되자 그는 즉시 담배에 불을 붙이고 종이 위에 그림을 스케치하기 시작했는데, 처음엔 꽃을 그리다가 건물도 그렸다가 곧이어 사람 얼굴을 그렸다. 그러다 문득 자신이 그린 얼굴들이 죄다 바질 홀워드를 굉장히 많이 닮아 있다는 걸 알아차렸다. 그는 눈살을 찌푸리고는 자리에서 일어나 책장을 향해 다가가서 아무 책이나 꺼내 들었다. 반드시 그래야 할 필요가 생기기 전까지는, 어젯밤 일어난 일에 대해 생각하지 않기로 결심했다.

소파 위에 편안하게 누워 책 표지를 보았다. 샤르팡티에가 일본 종이에 자크마르의 에칭을 찍어 표지로 만든 고티에의 시집 『칠보와 나전Emaux et Camees』이었다. 책은 금박으로 격자무늬를 세공하고 드문드문 석류 무늬를 새긴 담황색과 녹색의 가죽으로 장정되었다. 에이드리언 싱글턴에게 받은 것이었다. 책장을 넘기다가 라스네르(프랑스의 유명한 살인범)의 손에 대한 시에 눈길이 갔다. 파우누스의 손가락과 같은 손가락에 붉은색 부드러운 털이 난, '아직 순결하지 못한 고뇌'가 느껴지는 차고 노란 손을 묘사한 시였다. 그는 가느다란 자신의 흰 손가락을 바라보며 자기도 모르게 조금씩 몸을 떨면서 책장을 넘기다가, 베니스에 대한 아름다운 시 구절을 발견했다.

반음계 위로

진주알이 흘러내리는 그녀의 젖가슴,

아드리아해의 비너스여

그대의 분홍빛과 흰빛 살결을 물결 밖으로 드러내주오.

푸른 바다의 파도 위로 드러나는 붉은 지붕은

악구의 순결한 윤곽을 따라,

사랑의 한숨으로 울렁이는

둥근 젖가슴처럼 부풀어 오르네.

작은 보트가 항구에 닿아 나를 내려주고,

분홍빛 건물 정면에,

계단의 대리석 위에,

기둥의 밧줄을 던지네.

이 얼마나 아름다운 시구인가! 누구라도 이 시를 읽고 있노라면, 은색 뱃머리 위로 휘장들이 길게 나부끼는 검정색 곤돌라에 앉아, 분홍빛과 진주빛이 어우러진 도시의 녹색 수로를 따라 내려가는 듯한 기분이 들 것이다. 한줄 한줄의 단순한 시구가 그에게는 마치 배가 리도(19세기에 베니스에 위치한 해변의 휴양도시)를 향해 출범할 때 뱃길을 따라 죽 이어지는 청록빛 물결처럼 보였다. 문득문득 드러나는 화려한 색채들은 목이 오팔색과 붓꽃색으로 이루어진 새들이 벌집 모양의 높다란 종탑 주위를 너울너울 날아다니거나, 혹은 어둑하고 먼지 자욱한 아케이드 사이를 대단히 우아하고 장엄한 자태로 걸어가는 모습을 연상시켰다. 그는 소파에 등을 기대고 실눈을 뜬 채 혼잣말로 연신 중얼거렸다.

"분홍빛 계단 정면에,
계단의 대리석 위에."

이 두 줄 안에 베니스 전체가 담겨 있었다. 그곳에서 보낸 지난가을, 그의 마음을 온통 흔들어놓은 무모하지만 기꺼이 어리석은 짓을 일삼게 했던 아름다운 사랑을 떠올렸다. 하긴, 어디에나 로맨스는 있는 법. 그렇지만 옥스퍼드처럼 베니스에도 로맨스를 뒷받침하는 배경이 있었으니, 진정한 낭만주의자에게 배경은 모든 것이거나 거의 모든 것이었다. 그 시절, 바질과도 얼마간 함께 지냈었다. 바질은 틴토레토(16세기 이탈리아 화가)에게 열중했었다. 가엾은 바질! 인간이 어쩌면 그렇게도 처참하게 죽을 수 있는지!

그는 한숨을 쉰 다음, 다시 책을 집어 들어 애써 모든 일을 잊으려 했다. 메카 순례를 마친 이슬람교 남자들이 앉아서 호박 구슬을 세고, 터번을 두른 상인들이 장식 술이 달린 기다란 파이프로 담배를 피우면서 근엄하게 이야기를 나누는 스미르나의 작은 카페에 날아든다는 제비들 이야기를 읽었다. 강렬한 연꽃에 덮인 나일강 곁으로, 스핑크스가 있고 장미꽃처럼 빨간 따오기와 황금빛 발톱을 가진 하얀 독수리와 김이 피어오르는 녹색 진흙 위를 기어 다니는 연청색 작은 눈동자를 지닌 악어들이 사는 그곳으로 돌아가길 간절히 바라며, 해가 비치지 않는 외로운 망명지에서 화강암 눈물을 흘리는 콩코르드 광장의 오벨리스크에 대해 읽었다. 키스 자국으로 얼룩진 대리석에서 음악을 자아내는, 고티에가 콘트랄토(테너와 소프라노의 중간 음. 고티에는 콘트랄토의 양성적인 음역에 대해 찬양한 바 있다) 음성에 비교했던 기묘한 조각상, 루브르의 반암斑岩실에 누워 있는 이 '매력적인 괴물(그리스 신화에 나오는 남녀 양성을 지닌 인물 헤르마프로디토스를 복제한 로마의 조각상)'에 대해 노래한 시구들을 곰곰이 생각하기 시작했다. 하지만 시간이 흐르자 더 이상 책이 손에 잡히지 않았다. 점점 초조해졌고, 무시무시한 공포가 발작처럼 엄습해왔다. 앨런 캠벨이 영국을 떠나 있으면 어쩌지? 그렇다면 돌아오기까지 며칠이 걸릴 텐데. 아니, 어쩌면 오지 않겠다고 할지도 몰라. 그가 오지 않으면 어떻게 한다? 매 순간순간이 목숨을 걸 만큼 중요한데.

한때, 그러니까 오 년 전, 두 사람은 둘도 없는 친구, 그야말로 떼려야 뗄 수 없는 사이였다. 그런데 둘 사이의 친밀한 관계가 어느 날 갑자기 끝나버렸다. 이제는 사교계에서 만나면 미소를 짓는 쪽은 도리언 그레이뿐이고, 앨런 캠벨은 결코 웃지 않았다.

시각 예술에 대한 안목은 전혀 없으며, 시에 대한 미적 감각이라고는 도리언으로부터 영향을 받은 게 전부지만, 앨런 캠벨은 대단히 영리한 젊은이였다. 그의 지적 열정은 무엇보다 과학을 향해 있었다. 캠브리지 시절, 그는 거의 대부분의 시간을 실험실에서 연구를 하며 보냈고, 한창때에는 자연과학 우등졸업시험에서 우수한 성적을 올리기도 했다. 물론 지금도 여전히 화학 실험에 몰두하고 있으며, 실험실을 갖추어 하루 종일 그 안에 틀어박혀 지내기 일쑤여서, 아들이 의회에 입후보하기를 간절히 바라는 데다 화학자는 약이나 처방해주는 사람일 거라는 막연한 생각을 갖고 있는 그의 어머니는 이만저만 골치 아파하는 게 아니었다. 하지만 그는 훌륭한 음악가이기도 해서, 바이올린과 피아노 연주는 웬만한 아마추어들보다 훌륭했다. 사실 그와 도리언을 처음으로 맺어준 것도 음악이었다 – 음악 외에 한 가지 더 덧붙이자면 도리언 자신이 원하기만 하면 언제라도 발휘할 수 있을 듯한, 그러나 실제로는 거의 아무런 의식 없이 발휘하게 되는, 뭐라고 형용하기 어려운 그만의 매력 때문이라고 할 수 있다. 버크셔 부인의 저택에서 루빈스타인이 피아노를 연주하던 날 밤 두 사람은 처음 만났고, 그날 이후 오페라극장이며 훌륭한 음악이 연주되는 곳이라면 어디든 항상 함께 나타나곤 했다. 둘의 친밀한 우정은 일 년 육 개월 동안 지속되었다. 캠벨은 언제나 셀비 로열 아니면 그로스브너 광장에 있었다. 다른 많은 사람들에게 그렇듯 그에게도 도리언 그레이는 인생의 경이롭고 황홀한 모든 것을 지닌 원형 그 자체였다. 두 사람 사이에 어떤 다툼이 있었는지는 아무도 알지 못했다. 하지만 두 사람이 만나도 거의 말을 하지 않는다거나, 도리언 그레이가 파티에 참석하면 캠벨은 어김없이 일찌감치 자리를 뜨는 것 같다는 말들이 어느 날부터인가 사람들 입에 오르내리기 시작했다. 더욱이 캠벨은 예전과 많이 달라졌다 – 때때로 이상할 정도로 우울했고, 음악을 듣는 것조차 달가워하지 않는 듯 보였으며, 누군가 연주를 청하기라도 하면 과학에 깊이 심취해 있는 터라 연습할 시간이 없었노라는 핑계를 대며 절대로 연주를 하려 들지 않았다. 그리고 이 말은 틀림없는 사실이기도 했다. 그는 갈수록 생물학에 더욱 관심을 갖는 듯 보였고, 사실 몇몇 호기심을 끄는 일부 실험과 관련해서 과학 평론지에 한두 차례 이름이 실리기도 했다.

도리언 그레이가 기다리는 사람이 바로 이 사람이었다. 그는 시시각각 시계를 흘끔거렸다. 시간이 갈수록 몹시 초조해져 안절부절못했다. 마침내 자리에서 벌떡 일어나, 우리에 갇힌 아름다운 짐승처럼 방 안을 왔다 갔다 서성이기 시작했다. 그는 소리 내지 않고 성큼성큼 걸었다. 두 손이 이상하리만치 차가웠다.

조마조마한 불안감은 도무지 견딜 수 없는 지경에 이르렀다. 자신이 거대한 광풍에 의해 수직의 가파른 절벽이나 양쪽으로 갈라져 시꺼먼 심연을 드러내는 틈을 향해 휩쓸려 들어가는 동안, 시간은 납으로 만든 두 발을 질질 끌면서 엉금엉금 기어가는 것만 같았다. 그곳에서 자신을 기다리고 있는 것이 무엇인지 그는 잘 알고 있었다. 사실 그는 그것의 정체를 보았고, 그래서 몸을 부들부들 떨면서 마치 뇌의 깊숙한 곳에 박힌 시력을 관장하는 기능을 없애버리려는 듯, 두 개의 안구를 원래의 동굴 속으로 되돌리기라도 하려는 듯, 뜨거운 눈꺼풀을 축축한 손으로 꽉 누르고 있었다. 하지만 소용없는 짓이었다. 두뇌는 제 나름의 양식으로 살을 찌웠고, 공포에 의해 기괴해진 상상력은 괴로움에 못 이겨 산짐승처럼 온몸을 뒤틀고 비틀었으며, 무대 위의 더러운 꼭두각시 인형처럼 춤을 추면서 움직이는 가면 사이로 이를 드러내며 웃고 있었다. 그러다 문득, 그를 향해 다가오던 시간이 멈추었다. 그렇다. 느리게 호흡하던 눈먼 짐승은 더 이상 그를 향해 기어오지 않았고, 시간이 멈춰버렸다는 무시무시한 생각만이 재빠르게 앞으로 질주하더니, 시간의 무덤으로부터 섬뜩한 미래를 끄집어내 그에게 보여주었다. 그는 그것을 뚫어지게 바라보았다. 그것이 드러내는 끔찍한 공포로 인해 그는 돌처럼 굳어버렸다.

마침내 문이 열리고, 하인이 들어왔다. 그는 멍한 눈빛으로 하인을 돌아보았다.

"캠벨 씨가 오셨습니다, 도련님." 하인이 말했다.

바싹 마른 입술 사이로 안도의 한숨이 터졌고, 두 뺨에 다시 생기가 돌았다.

"당장 안으로 들어오시라고 해, 프랜시스." 그는 다시 본래 모습으로 되돌아온 것 같았다. 조금 전 겁에 질렸던 기분은 온데간데없이 사라졌다.

하인은 고개를 숙여 인사한 후 방을 나갔다. 잠시 후 앨런 캠벨이 다소 창백한 얼굴에 몹시 단호한 표정을 지으며 방 안으로 걸어 들어왔는데, 새까만 머리카락과 검은 눈썹 때문에 창백한 얼굴이 더욱 도드라져 보였다.

"앨런! 자네가 올 줄 알았어. 이렇게 와주어 정말 고마워."

"그레이, 자네 집에는 두 번 다시 찾아오지 않겠다고 마음먹었었네. 하지만 생사가 걸린 문제라기에 온 거야." 그의 목소리는 딱딱하고 차가웠다. 그는 한 마디 한 마디 천천히 신중하게 말했다. 도리언을 향한 침착하고 날카로운 시선에는 경멸이 담겨 있었다. 그는 아스트라한 모직 외투 주머니에 두 손을 찔러 넣은 채, 자신을 환영하는 친구의 몸짓을 짐짓 모른 척하는 것 같았다.

"맞아, 생사가 걸린 문제야, 앨런. 그것도 여러 사람의 생사가 걸린 문제지. 일단 앉아."

캠벨은 탁자 옆 의자에 앉았고, 도리언은 그의 맞은편에 앉았다. 두 남자의 시선이 마주쳤다. 도리언의 시선에는 캠벨을 향한 무한한 연민이 담겨 있었다. 그는 캠벨이 얼마나 무시무시한 일을 하게 될지 잘 알고 있었다.

잠시 긴장된 침묵이 흐른 뒤, 도리언은 앞으로 몸을 구부리며 아주 천천히, 그러나 자신이 전하는 말 한 마디 한 마디에 친구의 얼굴 표정이 어떻게 달라지는지 유심히 관찰하면서 말했다. "앨런, 이 집 꼭대기 층의 잠긴 방에, 나 말고는 아무도 들어갈 수 없는 그 방 안에 남자 한 명이 죽은 채 탁자 옆에 앉아 있어. 그가 죽은 지 이제 열 시간쯤 됐어. 놀라지 마, 그리고 그런 표정으로 날 보지도 마. 그 남자가 누군지, 왜 죽었는지, 어떻게 죽었는지는 자네가 신경 쓸 문제가 아니야. 자네가 해야 할 일은 말이지……."

"그만해, 그레이. 더 이상 아무것도 알고 싶지 않아. 자네가 나에게 한 말이 사실이든 아니든 나하고는 아무 상관없어. 자네 인생에 말려드는 일이라면 딱 잘라 거절하겠어. 자네의 무시무시한 비밀들은 자네 혼자 간직해. 난 더 이상 자네 비밀 따위에 관심 없으니까."

"앨런, 내 비밀들은 틀림없이 자네에게 흥미로울 거야. 이번 일에도 관심을 갖게 될 테고. 자네에겐 정말 미안해, 앨런. 하지만 나도 어쩔 수가 없어. 지금 나를 구해줄 사람은 자네 한 사람뿐이야. 난 자네를 이 일에 끌어들일 수밖에 없어. 이 방법 말고는 다른 대안이 없어. 앨런, 자네는 과학자잖아. 화학이니 그런 종류의 학문에 대해 잘 알고 있잖아. 실험도 많이 해봤고 말이야. 자네가 해야 할 일은 위층에 있는 시체를 없애는 거야 – 그러니까 시체가 있었다는 흔적조차 남기지 않고 깨끗이 없애버리는 거지. 그 사람이 집 안으로 들어오는 걸 본 사람은 아무도 없어. 사실 그는 지금 이 시간에 파리에 있는 걸로 되어 있어. 그러니 사람들은 몇 달 동안 그를 볼 수 없는 셈이지. 그러니까 그가 통 보이지 않는다는 걸 사람들이 깨달을 때쯤에는, 이곳에서 그에 대한 어떠한 흔적도 발견되어서는 안 돼. 앨런, 자네가 그 남자와 그 남자가 지닌 모든 것들을 공중에 흩뿌릴 수 있는 한 줌 재로 만들어주게."

"자네 미쳤군, 도리언."

"아! 자네가 날 도리언이라고 불러주길 얼마나 기다렸는지 몰라."

"아무래도 자넨 미친 것 같아 – 내가 자네를 돕기 위해 손가락 하나라도 까딱할 거라고 생각하다니 미친 게 틀림없어. 그래, 이처럼 말도 안 되는 고백을 하는 걸 보니 틀림없이 제정신이 아닌 게야. 자네가 무슨 의도로 이러는지 몰라도, 난 이 일에 눈곱만큼도 관심 없어. 내가 자네 때문에 내 명예에 해로운 짓을 할 것 같은가? 자네가 어떤 악마 같은 짓을 저지르든 나하고 무슨 상관이란 말인가?"

"그건 자살이었어, 앨런."

"그것 참 다행이군. 하지만 누가 그를 자살로 몰고 갔지? 내 생각엔 틀림없이 자네 같은데."

"그래서, 이 일을 끝까지 거절하겠다는 건가?"

"당연히 거절하네. 이런 일에는 절대로 관여하고 싶지 않아. 자네에게 어떤 치욕스러운 일이 닥치든 나하고는 상관없는 일일세. 다 자네가 자초한 일 아닌가. 자네가 망신을 당하고 공개적으로 욕을 얻어먹는 모습을 본다 해도, 나는 전혀 안타깝지 않네. 세상에 그 많은 사람들을 다 놔두고 어떻게 감히 나한테 이처럼 소름 끼치는 일을 도와달라고 부탁할 수가 있나? 난 자네가 사람의 성향에 대해 제법 많이 알고 있을 줄 알았네. 자네 친구 헨리 워튼 경은 세상에 별의별 것들을 다 가르쳐주면서 사람 심리에 대해서는 제대로 가르치지 않았나보군. 무슨 말을 해도 난 자네를 돕기 위해 한 발자국도 움직이지 않을 거야. 사람을 잘못 찾았어. 나한테 이러지 말고 자네 친구들한테나 가서 부탁하지그래."

"앨런, 이건 살인이었어. 내가 그를 죽였지. 그가 날 얼마나 고통스럽게 했는지 자넨 몰라. 내가 어떤 식으로 살든, 그는 불쌍한 해리보다 더 심하게 사사건건 내 인생을 조종했고 내 인생을 망치는 데 일조했지. 물론 의도적으로 그런 건 아니었겠지만, 아무튼 결과는 그렇게 됐네."

"살인이라고! 세상에 맙소사, 도리언. 어떻게 그 지경까지 됐나? 자네를 고발하지는 않겠어. 어차피 내가 알 바 아니니까. 또한 내가 나서지 않더라도 자넨 틀림없이 잡힐 테니까. 누구든 범죄를 저지르면 어리석은 단서 몇 개쯤 남기게 마련이니 말이야. 하지만 난 이 일에 개입하지 않겠네."

"아니, 조금이라도 도움을 주어야 해. 기다려, 잠깐 기다리라고. 내 말을 좀 들어봐. 그냥 듣기만 해줘, 앨런. 내가 자네한테 부탁하려는 건 그저 일종의 과학 실험일 뿐이야. 자네는 병원과 시체 안치소에 드나들지만 그곳에서 하는 끔찍한 일들이 자네에게 아무런 영향도 미치지 않잖아. 소름 끼치는 해부실이나 악취 풍기는 실험실에서, 붉은 홈 안으로 피가 흐르도록 되어 있는 납으로 만든 수술대 위에서 이 남자가 누워 있는 걸 발견한다면, 자네는 그를 단지 훌륭한 실험 대상으로 볼 게 아닌가. 그런 상황이라면 아마 조금도 놀라지 않겠지. 자네가 잘못을 저지르고 있다고는 전혀 생각하지 않을 거야. 아니, 오히려 인류에게 도움을 주거나, 이 세상에 지식을 더 많이 늘려주거나, 지적인 호기심을 만족시키거나, 아무튼 그런 식의 이익을 주는 거라고 느끼게 될걸. 내가 부탁하는 일이라고 해봐야, 예전에도 자네가 자주 해오던 일이란 말이야. 사실 시체 하나 없애는 것쯤이야 자네가 과거에 익히 해오던 일들에 비하면 훨씬 덜 끔찍한 일 아닌가. 그리고 꼭 기억해주게. 나에게 불리한 증거 자료는 바로 이 시체뿐이라는 사실을 말이야. 시체가 발견되면 나는 끝장이야. 자네가 나를 도와주지 않으면 시체가 발견되는 건 불 보듯 빤한 일이란 말이야."

"돕고 싶은 마음이 없는데, 자네는 자꾸 그걸 잊고 있군. 나는 이 모든 일에 아무런 관심이 없어. 이 일과 아무 상관없단 말이야."

"앨런, 이렇게 사정할게. 지금 내가 얼마나 절박한 상황에 처해 있는지 생각해줘. 자네가 오기 직전까지만 해도 난 너무 두려워서 거의 기절할 지경이었어. 자네도 언젠가는 두려움이 뭔지 직접 경험하게 될지도 몰라. 아니! 그런 건 생각하지 말게. 지금은 순수하게 과학적인 관점에서 이 문제를 봐줘. 사실 자네가 실험할 땐 시체들이 어디에서 오는지 묻지 않잖아. 지금도 그처럼 아무것도 알 필요 없어. 하긴 내가 너무 많은 걸 말해버리긴 했지. 그렇지만 이 일을 도와달라고 이렇게 간청하네. 그래도 한때 우린 친구였잖아, 앨런."

"지난 시절에 대해서는 말하지 않았으면 해, 도리언. 그 시간들은 이미 죽은 시간이야."

"때때로 죽음은 좀처럼 사라지지 않기도 해. 위층의 저 남자는 결코 사라지지 않을 거야. 그는 지금 고개를 처박고 두 팔을 뻗은 채 탁자 옆에 앉아 있어. 앨런! 앨런! 자네가 도와주지 않으면 난 망한단 말이야. 아, 사람들은 날 교수형에 처할 거야, 앨런! 내 말 이해 못하겠어? 내가 한 짓 때문에 사람들은 날 교수형에 처할 거라고."

"이런 상황을 오래 끌어봐야 좋을 게 없겠어. 분명히 말하지만, 난 이 일에 조금도 관여하지 않을 거야. 내게 이런 부탁을 하다니, 자네 정신이 나가긴 나갔군."

"정말 거절할 텐가?"

"거절하네."

"내가 이렇게 간청하잖아, 앨런."

"그래봐야 소용없어."

도리언 그레이의 눈동자에 다시금 아까와 같은 연민의 눈빛이 나타났다. 곧이어 그는 손을 뻗어 종이 한 장을 집더니 그 위에 무언가를 끼적거렸다. 그는 종이에 쓴 내용을 두 차례 읽은 다음 조심스럽게 접어 탁자 너머로 내밀었다. 그러더니 자리에서 일어나 창가를 향해 다가갔다.

캠벨은 깜짝 놀라 그를 바라본 다음, 종이를 집어 펼쳐보았다. 종이에 적힌 내용을 읽는 동안 그의 얼굴은 사색이 되더니 의자에 털썩 주저앉았다. 구역질이 날 것 같은 끔찍한 기분이 그를 엄습했다. 마치 심장이 텅 빈 구멍 속에서 저 혼자 죽도록 요동치고 있는 것 같았다.

이삼 분가량 무서운 침묵이 지속되더니, 마침내 도리언이 몸을 돌려 앞으로 다가와, 캠벨의 뒤에 서서 한 손을 그의 어깨 위에 올려놓았다.

"정말 미안해, 앨런." 그가 중얼거렸다. "하지만 자네가 달리 아무런 방법도 마련해주지 않았잖아. 어쨌든 난 이미 편지를 썼어. 여기 이거 말이야. 보다시피 주소도 다 적어놓았지. 자네가 날 도와주지 않으면 편지를 보낼 수밖에 없어. 그 결과가 어떨지는 알겠지. 하지만 자네는 날 돕게 될 거야. 이제 내 부탁을 거절하기란 불가능할 테니 말이야. 난 가능한 한 자네에게 해를 입히지 않으려고 노력했어. 자네도 도리상 그걸 인정해야 할 거야. 자네는 내게 단호하고, 가혹하고, 공격적이었으니까. 지금까지 감히 어느 누구도 나를 그렇게 대한 적이 없었지 – 적어도 살아 있는 사람들 가운데에서는 말이야. 난 그 모든 수모를 다 견뎌주었어. 그러니 이제는 내가 요구 조건을 지시하겠네."

캠벨은 두 손에 얼굴을 묻으며 온몸이 오싹해지는 걸 느꼈다. "그래, 이제 내가 지시를 내릴 차례야, 앨런. 어떤 지시인지는 잘 알겠지. 일은 아주 간단해. 자, 자, 그렇게 흥분할 거 없어. 어차피 해야 할 일이잖아. 현실을 직시하고 그냥 행동으로 옮기면 되는 거야."

캠벨의 입에서 신음이 터져 나왔고, 온몸을 벌벌 떨었다. 벽
난로 선반 위에 놓인 시계의 똑딱거리는 소리는 마치 시간을
고통이라는 가루로 산산이 부수는 것만 같았고, 그 하나하나
의 고통이 너무나 가혹해 도저히 견딜 수 없을 것 같았다. 쇠
로 만든 고리가 자신의 이마를 서서히 옥죄는 듯했고, 앞으로
자신에게 닥칠 치욕을 이미 다 당한 것만 같았다. 어깨 위의
손이 납덩이처럼 무겁게 느껴졌다. 도저히 견딜 수가 없었다.
그 납덩이가 자신을 짓누를 것만 같았다.

"자, 앨런, 지금 당장 결정해야 해."

"난 할 수 없어." 마치 이렇게 말하면 상황이 달라질 거라고
믿는 듯 그는 기계적으로 말했다.

"해야 해. 달리 방법이 없어. 괜히 시간 끌지 말라고."

그는 잠시 망설였다. "위층 그 방에 불이 있나?"

"그럼, 석면 심지가 끼워진 가스난로가 있지."

"집에 다녀와야겠어. 실험실에서 도구를 좀 가지고 와야 해."

"안 돼, 앨런, 자네는 이 집을 나가서는 안 돼. 필요한 것이
있으면 메모지에 적어. 그러면 하인에게 시켜 마차를 타고 가
서 그것들을 가져오도록 하지."

캠벨은 몇 줄 휘갈겨 쓰고, 잉크가 번지지 않도록 압지로 누
른 다음, 봉투에 그의 조수 앞으로 주소를 적었다. 도리언은

메모지를 받아 들고 주의 깊게 읽어 내려갔다. 그런 다음 종을 울려 그것을 하인에게 건네주며, 종이에 적힌 물건을 가지고 최대한 빠른 시간 안에 돌아오라고 지시했다.

현관문이 닫히자 캠벨은 초조하게 몸을 움찔하더니, 의자에서 일어나 벽난로 선반을 향해 다가갔다. 그는 오한이라도 난 것처럼 온몸을 떨었다. 두 사람 모두 거의 이십 분 동안 아무 말이 없었다. 파리 한 마리가 윙윙거리며 방 안을 날아다녔고, 시계가 똑딱거리는 소리가 망치 두드리는 소리처럼 들렸다.

시계의 종이 한 시를 울렸을 때, 캠벨은 몸을 돌려 도리언 그레이를 보았고 그의 두 눈에 눈물이 가득 고여 있는 걸 발견했다. 그 슬픈 얼굴에 깃든 청순함과 우아함 속에는 그를 격분하게 만드는 무언가가 있었다. "자넨 악랄한 인간이야, 지독하게 악랄한 인간!" 그가 낮게 중얼거렸다.

"쉿, 앨런. 자넨 내 목숨을 구해줬어." 도리언이 말했다.

"자네의 목숨이라고? 세상에! 목숨은 무슨 목숨! 자네는 타락에서 타락으로 빠져들더니, 이제는 마침내 범죄까지 저지르고 말았어. 자네가 내게 강요하는 일, 앞으로 내가 하게 될 그 일을 하는 동안 내가 생각하는 건 자네 목숨이 아니야."

"아, 앨런." 도리언이 한숨을 쉬며 중얼거렸다. "내가 자네를 향해 느끼는 연민의 천 분의 일만이라도 나를 위해 느껴주면 좋으련만." 그는 이렇게 말하면서 고개를 돌려 정원을 바라보며 서 있었다. 캠벨은 아무런 대꾸도 하지 않았다.

십 분쯤 후에 문 두드리는 소리가 들렸고, 하인이 기다란 철제 코일, 백금으로 만든 철사, 매우 신기하게 생긴 강철 죔쇠 두 개와 함께 화학약품이 들어 있는 커다란 마호가니 상자 하나를 들고 들어왔다.

"물건들을 이곳에 둘까요, 나리?" 하인이 캠벨에게 물었다.

"그래." 도리언이 대답했다. "그리고 프랜시스, 아무래도 심부름 하나를 더 해주어야 할 것 같네. 리치먼드에서 셀비에 난초를 공급하는 그 남자 이름이 뭐더라?"

"하든이요, 도련님."

"그래 - 하든. 지금 즉시 리치먼드로 가서 직접 하든을 만나, 내가 주문한 수량보다 두 배 정도 많이 난초를 보내주고, 흰색 난초는 되도록 적게 넣어달라고 말해. 사실 흰색 난초는 아예 없어도 좋겠어. 프랜시스, 날씨가 정말 화창한 데다 리치먼드는 아주 근사한 지역이야. 그렇지 않았다면 내가 이런 일로 자네를 성가시게 하지 않았을 거야."

"천만에요, 성가시다니요, 도련님. 몇 시쯤 돌아오면 될까요?"

도리언이 캠벨을 바라보았다. "자네 실험이 얼마나 걸리지, 앨런?" 그는 차분하고 무심한 목소리로 물었다. 방 안에 제삼자가 있다는 사실이 아마도 그에게 상당한 용기를 주는 것 같았다.

캠벨은 얼굴을 찡그리며 입술을 깨물었다. "아마 다섯 시간쯤 걸릴 거야." 그가 대답했다.

"그렇다면 넉넉잡고 일곱 시 삼십 분에 돌아오면 되겠어, 프랜시스. 아, 잠깐. 이따가 내가 갈아입을 의상은 따로 챙기지 않아도 될 것 같아. 그리고 오늘 저녁은 자네 마음껏 시간을 보내도 좋아. 난 밖에 나가 저녁을 먹을 거라서 자네를 찾을 일은 없을 거야."

"고맙습니다. 도련님." 하인이 방을 나서며 말했다.

"자, 앨런, 낭비할 시간이 없어. 이 상자는 왜 이렇게 무거운 거야! 상자는 내가 들고 가지. 자넨 나머지 물건들을 가지고 와." 도리언은 재빨리, 그리고 위압적인 태도로 말했다. 캠벨은 그에게 지배당하는 느낌이 들었다. 두 사람은 함께 방을 나왔다. 그들이 맨 위 층계참에 다다랐을 때, 도리언이 열쇠를 꺼내 자물쇠에 넣고 돌렸다. 그런 다음 잠시 멈추었는데, 그 순간 그의 눈에 곤혹스러운 빛이 어렸다. 그는 몸서리를 쳤다. "아무래도 난 들어갈 수 없을 것 같아, 앨런." 그가 중얼거렸다.

"상관없어. 자네가 있을 필요는 없으니까." 캠벨이 차갑게 말했다.

도리언은 문을 반쯤 열었다. 그러면서 햇살 속에서 자신을 흘겨보고 있는 초상화의 얼굴을 보았다. 초상화 앞쪽 바닥에는 찢겨진 장막이 널브러져 있었다. 그제야 이 불행을 가져온 캔버스를 가리는 일을 어젯밤 처음으로 잊고 있었다는 걸 깨달았다 그래서 초상화를 가리기 위해 막 앞으로 달려가려는 순간, 자기도 모르게 몸서리를 치며 뒷걸음질 치고 말았다.

캔버스가 마치 피땀이라도 흘리는 듯, 그림의 한 손에 어슴푸레하게 드러나는, 축축하게 젖어 반짝이는 저 붉고 메스꺼운 방울들은 다 뭐란 말인가? 이 얼마나 끔찍한 광경인가! 탁자 위에 뻗어 있을 말 없는 시체보다도, 피 묻은 카펫 위에 드리워진 기괴하고 기형적인 그림자를 통해 지난밤 그가 두고 나온 그 자세 그대로 조금도 움직이지 않았음을 보여주는 저 시체보다도, 지금으로서는 이 광경이 훨씬 끔찍하고 무서웠다.

그는 심호흡을 하고 문을 조금 더 연 다음, 죽은 시체에는 절대로 시선을 던지지 않으리라 결심한 듯 실눈을 하고 고개를 외면한 채 재빨리 방 안으로 걸어 들어갔다. 그런 다음 허리를 굽혀 금색과 자주색이 어우러진 장막을 집어 들고 그림 위에 정확하게 덮어씌웠다.

그는 돌아서기가 두려웠는지 그 자리에 꼼짝 않고 서서 장막에 새겨진 정교한 문양에 시선을 고정시켰다. 캠벨이 무거운 상자와 철제 기구들, 이 무시무시한 작업을 위해 필요한 그밖에 다른 장비들을 방 안으로 끌고 들어오는 소리가 들렸다. 그는 캠벨과 바질 홀워드가 만난 적이 있었는지, 만난 적이 있다면 서로에 대해 어떻게 생각했을지 궁금해지기 시작했다.

"이제 혼자 있게 해주게." 그의 등 뒤에서 단호한 목소리가 들렸다.

도리언은 몸을 돌려 서둘러 밖으로 나왔고, 그러는 와중에도 시체가 의자 깊숙이 밀쳐지는 모습, 번들거리는 누런 얼굴을 캠벨이 자세히 들여다보는 모습을 분명히 보았다. 아래층으로 내려가는 동안 자물쇠가 안쪽으로 잠기는 소리가 들렸다.

캠벨이 서재로 돌아온 시간은 일곱 시가 한참 지나서였다. 그의 얼굴은 창백했지만 태도는 무척 차분했다. "자네가 부탁한 일을 모두 마쳤네." 그가 낮게 중얼거렸다. "자, 그럼 난 이만 가보겠네. 다시는 서로 만날 일 없길 바라네."

"자네는 날 파멸에서 구해주었어, 앨런. 잊지 않겠네." 도리언이 짧게 인사했다.

캠벨이 집을 나서자마자 도리언은 위층으로 올라갔다. 방 안에는 지독한 질산 냄새가 진동을 했다. 하지만 탁자 옆에 앉아 있던 시체는 온데간데없었다.

15

그날 저녁 여덟 시 삼십 분, 도리언은 한껏 세련되게 차려입
고 단춧구멍에 커다란 겹향제비꽃 몇 송이를 꽂고서, 꾸벅 절
을 하는 하인들의 안내를 받으며 나버러 부인의 저택 거실 안
으로 들어섰다. 미칠 듯한 신경과민으로 이마의 맥박은 사정
없이 요동치고 마음은 몹시도 초조했지만, 안주인의 손에 허
리를 굽혀 입맞춤하는 그의 태도는 여느 때와 다름없이 편안
하고 우아했다. 어쩌면 사람이 어떤 역할을 맡을 때만큼 마
음 편히 여유를 즐길 수 있는 순간은 없는지도 모른다. 그날
밤 도리언 그레이를 본 사람치고, 그가 우리 세대의 그 어떤
비극 못지않게 끔찍한 비극을 겪었으리라 짐작할 수 있는 사

람은 결코 한 사람도 없었으리라. 그 섬세한 손가락들이 죄를 짓기 위해 나이프를 움켜쥐었으리라고는, 저 미소 짓고 있는 입술이 신과 선을 향해 절규했으리라고는 아무도 생각지 못했으리라. 그 스스로도 자신의 침착한 태도를 의아하게 여기지 않을 수 없었으며, 자신의 이중생활이 주는 소름 끼치는 쾌락을 잠시 동안 생생하게 느꼈다.

나버러 부인은 대단히 똑똑한 여성이었는데, 이를 헨리 경은 정말이지 지독하게 못생긴 사람들에게 그나마 남아 있는 재산이라고 자주 언급하곤 했다. 이번 모임은 그녀가 다소 서둘러 마련한 조촐한 파티였다. 그녀는 아주 지루한 외교관 가운데 한 명에게 훌륭한 아내 역할이란 무엇인지 입증해 보여 주었고, 자신이 직접 설계한 웅장한 대리석 무덤에 예를 갖추어 남편을 묻었으며, 나이는 다소 많지만 꽤 부유한 남자들에게 딸들을 출가시킨 뒤 이제는 프랑스 소설과 프랑스 요리, 그리고 가능할 땐 프랑스 '정신'에도 몰두하고 있었다.

도리언은 그녀가 특별히 좋아하는 사람 가운데 한 명이었고, 그녀는 젊은 시절 그를 만나지 않은 것이 얼마나 다행인지 모른다며 그에게 누누이 말했다. "여보게, 젊어서 자네를 만났더라면 미친 듯이 사랑에 빠지고 말았을 거야." 그녀는 이렇게 말하곤 했다. "자네를 위해서라면 물방앗간에서 서슴없이 보닛을 벗어던졌을 테지. 그 시절에 자네를 만나지 않은 건 천만

다행한 일이야. 사실 그 시절 우리가 쓰던 보닛은 너무나 촌스러웠고, 물방앗간은 방아를 찧느라 여념이 없는 곳이라서 난 다른 남자하고 노닥거려본 적이 한 번도 없었다네. 하지만 그건 순전히 나버러의 탓이기도 했어. 그이는 지독한 근시였거든. 아무것도 보이지 않는 남편을 속여봤자 무슨 재미가 있겠나." 그날 저녁 부인의 파티에 온 손님들은 꽤나 따분한 사람들이었다. 부인이 다 낡은 부채 뒤에서 도리언에게 설명한 바에 따르면, 부인의 결혼한 딸들 가운데 하나가 너무나 갑작스럽게 부인을 찾아와 머무르고 있으며, 그러다 보니 설상가상으로 사위까지 함께 지내게 되었다는 것이다. "이보게, 내 딸이지만 너무 고약하다고 생각하네." 부인이 속삭이며 말했다. "물론 나도 매년 여름 홈부르크에서 돌아오면 딸네 집에 가서 머무르긴 하지만, 나처럼 늙은 여자는 가끔씩 기분 전환이 필요하고, 나는 딸들 집에 가면 그 애들에게 얼마나 많은 것들을 깨닫게 해주고 오는지 모른다네. 저 아래 지역 사람들이 어떻게 생활하는지 자네는 모를 거야. 그야말로 티 없이 순수한 시골 생활이지. 그들은 이렇다 하게 할 일이 없으니 아침에는 일찍 일어나고, 별로 생각할 일이 없으니 잠자리에도 일찍 든다네. 엘리자베스 여왕 시대 이후로 마을에 추문 한번 돈 적이 없고, 그러니 저녁을 먹고 나면 모두들 잠자리에 드는 일 말고는 달리 할 일도 없지. 자넨 내 딸이나 사위 옆에 앉지 말게.

348

내 옆에 앉아서 나를 즐겁게 해줘."

도리언은 적절한 찬사의 말을 중얼거리고 방 안을 둘러보았다. 그렇다, 정말이지 무척이나 지루한 파티였다. 이들 가운데 두 사람은 지금까지 본 적 없는 사람들이고, 나머지 사람들은 런던의 클럽들에서 흔히 볼 수 있는, 딱히 적은 없지만 주변 친구들에게 철저히 혐오의 대상이 되는 너무나 평범한 중년 남자들 가운데 한 명인 어니스트 해로든과, 어떻게든 추문의 대상이 되어보려고 항상 지나치게 몸치장을 하며 애를 쓰지만 지독하게 못생긴 외모 때문에 대단히 실망스럽게도 체면 구길 일이 생길 거라고는 아무도 생각하지 않는 마흔일곱 살의 럭스턴 부인, 누구도 눈여겨보지 않는데도 귀여운 척 혀짤배기 소리를 하면서 언제나 나서기 좋아하는 엷은 빨간색 머리카락을 지닌 얼린 부인, 안주인의 딸이며 전형적인 영국 사람 얼굴로 한 번 봐서는 절대로 기억하지 못할 촌스럽고 둔하게 생긴 젊은 여자 엘리스 채프먼 부인, 붉은 뺨에 하얀 구레나룻을 기르고 그쪽 계급 사람들 대부분이 그렇듯 생각이라곤 전혀 없는 아둔함을 과도한 유쾌함으로 덮을 수 있으리라 믿고 있는 그녀의 남편이었다.

그가 이곳에 온 걸 다소 후회하고 있을 무렵, 마침내 나버러 부인이 연한 자줏빛 벽난로 선반의 화려한 곡면 안에 볼품없이 떡하니 세워져 있는 커다란 도금 시계를 바라보며 큰소리로 외쳤다. "헨리 워튼이 많이 늦는군, 이거 정말 너무한걸! 오늘 아침 혹시나 하고 사람을 보냈을 땐, 절대로 나를 실망시키지 않겠다고 철석같이 약속해놓고 말이야."

헨리가 온다는 사실이 그에게 적잖이 위안이 되었다. 마침내 문이 열리고 꽤나 성의 없는 사과의 말과 더불어 한껏 매력을 발산하는 특유의 느리고 음악적인 헨리의 목소리가 들렸을 땐 지루했던 기분이 순식간에 가셨다.

하지만 만찬 식탁 앞에서 도리언은 아무것도 입에 댈 수가 없었다. 그의 앞으로 연달아 접시가 도착했지만 맛 한번 보지 않고 그대로 보내야 했다. 나버러 부인은 이른바 "특별히 당신을 위해 메뉴를 고안한 불쌍한 아돌프에 대한 모욕"이라며 연신 그를 나무랐고, 헨리 경은 맞은편에 앉은 그를 이따금씩 바라보며 그의 침묵과 멍한 태도를 의아하게 생각했다. 때때로 집사가 그의 잔에 샴페인을 따라주었다. 그는 벌컥벌컥 잔을 들이켰고, 그럴수록 갈증은 더해가는 것 같았다.

"도리언." 소스를 곁들인 냉육 요리가 돌 때 마침내 헨리 경이 입을 열었다. "오늘 밤 무슨 일 있나? 오늘따라 유난히 기분이 안 좋은 것 같군그래."

"틀림없이 사랑에 빠졌을 거야." 나버러 부인이 큰소리로 말했다. "아무래도 질투할까봐 두려워서 나한테 말을 하지 않는 것 같아요. 그건 도리언 생각이 옳다마다. 난 틀림없이 샘을 내고 말 테니까."

"친애하는 나버러 부인." 도리언이 미소를 지으며 낮게 중얼거렸다. "지난 일주일 내내 통 사랑에 빠지지 못했습니다 - 아니, 사실은 페롤 부인이 런던을 떠난 후부터 그랬어요."

"당신네 남자들은 어떻게 그런 여자와 사랑에 빠질 수 있지!" 노부인이 큰소리로 외쳤다. "난 도저히 이해가 안 돼."

"그건 부인의 어린 소녀였던 시절을 페롤 부인이 기억하고 있다는 단순한 이유 때문이지요, 나버러 부인." 헨리 경이 말했다. "부인께서 어릴 때 입으셨던 짧은 원피스와 지금의 우리를 잇는 장본인이 바로 페롤 부인이니까요."

"그녀는 내 짧은 원피스 따위는 전혀 기억하지 못해요, 헨리경. 하지만 나는 삼십 년 전 비엔나에서 그녀가 어땠는지, 당시 그녀의 옷가슴이 얼마나 푹 파였는지 똑똑히 기억한답니다."

"페롤 부인은 지금도 가슴이 푹 파인 옷을 입지요." 헨리 경이 기다란 손가락으로 올리브 한 알을 집으며 대꾸했다. "그리고 아주 세련된 드레스를 입을 땐 저급한 프랑스 소설에 호화판 장정을 한 것처럼 보이고요. 그 부인은 대단히 훌륭하고 경이로움으로 가득 찬 분이에요. 가정을 향한 애정은 정말 놀라울 정도지요. 세 번째 남편이 돌아가셨을 땐 비탄을 이기지 못해 머리카락이 온통 금발로 변해버렸을 정도니까요."

"어떻게 그런 말을, 해리!" 도리언이 외쳤다.

"정말 낭만적인 설명이로군요." 안주인이 소리 내어 웃었다. "하지만 세 번째 남편이라니, 헨리 경! 설마 페롤이 네 번째라는 뜻은 아니겠지요?"

"물론 네 번째지요, 나버러 부인."

"한마디도 믿지 못하겠군요."

"자, 그렇다면 그레이 씨에게 물어봐야겠군요. 그는 페롤 부인과 가장 절친한 친구니까요."

"헨리 경의 말이 사실인가, 그레이 씨?"

"틀림없는 사실입니다, 나버러 부인." 도리언이 말했다. "한번은 제가 부인께, 마르그리트 드 나바르처럼 남편들의 심장에 썩지 않는 약품을 발라 띠에 매달고 다니시는지 물어본 적이 있지요. 부인께서 대답하시길, 남편들 가운데 어느 누구도 심장을 가진 이가 없었기 때문에 그렇게 하지 못했다고 하더군요."

"네 명의 남편이라! 그거 참 대단한 열성이로군."

"저 역시 마담께 대단한 용기라고 말씀드리곤 합니다."

"오! 이보게, 그건 용기가 아니라 아주 뻔뻔스러운 거라네. 그런데 페롤은 어떤 사람인가? 난 그에 대해 아는 게 없는데."

"아주 아름다운 여인의 남편들은 다들 범죄자 집단에 속해 있지요." 헨리 경이 포도주를 한 모금 마시면서 말했다.

나버러 부인이 부채로 그를 탁 하고 쳤다. "헨리 경, 세상이 당신을 보고 몹시 사악한 인간이라고 말하는 것도 전혀 무리가 아니에요."

"그런데 어느 세상을 말씀하시는 건가요?" 헨리 경이 눈썹을 치뜨면서 물었다. "아마 다음 세상에서나 그런 말이 나올 수 있을 겁니다. 지금 세상과 저는 아주 사이가 좋으니까요."

"내가 아는 이들은 모두가 당신이 무척 사악한 인간이라고 말하던데요." 노부인이 고개를 저으며 큰소리로 말했다.

헨리 경은 잠시 심각한 표정을 지었다. "정말 극악무도하군요." 마침내 그가 입을 열었다. "전적으로 완벽하게 사실인 일에 대해 남몰래 뒤에서 험담을 일삼는 요즘 사람들 방식이 말입니다."

"헨리 경은 정말 구제불능이지요?" 도리언이 의자에서 몸을 앞으로 굽히며 큰소리로 말했다.

"그런 것 같군." 안주인이 소리 내어 웃으면서 말했다. "하지만 자네들 모두가 정말로 이 우스꽝스러운 이유 때문에 페롤 부인을 숭배하는 거라면, 나도 그녀를 따라 하기 위해서라도 재혼을 해야겠는걸."

"부인께서는 절대로 재혼하지 않으실 겁니다, 나버러 부인." 헨리 경이 말을 가로막았다. "부인께서는 결혼 생활이 무척 행복하셨습니다. 여자가 재혼을 할 땐 첫 번째 남편을 몹시 싫어하기 때문이지요. 남자가 재혼을 할 땐 첫 번째 부인을 몹시 사랑하기 때문이지만 말입니다. 여자들은 시험 삼아 자신의 운을 걸어보지만, 남자들은 행운을 얻기 위해 위험을 무릅쓰거든요."

"나버러는 완벽한 사람은 아니었어요." 노부인이 큰소리로 말했다.

"완벽한 분이셨다면, 부인께서는 그분을 사랑하지 않으셨을 겁니다." 헨리 경이 말을 받았다. "여자들은 우리 남자들의 결점 때문에 사랑하지요. 우리에게 지긋지긋할 정도로 결점이 많다 해도, 여자들은 전부 다, 심지어 우리의 지성까지도 용서할 겁니다. 이런 말씀드리면 다시는 저를 만찬에 초대하지 않으실지 걱정됩니다만, 나버러 부인, 제 말은 틀림없는 사실입니다."

"당연히 사실이겠지요. 헨리 경. 우리 여자들이 결점 때문에 당신네 남자들을 사랑하지 않았다면, 당신들은 모두 어떻게 됐겠어요? 아마도 당신네들 가운데 결혼할 사람은 한 사람도 없을 겁니다. 모두들 비참한 독신자 신세를 면치 못했겠죠. 하지만 그렇다고 해서 남자들이 크게 바뀌지는 않을 겁니다. 요즘엔 결혼한 남자들은 죄다 독신자처럼 살고, 독신 남자들은 또 하나같이 결혼한 남자들처럼 살더군요."

"세기말이니까요." 헨리 경이 중얼거리며 말했다.

"세상이 말세인 거지." 안주인이 대꾸했다.

"차라리 세상이 말세라면 좋겠습니다." 도리언이 한숨을 쉬며 말했다. "삶이 온통 실망스러운 일들뿐이에요."

"오, 이보게." 나버러 부인이 장갑을 끼면서 큰소리로 말했다. "설마 인생을 살 만큼 살았다고 생각하는 건 아니겠지. 남자가 그런 말을 하면, 사람들은 삶이 그를 피폐하게 만들었다고 생각해요. 헨리 경은 아주 심술궂은 사람이고, 나 역시 때로는 저렇게 악독했더라면 하고 바랄 때가 있지만, 자네는 태생이 선한 사람 아닌가 – 외모도 이렇게 아름답고 말이야. 아무래도 내가 근사한 신붓감을 찾아줘야겠어. 헨리 경, 그레이 씨가 결혼할 때가 됐다고 생각하지 않나요?"

"저 역시 그에게 누누이 그렇게 말하고 있습니다, 나버러 부인." 헨리 경이 고개를 숙여 인사하면서 말했다.

"자, 우리 그레이 씨에게 어울리는 짝을 찾아보도록 합시다. 오늘 밤 당장 디브렛 귀족 연감을 주의 깊게 샅샅이 조사해서, 결혼 상대자로 바람직한 젊은 숙녀들 목록을 작성해야겠어요."

"나이도 같이 조사하실 건가요, 나버러 부인?" 도리언이 물었다.

"물론이지, 약간 다르겠지만 나이도 참고해야 할 거야. 하지만 무슨 일이든 서두를 필요는 없네. 나는 '모닝 포스트'지에서 주장하듯이, 서로에게 어울리는 배필을 만나 두 사람 모두 행복하길 바라니까."

"사람들이 행복한 결혼에 대해 떠드는 말들은 정말 터무니없어요!" 헨리 경이 큰소리로 말했다. "남자는 아무 여자하고라도 행복할 수 있습니다, 그 여자를 사랑하지 않는 한 말이에요."

"오! 당신은 너무 냉소적이에요!" 노부인이 의자를 뒤로 빼고 럭스턴 부인에게 인사하면서 큰소리로 외쳤다. "이봐요, 조만간 다시 우리 집에 와서 같이 저녁 식사해요. 당신은 정말 훌륭한 강장제예요. 앤드류 경이 처방해준 것보다 훨씬 효과가 좋은 것 같군요. 당신이 어떤 사람들과 함께하고 싶은지 내게 말해줘요. 난 아주 즐거운 모임이 되길 바라니까."

"전 미래가 있는 남자들과 과거가 있는 여자들을 좋아합니다." 그가 대답했다. "아니면 여자들로만 구성된 파티를 만드는 건 어떻겠습니까?"

"아무래도 그렇게 될까봐 걱정이군요." 노부인이 자리에서 일어서면서 큰소리로 웃으며 말했다. "대단히 죄송합니다, 럭스턴 부인." 그녀가 덧붙여 말했다. "아직까지 담배를 피우시는 줄 몰랐어요."

"괜찮아요, 나버러 부인. 제가 담배를 워낙 많이 피우잖아요. 안 그래도 앞으로는 줄여볼까 해요."

"그런 말씀 마십시오, 럭스턴 부인." 헨리 경이 말했다. "절제야말로 치명적인 것이지요. 적당하다는 건 한 끼 때우는 식사만큼 형편없는 것이에요. 과하다는 건 진수성찬만큼 기분 좋은 것이고요."

럭스턴 부인이 호기심 어린 눈빛으로 그를 흘긋 바라보았다. "언제 오후에 저희 집에 들러서 그 말씀에 대해 설명해주셔야겠는데요, 헨리 경. 대단히 흥미로운 이론 같아요." 그녀가 옷자락을 끌며 방을 나서면서 속삭이듯 말했다.

"어쨌든 두 사람이 정치나 추문에 대해 이야기하느라 너무 오래 머무르지 않도록 주의하세요." 나버러 부인이 문 앞에서 큰소리로 말했다. "그렇게 되면 우리는 보나마나 위층에서 말다툼을 벌이게 될 테니까요."

남자들이 소리 내어 웃었고, 채프먼 씨는 근엄한 표정을 지으며 식탁 끝에서 일어나 맨 윗자리를 향해 다가갔다. 도리언 그레이는 자리를 바꾸어 헨리 경 옆자리로 가서 앉았다. 채프먼 씨는 영국 하원 상황에 대해 큰 목소리로 이야기하기 시작했다. 그는 자신의 반대자들에 대해 말하면서 실없이 크게 웃어댔다. 그가 폭소를 터뜨리는 사이사이에 이따금 '공론가'라는 단어 — 영국 사람의 마음을 공포로 가득 채우는 단어 — 가 등장했다. 두운을 맞춘 접두어는 그의 과장된 웅변의 장식이 되어주었다. 그는 사상의 정점에 영국 국기를 높이 매달았다. 영국 민족에게 대대로 전해 내려오는 아둔함 — 그는 영국의 건전한 상식이라고 침을 튀겨가며 칭송했지만 — 이 사회를 지키는 든든한 방어벽으로, 적절한 보루로 등장했다.

헨리 경이 입가에 미소를 지으며 몸을 돌려 도리언을 바라보았다. "이보게, 이제 좀 나아졌나?" 그가 물었다. "식사 땐 기분이 영 안 좋아 보이던데."

"아주 좋아졌어요, 해리. 조금 피곤해서요. 그뿐입니다."

"자네, 지난밤에는 정말 대단히 매력적이었어. 그 어린 공작부인이 자네에게 아주 푹 빠졌더군. 셀비에 한번 내려가겠다고 하던걸."

"이십 일에 방문하겠다고 약속했어요."

"먼머스도 그리로 갈 예정인가?"

"아, 네, 해리."

"그는 공작부인을 어지간히도 지루하게 만들더니, 나까지도 그에 못지않게 지루하게 만들어놓더군. 그나저나 공작부인은 정말 영리해. 여자치고는 지나치게 똑똑하지. 그 덕분에 나약함이라는 묘한 매력이 부족하긴 하지만. 성상에 입힌 금을 귀하게 만들어주는 건 진흙으로 만들어진 발이라네. 그녀의 발은 아주 예쁘지만 진흙으로 만들어졌지. 이렇게 불러도 좋다면, 하얀 도자기로 만든 발이라고나 할까. 불길을 거친 발이지. 그렇듯 어떤 불은 파괴하는 것이 아니라 오히려 더 단단하게 만든다네. 그만큼 그녀는 많은 경험을 해왔어."

"결혼한 지는 얼마나 됐나요?" 도리언이 물었다.

"영원처럼 오래됐다고 말하더군. 디브렛 귀족 연감에 따르면 결혼한 지 십 년이 된 것 같은데, 먼머스와 함께 산 십 년이라는 세월이 영원처럼 느껴졌을 법도 하지. 그런데 또 누가 오기로 했지?"

"오, 윌러비 형제, 럭비 경과 그의 부인, 우리의 안주인, 제프리 클루스턴, 이렇게 늘 모이던 사람들이 올 거예요. 그로트리언 경에게도 와주십사 말씀드렸고요."

"그 사람 마음에 들더군." 헨리 경이 말했다. "아주 많은 사람들이 그를 별로 좋아하지 않지만 난 그가 매력적인 사람이라는 걸 알아. 가끔 옷차림이 과할 때도 있지만, 그 정도야 언제 봐도 넘쳐흐르는 교양으로 충분히 상쇄하고도 남지. 정말이지 대단히 현대적인 인물의 전형이라니까."

"그가 오는 게 확정된 건 아니에요, 해리. 부친과 함께 몬테카를로에 가야 할지도 모르거든요."

"아! 가족이란 정말 성가신 존재들이라니까! 다시 한 번 부탁해보고 가능하면 오도록 만들어봐. 그나저나, 도리언, 어젯밤에는 꽤나 일찍 가버리더군. 열한 시도 되기 전에 자리를 떴지. 그 후에 대체 뭘 했나? 곧바로 집에 간 건가?"

도리언은 곁눈으로 황급하게 그를 보며 눈살을 찌푸렸다. "아니에요, 해리." 마침내 그가 말했다. "거의 세 시가 되어서야 집에 도착했어요."

"클럽에라도 갔나?"

"네." 그가 대답했다. 그러고는 입술을 깨물었다. "아니요, 그건 아니에요. 클럽에 가지 않았어요. 그냥 여기저기 좀 돌아다녔어요. 실은 뭘 했는지 기억이 잘……. 그런데 참 꼬치꼬치 물으시는군요, 해리! 당신은 늘 누가 뭘 하는지 알고 싶어하세요. 전 뭘 했는지 늘 잊고 싶어하고요. 정확한 시간을 알고 싶으신 거라면, 어젯밤 전 두 시 삼십 분에 집에 들어왔습니다. 현관문 열쇠를 집에 두고 와서, 하인이 문을 열어주었어요. 제 말에 대한 확실한 증거를 원하신다면 제 하인에게 물어보셔도 좋습니다."

헨리 경은 어깨를 으쓱해 보였다. "이보게, 마치 내가 정말로 궁금해하는 것처럼 말하는군! 그만 거실로 올라가세. 고맙지만 셰리주는 이제 됐어요, 채프먼 씨. 아무래도 자네 무슨 일이 있는 게 분명해, 도리언. 무슨 일인지 말해보게. 오늘 밤엔 딴사람 같아."

"신경 쓰지 마세요, 해리. 전 지금 신경이 예민한 상태이고 기분도 몹시 좋지 않습니다. 내일이나 모레쯤 댁에 들르겠어요. 나버러 부인께는 대신 말씀을 전해주세요. 아무래도 저는 이층에 올라가지 않는 게 좋을 것 같습니다. 이만 집에 가봐야겠어요. 그래요, 집에 가야겠습니다."

"좋도록 하게, 도리언. 내일 오후 차 마시는 시간쯤 보면 좋겠군. 공작부인도 올 예정이니까."

"그 시간쯤 가도록 할게요, 해리." 그가 방을 나서며 말했다.

마차를 타고 집으로 돌아가는 길에, 도리언은 완전히 목 졸라 없애버렸다고 생각한 공포가 다시 엄습해오는 걸 느꼈다. 무심코 내뱉은 헨리 경의 질문에 잠시나마 겁을 집어먹은 그는 신경이 잠잠하게 가라앉길 기다렸다. 위험한 물건들을 없애버려야 했다. 그는 몸을 움찔했다. 그것들을 건드려야 하다니, 생각만 해도 끔찍했다.

하지만 한시바삐 처리해야 할 일이었다. 그는 그 사실을 잘 알고 있었기 때문에 서재 문을 잠근 다음, 바질 홀워드의 외투와 가방을 처박아둔 비밀 책장을 열었다. 벽난로의 불길이 거세게 타오르고 있었다. 불길 위에 장작 하나를 더 쌓아 올렸다. 옷이 그을리고 가죽이 타는 지독한 냄새가 방 안을 가득 메웠다. 완전히 불에 타 없어지기까지 사십오 분이 걸렸다. 일을 모두 마치고 나니 머리가 어지럽고 속이 메스꺼워, 구멍이 숭숭 뚫린 구리 향로에 알제리산 향을 꽂아 불을 붙인 다음 사향이 나는 차가운 식초로 손과 이마를 적셨다.

그러다 별안간 화들짝 놀라고 말았다. 그리고는 차츰 이상하리만치 눈빛을 번득이며 초조하게 아랫입술을 물어뜯었다. 창문과 창문 사이에는 흑단에 상아와 청금석을 상감 세공한 커다란 피렌체 장식장이 놓여 있었다. 마치 그것이 자신을 홀려 두렵게 만들기라도 하듯, 한편으로는 자신이 그토록 원하

361

면서도 다른 한편으로는 거의 질색하는 무언가가 그 안에 들어 있기라도 하듯, 장식장을 가만히 바라보았다. 그의 호흡이 빨라졌다. 마음속에서는 미친 듯한 갈망이 일었다. 담배에 불을 붙인 다음 그대로 내던져버렸다. 눈꺼풀은 축 처져, 기다란 속눈썹이 거의 뺨에 닿을 정도였다. 하지만 여전히 장식장을 바라보는 눈을 거두지 않았다. 마침내 누워 있던 소파에서 벌떡 일어나 장식장을 향해 다가간 다음, 문을 열고, 감춰져 보이지 않는 용수철을 손으로 건드렸다. 그러자 삼각형 모양의 서랍이 천천히 앞으로 나왔다. 자신도 모르게 서랍을 향해 팔을 뻗어 그 안에 손을 넣고서 무언가를 꼭 쥐었다. 각각의 면 위에 구불구불한 파도 문양을 새겨 넣고, 검정색으로 옻칠을 한 위에 금가루를 뿌린 다음, 둥근 수정 구슬을 꿰어 엮은 비단 끈을 걸쳤으며, 여러 개의 가느다란 금속실을 땋아 술처럼 매단 중국식 상자였다. 상자를 열었다. 그 속에는 광택이 나는 직물이 있었고, 그 안에 말랑말랑한 초록색 반죽(아편을 의미한다)이 웬만해서는 가시지 않을 것 같은 지독한 냄새를 풍기고 있었다.

그는 입가에 묘한 미소를 머금은 채 잠시 망설였다. 그런 다음 방 안 공기가 몹시 더운데도 불구하고 몸을 바르르 떨며 움츠리더니 시계를 흘긋 바라보았다. 열두 시 이십 분 전이었다. 상자를 다시 넣고 동시에 장식장 문을 닫은 다음 침실로 돌아갔다.

청동으로 만든 종이 어스레한 대기를 뚫고 울리며 자정을 알리자, 도리언 그레이는 평범한 차림에 목도리를 목에 두르고서 조용히 집을 빠져나왔다. 본드 가에서 튼튼한 말이 끄는 이인승 마차를 발견했다. 마차를 불러 세우고는 나직한 목소리로 마부에게 주소를 말했다.

마부는 고개를 저었다. "여기에서 너무 멀어요." 그가 투덜거리며 말했다.

"일 파운드짜리 금화를 주겠소." 도리언이 말했다. "빨리 달리면 하나 더 주리다."

"좋습니다, 나리." 마부가 말했다. "한 시간이면 도착할 겁니다." 마부는 요금을 받아 든 다음 말을 돌려 재빨리 강을 향해 달렸다.

16

차가운 빗방울이 떨어지기 시작했다. 안개비 속에서 흐릿한
가로등이 유령처럼 보였다. 술집은 이제 문을 닫을 참이었고,
술에 취해 흐느적거리는 남자와 여자들이 술집 주변에 삼삼
오오 모여 있었다. 어떤 술집에서는 소름 끼치는 웃음소리가
밖으로 새어나오는가 하면, 어떤 술집에서는 주정뱅이들이
싸우는 소리, 비명을 지르는 소리가 들렸다.

　이마까지 모자를 푹 눌러쓴 채 마차 안 의자에 기대 누운 도
리언 그레이는 거대한 도시의 더러운 수치를 생기 없는 눈빛
으로 바라보면서, 헨리 경을 처음 만난 날 그가 했던 말을 이
따금 혼잣말로 중얼거렸다. "감각으로 영혼을, 영혼으로 감각

을 치유할 것." 그렇다, 이것은 기가 막힌 비법이었다. 그는 이 비법을 자주 사용해왔고, 지금 역시 그것을 시도해볼 참이었다. 누구든지 망각을 살 수 있는 아편굴이, 케케묵은 죄악의 기억을 광란이라는 새로운 죄악으로 깨끗하게 씻어 없앨 수 있는 무시무시한 아편굴이 있었다.

하늘에는 누런 해골 같은 달이 낮게 걸려 있었다. 이따금 흉측한 모양의 거대한 구름이 긴 팔을 뻗어 그것을 가리곤 했다. 가스등은 차츰 그 수가 줄어들었고, 거리는 점점 좁고 음산해졌다. 마부는 한 차례 길을 잃어 반 마일가량 길을 되돌아와야 했다. 철벅철벅 웅덩이를 지나자 말의 몸에서 김이 피어올랐다. 회색 플란넬 같은 안개가 마차의 창문을 부옇게 흐려놓았다.

"감각으로 영혼을, 영혼으로 감각을 치유할 것!" 이 말이 어찌나 귓가에 울려대던지! 말할 것도 없이 그의 영혼은 곪을 대로 곪아 있었다. 감각이 영혼을 치유할 수 있다는 말은 과연 사실일까? 그동안 아무 죄 없는 사람들이 피를 흘려야 했다. 그걸 무엇으로 보상할 수 있을까? 아! 어떠한 대가로도 그 일을 보상할 수는 없다. 하지만 용서는 받지 못한다 할지라도 망각이야 얼마든지 가능한 일, 따라서 그는 잊어버리기로, 기억을 짓밟아 없애버리기로, 사람을 문 살무사를 밟아 뭉개듯 기억을 밟아 뭉개기로 결심했다. 지난번에 바질은 자신을 훈계했지만, 과연 그에게 그럴 권리가 있단 말인가? 감히 함부로 다른 사람을 판단하다니, 대체 누가 그에게 그런 권리를 주었단 말인가? 그토록 지독하고 끔찍하며 도저히 참을 수 없는 말을 내뱉다니.

마차는 쉬지 않고 터벅터벅 달려갔지만, 그에게는 한 걸음 한 걸음이 점점 느려지는 것만 같았다. 그는 마부 자리와 손님 자리 사이에 가로놓인 막을 들어 올리며 좀 더 빨리 달리라고 재촉했다. 아편을 향한 무서운 갈망이 그를 물어뜯기 시작했다. 목이 타들어가고, 섬세한 두 손은 신경질적으로 경련을 일으켰다. 그는 지팡이로 미친 듯이 말을 내려쳤다. 마부가 소리 내어 웃더니 말에게 채찍을 가했다. 그러자 도리언도 같이 소리 내어 웃으며 화답했고, 이내 마부는 잠잠해졌다.

가도 가도 끝이 없을 것처럼 길은 계속되었고, 골목골목은 팔다리를 쭉 뻗은 거미가 지어놓은 검은 거미집 같았다. 지루하게 반복되는 거리 풍경을 더 이상 참을 수 없었다. 안개가 짙게 내려앉자 두려움도 점점 짙어갔다.

이윽고 인적이 드문 벽돌 공장을 지나갔다. 이제 안개가 조금 엷어져 희한한 병 모양의 벽돌 가마와 그 속에서 오렌지색 부채처럼 널름거리는 불길이 눈에 들어왔다. 그들이 지나가자 개 한 마리가 짖어댔고, 정처 없이 돌아다니는 갈매기가 어둠 저편에서 날카롭게 울어댔다. 말은 바닥에 파인 홈에 발부리가 걸려 비틀거리더니, 이내 옆으로 빠져나와 전속력으로 내

달렸다.

　얼마간 시간이 지나, 마차는 포장이 되지 않은 시골길을 벗어나 울퉁불퉁하게 포장된 거리를 다시 덜컹거리며 달렸다. 대부분의 창문은 캄캄했지만, 때때로 블라인드에 램프 불빛이 닿아 환상적인 그림자를 비추기도 했다. 그는 신기한 듯 그림자들을 바라보았다. 그림자들은 기형의 꼭두각시처럼 움직였는데, 그 움직임이 마치 살아 있는 생명의 몸짓 같아 몹시 거슬렸다. 마음속에 무지근한 분노가 느껴졌다. 모퉁이를 돌자, 한 여자가 열린 문을 통해 그들을 향해 뭐라고 고함을 질렀고, 두 남자가 약 구십 미터가량 마차 뒤를 쫓아왔다. 마부는 말에 채찍을 가해 그들을 따돌렸다.

　열정은 주기적으로 생각을 반복하게 만든다고들 한다. 아니나 다를까, 도리언 그레이는 영혼과 육체에 관한 그 미묘한 말을 입술을 깨물어가며 지겹도록 되뇌고 또 되뇌었고, 그러다 마침내 그 말 속에서 자신의 기분에 대한 소위 완전한 표현을 찾아냈으며, 지성의 승인으로 열정을 정당화하기에 이르렀다. 그러한 정당화가 없었다면 여전히 열정이 자신의 기질을 지배했을 터였다. 한 가지 생각이 그의 두뇌 속 세포를 구석구석 돌아다니고 있었다. 그리고 살아야 한다는 강렬한 욕망, 인간의 모든 욕망 가운데 가장 무서운 이 욕망이 떨리는 신경섬유 하나하나에 활발하게 힘을 불어넣고 있었다. 세상 모든 것을 현실적으로 만든다는 이유로, 한때 그토록 혐오하던 추악함이 지금은 바로 그 이유 때문에 소중한 것이 되었다. 이제는 추악함이 유일한 현실이었다. 거친 악다구니, 역겨운 술집, 무질서한 생활 속에서 드러나는 사나운 폭력, 도둑과 부랑자들의 비열하고 상스러운 행동들은 오히려 치열한 현실에 대한 인상을 주어, 미술 작품에 드러나는 그 어떤 우아함보다, 노래에서 느끼는 꿈결 같은 환영보다 훨씬 생생하게 다가왔다. 잊기 위해서는 이처럼 생생한 현실의 모습들이 필요했다. 이렇게 사흘만 지나면 자유로워질 터였다.

그때 컴컴한 골목 끝에서 갑자기 마부가 마차를 멈추었다. 집집의 나지막한 지붕들과 들쭉날쭉한 모양의 굴뚝들 너머로 검은 돛대를 단 배들이 드러나 보였다. 금세라도 유령이 튀어나올 것 같은 범선처럼, 희뿌연 안개가 소용돌이 모양으로 활대에 걸려 있었다.

"여기 어디인 것 같은데요, 나리, 아닌가요?" 그가 마부 자리와 손님 자리 사이에 가로놓인 막을 통해 쉰 목소리로 물었다.

도리언은 깜짝 놀라 내다보며 주변을 자세히 살폈다. "여기에서 내리지." 그는 이렇게 대답한 다음 서둘러 마차를 나와, 약속한 대로 마부에게 추가 요금을 더 지불하고 방파제 방향으로 재빨리 걸음을 옮겼다. 도처에 정박되어 있는 꽤 커다란 상선의 고물에서 희미한 빛이 깜박거리며 비치고 있었다. 빛은 작은 웅덩이들 속에서 흔들리고 갈라졌다. 석탄을 적재한 외항선에서는 붉은 섬광이 비쳤다. 진흙으로 뒤범벅된 인도는 비에 젖은 방수포처럼 보였다.

그는 혹시라도 미행을 당하는 건 아닌지 살피기 위해 수시로 뒤를 흘끔거리며 서둘러 왼편으로 향했다. 그렇게 칠팔 분쯤 걸었을까. 어느덧 두 개의 황량한 공장 사이에 처박힌 작고 허름한 집에 다다랐다. 맨 위층 창문 가운데 하나에 등불이 세워져 있었다. 그는 집 앞에 멈추어 서서 그만의 독특한 방식으로 문을 두드렸다.

얼마 지나지 않아 복도를 걸어오는 발자국 소리, 문고리를 끄르는 소리가 들렸다. 조용히 문이 열렸고, 도리언은 자신의 그림자 속으로 들어가버리기라도 할 것처럼 웅크리고 앉은 기형의 형체에게 아무 말도 건네지 않은 채 그 곁을 지나갔다. 복도 끝에 걸린 다 낡고 해진 녹색 커튼이 그가 거리에서 몰고 온 돌풍에 이리저리 흔들렸다. 그는 커튼을 옆으로 젖혀 한때 삼류 댄스홀이었던 것으로 짐작되는 길고 천장이 낮은 방안으로 들어갔다. 사방 벽을 빙 둘러싼 가스등의 강렬하고 요란한 불빛이 맞은편의 더럽고 불결한 거울 속에서 뒤틀린 형태로 희미하게 반사되었다. 주석에 이랑무늬를 새긴 거울 속의 매끈한 불꽃 영상들은 떨리는 원형의 빛을 반사하며 벽의 배경을 이루었다. 바닥은 황토색 톱밥으로 덮여 있고, 여기저기 진흙이 짓뭉개져 있었으며, 술을 흘려 생긴 얼룩들이 거무죽죽하게 남아 있었다. 말레이 사람 몇몇이 작은 숯 난로 곁에 쭈그리고 앉아 동물 뼈로 셈을 하면서 노름을 하고 있었는데, 그들이 말을 할 때마다 하얀 이가 드러나 보였다. 방 한쪽 구석에는 선원 한 명이 두 팔로 머리를 감싼 채 탁자 위에 아무렇게나 뻗어 있었고, 아무 장식도 하지 않은 한쪽 벽 옆으로 싸구려 티가 줄줄 흐르는 바에서는 지긋지긋하다는 표정으로 외투의 소매를 쓸어내리고 있는 노인을 초췌한 얼굴의 두 여인이 놀리고 있었다. "붉은 개미들이라도 기어오르고 있는 줄 아시나." 도리언이 그 곁을 지나칠 때 한 여자가 소리 내어 웃으면서 말했다. 노인은 두려움에 떨면서 그녀를 바라보다가 훌쩍훌쩍 흐느끼기 시작했다.

방 한쪽 구석에는 컴컴한 방으로 이어지는 작은 계단이 있었다. 금세라도 부서질 것 같은 계단을 세 개쯤 오르자 짙은 아편 냄새가 그를 맞았다. 숨을 깊이 들이마시자 콧구멍이 쾌락으로 떨렸다. 방에 들어서니 부드러운 노랑머리의 젊은이가 램프 위로 몸을 구부리고 앉아 길고 가느다란 파이프에 불을 붙이다가 그를 올려다보고는 잠시 멈칫하더니 이내 고개를 까딱하며 인사했다.

"여기 있었나, 에이드리언?" 도리언이 낮게 중얼거렸다.

"그럼 내가 달리 어디에 있겠나?" 그가 맥없이 대답했다. "이젠 아무도 나한테 말도 걸지 않을 텐데."

"난 자네가 영국을 떠난 줄 알았지."

"달링턴이 전혀 손을 써주려 하지 않더군. 형이 마지못해 청구서를 지불하긴 했네. 조지는 더 이상 나하고 말을 하지 않을 뿐만 아니라…… 뭐, 상관없네." 그가 한숨을 쉬며 덧붙여 말했다. "이놈만 있어준다면 친구 같은 거 필요 없지. 아무래도 그동안 친구가 너무 많았던 것 같아."

도리언은 잠시 주춤하더니, 낡은 매트리스 위에 아주 기괴한 자세로 누워 있는 그로테스크한 모양의 육체들을 둘러보았다. 뒤틀린 팔다리, 멍하니 벌린 입, 생기라고는 없이 크게 뜬 눈, 이 모든 것들에 매혹됐다. 이들이 어떤 낯선 천국에서 고통스러워하는지, 어떤 단조롭고 지루한 지옥이 이들에게 비밀스럽고 새로운 기쁨을 가르쳐주는지, 잘 알고 있었다. 그래도 이들은 자신보다 훨씬 형편이 나았다. 그는 자신 의 생각 속에 갇혀 있었으니까. 끔찍한 질병처럼 기억이 그의 영혼을 야금야금 갉아먹고 있었으니까. 이따금 자신을 바라보는 바질 홀워드의 눈빛을 보고 있는 것만 같았으니까. 그렇지만 이곳에 있을 수는 없을 것 같았다. 에이드리언 싱글턴의 존재가 신경쓰였다. 그는 아무도 자신을 알지 못하는 곳을 원했다. 자기자신으로부터 달아나고 싶었다.

"난 다른 집으로 가겠네." 잠시 침묵이 흐른 뒤 도리언이 말했다.

"부두로 가려고?"

"응."

"그 미친년이 틀림없이 그 집에 있을 거야. 이젠 이 집에서도 그년을 찾는 사람이 없을 테니까."

도리언은 어깨를 으쓱해 보였다. "남자를 사랑하는 여자라면 이제 지긋지긋해. 난 남자를 증오하는 여자들한테 훨씬 더 흥미를 느끼지. 물건도 그 집이 더 낫고."

"거기나 여기나."

"난 그 집 게 더 마음에 들어. 아무튼 이리 와서 뭐라도 마시자고. 어차피 난 한잔해야 하니까."

"난 술 생각 없어." 젊은이가 중얼거리듯 말했다.

"그럼 그러든지."

에이드리언 싱글턴은 지친 듯 자리에서 일어나 도리언을 따라 바를 향해 걸음을 옮겼다. 낡은 터번을 쓰고 허름한 얼스터 코트를 입은 혼혈인이 그들 앞에 브랜디 한 병과 큰 컵 두 개를 내밀며 기분 나쁜 표정으로 싱긋이 웃으면서 인사했다. 여자들이 슬그머니 그들 곁으로 다가오더니 수다를 떨기 시작했다. 도리언은 그들을 무시한 채 에이드리언 싱글턴에게 나지막한 목소리로 이런저런 이야기를 했다.

한 여자의 얼굴 위에 말레이 사람의 주름 같은 일그러진 미소가 꿈틀거리고 있었다. "오늘 밤 우리 집엘 다 오시고, 이거 정말 영광인데요." 여자가 비웃으며 말했다.

"제발 나한테 아무 말도 시키지 마." 도리언이 바닥을 발로 구르며 소리쳤다. "원하는 게 뭐야? 돈? 돈이라면 자, 여기 있어. 그러니 두 번 다시 내게 말 시키지 말란 말이야."

여자의 멍한 두 눈동자에서 잠시 생기가 번득이더니, 이내 희미해져서는 다시 거슴츠레하고 흐릿한 눈빛으로 되돌아왔다. 그녀는 새침하게 고개를 돌리고는 계산대 위에 흩어진 동전을 탐욕스러운 손가락으로 긁어모았다. 옆에 있던 다른 여자가 부러운 눈빛으로 그녀를 바라보았다.

"그래봐야 소용없어." 에이드리언 싱글턴이 한숨을 쉬며 말했다. "난 돌아가고 싶지 않아. 여기든 거기든 무슨 상관이야? 난 지금 아주 만족하며 지내고 있어."

"뭐든 필요한 게 있으면 나한테 편지를 써, 알겠지?" 잠시 침묵이 흐른 뒤 도리언이 입을 열었다.

"어쩌면."

"그럼 잘 있게."

"잘 가게." 젊은이는 계단을 올라가면서 이렇게 대답한 다음 바싹 마른 입을 손수건으로 닦았다.

도리언은 얼굴 가득 고통스러운 표정을 지으며 문을 향해 걸어갔다. 그런 다음 커튼을 막 옆으로 젖히려는데, 아까 그가 준 돈을 챙긴 여자의 립스틱 칠한 입술에서 소름 끼치는 웃음소리가 터져 나왔다. "저기 악마와 거래한 자가 지나간다!" 그녀가 쉰 목소리로 딸꾹질을 하며 외쳤다.

"꺼지지 못해!" 그가 대꾸했다. "다시는 나한테 그따위로 말하지 마."

그러자 그녀가 손가락으로 딱 소리를 내며 말을 받았다. "아, 그럼 이상형의 왕자님이라고 불러드려야 마음에 드시려나, 그래?" 그녀가 그의 뒤에다 대고 고함을 질렀다.

그녀가 이렇게 말하는 순간 꾸벅꾸벅 졸고 있던 한 선원이 갑자기 벌떡 일어나더니 미친 듯이 주위를 둘러보았다. 술집 문이 닫히는 소리가 들리자, 선원은 마치 누군가를 추격하는 사람처럼 소리 나는 쪽을 향해 황급히 걸음을 옮겼다.

도리언 그레이는 부슬부슬 내리는 비를 뚫고 부두를 따라 서둘러 걸음을 옮겼다. 에이드리언 싱글턴과 마주친 뒤로 이상하게도 마음이 흔들렸고, 모욕적으로 자신의 명예를 실추시켰던 바질 홀워드의 말처럼 혹시 그 젊은이의 파멸이 사실상 자신의 탓은 아니었을까 하는 생각이 들었다. 그는 입술을 깨물었다. 두 눈에는 잠시 슬픈 기색이 역력했다. 하지만 어찌됐든 그게 자신과 무슨 상관이란 말인가? 다른 사람의 잘못까지 책임지기에는 인생이 너무 짧다. 사람은 각자 자신의 인생을 살고 있으며, 그 인생을 위해 나름의 대가를 지불한다. 하지만 단 한 번의 실수 때문에 툭하면 대가를 지불하며 살아야 한다면, 그것만큼 딱한 처지도 없지 않은가. 그렇지만 사람은 거듭 대가를 치르는 수밖에 도리가 없으니. 운명의 여신은 인간과 관계를 맺으면서 결코 거래를 청산하는 법이 없기 때문이다. 심리학자들은, 죄 혹은 세상이 죄라고 부르는 것을 향한 열정이 본성을 지나치게 압도한 나머지, 머릿속 세포 하나하나는 물론이려니와 몸속의 모든 섬유조직까지 무시무시한 충동으로 가득 차는 것 같은 순간이 있다고 말한다. 그런 순간이 오면 남자든 여자든 모든 인간은 자발적으로 자유를 잃어버린다. 그들은 자동화된 기계처럼 끔찍한 종말을 향해 움직인다. 선택의 기회를 빼앗기고, 양심 또한 죽임을 당하며, 설사 양심이 살아 있다 할지라도 단지 반항을 매혹으로 위반을 매력으로 착각하기 위한 도구로 살아 있을 뿐이다. 따라서 신학자들이 우리에게 지겹게 강조했듯이, 세상의 모든 죄악은 불복종의 죄악이다. 혈기 왕성한 정신, 저 악의 샛별이 하늘에서 떨어져 내려왔을 때, 그는 이른바 반항아가 되었다.

자신의 추악한 죄악에 무감각한 채, 더럽혀진 정신과 영혼으로 그저 모든 생각을 악에 집중하면서 반항을 향한 허기를 채우고 싶은 욕구로 마음이 다급해진 도리언 그레이는 서둘러 걸음을 재촉했다. 지금 가고 있는 저 악명 높은 장소에 다다르기 위해 평소 지름길로 자주 이용하던 어둑한 아치 길에 접어

들려고 몸을 홱 돌리는 순간, 갑자기 누군가가 뒤에서 붙잡는 듯한 느낌이 들더니, 채 방어할 틈도 없이 무지막지한 손이 그의 목을 휘감고 그를 벽으로 밀쳐버렸다.

그는 살기 위해 미친 듯이 발버둥 쳤고, 자신을 단단히 붙잡고 있는 손가락들을 온 힘을 다해 떼어놓았다. 잠시 후 연발 권총의 걸쇠를 푸는 딸깍하는 소리가 들리더니, 반들반들한 총신에서 어슴푸레 번쩍이는 빛과 자신을 마주 보고 서 있는 작고 땅딸막한 남자의 어둑한 형체가 눈에 들어왔다.

"원하는 게 뭐요?" 도리언이 가쁜 숨을 몰아쉬며 물었다.

"입 닥치고 가만히 있어." 남자가 말했다. "움직이면 쏜다."

"미쳤군. 대체 내가 뭘 어쨌다고 이러는 거야?"

"넌 시빌 베인의 인생을 망쳤어." 남자가 대답했다. "시빌 베인은 내 누나였지. 물론 누나는 자살을 했어. 나도 알아. 하지만 누나가 죽은 건 네놈 때문이야. 그래서 난 누나에게 맹세했지. 내가 네놈을 죽여 복수를 해주겠다고 말이야. 몇 년이나 널 찾아다녔는지 몰라. 하지만 아무런 단서도, 흔적도 찾을 수가 없었어. 너에 대해 증언해줄 수 있는 두 사람은 이미 죽었더군. 누나가 널 부르던 애칭 외에는 아는 바가 아무것도 없었어. 한데 오늘 밤 우연히 그 이름을 듣게 됐지. 한시바삐 신과 화해하는 게 좋을 거야. 오늘 밤이 이 세상 마지막 날이 될 테니까."

도리언 그레이는 너무도 두려운 나머지 온몸에 힘이 풀렸다. "난 그런 여자 몰라." 그가 더듬더듬 말했다. "그 여자에 대해 들어본 적도 없어. 당신은 미친 거야."

"차라리 솔직하게 죄를 털어놓지그래. 내 이름이 제임스 베인임이 분명한 사실인 것처럼, 오늘 밤 네놈이 저세상으로 가는 것 또한 어김없는 사실이 될 테니까."

끔찍한 순간이었다. 도리언은 무슨 말을 해야 할지, 어떻게 행동해야 할지 도무지 알 수가 없었다.

"무릎 꿇어!" 남자가 성을 내며 소리쳤다. "일 분을 줄 테니 그동안 잘못을 속죄해. 그 이상은 안 돼. 난 오늘 밤 인도로 출항해야 하지만, 그보다 먼저 이 일부터 해결해야겠어. 일 분이야. 더 이상은 안 돼."

도리언의 두 팔이 양옆으로 축 늘어졌다. 공포로 온몸이 마비되어 뭘 어떻게 해야 할지 알 수가 없었다. 그때 문득 강렬한 희망이 그의 뇌리를 퍼뜩 스치고 지나갔다. "잠깐만." 그가 외쳤다. "당신 누나가 죽은 지 얼마나 됐지? 빨리 말해봐!"

"십팔 년." 남자가 말했다. "그런데 그건 왜 묻지? 몇 년이 됐든 그게 무슨 상관이야?"

"십팔 년이라고." 도리언 그레이가 껄껄 웃으며 의기양양한 목소리로 말했다. "십팔 년이라! 등불 아래로 나를 데리고 가서 얼굴을 비춰보시지!"

제임스 베인은 그의 의도를 이해하지 못해 잠시 망설였다. 하지만 이내 도리언 그레이를 붙잡고 아치 길에서 끌고 나왔다. 등불의 빛은 바람에 흔들려 어둑하고 가물거렸지만, 어쨌든 자신이 엄청난 잘못을 저질렀음을 확인하기에는 충분히 밝았다. 제 손으로 죽이려고 찾아 헤매던 남자인 줄로만 알았던 그의 얼굴은 그야말로 이제 한창 피어나는 소년의 얼굴, 흠 하나 없이 순결한 젊은이의 얼굴 그 자체였던 것이다. 등불 앞의 남자는 스무 살이나 됐을까 싶은 젊은이에 지나지 않았으며, 설사 그보다 더 나이가 많다 하더라도 오래전 헤어졌던 당시의 누나보다 많아 보이지는 않았다. 이 사람이 누나의 인생을 망친 남자가 아님은 너무도 분명했다.

그는 잡고 있던 손을 놓고 비틀비틀 뒷걸음질 쳤다. "이런, 세상에! 맙소사!" 그가 소리쳤다. "하마터면 당신을 살해할 뻔했습니다!"

도리언 그레이는 길게 숨을 내쉬었다. "이봐요, 당신은 무서운 범죄를 저지를 뻔했소." 도리언이 가혹한 눈빛으로 남자를 바라보며 말했다. "이 일을 계기로 임의대로 복수를 해서는 안 된다는 사실을 명심하시오."

"저를 용서하십시오, 나리." 제임스 베인이 낮게 중얼거렸다. "제가 오해를 했습니다. 저 저주받을 술집에서 우연히 들은 말 한마디 때문에 그만 잘못된 판단을 하고 말았습니다."

"이제 그만 집으로 돌아가는 게 좋겠소. 그리고 그 권총은 없애도록 하시오. 안 그랬다간 문제를 일으킬지도 모르니까." 도리언은 이렇게 말하고 홱 돌아서서 천천히 거리를 내려갔다.

제임스 베인은 두려움에 몸을 떨며 도로 위에 우두커니 서 있었다. 머리부터 발끝까지 온몸이 벌벌 떨렸다. 잠시 후 빗물이 떨어지는 벽을 따라 살금살금 다가오는 검은 그림자 하나가 빛 속으로 모습을 드러내더니 까치발로 슬그머니 그에게 접근해왔다. 그는 누군가 팔을 건드리는 손길에 화들짝 놀라 옆을 돌아보았다. 바에서 술을 마시던 여자들 중 하나였다.

"왜 그자를 죽이지 않았지?" 초췌한 얼굴을 그에게 바싹 들이밀며 그녀가 불만스러운 듯 물었다. "델리의 술집에서 부리나케 나가기에 그자를 쫓아가는 줄 알았는데. 멍청한 놈! 그자를 죽였어야지. 돈도 많고, 무엇보다 최고로 악랄한 놈이란 말이야."

"내가 찾는 남자가 아니야." 그가 대답했다. "그리고 난 남의 돈 따위 때문에 이러는 게 아냐. 내가 필요한 건 한 인간의 목숨이야. 내가 목숨을 원하는 그 작자는 이제 마흔이 거의 다 됐을 거야. 한데 그 사람은 고작해야 애송이었어. 내 손에 그 사람의 피를 묻히지 않은 걸 하느님께 감사할 뿐이야."

여자가 쓴웃음을 지었다. "고작해야 애송이 좋아하네!" 그녀가 비웃으며 말했다. "이봐, 저 이상형의 왕자님께서 나를 이

380

모양 이 꼴로 만든 게 바로 십팔 년 전 밤이라고."

"거짓말 마!" 제임스 베인이 소리쳤다.

그녀가 하늘 위로 한 손을 번쩍 쳐들었다. "하느님 앞에 맹세코 진실을 말하지." 그녀가 외쳤다.

"하느님 앞에?"

"진실이 아니라면 나를 벙어리로 만들어도 좋아. 그자는 이곳에 들락거리는 인간들 가운데 최악 중에 최악이야. 그자가 아름다운 얼굴을 갖는 대가로 악마에게 영혼을 팔았다는 소문이 있지. 내가 그자를 만난 그날 밤은 십팔 년 전이었어. 그날 이후 지금까지 그자는 조금도 변하지 않더군. 난 이렇게 변했는데 말이야." 그녀는 불쾌하게 곁눈질을 하며 덧붙였다.

"맹세할 수 있어?"

"맹세해." 그녀의 얇은 입술에서 쉰 목소리가 울려 나왔다. "하지만 내 이야기를 그자에게 말하지는 마." 그녀가 애처로운 목소리로 말했다. "난 그자가 무서워. 어디에서 하룻밤 몸이라도 누이려면 이 돈이라도 가지고 있어야 하잖아."

그는 그녀에게 약속을 지키겠다고 다짐한 뒤 헤어져 서둘러 모퉁이를 향해 달려갔지만, 도리언 그레이의 모습은 어디에도 보이지 않았다. 뒤를 돌아보았을 땐 여자도 이미 사라지고 없었다.

17

일주일 후 도리언은 셀비 로열의 온실에 앉아 아리따운 먼머스 공작부인과 이야기를 나누고 있었다. 공작부인은 지칠 대로 지쳐 보이는 예순 살의 먼머스 공작과 함께 도리언의 손님으로 초대되었다. 지금은 차 마시는 시간이어서 공작부인이 안주인 노릇을 하며 식탁을 차리고 있었다. 식탁 위에 놓인, 레이스로 덮개를 씌운 커다란 램프가 그녀가 준비하는 섬세한 도자기와 은을 두드려 만든 접시 위에 은은한 불빛을 비추었다. 그녀의 하얀 손은 컵과 컵 사이를 우아하게 움직이고 있었고, 도톰하고 붉은 입술은 조금 전 도리언이 속삭인 말을 떠올리며 미소 짓고 있었다. 헨리 경은 고리버들로 만들어 그 위에 비단을 덮은 의자에 기대앉아 그들을 바라보았다. 나버러 부인은 복숭아빛 소파 겸 침대 위에 앉아 최근 수집 목록에 추가한 브라질 딱정벌레에 대한 먼머스 공작의 설명을 경청하는 척하고 있었다. 정교하게 재단한 스모킹 슈트를 입은 세 명의 젊은이가 몇몇 여자들 앞으로 차에 곁들여 먹는 과자를 나르고 있었다. 하우스 파티에 모인 사람들은 모두 열두 명으로, 다음 날 몇 사람이 더 도착할 예정이었다.

"두 사람, 무슨 이야기를 그렇게 하고 있지?" 헨리 경이 식탁을 향해 어슬렁거리며 다가와 마시던 컵을 내려놓으며 말했다. "도리언이 세상 모든 것들에 새롭게 이름을 붙이겠다는 내 계획에 대해 말하지 않았나 싶은데, 글래디스. 정말 재미있는 생각 아니냐."

"하지만 난 이름을 고치고 싶지 않은걸요, 해리." 공작부인이 아름다운 눈동자로 그를 올려다보며 대답했다. "난 내 이름에 아주 만족하고 있고, 그레이 씨 역시 자신의 이름에 만족할 거라고 확신해요."

"이런, 글래디스. 난 누구의 이름도 바꾸고 싶은 생각이 전혀 없다. 두 사람 이름은 아주 완벽한걸. 주로 꽃 이름을 새로 붙였으면 하는 거야. 어제 단춧구멍에 꽂을 장식용 꽃 한 송이를 꺾었지. 그런데 기묘한 모양의 알록달록한 반점 무늬들이 마치 칠대 죄악만큼이나 인상적이지 않겠니. 그래서 무심코 정원사에게 그 꽃을 뭐라고 부르냐고 물었어. 그는 학명이 로빈소니아나라던가 뭐라던가 하는 아주 끔찍한 이름의 훌륭한 표본이라고 말하더군. 서글픈 사실이지만, 우리는 사물에 아름다운 이름을 부여하는 능력을 잃고 말았어. 이름이 얼마나 중요한데. 나는 행동을 가지고 불평하는 일은 결코 없다. 내가 유일하게 불평하는 이유는 바로 단어 때문이야. 내가 저속한 사실주의 문학을 그토록 싫어하는 이유도 바로 그 때문이지. 삽을 삽이라고 부를 수 있는 사람은 별수 없이 삽이라는 말밖에 사용할 줄 몰라. 그가 할 줄 아는 말이라고는 그 말밖에 없으니까."

"그럼 우리는 당신을 뭐라고 부르면 좋을까요, 해리?" 그녀가 물었다.

"헨리 경의 이름은 역설의 왕자랍니다." 도리언이 말했다.

"어떤 사람인지 단번에 알아보겠군요." 공작부인이 큰소리로 말했다.

"그런 이야기라면 듣지 않겠어." 헨리 경이 의자에 풀썩 주저앉으며 소리 내어 웃었다. "한번 그렇게 꼬리표가 붙으면 도무지 벗어날 재간이 없다니까! 그래서 난 칭호를 거부해."

"왕족의 칭호라면 포기하지 않을 거면서." 아름다운 입술에서 훈계의 말이 떨어졌다.

"그렇다면 넌 내가 왕족의 자리를 지키길 바라는구나?"

"당연하지요."

"난 장래 있을 사실을 있는 그대로 말하는 거다."

"난 차라리 현재의 착각이 더 좋아요." 그녀가 대꾸했다.

"나를 완전히 무장해제시키는군, 글래디스." 그는 제멋대로인 그녀의 변덕을 알아차려 큰소리로 말했다.

"하지만 당신은 방패만 내려놓은 거잖아요, 해리. 창은 그대로 들고 있으면서 말이에요."

"미인을 향해서는 절대로 창을 겨누지 않아." 그가 손사래를 치면서 말했다.

"그게 바로 당신의 잘못이에요, 해리, 정말 그렇다니까. 당신은 아름다운 것에 지나치게 가치를 부여해요."

"어떻게 그런 말을 할 수가 있지? 난 선한 것보다 아름다운 것이 훨씬 낫다고 생각하고, 그렇게 인정해. 하지만 반면에 추한 것보다는 선한 것이 더 낫다는 걸 나만큼 확실하게 인정하는 사람도 없다고."

"그렇다면 추함이 칠대 죄악 가운데 하나라는 말인가요?" 공작부인이 큰소리로 물었다. "그럼 조금 전에 난에 관한 당신의 비유는 어떻게 된 거예요?"

"추함은 일곱 가지 치명적인 미덕 가운데 하나야, 글래디스. 넌 충실한 토리 당원으로서 추함에 대해 과소평가해서는 안 된다. 맥주와 성경, 그리고 일곱 가지 치명적인 미덕들이 우리 영국을 지금 모습으로 만들었어."

"그렇다면 당신은 이 나라를 좋아하지 않는다는 건가요?"
그녀가 물었다.

"난 이 나라에 살고 있어."

"그 말은 비록 비난을 하고 있지만 그만큼 좋아하기도 한다
는 뜻이군요."

"영국에 대해 유럽이 어떻게 평가하는지 말해도 될까?" 그
가 물었다.

"그래, 유럽이 우리나라에 대해 뭐라고 말하는데요?"

"타르튀프(몰리에르의 희극에 나오는 위선자)가 영국으로 이민
을 가서 상점을 열었다고 하더군."

"그건 당신이 내린 평가 아닌가요, 해리?"

"유럽 사람들의 평가를 전해주는 거야."

"그 말은 함부로 써먹어서는 안 되겠군요. 너무 정확해서 말
이에요."

"그렇다고 겁낼 필요는 없어. 어차피 우리나라 사람들은 무
슨 뜻인지 절대로 이해하지 못할 테니까."

"우리나라 사람들이 실질적이라서 그래요."

"실질적이라기보다는 교활한 편이지. 우리나라 사람들은 장
부를 작성할 때 어리석음은 부로, 악덕은 위선으로 균형을 맞
추잖아."

"하지만 우리에게도 훌륭한 부분들이 있어요."

"그런 훌륭한 부분들은 어쩌다 우리에게 툭 떨어졌을 뿐이야, 글래디스."

"우리는 그에 따른 부담도 같이 짊어졌어요."

"주식거래에 한해서는 그렇지."

공작부인은 고개를 가로저었다. "난 우리 민족을 믿어요." 그녀가 큰소리로 말했다.

"우리 민족은 사방의 공격 속에서 살아남은 대표적인 민족이지."

"그런 식으로 발전해온 거예요."

"쇠퇴했다면 훨씬 매혹적이었겠지."

"그럼 예술의 발전은 어떻게 생각해요?" 그녀가 물었다.

"그건 병폐일 뿐이야."

"사랑은?"

"환각이지."

"그럼 종교는?"

"믿음에 대한 상류사회의 대용품이고."

"당신은 무신론자로군요."

"천만에! 무신론이야말로 신앙의 기초란다."

"그럼 대체 당신은 어떤 사람이지요?"

"정의한다는 것은 곧 한계를 지우는 거지."

"나한테 실마리를 줘요."

"실은 끊어지기 마련이야. 그렇게 되면 미로에서 길을 잃을 텐데."

"오빠 때문에 머리가 다 어지러워. 그러지 말고 다른 사람을 놓고 이야기해봐요."

"그렇다면 이 집주인이야말로 흥미로운 주제겠구나. 수년 전 '이상형의 왕자님'이라는 칭호까지 받았으니까."

"아! 그 이름은 언급하지 말아주세요." 도리언 그레이가 외쳤다.

"우리 집주인께서 오늘 저녁엔 기분이 썩 안 좋으신 것 같군요." 공작부인이 얼굴을 붉히며 말했다. "제가 알기로 도리언 씨께서는 먼머스가 나와 결혼한 목적이 순전히 과학적인 원리에 의해서라고 생각하시는 것 같던데요. 이를테면 최근 발견되는 나비 가운데 먼머스가 발견할 수 있는 최고의 견본 같은 존재가 바로 나라는 식으로 말이에요."

"글쎄요, 그렇다면 공작께서 당신을 핀으로 고정시키지 않으시길 바라야겠는데요, 공작부인." 도리언이 소리 내어 웃었다.

"오! 그건 제 하녀가 저한테 짜증을 낼 때마다 하는 일인걸요, 도리언 씨."

"이런, 하녀가 무엇 때문에 부인께 짜증을 내는 거지요, 공작부인?"

"대부분 아주 사소한 일들 때문이에요, 도리언 씨, 정말이랍니다. 제가 아홉 시 십 분 전에 집에 들어와놓고는, 제 하녀에게 여덟 시 삼십 분까지 몸단장을 마쳤어야 했다고 재촉하는 경우에 그렇지요."

"하녀가 뭘 몰라도 한참 모르는군요! 따끔하게 훈계를 하시지 그러셨어요."

"그럴 것까지는 없어요, 그레이 씨. 왜냐하면 그 애는 나를 위해 모자를 만들어주거든요. 힐스턴 부인 댁에서 가든파티가 있던 날 제가 썼던 모자 기억하시나요? 기억 못하시는군요. 하지만 기억하는 척이라도 해주셔서 고마워요. 아무튼 제 하녀는 이렇다 할 재료를 쓰지 않고도 그 모자를 잘 만들었답니다. 하긴 훌륭한 모자들은 전부 별다른 재료 없이 만든 것이지요."

"훌륭한 평판들이 모두 그렇듯이 말이지, 글래디스." 헨리 경이 끼어들었다. "사람이 어떤 영향력을 발휘하면 적이 생기기 마련이지. 그래서 평판 좋은 사람이 되려면 평범할 수밖에 없는 거다."

"여자들의 경우에는 그렇지 않아요." 공작부인이 고개를 저으며 말했다. "그래서 여자들이 세계를 지배하지요. 분명히 말하지만 우리 여자들은 평범한 존재가 되는 걸 견디지 못해요. 누구 말마따나 우리 여자들은 귀로 사랑을 해요. 남자들이 눈으로 사랑을 하듯이 말이에요. 하긴 뭐, 남자들이 사랑이란 걸

389

하기라도 한다면 말이지만요."

"제가 보기에 우리 남자들은 사랑 말고는 결코 아무것도 하지 않는 것 같은데요." 도리언이 중얼거렸다.

"아! 그렇다면 당신은 결코 진심으로 사랑하는 게 아니에요, 그레이 씨." 공작부인이 짐짓 슬픈 척하며 대꾸했다.

"글래디스!" 헨리 경이 탄식했다. "어떻게 그런 말을 할 수 있지? 연애는 반복을 통해 생명력을 얻으며, 그 반복은 욕망을 예술로 승화시킨단다. 게다가 매번 사랑을 할 때마다 그 사랑은 지금까지 해온 그 어떤 사랑과 비교할 수 없는 유일한 사랑이 되는 거지. 대상이 바뀐다고 해서 오직 하나뿐인 열정이 달라지는 건 아니거든. 오히려 대상이 달라질수록 열정은 더욱 강렬해질 뿐이지. 긴 인생을 살면서 우리가 누릴 수 있는 놀라운 경험은 기껏해야 한 번뿐이지만, 이 경험을 가능한 한 자주 재현하는 것이야말로 인생을 제대로 사는 비결이란다."

"그 경험 때문에 누군가 상처를 받는다 해도요, 해리?" 잠시 침묵이 흐른 뒤 공작부인이 물었다.

"그로 인해 누군가 상처를 받는다면 더더욱 그렇지." 헨리 경이 대답했다.

공작부인이 고개를 돌려 호기심 어린 눈빛으로 도리언 그레이를 바라보았다. "해리의 말에 대해 어떻게 생각하시나요, 그레이 씨?" 그녀가 물었다.

도리언은 잠시 망설였다. 그러고는 이내 고개를 뒤로 젖히고 소리 내어 웃었다. "공작부인, 난 언제나 해리의 말에 동의해요."

"해리의 의견이 잘못되었을 때조차 말인가요?"

"해리는 결코 그릇된 말을 하지 않아요, 공작부인."

"그렇다면 그의 철학이 당신을 행복하게 해주는 거로군요?"

"저는 단 한 번도 행복을 찾은 적이 없습니다. 대체 누가 행복을 원하지요? 전 줄곧 쾌락을 찾아왔어요."

"그래서 찾았나요, 그레이 씨?"

"종종. 아주 종종이요."

공작부인은 한숨을 쉬었다. "난 평화를 찾고 있어요." 그녀가 말했다. "그리고 지금 가서 몸단장을 하지 않으면, 오늘 저녁엔 아무런 평화도 찾을 수 없을 것 같아요."

"난을 좀 가져다 드리겠습니다, 공작부인." 도리언이 벌떡 일어서서 큰소리로 말한 다음 온실을 향해 걸어 내려갔다.

"불명예스럽게 도리언과 연애 놀음을 하고 계시는군." 헨리 경이 사촌 누이에게 말했다. "조심하는 게 좋을 거다. 도리언은 너무 매력적이거든."

"그에게 매력이 없다면 그를 차지하려는 쟁탈전도 없겠지요."

"그렇다면 그리스인과 그리스인과의 만남인가?"

"난 트로이 편이에요. 그들은 여자를 위해 싸웠으니까요."

"트로이는 패배했어."

"점령당하는 것보다 더 나쁜 것들도 있어요." 그녀가 대꾸했다.

"고삐를 늦추고 전속력으로 달리는구나."

"속도야말로 생기를 더해주잖아요." 재치 있는 반격이 이어졌다.

"오늘 밤 일기에 기록해야겠다."

"뭘요?"

"불에 덴 아이는 불을 사랑하는 법이라고 말이야."

"난 그슬린 자국조차 없는걸요. 내 날개는 조금도 상한 데가 없어요."

"넌 모든 일에 날개를 이용하지. 날 때를 제외하고."

"용기는 남자들에게서 여자들에게 전해지지요. 우리에게 용기는 새로운 경험이에요."

"그나저나 네게 경쟁자가 한 명 있는데."

"누구요?"

그가 크게 소리 내어 웃었다. "나버러 부인." 그가 속삭였다. "그분은 도리언한테 아주 푹 빠지셨어."

"내 마음을 근심으로 가득 채우고 있군요. 옛사람을 매료시키는 일은 우리 같은 낭만주의자들에게 치명적인 일이에요."

"낭만주의자라니! 넌 매사에 과학적인 사고로 똘똘 뭉쳐 있는 사람이잖니."

"그건 남자들이 우리 여자들을 그렇게 교육시켰기 때문이에요."

"여자에 대해 제대로 설명도 하지 않으면서 말이지."

"당신이 우리를 여성이라는 성으로 설명해보지 그러세요." 그녀가 설명을 요구했다.

"여성은 비밀 없는 스핑크스야."

공작부인이 미소를 지으며 그를 바라보았다. "그레이 씨가 자리를 너무 오래 비우는 것 같군요!" 그녀가 말했다. "가서 그를 도와주어요. 그러고 보니 내가 무슨 색 드레스를 입을지 아직 그에게 말해주지도 않았어요."

"아하! 그가 장식할 꽃 색깔에 드레스 색을 맞추려고, 글래디스?"

"너무 일찍 항복하는 거 아닌지 몰라."

"낭만주의 예술은 언제나 절정에서부터 시작하지."

"하지만 언제나 물러설 기회를 염두에 두어야 해요."

"파르티아식(파르티아는 고대 서아시아 왕국으로, 파르티아식이란 전투 중 전속력으로 후퇴하는 가운데에서도 활을 쏘는 그들의 관습을 일컫는다. 그들의 후퇴 전술은 공격 때보다 더 효과적이었다고 전해진다)으로 말이지?"

"그들은 사막에서도 대피할 곳을 찾았어요. 나는 그렇게까지는 할 수 없을 테지만."

"여자들이 언제나 선택을 받는 건 아니란다." 그는 무언가 더 대꾸를 하려 했다. 하지만 원하는 말을 마저 하기도 전에, 온실 맨 끝에서 숨이 막힐 듯한 신음 소리와 이어 묵직한 무언가가 쓰러지는 것 같은 둔탁한 소리가 들려왔다. 모두들 깜짝 놀라 자리에서 벌떡 일어섰다. 공작부인은 너무 무서운 나머지 꼼짝도 하지 않고 그대로 서 있었다. 헨리 경은 눈동자에 두려움을 가득 담고서 축 늘어진 종려나무 잎 사이를 가로질러 황급히 달려가, 마치 죽은 사람처럼 타일 바닥에 엎드려 기절해 있는 도리언 그레이를 발견했다.

도리언은 즉시 푸른색 객실로 실려가 소파에 눕혀졌다. 잠시 후 정신을 되찾은 그가 멍한 표정으로 주위를 둘러보았다. "무슨 일이 있었나요?" 그가 물었다. "아! 이제 기억이 나는군요. 여기는 안전하겠지요, 해리?" 그가 온몸을 바들바들 떨었다.

"이보게, 도리언." 헨리 경이 대답했다. "자넨 단지 기절했을 뿐이야. 그뿐이라고. 그동안 무척 피곤했던 모양이야. 만찬 땐 내려가지 않는 게 좋겠어. 내가 자네 대신 손님들을 접대하지."

"아니에요, 내려가겠어요." 그가 일어나려 애쓰면서 말했다. "차라리 내려가는 게 나을 것 같아요. 전 혼자 있으면 안 돼요."

그는 자기 방으로 들어가 옷을 갈아입었다. 그리고 식탁에 앉았을 땐 무슨 일이 있었느냐는 듯 아무렇지 않은 표정으로 대단히 쾌활한 태도를 보였다. 하지만 제임스 베인의 얼굴이 하얀 손수건처럼 온실 창문에 달라붙어 자신을 지켜보던 모습을 떠올릴 때면, 이따금 오싹한 공포가 온몸을 훑고 지나갔다.

18

다음 날 도리언 그레이는 집 밖으로 한 발자국도 나가지 않았으며, 죽을지도 모른다는 극심한 두려움에 떨면서도 삶 자체에 아무런 관심도 갖지 않은 채 거의 온종일을 방에 틀어박혀 지냈다. 그는 누군가 자신을 뒤쫓고 있다는 생각, 자신을 함정에 빠뜨리고는 바싹 뒤쫓아 오고 있다는 생각에 사로잡혔다. 태피스트리가 바람에 흔들리기만 해도 온몸을 바들바들 떨었다. 바람에 날려 납창틀에 부딪친 메마른 낙엽들조차 그에게는 부질없는 결심과 황량한 회한처럼 느껴졌다. 눈을 감으면 안개로 얼룩진 유리 사이로 자신을 들여다보던 선원의 얼굴이 자꾸만 어른거렸고, 공포가 다시 한 번 심장을 덮치는 것 같았다.

하지만 한밤중에 복수가 자행될지 모른다는 생각도, 자신의 앞날에 끔찍한 처벌이 내려지리라는 생각도, 어쩌면 단지 자신이 만들어낸 공상에 불과한지도 몰랐다. 그렇지만 실제 삶은 온통 혼란스러운 반면, 상상은 끔찍할 정도로 논리적인 면이 있었다. 오히려 양심의 가책이 죄악의 발꿈치를 끈질기게 따라다니게 만든 것은 다름 아닌 상상력이었다. 각각의 범죄로 하여금 기형의 새끼를 낳게 만든 것 또한 바로 상상력이었다. 하지만 평범한 실제 세상에서는 악하다고 벌을 받는 것도, 선하다고 상을 받는 것도 아니었다. 성공은 강한 자에게 돌아갔고 실패는 약자에게 떠맡겨졌다. 이게 바로 현실이었다. 더구나 누군가 수상한 자가 집 근처를 배회하고 있었다면, 하인이나 경비원에게 발각되었을 게 분명했다. 화단에 발자국 하나라도 발견되었다면 정원사들이 보고를 했을 것이다. 그렇다, 그날 일은 그저 상상일 뿐이었다. 시빌 베인의 남동생이 그를 죽이겠다고 돌아왔을 리가 없었다. 그는 배를 타고 항해를 나갔다가 어느 겨울 바다에서 침몰당했을 것이다. 어쨌든 시빌 베인의 남동생에게 보복을 당할 리가 없었다. 그도 그럴 것이 그자는 도리언이 누군지도 모르고, 누군지 알 수도 없을 테니 말이다. 지난번에도 영락없는 젊은이의 얼굴 가면이 자신을 구해주지 않았던가.

하지만 그것이 단지 환상에 불과했다 할지라도, 양심이 그토록 두려운 환영들을 불러내어 눈에 보이는 형태를 부여하고 그것들을 사람 앞에서 움직이게 할 수 있다는 건 얼마나 끔찍한 일인가! 범죄의 그림자가 조용한 한쪽 구석에서 그를 가만히 들여다보고, 은밀한 장소에서 그를 놀려대며, 연회장 좌석에 앉아 있는 그의 귓가에 대고 속삭이고, 잠자리에 누우려 하면 차가운 손가락으로 그를 깨우는 일들이 밤낮없이 수시로 계속된다면, 앞으로 그의 삶은 대체 어떻게 되겠는가! 이런 생각들이 슬그머니 머릿속을 점령하자, 두려움에 얼굴이 창백해지고 갑자기 주변 공기가 더욱 차가워지는 것 같았다. 아! 대체 얼마나 정신이 나갔으면 순간적으로 눈이 뒤집혀 친구를 죽이기까지 했단 말인가! 그 장면을 떠올리는 것만으로도 어찌나 무섭고 소름이 끼치는지! 그는 그 모든 장면들을 다시 떠올려보았다. 끔찍한 장면들 하나하나가 세세하게 떠올라 아까보다 더한 공포가 일었다. 자신의 죄악의 형상이 주홍색 옷을 입고 두려움에 벌벌 떨면서 시간이라는 검은 동굴 밖으로 모습을 드러냈다. 여섯 시에 그의 방에 들어온 헨리 경은 저러다가 심장이 멎어버리는 게 아닐까 싶을 만큼 엉엉 소리 내어 울고 있는 도리언을 발견했다.

사흘째 되는 날에야 도리언은 간신히 외출할 용기를 냈다. 소나무 향기가 나는 상쾌한 겨울의 아침 공기는 그에게 삶을 향한 기쁨과 열정을 되살려주는 무언가를 느끼게 해주었다. 하지만 그러한 변화를 일으켰던 건 단순히 주변 환경의 물리적인 상황 때문만은 아니었다. 그의 천성상, 완벽한 평온에 흠집을 내고 해를 입히려는 극심한 고뇌에 슬슬 염증이 났던 것이다. 섬세하고 정교한 기질을 지닌 사람에게 그러한 현상은 늘 있는 법. 그런 사람들의 강렬한 열정은 멍이 들거나 구부러지기 마련이다. 그들은 다른 사람을 살해하든지 스스로 목숨을 끊든지 둘 중 하나다. 얄팍한 슬픔과 얄팍한 사랑은 그런대로 명맥을 유지한다. 깊은 사랑과 커다란 슬픔은 자체의 충만함으로 파괴된다. 더욱이 그는 자신이 공포에 사로잡힌 상상의 희생자라고 확신했을 뿐만 아니라, 지금은 그동안의 두려움들을 일종의 연민 어린 시선으로 돌아보게 되었으며, 그것이 조금도 모욕적으로 느껴지지 않았다.

아침 식사 후 그는 공작부인과 한 시간 정도 정원을 산책한 다음 수렵에 참가하기 위해 마차를 몰아 왕실 수렵장을 가로질러 달렸다. 마치 소금이 흩뿌려진 것처럼 서리가 풀 위에 내려앉았다. 하늘은 푸른색의 금속 컵을 엎어놓은 것 같았다. 갈대가 무성한 잔잔한 호수 위에는 얇은 살얼음이 덮여 있었다.

소나무 숲 구석진 곳에서 공작부인의 오빠인 제프리 클루스턴 경이 다 쓴 탄약통 두 개를 총에서 잡아 빼는 모습이 보였다. 그는 마차에서 뛰어내려 마부에게 말을 집으로 끌고 가라고 지시한 뒤, 바싹 마른 고사리와 억센 덤불을 헤치고 초대한 손님을 향해 다가갔다.

"사냥은 즐거우셨나요, 제프리?" 도리언이 물었다.

"성과가 썩 좋지는 않네, 도리언. 새들이 대부분 빈터로 날아가버린 것 같아. 아마 점심 식사 후에 다른 장소로 옮기면 좀 낫지 않을까 싶네."

도리언은 그의 곁을 한가롭게 거닐었다. 코끝을 스치는 향기로운 공기, 햇빛에 반사되어 나무 사이로 어른거리는 갈색과 붉은색 빛줄기들, 이따금 쉰 목소리로 울려 퍼지는 몰이꾼들의 외침들, 그 뒤로 이어지는 사냥총의 날카로운 총성에 도리언은 한껏 매력을 느꼈고, 마침내 유쾌하고 자유로운 기분에 흠뻑 취했다. 그는 만사태평한 이 행복과 어떤 일에도 아랑곳하지 않을 무한한 기쁨을 주체할 수가 없었다.

그때 약 이십 미터 전방의 바람에 흔들리는 칙칙한 풀숲에서, 끝이 거무스름한 두 귀를 쫑긋 세우고 긴 뒷다리를 바깥으로 내밀며 산토끼 한 마리가 껑충 뛰어올랐다. 토끼는 오리나무 덤불을 향해 달아났다. 제프리 경은 어깨 위에 총을 얹었다. 하지만 도리언 그레이는 토끼의 우아한 동작에서 마음을 뒤흔드는 알 수 없는 매력을 느껴 즉시 큰소리로 외쳤다. "쏘지 마세요, 제프리. 달아나게 내버려두자고요."

"말도 안 되는 소리 하지도 마, 도리언!" 제프리 경이 소리 내어 웃었고, 토끼가 덤불 속으로 뛰어드는 순간 재빨리 총을 쏘았다. 그때 두 개의 비명 소리가 들렸는데, 하나는 고통에 몸부림치는 토끼의 무시무시한 비명 소리였고, 다른 하나는 죽음의 고통 속에 내동댕이쳐진 한 남자의 더욱 끔찍한 비명 소리였다.

"하느님 맙소사! 내가 몰이꾼을 쏘았군!" 제프리 경이 소리쳤다. "어쩌자고 저 사람은 도처에서 총을 겨누고 있는 이런 곳에 와 있는 거야! 잠깐 총을 멈춰요!" 그가 한껏 목청을 높여 외쳤다. "사람이 다쳤어요!"

그러자 사냥터지기 대장이 손에 막대기를 들고 달려왔다. "어디에 있습니까, 나리? 몰이꾼이 어디에 있나요?" 그가 소리쳤다. 그와 동시에 사냥꾼들의 총소리도 일제히 멈추었다. "여기야." 제프리 경이 덤불 쪽으로 황급히 달려가면서 성난 목소리로 대답했다. "어쩌자고 몰이꾼들을 사냥터 뒤로 빠지게 하지 않은 건가? 그 탓에 오늘 사냥을 완전히 망쳤잖아."

도리언은 남자들이 유연하게 흔들리는 나뭇가지를 헤치며 오리나무 덤불 속으로 뛰어 들어가는 모습을 가만히 지켜보았다. 잠시 후 그들은 덤불 밖 햇빛이 비치는 곳으로 시체를 끌고 나왔다. 도리언은 공포에 질려 몸을 돌렸다. 자신이 가는 곳마다 불행이 따라다니는 것만 같았다. 몰이꾼이 정말 죽었는지 묻는 제프리 경의 목소리와 죽은 것이 확실하다는 사냥터지기의 대답이 들렸다. 그때 문득 숲 속의 나무들이 잔뜩 찌푸린 얼굴로 자신을 향해 달려드는 것 같은 느낌이 들었다. 수많은 발들이 쿵쾅거리는 소리, 와글거리는 낮은 목소리들이 들렸다. 구릿빛 가슴의 커다란 꿩 한 마리가 머리 위로 뻗은 큰 가지들 사이로 날개를 푸드덕거리며 날아왔다.

불안한 상태의 도리언에게는 끝없는 고통의 시간 같았던 잠시 후, 누군가 어깨 위에 손을 얹는 것을 느꼈다. 그는 흠칫 놀라며 뒤를 돌아보았다.

"도리언." 헨리 경이 말했다. "사람들에게 오늘 사냥은 이쯤에서 접자고 말하는 게 좋겠네. 이런 상황에서 사냥을 계속하는 건 모양새가 좋지 않을 테니 말이야."

"아예 영원히 사냥을 그만두고 싶은 심정이에요, 해리." 그가 비통하게 대답했다. "모든 것이 끔찍하고 잔인해요. 그런데 그 남자는……?" 그는 차마 제대로 말을 마칠 수조차 없었다.

"아무래도 그렇게 된 것 같아." 헨리 경이 대답했다. "총알이 가슴에 정통으로 박혔어. 아마도 거의 즉사했을 거야. 자, 그만 집으로 가세."

그들은 대로를 향해 약 오십 미터가량을 아무 말 없이 나란히 걸었다.

잠시 후 도리언이 헨리 경을 바라보며 깊은 한숨을 쉬면서 말했다. "나쁜 징조예요, 해리. 아주 나쁜 징조요."

"뭐가 말인가?" 헨리 경이 물었다. "아! 이 사건을 말하나보 군. 이봐, 이번 일은 불가피한 일이었어. 그 남자의 잘못이었 네. 대관절 도처에서 사냥총을 겨누고 있는 코앞에 나와 있을 게 뭐란 말인가? 더구나 이 일은 우리하고는 아무 상관없네. 물론 제프리 입장이 다소 난처해지긴 할 거야. 사람들은 몰이 꾼들을 심하게 비난하지는 않아. 오히려 사냥하는 쪽에서 무 분별하게 총을 쏘아댔다고 생각하지. 하지만 제프리가 무턱대 고 총을 쏘는 사람은 아니지 않나. 오히려 목표물을 얼마나 정 확하게 맞히는 사람인데. 하긴 이제 와서 그런 이야기가 무슨 소용인가."

도리언은 고개를 저었다. "불길한 징조예요, 해리. 우리 가 운데 누군가에게 어떤 끔찍한 일이 벌어질 것만 같은 느낌이 들어요. 어쩌면 저에게 무슨 일이 생길지도 모르죠." 그는 고 통스러운 듯 두 눈에 손을 올려놓으며 말했다.

그러자 연장자인 헨리 경이 소리 내어 웃었다. "세상에서 유 일하게 끔찍한 것이 있다면 다름 아닌 '권태'라네, 도리언. 권 태야말로 도저히 용서할 수 없는 죄악이지. 하지만 오늘 만찬 에서 사람들이 이 사건을 놓고 주야장천 수다를 떨어대지만 않는다면, 우리가 권태 때문에 고통받을 일은 없을 것 같네. 아무래도 사람들에게 이 주제는 피하는 게 좋겠다고 말해야겠 어. 그리고 징조에 대해서는 말일세, 세상에 징조 같은 건 없어. 운명의 여신은 우리에게 아무런 예고도 하지 않네. 그러기에는 그녀가 지나치게 영리하거나 지나치게 잔인하거든. 게다가, 대체 자네에게 무슨 일이 일어날 수 있겠는가? 자네는 사람이 세상에서 원하는 모든 것을 가졌는데 말이야. 자네하고 처지를 바꿀 수만 있다면 아무도 마다하지 않을 걸세."

"세상에 나하고 처지를 바꾸려 할 사람이 누가 있겠어요, 해리. 그렇게 웃지 마세요. 난 진실을 말하고 있는 거예요. 방금 죽은 저 불쌍한 몰이꾼도 나보다는 처지가 좋아요. 난 죽음 자체가 두려운 게 아니에요. 나를 두렵게 만드는 건 죽음이 서서히 다가오고 있다는 거예요. 그 괴물 같은 날개가 나른한 대기 속에서 주위를 선회하고 있는 것 같아요. 하느님 맙소사! 저기 저 나무들 뒤에 움직이는 저 남자, 나를 지켜보며 기다리고 있는 저 남자가 당신 눈에는 보이지 않나요?"

헨리 경은 도리언의 장갑 낀 손이 바들바들 떨면서 가리키는 방향을 돌아보았다. "그렇군." 그가 미소를 지으며 말했다. "정원사가 자네를 기다리고 있는 게 보여. 아마도 오늘 밤 식탁에 어떤 꽃을 장식하고 싶은지 자네에게 물어보려고 온 것 같은데. 이보게, 쓸데없이 불안해하고 있군! 런던으로 돌아가면 같이 내 주치의한테 가서 진찰을 받아봐야겠어."

도리언은 정원사가 다가오는 모습을 확인하고서야 안도의 한숨을 내쉬었다. 정원사는 모자를 만지작거리며 주저하는 태도로 잠시 헨리 경을 흘끔 바라보더니, 편지를 꺼내 주인에게 건네주었다. "공작부인께서 기다렸다가 답장을 받아오라고 하셨습니다." 그가 중얼거리며 말했다.

도리언은 편지를 주머니 안에 넣었다. "곧 가겠다고 전해드려." 그가 차갑게 말했다.

남자는 돌아서서 저택 방향으로 재빨리 걸음을 옮겼다. "여자들은 어쩌면 그렇게도 위험한 일을 좋아하는지!" 헨리 경이 소리 내어 웃었다. "하긴 그것이야말로 내가 여자들에게 가장 감탄하는 특징 가운데 하나지. 여자는 다른 사람이 자신을 주시하는 한 세상 누구한테라도 연애를 걸 테니까 말이야."

"그러는 당신은 어쩌면 그렇게도 위험한 발언을 즐겨 하십니까, 해리! 지금 같은 경우, 당신은 잘못 짚어도 한참 잘못 짚으셨어요. 난 공작부인을 무척 좋아하지만, 그녀를 사랑하지는 않습니다."

"그리고 공작부인은 자네를 무척 사랑하지만 그만큼 좋아하지는 않고 말이야. 그래서 두 사람이 아주 어울리는 한 쌍이라는 걸세."

"추문이 날 만한 말씀을 하시는군요, 해리. 추문이 날 만한 근거가 전혀 없는데 말이에요."

"부도덕한 확신 하나면 얼마든지 추문의 근거가 될 수 있지." 헨리 경이 담배에 불을 붙이며 말했다.

"당신은 경구를 만들어내기 위해서라면 아무라도 희생시킬 겁니다, 해리."

"인간은 제 발로 제단 위를 오를 뿐이네." 그가 대꾸했다.

"차라리 사랑이라도 할 수 있다면 좋겠어요." 도리언이 비애감이 가득 담긴 목소리로 탄식했다. "하지만 전 이미 열정을 다 잃어버린 것 같아요. 욕망이 뭔지 잊은 것 같단 말이에요. 나 자신에게 지나치게 몰두하고 있어요. 나만의 강렬한 매력이 이제는 짐이 되어버렸다고요. 달아나고 싶어요, 멀리 도망쳐서 다 잊어버리고 싶어요. 이곳으로 내려오다니, 내가 너무 어리석었어요. 하비에게 당장 요트를 준비해놓으라고 전보를 보내야 할 것 같아요. 요트 위에서는 누구나 안전하니까요."

"무엇으로부터 안전하다는 건가, 도리언? 자네 뭔가 문제가 있군. 무슨 일인지 나한테 털어놓는 게 어떻겠나? 알다시피 난 자네를 도와줄 수 있네."

"말씀드릴 수 없어요, 해리." 그가 서글픈 목소리로 말했다. "그리고 어쩌면 단지 제 환상에 불과할지도 모르고요. 아무튼 오늘 있었던 불행한 사고 때문에 당황한 것 같습니다. 그 같은 일이 나에게도 일어날 수 있으리라는 무서운 예감이 들어요."

"무슨 말도 안 되는 소리!"

"차라리 그렇게 말도 안 되는 소리라면 좋겠어요. 하지만 이 예감을 도무지 떨칠 수가 없단 말이에요. 아! 저기 아르테미

스를 닮은 공작부인께서 특별 제작한 드레스를 입고 계시는군요. 보시다시피 우리가 돌아왔습니다, 공작부인."

"사냥터에서 있었던 일, 모두 들었어요, 그레이 씨." 그녀가 말했다. "딱한 제프리는 지금 이만저만 당황스러워하는 게 아니랍니다. 그나저나 당신이 그에게 토끼를 쏘지 말라고 부탁했다고 들었어요. 정말 희한한 일이군요!"

"네, 정말 희한한 일이었어요. 무슨 생각으로 그런 말을 했는지 저도 모르겠습니다. 아마 충동적으로 그랬던 것 같아요. 그 조그마한 생물이 무척 아름다워 보였거든요. 어쨌든 사람이 죽었다는 소식을 듣게 해드려 죄송합니다. 정말 끔찍한 일이에요."

"아니, 오히려 성가신 일이라고 할 수 있지." 헨리 경이 끼어들었다. "심리적인 가치라고는 조금도 없이 말이야. 차라리 제프리가 고의로 그런 일을 저질렀다면 그가 얼마나 흥미로운 인물이 됐겠어! 안 그래도 실제로 살인을 저지른 사람하고 알고 지냈으면 하던 참이었는데 말이지."

"섬뜩한 말만 골라서 하는군요, 해리!" 공작부인이 큰소리로 말했다. "그렇지 않아요, 그레이 씨? 해리, 그레이 씨 안색이 다시 안 좋아졌어요. 아무래도 쓰러질 것 같아요."

도리언 그레이는 애써 몸을 바로잡으며 미소를 지었다. "괜찮습니다, 공작부인." 그가 중얼거리며 말했다. "요즘 제가 평소와 달리 신경이 무척 예민합니다. 단지 그뿐이에요. 아무래도 오늘 아침에 너무 많이 걸었나봅니다. 그나저나 해리가 무슨 말을 했는지 못 들었는데요. 아주 악독한 말을 했나요? 나중에 제게 말씀해주세요. 지금은 안에 들어가서 좀 누워야 할 것 같습니다. 너그러이 용서해주시겠지요?"

그들은 온실에서 테라스로 이어지는 아름다운 계단 앞에 다다랐다. 도리언이 유리문을 닫고 들어가자, 헨리 경이 몸을 돌려 졸린 듯 멍한 눈빛으로 공작부인을 바라보았다. "그를 아주 많이 사랑하는 거냐?" 그가 물었다.

그녀는 잠시 아무런 대답도 하지 않은 채 주변 풍경을 응시하며 서 있었다. "나도 그걸 알고 싶어요." 마침내 그녀가 입을 열었다.

그가 고개를 저었다. "머리로 아는 것은 불행을 초래하지. 인간을 매혹하는 것은 불확실성이야. 안개가 사물을 아름답게 보이도록 하는 것처럼."

"그러다 안개 속에서 길을 잃기도 하지요."

"모든 길은 결국 같은 지점에서 끝나기 마련이다, 글래디스."

"어떤 지점이요?"

"환멸이라는 지점이지."

"난 인생에서 처음 사교계에 발을 들였을 때부터 환멸을 느겼어요." 그녀가 한숨을 쉬며 말했다.

"덕분에 영예로운 지위를 얻었잖니."

"딸기 잎 장식(고위 귀족 신분을 일컫는 말로, 모자에 딸기 잎 장식을 단 데서 유래된 말)이라면 신물이 나요."

"너한테 어울리는데."

"사람들 앞에서나 그렇지요."

"딸기 잎이 그리워질 거다." 헨리 경이 말했다.

"그렇다고 잎사귀를 버리겠다는 말은 아니에요."

"먼머스가 듣는다."

"늙으면 귀도 멀어요."

"그가 질투한 적은 없었니?"

"질투라도 하면 좋겠어요."

헨리 경이 무언가를 찾기라도 하듯 주변을 흘끔거렸다.

"뭘 찾고 있는 거예요?" 공작부인이 물었다.

"네 잎사귀 모양 장식에서 떨어진 단추." 그가 대답했다. "조금 전에 떨어뜨린것 같아서."

그녀가 소리 내어 웃었다. "아직은 가면을 잘 쓰고 있어요."

"그 가면이 네 눈동자를 더욱 아름답게 만들어주고 있다." 그가 대꾸했다.

그녀가 다시 소리 내어 웃었다. 그녀의 치아가 진홍색 과일 속에 박힌 새하얀 씨앗처럼 보였다.

도리언 그레이는 온몸의 세포가 욱신거릴 만큼 무서운 공포를 느끼며 이층 자기 방 소파에 누워 있었다. 갑자기 삶이 소름 끼치도록 섬뜩한 짐처럼 느껴져 더 이상 짊어질 자신이 없어졌다. 야생의 짐승처럼 덤불 속에서 총에 맞아 죽은 불행한 몰이꾼의 끔찍한 죽음 또한 자신의 죽음을 예고하는 것 같았다. 헨리 경이 우연히 내뱉은 냉소적인 농담 한마디에도 기절할 듯이 심장이 철렁 내려앉았다.

　다섯 시에 그는 종을 울려 하인을 부른 다음, 야간 급행 마차를 타고 런던에 갈 수 있도록 짐을 꾸린 후 여덟 시 삼십 분까지 현관 앞에 사륜마차를 대기시키라고 지시했다. 셀비 로열에는 하룻밤도 더 묵지 않으리라 결심했다. 이곳은 불길한 장소였다. 이곳은 저기 햇빛 속에서조차 죽음이 저벅저벅 걸어 들어오는 곳이었다. 숲 속의 풀잎들까지 온통 피로 물들어 버리는 곳이었다.

　그는 헨리 경에게 쪽지를 써, 주치의에게 진찰을 받기 위해 런던으로 가고 있으니 자신이 자리를 비우는 동안 대신 손님들을 잘 대접해달라고 부탁했다. 그가 봉투 안에 쪽지를 넣고 있을 때 방문 두드리는 소리가 들렸고, 이내 하인이 들어와 사냥터지기 대장이 그를 만나고 싶어한다고 전했다. 그는 눈살을 찌푸리며 입술을 깨물었다. "들여보내." 그는 잠시 망설인 후 불만스러운 투로 말했다.

남자가 들어서자마자 도리언은 책상 서랍에서 수표책을 꺼내 앞에 펼쳐 보였다. "오늘 아침에 있었던 불행한 사건 때문에 온 것 같은데, 손튼?" 그가 손에 펜을 쥐면서 이렇게 말했다.

　"그렇습니다. 도련님." 사냥터지기가 대답했다.

　"그 불쌍한 남자, 결혼은 했나? 딸린 식구들은 있고?" 도리언이 따분하다는 표정으로 물었다. "그렇다면 그들을 졸지에 빈곤한 상태에 처하게 해서는 안 되지. 자네가 필요하다고 생각하는 액수를 말해주면 얼마가 됐든 보상하겠네."

　"우리는 그자가 누군지 모릅니다. 도련님. 실례인 줄 알면서도 이렇게 찾아오게 된 것이 그래서입죠."

　"그자가 누군지 모른다고?" 도리언이 무관심한 투로 말했다. "그게 무슨 말이지? 자네가 데리고 있는 사람이 아니었나?"

　"아닙니다. 도련님. 처음 보는 남자였습니다. 선원인 것 같기도 하던뎁쇼."

　순간 도리언의 손에서 펜이 툭 하고 떨어졌고, 별안간 심장 박동이 멈춘 듯한 느낌이 들었다. "선원이라고?" 그가 큰소리로 물었다. "자네 지금 선원이라고 했나?"

　"네, 도련님. 선원이나 뭐 그런 종류의 일을 했던 사람처럼 보였습니다. 양쪽 팔에 문신도 새기고, 아무튼 이런저런 모양새가 그랬습죠."

　"그에 대해 알아낸 건 없나?" 도리언이 몸을 앞으로 구부리며 놀란 눈으로 남자를 바라보면서 물었다. "그의 이름이 쓰인 물건 같은 것도 없었나?"

"약간의 돈이 있었습니다, 도련님. 많지는 않고요. 육 연발 권총도 한 자루 있었어요. 하지만 어디에도 이름 같은 건 보이지 않았습니다. 얼굴은 얌전하게 생겼어도 하는 짓은 꽤 난폭했었죠. 그래서 우린 다들 선원이거나 뭐 그 비슷한 일을 하는 놈이라고 생각했습니다."

남자의 말이 떨어지기가 무섭게 도리언은 자리에서 벌떡 일어섰다. 무서운 희망으로 안절부절못하고 초조해하기 시작했다. 그는 이 희망에 미친 듯이 매달렸다. "시체는 어디에 있지?" 그가 소리쳤다. "빨리 말해! 지금 당장 시체를 봐야겠어."

"농장의 빈 마구간에 있습니다, 도련님. 자기 집에 그런 걸 갖다놓고 싶어하는 사람이 어디 있어야 말이지요. 시체는 불운을 가지고 온다고들 해서요."

"농장이라고! 당장 그리로 가세. 거기에서 다시 만나지. 마부들 가운데 아무한테나 가서 내 말을 가지고 오라고 전하게. 아니, 됐네. 내가 직접 마구간으로 가지. 그래야 시간이 절약될 거야."

십오 분도 채 지나지 않아 도리언 그레이는 긴 가로수 길을 전속력으로 달려 내려가고 있었다. 나무들이 유령 같은 모습으로 행렬을 지어 휙휙 지나가는 것 같았고, 어지러운 그림자들이 그가 가는 길을 가로막으며 이리저리 날뛰었다. 암말이 흰색 문기둥에서 갑자기 방향을 틀었고, 그 바람에 하마터면 말에서 굴러떨어질 뻔했다. 그는 채찍으로 말의 목을 내리쳤다. 말은 어스레한 공기를 가르며 화살처럼 달렸다. 돌멩이들이 말발굽에 튕겨 날아갔다.

마침내 농장에 도착했다. 두 남자가 마당에서 서성거리고 있었다. 그는 안장에서 뛰어내려 두 남자 가운데 한 명에게 고삐를 내던졌다. 제일 끝 마구간에서 희미하게 빛이 비치고 있었다. 시체가 그곳에 있다는 걸 무언가가 말해주는 것 같아, 마구간 문을 향해 서둘러 걸음을 옮긴 뒤 빗장에 손을 얹었다.

이제 잠시 후면 자신의 인생을 살리거나 망칠 무언가를 발견할 중요한 순간을 맞이하리라 생각하며, 잠시 문 앞에 멈추어 섰다. 그리고 이내 문을 밀어 열고 마구간 안으로 발을 들여놓았다.

마구간 한쪽 구석에 쌓여 있는 거친 삼베 더미 위에 허름한 셔츠에 파란색 바지를 입은 남자의 시체가 널브러져 있었다. 시체의 얼굴 위에는 물방울무늬 손수건 한 장이 덮여 있었다. 그 옆에는 병에 꽂아둔 조악한 초 한 자루가 탁탁 소리를 내며 타고 있었다.

도리언 그레이는 온몸을 벌벌 떨었다. 도저히 자기 손으로는 손수건을 치울 용기가 나지 않을 것 같아, 농장 하인 한 명

413

을 소리쳐 불러 안으로 들어오라고 했다.

"저걸 얼굴에서 걷어봐. 얼굴을 한번 보고 싶어." 그는 몸을 지탱하기 위해 문설주를 꽉 붙잡으며 말했다.

농장 하인이 시키는 대로 하자, 그는 앞으로 한 걸음 다가섰다. 그 순간 그의 입에서 기쁨의 탄성이 터져 나왔다. 덤불에서 총에 맞아 죽은 사람은 바로 제임스 베인이었다.

그는 시체를 바라보며 잠시 그 자리에 서 있었다. 말을 타고 집으로 달려오는 동안 그의 두 눈에는 눈물이 가득 고였다. 이제 자신이 안전하다는 사실이 명백해진 것이다.

19

"앞으로 선해지겠다고 말해봤자 소용없네." 헨리 경이 장미 향수가 가득 담긴 붉은색 구리 사발에 하얀 손가락들을 담그며 큰소리로 말했다. "자네는 지금 아주 완벽해. 그러니 제발 변하지 말게."

도리언 그레이가 고개를 저었다. "아니요, 해리. 지금까지 전 무시무시한 짓을 많이도 저지르며 살았어요. 더 이상 그렇게 살지 않을 거예요. 어제부터 선행을 시작했는걸요."

"그래, 어제는 어디에 있었나?"

"시골에요, 해리. 작은 여인숙에 혼자 묵었어요."

"이보게." 헨리 경이 미소를 지으며 말했다. "시골에서는 누구나 선해질 수 있다네. 거기에는 유혹거리가 없거든. 도시 밖에 사는 사람들이 지독하게도 미개한 이유가 바로 그래서야. 문명이란 게 결코 성취하기 쉬운 것이 아닐세. 인간이 문명에 도달하는 방법은 단 두 가지라네. 하나는 교양을 쌓는 것이고, 또 하나는 타락하는 것이지. 한데 시골 사람들은 어느 쪽도 해 볼 기회가 없고, 그러니 그렇게 활기가 없는 거라네."

"교양과 타락이라." 도리언이 헨리 경의 말을 되뇌었다. "전 두 가지 모두를 어느 정도 경험해왔습니다. 하지만 이렇게 두 가지 요소를 한꺼번에 생각해야 하는 상황이 되니 어쩐지 소름이 끼치는 것 같군요. 그도 그럴 것이 전 이제 새로운 이상이 생겼거든요. 해리. 난 달라질 거예요. 아니, 벌써 달라진 것 같아요."

"어떤 선행을 했는지 아직 말하지 않았네. 아닌가, 선행을 베풀었다고 벌써 여러 차례 말했던가?" 헨리 경이 작은 피라미드 모양의 진홍색 딸기들을 접시에 쏟아붓고, 조개 모양의 구멍이 숭숭 뚫린 숟가락으로 그 위에 흰 설탕을 뿌리면서 물었다.

"당신한테라면 말할 수 있어요, 해리. 아무한테나 할 수 있는 이야기가 아니랍니다. 어제 전 어떤 여인에게 아무런 해도 입히지 않고 그녀를 곱게 보내주었어요. 시시하게 들리시겠지만 제 말이 무슨 뜻인지 이해하실 거예요. 그녀는 무척 아름다웠고, 정말이지 시빌 베인을 쏙 빼닮았어요. 처음 제가 그녀에게 끌린 이유도 바로 그 때문인 것 같아요. 시빌 베인, 기억하시지요? 그러고 보니 무척 오래전 일인 것 같군요! 아, 물론 헤티는 우리 같은 귀족 출신이 아니예요. 어느 시골 마을에 사는 순박한 아가씨일 뿐이지요. 하지만 전 그녀를 정말로 사랑했습니다. 제가 그녀를 사랑했다는 걸 분명히 확신할 수 있어요. 우리가 함께한 아름다운 오월 내내, 난 일주일에 두세 번씩 그녀를 보러 내려가곤 했거든요. 어제는 그녀가 작은 과수원에서 저를 맞아주었답니다. 그녀의 머리카락 위로 사과꽃이 줄곧 떨어져 내렸고, 그녀는 깔깔거리며 소리 내어 웃었지요. 사실 우리는 오늘 아침 동이 트면 함께 달아나기로 했답니다. 하지만 처음 보았을 때처럼 꽃같이 아름다운 모습 그대로 그녀를 지켜주어야겠다고 마음을 먹게 되었어요."

"그러한 감정에서 비롯된 새로운 경험이 자네에게 진정 짜릿한 쾌락을 느끼게 했을 거라는 생각이 드는군, 도리언." 헨리 경이 말을 가로막았다. "하지만 내 자네를 대신해 그 전원시를 마무리해줄 수도 있을 것 같은데. 자네는 그녀에게 훌륭한 조언을 해주었고, 그녀의 가슴은 찢어졌다네. 이것이 자네의 개심의 시작이지."

"해리, 정말 너무하시는군요! 그처럼 무서운 말씀은 하지 말아주세요. 헤티는 마음의 상처를 입지 않았어요. 물론 그녀는 흐느껴 울었고, 나를 붙잡기 위해 온갖 애를 썼지요. 하지만 자신에게 수치가 될 일은 아무것도 하지 않았습니다. 그녀는 이제 박하와 금잔화가 만발한 자신의 정원에서 페르디타(셰익스피어의 희곡 〈겨울 이야기〉에 등장하는 양치기 처녀)처럼 살 수 있을 거예요."

"그리고 자신을 버린 플로리젤(페르디타를 사랑하는 왕자)을 그리워하면서 눈물을 흘릴 테고." 헨리 경은 의자에 등을 기대고 앉아 소리 내어 웃으면서 이렇게 말했다. "이봐, 도리언, 자네는 굉장히 소년다운 감상에 젖어 있어. 이제 그 아가씨가 자기와 같은 수준의 남자에게 제대로 만족이나 할 수 있을 것 같은가? 언젠가 그녀는 난폭한 짐꾼 아니면 아무 때나 웃어대는 농부하고 결혼하게 되겠지. 하지만 자네를 만나 사랑한 적이 있었다는 사실은 오히려 남편을 멸시하게 만들 뿐이고, 자연히 그녀는 불행해지고 말 거야. 도덕적인 견지에서 난 자네의 훌륭한 금욕 생활을 대단하게 생각한다고 말할 수는 없을 것 같군그래. 시작부터 너무 형편없지 않나. 게다가 지금 이 순간 헤티가 오필리어처럼 별이 빛나는 물방아용 저수지 위를 수련에 둘러싸여 둥둥 떠다니고 있을지 어떨지(헨리 경이 말하는 오필리어의 이미지는 존 에버렛 밀레이의 유화 작품 '오필리어'를 말하는 듯하다) 자네가 어떻게 아나?"

"도저히 못 듣겠습니다, 해리! 당신은 그저 뭐든지 조롱하는 것도 모자라 가장 최악의 비극들까지 연상시키시는군요. 당신에게 말씀드린 제 잘못이지요. 아무튼 전 뭐라고 말씀하시든 상관하지 않겠습니다. 제 행동이 옳았다고 생각하니까요. 가여운 헤티! 오늘 아침 말을 타고 농장을 지나갈 때, 창가에 서 있는 재스민 꽃잎 같은 그녀의 하얀 얼굴을 보았습니다. 아, 이 이야기는 이제 그만하지요. 그리고 제가 몇 년 만에 처음으로 해본 선행이, 보잘것없지만 제가 경험한 최초의 자기희생이, 실은 일종의 죄악이었다고 설득하려 들지 마세요. 이제부터라도 착하게 살고 싶어요. 그래요, 더 착한 사람이 될 겁니다. 이제 최근 당신 근황을 말씀해주세요. 런던은 별일 없나요? 그러고 보니 클럽에 안 간 지도 며칠 됐군요."

"여전히 사람들은 불쌍한 바질이 사라진 일에 대해 이야기하고 있네."

"지금쯤이면 그 사건이 지겨워질 때도 됐을 텐데요." 도리언이 포도주를 따르면서 살짝 눈살을 찌푸리며 말했다.

"이보게, 사람들은 지난 육 주 동안 주야장천 그 이야기만하고 있다네. 워낙에 영국 사람들이 석 달에 한 가지 이상 화제가 생기면 정신적인 긴장을 감당하지 못하니 그럴 만도 하지만. 그래도 최근엔 꽤나 운이 좋아서 여러 가지 화제들이 한꺼번에 들고 일어나긴 했지. 우선 내 이혼 사건이 있었고, 앨런 캠벨의 자살 사건이 있었어. 그리고 이제 한 예술가의 수수께끼 같은 실종 사건까지 더해졌으니 말일세. 런던 경찰청은 십일월 구 일 자정, 파리행 열차를 탄 회색 얼스터코트를 입은 남자가 불쌍한 바질이라고 여전히 주장하고 있는데, 파리 경찰 측에서는 바질이 결코 파리에 도착하지 않았다고 단언하고 있네. 아마도 보름쯤 지나면 샌프란시스코에서 그를 봤다는 소식을 듣게 되지 않을까 싶어. 희한하게도 실종된 사람들은 죄다 샌프란시스코에서 목격됐다고들 하니 말이야. 하긴 샌프란시스코가 유쾌한 도시인 건 틀림없는 사실인 데다, 저승의 매력들을 전부 갖추고 있으니 그럴 만도 하지.”

“바질에게 무슨 일이 생겼다고 생각하시는 건가요?” 도리언이 부르고뉴 포도주를 들고 불빛에 비추어 보면서, 이런 이야기를 하면서 어쩌면 이토록 침착할 수 있는지 스스로도 의아하게 여기며 물었다.

“바질에게 무슨 일이 생겼는지 내가 무슨 수로 알겠는가. 설사 바질이 어디 숨어 있기로 했다 한들 나하고는 상관없는 일일세. 그리고 만에 하나 그가 죽었다면, 더 이상 그를 생각하고 싶지 않아. 죽음이야말로 나를 공포에 떨게 하는 유일한 대상이니까. 죽음은 생각만으로도 끔찍하네.”

“왜요?” 젊은이가 지친 목소리로 물었다.

“왜냐하면……” 헨리 경이 격자 세공에 금박을 입힌 향 상자의 뚜껑을 열어 코밑에 대면서 말했다. “요즘 같은 세상에 이겨내지 못할 게 없다지만, 죽음만은 그렇지가 않거든. 19세기에 도저히 어떻게 설명할 길이 없는 단 두 가지가 있는데, 바로 죽음과 천박함이라네. 음악실에 가서 커피나 마시는 게 어떤가, 도리언. 내게 쇼팽을 연주해주게. 내 아내와 함께 달아난 그 남자는 쇼팽을 굉장히 아름답게 연주했지. 가여운 빅토리아! 난 아내를 무척 좋아했어. 아내가 없으니까 집이 좀 썰렁해. 물론 결혼 생활이란 그저 습관, 그것도 나쁜 습관에 불과하지만 말이야. 하지만 그럼에도 불구하고 자신이 지닌 최악의 습관조차도 막상 잃어버리고 나면 후회하는 게 바로 인간이란 족속 아닌가. 아니, 어쩌면 최악의 습관을 잃어버렸을 때 가장 후회하는지도 모르지. 최악의 습관이야말로 인간의 성격에서 가장 핵심적인 부분일 테니 말이야."

도리언은 아무 말도 하지 않았지만, 탁자에서 일어나 옆방으로 건너간 다음 피아노 앞에 앉아, 상아로 만든 흰 건반과 검은 건반 사이로 부지런히 손가락을 움직였다. 커피가 들어오자 그는 연주를 멈추고 헨리 경을 올려다보며 물었다. "해리, 혹시 바질이 살해됐을 거라는 생각은 안 해보셨나요?"

헨리 경이 하품을 하며 대답했다. "바질은 평판이 좋은 사람인 데다 늘 싸구려 워터베리 시계를 차고 다녔지. 그런 사람이 무슨 이유로 살해를 당했겠나? 게다가 곁에 적을 둘 만큼 약삭빠른 사람도 못 됐는걸. 물론 그림에 대해서야 대단히 천부적인 재능을 지녔지. 하지만 벨라스케스처럼 그릴 줄 안다 할 지라도 매사에 너무하다 싶을 정도로 지루하고 따분한 사람 도 있는 법이니까. 바질은 정말이지 아주 둔하고 재미없는 친 구였어. 그가 흥미로운 적이 딱 한 번 있었는데, 수년 전 자네 에게 정신없이 빠져들었다고 고백하던 그때, 그러니까 자네가 그의 예술에 주된 동기가 되어주었을 때가 유일했지."

"난 바질을 무척 좋아했어요." 도리언이 슬픔이 가득 배인 목 소리로 말했다. "그런데 바질이 살해당했다는 말은 없던가요?"

"아, 몇몇 신문에서 그런 말을 하긴 하더군. 하지만 내 생각 에 그런 일은 전혀 있을 수 없을 것 같아. 물론 파리에 무서운 장소들이 더러 있긴 하지만, 바질은 그런 곳에 갈 만한 인물이 아니지 않나. 그는 도무지 호기심이란 게 없는 사람이니 말이 야. 그게 그의 주된 단점이기도 하지."

"만약 제가 바질을 살해했다고 말씀드리면, 제게 뭐라고 하 시겠어요, 해리?" 젊은이가 말했다. 그는 이렇게 말한 후 헨리 경을 빤히 쳐다보았다.

"자네가 그런 말을 한다면 난 이렇게 대꾸해주겠네. 어울리 지 않는 역할을 하느라 힘 빼지 말라고 말이야. 모든 천박한 행동이 범죄인 것처럼, 모든 범죄는 천박하다네. 살인을 저지 르다니. 도리언, 자네는 절대 그럴 수 없는 사람이야. 이렇게 말해서 자네 허영심에 상처를 주어 미안하지만, 내 말은 틀림없는 사실이네. 범죄는 전적으로 하층민이나 하는 짓이지. 아, 그들을 비난할 생각은 추호도 없네. 우리가 예술을 필요로 하듯이, 그들은 범죄를 필요로 하는 거라고 생각하는 것뿐이니까. 단지 평소와 다른 흥분을 느끼기 위한 방법으로 말일세."

"흥분을 느끼기 위한 방법으로요? 그렇다면 한 번 살인을 저지른 사람은 또다시 같은 범죄를 저지를 수 있다고 생각하시는 건가요? 제발 그렇게 말씀하지 말아주세요."

"오, 어떤 일이든 너무 자주 반복하면 쾌락이 되는 법이지." 헨리 경이 껄껄 웃으면서 큰소리로 말했다. "그것이 바로 인생의 가장 중요한 비밀 가운데 하나가 아니겠나. 그렇지만 살인은 언제나 실수라고 생각하네. 만찬 후에 이야기할 수 있는 일이 아니라면, 절대 행동으로도 옮겨서는 안 되는 법이니까. 그나저나 불쌍한 바질 이야기는 이쯤에서 접도록 하지. 나도 자네가 생각하는 것처럼 그가 대단히 낭만적인 방식으로 세상을 달리했다고 믿으면 좋겠지만, 도저히 그건 안 될 것 같군그래. 그가 탄 완행열차가 센강에서 추락했는데 차장이 쉬쉬하며 사고를 수습했다면 또 모를까. 그래, 그의 최후로는 그쪽이 더 어울리겠어. 그가 탁한 초록색 강 밑에 누워 있고, 그 위로는 육중한 바지선이 지나가며, 기다란 잡초들이 그의 목을 친친 휘감고 있는 모습이 눈에 선하게 그려지는군. 자네 그거 아나? 난 그가 뭐 그렇게 썩 좋은 작품을 남겼으리라고는 생각하지 않네. 지난 십 년 동안 그가 그린 작품들이 하나같이 영 형편없지 않았나."

도리언은 깊은 한숨을 내쉬었고, 헨리 경은 방을 천천히 가로질러 가더니 대나무 횃대에 균형을 잡고 앉아 있는, 커다란 잿빛 깃털에 분홍색 볏과 꼬리가 달린 희한하게 생긴 자바 종 앵무새의 머리를 쓰다듬기 시작했다. 그가 가느다란 손가락으로 앵무새의 머리를 톡톡 두드리자, 까만 유리구슬 같은 눈동자를 덮은 주름진 눈꺼풀에서 하얀 비듬이 떨어졌고, 앵무새는 앞뒤로 몸을 흔들기 시작했다.

"맞아." 그가 몸을 돌려 주머니에서 손수건을 꺼내며 계속해서 말을 이었다. "그의 그림 실력은 아주 형편없었어. 뭔가가 사라져버렸다고나 할까. 그래, 언젠가부터 이상이 빠져버렸어. 자네와 그의 위대한 우정이 끝나자, 그는 훌륭한 예술가로서의 역할에도 종지부를 찍었지. 그런데 무엇 때문에 둘 사이가 갈라진 거지? 보나마나 그가 자네를 어지간히도 지루하게 했겠지. 그런 측면에서라면 그는 절대로 자네를 봐주지 않았을 거야. 지루한 사람들이 좀 그런 경향이 있지. 그나저나 그가 그린 아름다운 자네 초상화는 어떻게 됐나? 그가 초상화를 완성한 후로 한 번도 보지 못한 것 같은데. 오! 이제 기억나는군. 몇 년 전 그 그림을 셀비로 보냈는데 어디에 두었는지 잊어버렸다던가, 셀비로 보내는 도중에 도둑을 맞았다던가, 뭐 그랬다고 자네가 말했었지. 그럼 그 그림을 못 찾았나? 이런 안타까울 때가 있나! 그 그림은 정말 걸작이었는데 말이야. 기억하기로는 내가 그 그림을 사고 싶어했었던 것 같은데. 지금이라도 손에 넣을 수 있으면 좋으련만. 그 그림은 바질이 한창 실력을 발휘하던 시절의 작품이었어. 그 후로 그의 작품은 대표적인 영국 화가라고 불릴 만한 사람에게 항상 따라붙는, 형편없는 실력과 그럴듯한 의도의 절묘한 결합이었지. 혹시 초상화를 찾는 광고는 내봤나? 한번 그래보지 그러나."

"글쎄요." 도리언이 말했다. "아마 광고를 내보기도 했던 것 같습니다. 하지만 사실 전 그 초상화를 전혀 좋아하지 않았어요. 초상화 모델을 했던 걸 생각하면 지금도 후회스러울 정도예요. 생각만으로도 지긋지긋한걸요. 그런데 왜 갑자기 초상화 이야기를 꺼내시는 거지요? 초상화를 생각하면 저는 늘 어떤 연극의 – 아마 〈햄릿〉일 거예요 – 기이한 구절들이 떠오르곤 했어요. 그 구절이 뭐더라? '슬픔을 그린 그림처럼, 심장이 없는 얼굴.' 그래요, 초상화는 내게 그런 느낌이었어요."

헨리 경이 소리 내어 웃었다. "인생을 예술적으로 대하다보면 뇌가 심장이 되는 법이지." 그가 안락의자에 털썩 주저앉으며 대꾸했다.

도리언 그레이는 고개를 가로저은 다음 피아노로 부드러운 선율 몇 소절을 연주했다. "슬픔을 그린 그림처럼." 그가 되뇌었다. "심장이 없는 얼굴."

헨리 경은 의자에 등을 기대고 앉아 실눈으로 그를 바라보았다. "그나저나 도리언." 잠시 침묵이 흐른 뒤 그가 말했다. "사람이 온 세상을 얻고도 제 영혼을 잃으면 무슨 소용이 있느냐(마르코 복음 8장 36절, 가톨릭 성서 참조). 그 다음이 어떻게 되지?"

그 순간 도리언 그레이는 피아노 건반을 쾅 하고 울리며 깜짝 놀라 헨리 경을 빤히 노려보았다. "왜 그런 걸 물어보시는 거지요, 해리?"

"이봐." 헨리 경이 깜짝 놀라 눈썹을 치뜨면서 말했다. "난 그저 자네가 다음 구절을 알고 있을 것 같아 물어본 것뿐이네. 단지 그뿐이야. 지난 주일 하이드파크를 지나가다가 마블 아치 가까이에 다다랐을 때, 누추한 행색을 한 사람들이 옹기종기 모여서 평범한 거리 설교자의 설교에 귀를 기울이는 모습을 봤지. 그 사람들 곁을 지나가는데, 그 설교자가 청중들에게 커다란 소리로 이 질문을 던지지 뭔가. 그 순간 이 질문이 꽤나 극적이라는 느낌이 들더군. 런던에서는 이런 식의 희한한 일들이 무궁무진하게 벌어진단 말이야. 비 내리는 어느 일요일, 비옷을 입은 무뚝뚝한 기독교인, 비가 줄줄 새는 부러진 우산 아래에서 병자처럼 허연 얼굴을 하고 둥글게 모여 선 사람들, 히스테리 환자가 질러대는 새된 소리로 허공 속에 토해

426

진 아름다운 성경 구절. 정말이지 이 구절은 나름대로 무척 훌륭했다네. 시사하는 바가 아주 컸어. 나는 그 예언자에게 예술에는 영혼이 있지만 인간에게는 영혼이 없다고 말해줄까 하고 생각했지. 하지만 아무래도 그가 내 말을 이해하지 못할 것 같더군."

"그렇지 않아요, 해리. 영혼은 무시무시한 실체를 지니고 있습니다. 영혼은 살 수도, 팔 수도 있을 뿐만 아니라 물물교환도 가능해요. 타락할 수도 있고 완벽해질 수도 있지요. 각 사람의 마음 안에는 영혼이 깃들어 있습니다. 제가 알아요."

"정말 그렇게 확신하나, 도리언?"

"물론이지요."

"아! 그렇다면 그건 틀림없는 착각이야. 전적으로 확신하는 일치고 신뢰할 만한 일은 결코 없으니 말일세. 그것이 바로 믿음의 숙명이고 로맨스가 주는 교훈이지. 자네 너무 진지한 거 아닌가! 그렇게 심각하게 굴지 말게. 자네도 그렇고 나도 그렇고, 대체 우리가 무엇 때문에 이 시대의 미신에 신경을 써야 하나? 그래서는 안 되네. 우리는 영혼을 믿는 따위의 일은 이미 단념하지 않았나. 내게 뭐라도 연주해주게. 야상곡이 좋겠군, 도리언. 그리고 연주하면서 자네가 어떻게 젊음을 유지해왔는지 낮은 목소리로 내게 말해주게. 틀림없이 뭔가 비결이 있을 거야. 난 자네보다 고작 열 살밖에 많지 않은데도, 이렇게 주름이 자글자글하고 지치고 늙어버렸어. 자넨 정말 아름답네, 도리언. 자네가 오늘 밤처럼 매력적으로 보인 적이 없었던 것 같아. 오늘 밤 자네는 우리가 처음 만난 날을 떠올리게 하는군. 자넨 다소 건방지면서도 꽤나 수줍음이 많았고, 게다가 놀랄 만큼 아름다웠지. 물론 세월이 흐르면서 자네도 변했지만 외모만큼은 조금도 변하지 않았어. 자네 비결을 듣고 싶네. 내 젊음을 되찾을 수만 있다면, 운동을 해야 한다거나 일찍 일어나야 한다거나 훌륭한 행실을 보여야 한다거나 하는 사항만 제외하면 무슨 일이든 하겠어. 청년 시절이라! 그런 게 어디 있나. 젊은이의 무지니 뭐니 하는 말은 다 터무니없는 소리야. 요즘 그나마 존경심을 갖고 귀담아 들을 만한 의견을 말하는 사람들은 나보다 훨씬 나이 어린 사람들뿐이라네. 아무리 봐도 그들이 나보다 나은 것 같다니까. 인생은 그들에게 최근의 경이로움을 펼쳐 보이고 있지. 나이 든 사람들에 대해서라면, 나는 늘 그들의 의견에 반박하네. 내 신념에 따르다보니 그렇게 되지 뭔가. 만일 자네가 그들에게 어제 일어난 일에 대해 의견을 구하면, 그들은 1820년, 그러니까 사람들이 옷깃을 잔뜩 세워 올리고 세상 모든 걸 믿으면서도 아는 건 아무것도 없던 그 시절에 돌아다니던 의견을 대단히 엄숙한 목소리로 말해줄 게 뻔하네. 그나저나 자네 지금 정말 아름다운 곡을 연주하고 있군그래! 별장 주위로 바다 물결이 일렁이고, 소금기 어린 물보라가 창유리에 부딪치는 마조르카에서 쇼팽이 이 곡을 작곡하지 않았을까 궁금해지는걸. 놀랄 만큼 낭만적인 곡이야. 모방하지 않은 예술 작품이 우리에게 하나라도 남아 있다는 건 얼마나 큰 축복인가! 연주를 멈추지 말게. 오늘 밤엔 음악을 듣고 싶네. 자네는 젊은 아폴로요, 나는 자네의 연주를 듣고 있는 마르시아스 같군. 도리언, 내게는 자네조차 알지 못하는 나만의 슬픔이 있네. 노년의 비극은 사람이 늙었다는 사실 때문이 아니라, 겉은 늙었어도 마음은 여전히 젊다는 데 있지. 젊어서나 늙어서나 변치 않는 내 마음에 때로는 나 자신조차 놀란다네. 아, 도리언, 자네는 정말 좋겠어! 더할 나위 없이 근사하게 살아오지 않았나! 세상 모든 것들을 깊이 들이켰지. 포도송이들을 입에 넣고 입천장으로 눌러 단맛도 맛보고 말이야. 세상 그 무엇도 자네에게는 모습을 숨기지 않았네. 그리고 그 모든 것들이 자네에게는 오로지 음악 소리가 되어 다가왔어. 자네를 조금도 망가뜨리지 않고서 말이야. 자네는 예나 지금이나 조금도 변함이 없네."

"그렇지 않아요, 해리."

"아니, 자네는 그때나 지금이나 똑같아. 난 자네의 남은 인생이 어떻게 될지 정말 궁금해. 그러니 자기 절제니 뭐니 하는 걸로 인생을 망치지 말게. 지금 자네는 전형적인 완벽한 사람이야. 자신을 불완전하게 만들려 하지 말게. 지금 자네는 흠

없이 완전하네. 그렇게 고개 저을 거 없어. 자네도 자네 모습을 알고 있을 테니. 더구나 도리언, 자신을 속이지 말게. 인생은 의지나 계획대로 다스려지지 않아. 인생은 신경과 섬유조직, 서서히 강화되는 세포의 문제라네. 그런 것들 안에서 생각은 제 모습을 감추고 열정은 꿈을 저장하지. 자네는 자기 자신이 안전하다고 자부하고, 자신이 강하다고 생각할지도 몰라. 하지만 방 안이나 아침 하늘에서 우연히 마주친 어떤 색채, 한때 무척이나 좋아해 그 향기를 맡으면 아련한 추억이 떠오르는 특정한 향수, 잊고 지내다가 다시금 떠오른 시의 한 구절, 더 이상 연주하지 않는 어떤 음악의 리듬 ─ 그거 아나, 도리언, 우리가 삶을 지탱할 수 있는 건 바로 이런 것들 덕분이라는 걸 말일세. 브라우닝도 어디에선가 이와 비슷한 시를 쓴 것 같네만(로버트 브라우닝의 시 '갈루피 가문의 토카타'를 일컫는 듯함), 우리 자신의 감각만으로도 충분히 짐작해볼 수 있는 일이지. 내게는 하얀 라일락 향기가 문득 코끝을 스치는 순간들이 있는데, 그럴 때면 난 또다시 내 인생의 가장 기막힌 한 달을 살아가게 된다네. 나하고 자네가 서로 바꿀 수만 있다면 얼마나 좋겠나, 도리언. 세상 사람들이 우리 두 사람을 똑같이 비난하지만, 그럼에도 불구하고 자네는 언제나 숭배를 받고 있어. 자네는 앞으로도 영원히 숭배를 받게 되겠지. 자네는 이 시대가 찾고 있으며, 유감스럽게도 이미 찾은 것 같은 전형적인 인물이니 말이야. 나는 자네가 어떤 일에도 손댄 적이 없다는 사실, 조각을 한 적도 없고 그림을 그린 적도 없으며, 자기 자신 외에는 어떤 것도 만들어본 적이 없다는 사실이 무척 기쁘네! 삶 자체가 자네의 예술이었으니 말이야. 자네는 자기 자신을 음악으로 만들었어. 자네가 보내는 하루하루가 바로 소네트라네."

도리언이 피아노 의자에서 일어나 손으로 머리카락을 쓸어 넘겼다. "그래요. 최고의 인생을 살긴 했지요." 그가 낮은 목소리로 불만스러운 듯 말했다. "하지만 앞으로는 그렇게 살지 않을 거예요, 해리. 그리고 나에 대해 그처럼 얼토당토않은 말씀은 하지 말아주십시오. 당신이 나에 대해 속속들이 아는 건 아니니까요. 내가 어떤 사람인지 죄다 알게 된다면, 아무리 당신이지만 저를 외면하실 겁니다. 웃으시는군요. 웃지 마세요."

"왜 연주를 멈추었지, 도리언? 의자에 앉아 다시 한 번 야상곡을 연주해주게. 저 어스레한 대기에 걸려 있는 꿀처럼 감미로운 색깔의 아름다운 달을 보게. 저 달도 자네에게 매혹되길 기다리고 있으니, 자네가 피아노를 연주하면 달은 지상에 조금 더 가까이 다가올 걸세. 피아노를 연주하지 않을 텐가? 그렇다면 함께 클럽에 가세. 매력적인 저녁을 보냈으니, 매력적으로 하루를 마감해야 하지 않겠나. 화이트 클럽에 가면 자네를 몹시 보고 싶어하는 사람이 한 명 와 있을 걸세. 풀 경이라는 젊은이인데, 본머스 집안의 장남이지. 전부터 자네하고 똑같은 넥타이를 하고 다니면서 자네를 소개해달라고 통사정을 하더군. 무척 쾌활한 청년이고, 자네를 연상시키는 면이 많아."

"저는 별로 내키지 않습니다." 도리언이 눈동자에 슬픈 기색을 담고 이렇게 말했다. "게다가 오늘 밤은 피곤해요, 해리. 저는 클럽에 가지 않겠습니다. 벌써 열한 시가 다 되어가고 오늘은 일찌감치 자리에 눕고 싶어요."

"그럼 그렇게 하게. 아무튼 오늘 밤 연주는 자네가 지금까지 연주한 음악 가운데 단연 최고였어. 아름다운 선율에 뭔가 특별한 분위기가 담겨 있었네. 지금까지 들어본 그 어떤 연주보다 표현도 풍부했고 말이야."

"앞으로 착한 사람이 될 거라서 그렇습니다." 도리언이 미소를 지으며 대답했다. "벌써 조금 변했는걸요."

"나에게는 여전히 똑같은 모습으로 있을 걸세, 도리언." 헨리 경이 말했다. "자네와 내 우정은 언제까지나 변함이 없을 테니까."

"하지만 당신은 언젠가 책 한 권으로 나를 타락시켰어요. 전 그 일을 결코 용서하지 않을 겁니다. 해리, 누구에게도 절대로 그 책을 빌려주지 않겠다고 제게 약속해주세요. 그 책은 모두에게 해를 끼칠 겁니다."

"이보게, 자네 이제는 아주 설교를 하려 드는군. 그러다 조만간 개종자에 신앙 부흥론자가 돼서, 자네가 염증을 일으키

432

는 온갖 죄악들에 대해 사람들에게 일일이 경고하고 다니겠어. 하지만 그러기에는 자네가 지나치게 매력적으로 생겼는걸. 더구나 암만 그러고 다녀봐야 소용없을 테고 말이야. 자네나 나나 지금 이 모습이 우리의 본래 모습이고, 앞으로도 마찬가지일 걸세. 책 한 권 때문에 타락하다니, 세상에 그런 책은 없어. 예술은 행동에 아무런 영향도 미치지 않는다네. 아니, 오히려 행동하고자 하는 욕망을 무기력하게 만들 뿐이지. 흥미를 잃게 하는 데는 예술만한 게 없어. 세상이 부도덕하다고 지목한 책들은 세상의 수치를 드러내 보이는 책들이지. 그건 틀림없는 사실이야. 어쨌든 문학 이야기는 이쯤에서 그만두지. 내일 다시 우리 집에 들르게. 열한 시에 말을 탈 생각이야. 같이 나가서 브랭크섬 부인 댁에 가 점심을 먹는 거야. 그녀는 매력적인 여인인데, 어떤 태피스트리를 구입하는 게 좋을지 자네에게 조언을 듣고 싶어하더군. 그러니 자네가 꼭 가줘야 하네. 아니면 우리의 공작부인 댁에서 점심을 먹을까? 요즘 자네를 통 볼 수가 없다고 하던데. 혹시 자네 글래디스에게 싫증이라도 난 건가? 내 그럴 줄 알았어. 그녀의 번드르르한 말솜씨가 사람 신경을 건드리는 면이 있지. 아무튼 열한 시에 우리 집으로 오게."

"제가 꼭 와야 하나요, 해리?"

"와야 하고말고. 요즘 하이드파크가 얼마나 아름다운지 모르네. 자네를 만난 그해 이후로 이렇게 아름다운 라일락은 아마도 처음이지 싶어."

"알겠습니다. 열한 시에 다시 오지요." 도리언이 말했다. "그럼, 안녕히 계십시오, 해리." 문 앞에 다다랐을 때 도리언은 무언가 할 말이 남은 듯 잠시 머뭇거렸다. 하지만 이내 한숨을 쉬고 밖으로 나갔다.

20

아름다운 밤이었다. 제법 따뜻해 한쪽 팔에 외투를 걸치고 목에 두르던 실크 스카프도 풀어놓았다. 담배를 피우면서 집을 향해 한가로이 걸어가는데, 야회복을 입은 두 젊은이가 도리언의 곁을 지나쳤다. 그 가운데 한 명이 다른 한 명에게 속삭이는 소리가 들렸다. "저 사람이 도리언 그레이야." 그는 지금까지 사람들이 자신을 가리키거나, 자신을 뚫어지게 바라보거나, 자신에 대해 이야기할 때마다 얼마나 으쓱해하며 좋아했는지 떠올렸다. 하지만 이제는 자신의 이름이 오르내리는 것이 넌더리가 났다. 최근에 그는 종종 작은 시골 마을에 다녀오곤 했는데, 그 마을이 지닌 매력의 절반은 아무도 자신을 모른다는 데 있었다. 한때 그는 유혹한 아가씨에게 사실 자신은 가난뱅이라고 누누이 말했었고, 그러면 아가씨는 그의 말을 그대로 믿었었다. 한번은 자신이 사악한 사람이라고 말했더니, 그녀는 그를 향해 소리 내어 웃으면서 사악한 사람들은 언제나 아주 늙고 대단히 못생겼다고 대꾸했었다. 아, 그녀의 웃음소리는 얼마나 맑고 경쾌했던가! 마치 개똥지빠귀가 노래하는 소리 같았지. 무명 드레스에 커다란 모자를 쓴 그녀의 모습은 얼마나 예뻤던가! 그녀는 아무것도 아는 것이 없었지만, 그가 잃어버린 모든 것을 가지고 있었다.

집에 도착했을 때 하인이 아직 잠자리에 들지 않은 채 자신을 기다리고 있었다는 걸 알았다. 그는 하인에게 이제 그만 잠자리에 들라고 말한 뒤, 서재에 있는 소파에 털썩 주저앉아 조금 전 헨리 경이 했던 말을 곰곰이 생각하기 시작했다.

사람은 절대로 변할 수 없다고 한 그의 말은 사실일까? 그는 소년 시절—그 옛날 헨리 경이 말했듯이, 흰 장미와도 같은 그의 소년 시절—자신이 지녔던 때 묻지 않은 순결함이 미치도록 그리웠다. 자신이 스스로를 더럽혔고, 마음을 타락으로 가득 채웠으며, 생각을 우울하게 만들었음을 깨달았다. 다른 사람들에게 해악을 끼쳤고, 그러면서 소름 끼치는 기쁨을 느꼈음을 깨달았다. 또한 자신의 인생을 방해했다며 체면을 구기고 모욕을 가했던 사람들이, 실은 대단히 올바르고 누구보다 유망한 사람들이었음을 깨달았다. 그 모든 일들을 이제는 정말 돌이킬 수 없는 것일까? 그에게 더 이상 희망이란 없는 것일까?

아! 세월의 짐은 초상화가 모두 떠맡고 자신은 영원한 젊음을 유지하며 흠 없이 화려한 빛만 발하게 해달라고 기도했던, 오만과 정념으로 똘똘 뭉친 극악무도한 순간들이여! 그의 모든 타락들은 바로 그 기도 때문이었다. 차라리 죄를 지을 때마다 그 즉시 확실하게 벌이 내려졌더라면 좋았을 것을. 차라리 벌을 받았더라면 영혼은 정화되었을 텐데. 가장 공정한 신에게 바치는 인간의 기도는 '우리 죄를 용서하시고'가 아닌 '우리 죄를 벌하시고'가 되어야 했다.

벌써 수년 전 헨리 경에게 선물로 받은 기이하게 조각된 거울은 여전히 탁자 위에 세워져 있었고, 팔다리가 하얀 큐피드 조각들이 예전과 다름없이 그를 향해 웃고 있었다. 파멸을 가져오는 그림이 변했음을 처음으로 눈치채고 두려움에 경악했던 그날 밤처럼, 그는 거울을 들어 눈물로 흐릿해진 두 눈으로 반짝반짝 윤이 나는 방패 모양의 거울 속을 들여다보았다. 언젠가 그를 지독하게 사랑했던 누군가가 그에게 보낸 격정 어린 편지는 다음과 같은 맹목적인 숭배의 말로 끝을 맺었었다. '상아와 황금으로 이루어진 당신이 있기에 세상도 달라졌어요. 당신 입술의 부드러운 곡선이 역사를 다시 쓰고 있으니까요.' 이 구절이 다시금 떠올랐고, 그는 이 구절을 여러 차례 되뇌었다. 그러다가 자신의 미모가 견딜 수 없이 싫어져, 은색의 거울을 바닥에 내던지고는 발꿈치로 짓이겨 산산조각을 냈다. 그를 파멸시킨 것은 바로 미모, 그가 간절히 기도했던 미모와 젊음이었다. 이 두 가지가 없었다면, 그의 인생이 이토록 더럽혀지지는 않았을 것이다. 그의 미모는 그에게 한낱 가면에 불과했으며, 그의 젊음은 가짜일 뿐이었다. 청춘이란 무엇이던가? 기껏해야 미숙하고 설익은 시간, 얄팍한 감정과 불안한 생각들로 가득한 시간이 아니던가. 무엇 때문에 굳이 그런 옷을 걸치고 살았단 말인가? 젊음은 그를 이렇게 망쳐놓았을 뿐인 것을.

그래, 지나간 일들은 생각하지 않는 편이 좋다. 그래봤자 달라지는 건 아무것도 없으니까. 그가 생각해야 할 것은 자기 자신과 자신의 미래에 대해서였다. 제임스 베인은 셀비 묘지에 이름 없이 묻혔다. 앨런 캠벨은 어느 날 밤 그의 실험실에서 스스로 목숨을 끊었지만, 어쩔 수 없이 알게 된 비밀을 밝히지는 않았다. 흥분이라고까지 할 건 없지만 바질 홀워드의 실종을 둘러싼 사람들의 동요는 조만간 수그러들 것이다. 아니, 벌써부터 수그러들고 있다. 따라서 그 문제에 대해서라면 그는 완벽하게 안전했다. 그리고 사실상 바질 홀워드의 죽음이 그의 마음을 가장 무겁게 짓누른 일이라고는 볼 수 없었다. 정작 그를 괴롭힌 것은 죽은 것과 다름없는 자신의 영혼이었다. 바질은 자신의 인생을 망가뜨린 초상화를 그렸다. 도리언은 바로 그 사실 때문에 바질을 용서할 수가 없었다. 모든 걸 망친 주범은 바로 그 초상화였다. 그런데도 바질은 그를 향해 도저히 참기 힘든 말들을 내뱉었고, 그럼에도 불구하고 그는 꾹 참고 들어주었다. 살인은 단지 순간적인 광기의 소행일 뿐이었다. 그리고 캠벨의 경우, 자살은 그가 스스로 저지른 짓이었다. 스스로 그러기로 결정했던 것이다. 그러므로 도리언과는 아무 상관없는 일이었다.

새로운 인생! 그가 원하는 것은 바로 그것이었다. 그가 기다리고 있는 것이 바로 그것이었다. 그리고 분명 진즉에 새로운 삶을 시작하고 있었다. 어쨌든 순진무구한 한 사람의 인생을 타락으로부터 구해주지 않았던가. 다시는 순결한 사람을 유혹하지 않으리라. 선한 사람으로 다시 태어나리라.

그는 헤티 머튼을 생각하면서, 혹시 잠긴 방 안에 갇혀 있는 초상화의 모습이 변하지 않았을까 궁금해졌다. 설마 지금까지와 같은 끔찍한 모습을 유지하고 있는 건 아니겠지? 자신의 삶이 순결해지면, 초상화의 얼굴에서 흉악한 격정의 흔적을 전부 몰아낼 수 있을지도 모른다. 아니, 어쩌면 벌써 사악한 흔적들이 깨끗이 사라져버렸을지도 몰랐다. 당장 가서 확인해보고 싶었다.

그는 탁자 위에 놓인 램프를 들고 소리를 죽이며 계단을 올라갔다. 문의 빗장을 벗길 땐, 유난히 젊어 보이는 그의 얼굴에 기쁨의 미소가 스치면서 잠시 입가에 머물다 사라졌다. 그렇다. 이제 그는 선한 사람이 될 것이며, 지금까지 몰래 숨겨 두었던 추악한 물건은 더 이상 그에게 공포감을 자아내지 못할 터였다. 그동안 끌고 다니던 묵직한 짐이 벌써부터 덜어진 것 같은 기분이 들었다.

조용히 방 안으로 들어가 여느 때처럼 문을 잠근 다음, 초상화 위에 드리워진 진홍색 장막을 걷었다. 그 순간 자신도 모르게 고통과 분노의 비명이 새어나왔다. 아무런 변화도 발견할 수 없었고, 보이는 것이라고는 교활한 눈빛과, 위선자의 입매를 연상시키는 입가의 구부러진 주름이 전부였다. 그것은 여전히 혐오스러웠으며 – 이렇게 말해도 괜찮다면 전보다 훨씬 혐오스러웠으며 – 손에 얼룩진 주홍색 반점은 그 어느 때보다 또렷해 최근에 피라도 흘린 것 같았다. 도리언은 온몸이 떨려왔다. 선행을 하도록 자신을 부추긴 원인이 고작 허영심 때문이었단 말인가? 아니면 헨리 경이 조롱하듯 웃으면서 넌지시 말했던 것처럼, 단지 새로운 기분을 느끼고 싶은 욕망 때문이었을까? 그것도 아니라면, 가끔은 본래 모습보다 고상해지고 싶다는 뜬금없는 충동으로 인해 누군가를 흉내 낸 것에 불과했을까? 혹은 어쩌면 이 모든 것들이 원인이 되었던 걸까? 그나저나 붉은 얼룩은 왜 전보다 더 커진 걸까? 마치 무슨 끔찍한 병이라도 걸린 것처럼, 얼룩은 자글자글 주름진 손가락 사이로 서서히 번져가는 듯했다. 색칠한 두 발에는 마치 피가 뚝뚝 떨어지기라도 한 것처럼 피가 묻어 있었고, 나이프를 쥐지 않았던 손 위에도 피가 묻어 있었다. 이제 그만 실토하라는 뜻일까? 이 피는 모든 죄를 털어놓으라는 의미일까? 자수해서 조용히 사형을 당하라는 뜻일까? 곧이어 그는 크게 소리 내어 웃었다. 자신이 터무니없는 생각을 하고 있는 것 같았다. 설사 실토를 한다 한들 누가 자신의 말을 믿으려 하겠는가? 살해된 남자의 흔적은 어디에도 없었다. 그가 지닌 모든 것들은 벌써 흔적도 없이 제거해버렸다. 아래층에 있던 그의 소지품들은 직접 불에 태웠다. 그러니 세상 사람들 모두가 자신을 보고 미쳤다고 할 게 뻔했다. 그래도 한사코 자신의 이야기를 털어놓으려 한다면, 사람들은 그의 입을 막으려 들 것이다……. 하지만 솔직하게 실토하고, 공개적으로 망신을 당하고, 공개적으로 속죄하는 것이 그가 할 도리였다. 하늘뿐만 아니라 땅에도 죄를 고백하도록 요구한 신이 있었다. 자신의 죄를 고백하기 전까지는 세상없는 짓을 한다 해도 마음이 정화될 수 없을 것이다. 하지만 내가 무슨 죄를 지었다는 거지? 그는 어깨를 으쓱해 보였다. 바질 홀워드의 죽음은 거의 신경도 쓰이지 않았다. 그는 지금 헤티 머튼에 대해서만 생각하고 있었다. 그도 그럴 것이 이 거울, 그가 들여다보고 있는 그의 영혼의 거울은 모든 것을 고르게 비추지 않았기 때문이다. 허영심? 호기심? 위선? 지금까지의 생활을 청산하겠다는 그의 마음을 움직인 원인들이 정녕 고작 이런 것들이었단 말인가? 아니다, 뭔가 다른 것들이 더 있었다. 적어도 그는 그럴 거라고 생각했다. 하지만 과연 그럴까? 아니다. 그것들 말고는 아무것도 없었다. 허영심으로 인해 그녀를 타락에서 구한 것이다. 위선으로 인해 선행의 가면을 썼던 것이다. 호기심으로 인해 절제가 무엇인지 한번 시험해보았을 뿐이다. 이제야 자신의 마음을 알아차렸다.

하지만 이 살인 사건이…… 과연 평생 그를 쫓아다니게 될까? 한낱 과거 때문에 평생 괴로워하며 살아야 하는 걸까? 차라리 정말로 자백을 해버릴까? 아니, 절대 그럴 수는 없다. 자신에게 불리한 증거는 기껏해야 하나밖에 남지 않았다. 바로 이 초상화─이것만이 유일한 증거였다. 그래, 초상화를 없애버리자. 도대체 무엇 때문에 이토록 오랫동안 이놈의 것을 간직하며 살았던 걸까? 한때는 이것이 변하고 늙어가는 모습을 지켜보며 즐거움을 얻기도 했었다. 하지만 최근 들어 그런 즐거움을 전혀 느낄 수가 없었다. 아니, 오히려 초상화 때문에 밤이면 밤마다 깨어 있기 일쑤였다. 외출이라도 할라치면, 혹시라도 초상화가 다른 사람 눈에 띄지나 않을까 불안해하며 전전긍긍했다. 초상화는 그의 감정을 온통 우울하게 물들였다. 초상화를 떠올리기만 해도 무수한 기쁨의 순간들이 싸늘하게 얼어버렸다. 그에게 초상화는 양심과도 같은 것이었다. 그렇다, 그것은 그의 양심이었다. 그는 이제 자신의 양심을 없애버릴 터였다.

그는 주위를 둘러보다, 바질 홀워드를 찔렀던 나이프를 발견했다. 그 당시 나이프를 수도 없이 닦고 또 닦은 덕분에, 이젠 나이프에 아무런 흔적도 남지 않았다. 나이프는 반짝반짝 환하게 빛을 발했다. 화가를 죽였던 것처럼 이제 나이프는 화가의 작품과 작품이 의미하는 모든 것들을 죽일 것이다. 그렇게 과거를 죽일 터였고, 과거가 죽고 나면 그는 드디어 자유로워질 터였다. 나이프는 이 끔찍한 영혼의 생명을 죽일 것이고, 초상화의 섬뜩한 경고가 사라지고 나면 그는 드디어 평화로워질 것이다. 그는 나이프를 손에 쥐고 그림을 찔렀다.

비명이 들렸고, 꿍음이 울렸다. 고통에 몸부림치는 듯한 비명 소리가 어찌나 소름 끼치던지, 하인들이 화들짝 놀라 잠에서 깨어 하나둘 조심스럽게 방에서 나왔다. 저 아래 광장을 지나가던 신사 두 명이 멈추어 서서 대저택을 올려다보았다. 그들은 계속해서 길을 걷다가 마침내 경찰을 만났고, 경찰을 대동해 길을 되돌아왔다. 경찰이 여러 차례 종을 울렸지만 아무런 대답이 없었다. 꼭대기 층 창문 가운데 한 곳에서만 빛이 비칠 뿐 저택은 전체적으로 캄캄했다. 이윽고 경찰은 자리를 뜨더니, 근처 주랑 현관에 서서 주변을 관찰했다.

"누구의 저택인가요, 경찰관님?" 두 신사 가운데 나이 많은 신사가 물었다.

"도리언 그레이 씨의 저택이오, 선생." 경찰이 대답했다.

그들은 계속해서 걸음을 옮기면서 서로 마주 보며 코웃음을 쳤다. 그 가운데 한 사람은 헨리 애슈턴 경의 숙부였다.

저택 안 하인들이 지내는 구역에서는 대충 옷을 걸친 가정 부들이 낮은 목소리로 자기들끼리 수군거리고 있었다. 나이 든 리프 부인은 초조하게 두 손을 비비며 울고 있었다. 프랜시스는 얼굴이 하얗게 질렸다.

십오 분쯤 지나, 프랜시스가 마부와 하인 한 명을 데리고 위층으로 조심조심 올라갔다. 문을 두드렸지만 아무런 대답이 없었다. 그들은 큰소리로 도리언을 불렀다. 사방이 고요했다. 소용없는 줄 알면서도 억지로 방문을 밀어보다가, 마침내 지붕 위로 올라가 발코니로 뛰어내렸다. 창문은 수월하게 열렸다. 걸쇠가 하나같이 너무도 낡았던 것이다.

방 안으로 들어갔을 때, 그들은 마지막으로 본 주인의 모습, 더할 나위 없이 훌륭한 젊음과 미모, 그저 감탄하며 바라보았던 그 모습을 똑같이 간직한 눈부시게 빛나는 초상화가 벽에 걸려 있는 것을 발견했다. 바닥에는 야회복을 입은 시체 하나가 가슴에 칼을 꽂은 채 누워 있었다. 주름투성이에 쇠약하고 추악하기 짝이 없는 외모의 사내였다. 그들은 사내가 손에 낀 반지들을 자세히 들여다보고 나서야 그가 누구인지 알아보았다.

외모와 내면,
둘은 서로 다른 길을 갈 수밖에 없을까

1854년 아일랜드 더블린에서 태어난 오스카 와일드는 영국에서 소설가이자 극작가, 평론가로 활동했다. 우리가 오스카 와일드에 대해 흔히 알고 있는 내용은 그가 '예술을 위한 예술'을 지향하는 유미주의자라는 사실과, 동성연애 혐의로 2년간 감옥 생활을 했다는 사실일 것이다. 그의 유일한 장편소설『도리언 그 레이의 초상』은 작가 자신이 이 소설에 대해 '자신의 분신과도 같은 작품'이라고 밝힐 만큼 이 두 가지 사실이 잘 드러나 있다.

『도리언 그레이의 초상』은 1890년에 문학잡지 「리피콧」에 처음 발표되었다. 당시 영국 사회는 산업국가로서의 기반을 충분히 다진 후 기술적으로나 경제적으로 크게 성장해, 나라 전체가 아무런 걱정 없이 평화롭던 시대였다. 그러나 경제적인 평화가 오래 지속되면 그 이면에는 병폐가 들끓기 마련. 빅토리아 시대 후기로 일컬어지는 1870~1901년 사이에 이러한 병폐가 더욱 커지자, 그에 대한 반발로 청교도 정신과 공리주의, 산업화로 인한 물질주의에 반기를 들고, 아름다움 자체에 눈을 돌려 예술을 위한 예술을 추구하자는 유미주의 운동이 꿈틀대기 시작했다. 오스카 와일드는 옥스퍼드 대학을 졸업하기 전부터 유미주의 운동의 실천자를 자처하면서, 유미주의의 시각적 상징들(공작 깃털, 해바라기, 청자기, 장발, 비로드 바지)을 가까이 하여 세간의 이목을 끌었다. 그런가 하면 종교를 모독하고, 당시 영국 사회의 위선을 특유의 독설로 거침없이 고발해 영국의 예술계와 문단에서 큰 인기를 모으기도 했다. 그러나 보수적인 사회에서 그러한 행보를 곱게 볼 리 없었기에 당연히 그에 대한 비판 또한 만만치 않았다. 잡지에 발표되었던 『도리언 그레이의 초상』을 장편으로 다시 출간하면서 오스카 와일드가 따로 서문을 덧붙이게 된 것도 바로 자신을 향한 사회의 비판에 반박하기 위해서였다.

이 작품이 처음 발표되었던 당시, 날카로운 사회 비판과 화려한 유미주의적 표현이 녹아 있는 이 작품에 대해 사회는 맹렬하게 비판을 가했다. 이에 대해 오스카 와일드는 작품의 서

문을 통해, 예술과 도덕은 전적으로 별개의 영역이며 '모든 예술은 전혀 쓸모없으니', 예술을 유용한 수단으로 삼으려는 시도는 아예 생각도 말라며 자신의 유미주의적 예술관을 분명하게 못 박았다. 그렇지만 오스카 와일드의 유미주의는 작품의 표면만을 아름답게 구성하는 것에 그치는 것이 아니라, 작품 내용의 아름다움에까지 영향을 미쳤다. 그가 서문에도 밝혔듯이, 그는 도덕적인 책이라거나 부도덕적인 책은 없으며, 잘 썼거나 잘못 쓴 책만 있을 뿐이라고 주장하면서 예술지상주의의 면모를 부각시켰지만, 그의 작품들을 보면 그가 말한 유미주의는 작품 표면과 내부를 함께 아우르는 것임을 알 수 있다. 우리가 어릴 때 읽었던 그의 단편 환상동화들, 「행복한 왕자」 「욕심쟁이 거인」 등을 보아도 알 수 있듯이, 아름다운 언어와 배경을 통해 아름다운 생각과 정신을 조용히 마음속에 스며들게 하는 것이 그가 추구한 작품세계가 아니었나 싶다. 바로 그러한 작품세계의 성인판이자 확대판이 이 작품일 것이다.

오스카 와일드는 『도리언 그레이의 초상』에 가해지는 비판에 여러 차례 반박문을 쓰기도 했다. 이 반박문들은 그가 서문에서 쓴 내용을 풀어서 설명한 것으로 볼 수 있으며, 그의 작품세계가 환상을 지향하는 이유를 잘 나타내고 있다. 그는 반박문에서 작품의 인물들이 현실에 존재하는 인물이라면 굳이 소설을 쓸 이유가 없으며, 현실에 없는 것, 혹은 있다 할지라도 보지 못하는 것을 보여주는 것이 예술가가 할 일이자 문학의 즐거움이라고 주장한다. 이 작품 역시 초상화가 변하는 대신 초상화의 모델은 영원히 젊음을 유지한다는, 현실에서 볼 수 없는 상황을 그렸다. 그리고 그러한 상황을 통해 쾌락이 한 인간의 영혼을 얼마나 가차없이 파괴하는지, 파괴된 영혼이 형상으로 드러날 때 그 모습이 얼마나 끔찍한지 보여주었다. 주인공 도리언이 처음 자신의 초상화를 접한 때는 아직 가치관이 정립되지 않고 성격적으로도 유약한 청년시절이었다. 그는 초상화를 보고 자신이 얼마나 아름다운 외모를 지녔는지 깨달으며 터무니없지만 간절한 소원을 빈다.

"얼마나 서글픈 일일까요! 나는 점점 늙고, 추하고, 끔찍해지겠지요. 하지만 이 그림은 언제까지나 젊음을 간직하고 있을 거예요. 아무리 세월이 흘러도 유월의 오늘 모습 그대로 남아 있을 거라고요……. 아, 그와 정반대가 될 수만 있다면 얼마나 좋을까요! 나는 언제까지나 젊은 모습 그대로 남아 있고, 그림이 나 대신 점점 나이를 먹는다면 얼마나 좋을까요! 그렇게만 된다면, 그렇게만 된다면, 난 무슨 짓이든 할 거예요! 그래요, 그럴 수만 있다면 온 세상을 다 뒤져서라도 무엇이든 가져다 바치겠어요! 그렇게만 할 수 있다면 내 영혼이라도 바칠 거예요!"

449

이렇게 해서 나르시시즘에서 출발해, 영혼을 내동댕이친 채 아름다움만을 추구하는 삶이 계속된다. 헨리 경이 없었더라면 유약한 도리언은 이런 생활을 잠깐 살아보다 그만두었을지 모른다. 하지만 헨리 경은 번번이 도리언을 부추기며 그를 쾌락의 유혹으로 이끈다. 시빌 베인의 자살 원인이 자신임을 깨닫고 도리언이 죄책감에 시달렸을 때도, 헨리 경은 그녀가 비로소 진정으로 예술적인 최후를 맞이했고 그러한 최후는 도리언의 덕택이었다며, 그 특유의 말솜씨로 도리언의 마음을 가뿐하게 만든다. 헨리 경의 말들은 액면 그대로 받아들이기에는 너무나 위험하며, 그런 만큼 매력적이다. 그는 진정한 속뜻을 비틀고 감추어 치명적이고도 유혹적인 말을 내뱉었고, 그럼으로써 당시 사회와 인간의 허위를 비꼬았다. 그것을 도리언 그레이는 여과 없이 받아들여 자신을 합리화하고 자신을 감추는 데 이용했으며, 헨리 경은 그러한 도리언의 모습을 거리를 두고 관찰한다. 헨리 경이 세상을 알고 이용할 줄 아는 노회한 신사라면 도리언은 한마디 유혹에도 비틀거리는 약지 못한 쾌락주의자라고 할 수 있다. 그래서 마음속으로는 이제 그만두어야 한다는 걸 알고 있으면서도, 헨리 경의 말 한마디에 더 깊은 쾌락 속으로 빠져들고, 급기야 자신의 쾌락을 이기지 못해 자꾸만 늪으로 빠져들고 만다. 영원한 젊음을 간직할 수만 있다면 영혼이라도 팔겠다던 간절한 소원은 이제 밤잠도 이루지 못할 정도로 괴로운 짐이 되고 만다. 그리고 마침내 괴로움을 견디다 못해 자신의 양심을 대변하는 초상화를 없애버리기로 마음먹고 초상화에 칼을 꽂는다.

인간은 아름다운 외모와 아름다운 양심을 모두 소유할 수는 없는 것일까? 아름다운 외모를 간직하기 위한 노력은 다른 방향으로 에너지를 기울이려는 노력을 방해할 수밖에 없는 것일까? 아니면 이러한 현상은 도리언이라는 한 개인의 문제인 걸까?

오스카 와일드는 인간이라면 누구나 가지고 있는 영원한 젊음에 대한 욕망과 그것에 굴복했을 때의 참혹한 결과를 흥미롭게 보여주었다. 19세기 후반에는 지나치게 탐미적이라는 이유로 많은 비난을 감수해야 했던 작품이 백 년이 훌쩍 지난 지금, '외모지상주의'라는 말조차 식상해지고, 성형이 자연스러워지고, 이른바 동안과 다이어트 열풍은 식을 줄 모르고, 외모를 가꾸는 것이 곧 자기관리와 직결되는 21세기에 어떤 식으로 받아들여질지 궁금하다. 우리는 도리언의 쾌락과 파멸에 공감할 수 있을까, 아니면 외모를 소중하게 여긴다고 굳이 쾌락에 빠지고 파멸에 이르라는 법이 있겠느냐며 냉소를 짓게 될까? 시대를 막론하고 이 작품이 꾸준히 사랑받는 것을 보면, 오스카 와일드가 도리언 그레이를 통해 우리에게 제기하고자 했던 문제들은 시간이 흘러도 계속될 고민이 아닐까 싶다.

서민아.

도리언 그레이의 초상

초판 1쇄 인쇄 2018년 5월 17일
초판 4쇄 발행 2020년 4월 30일

지은이 오스카 와일드
옮긴이 서민아
펴낸이 연준혁

출판2본부 이사 이진영
책임 편집 가정실
디자인 김준영
일러스트 박희정

펴낸곳 ㈜위즈덤하우스
출판등록 2000년 5월 23일 제13-1071호
주소 (10402) 경기도 고양시 일산동구 정발산로 43-20 센트럴프라자 6층
전화 (031) 936-4000 팩스 (031) 903-3893
홈페이지 www.wisdomhouse.co.kr

값 12,000원
ISBN 979-11-6220-465-8 04850
ISBN 979-11-6220-268-5 04080(세트)

이 도서의 국립중앙도서관 출판예정도서목록(CIP)은 서지정보유통지원시스템 홈페이지(http://seoji.nl.go.kr)와 국가자료공동목록시스템(http://www.nl.go.kr/kolisnet)에서 이용하실 수 있습니다.(CIP제어번호: CIP2018014367)